另一種活法

明白與不明白的對岸紀事

非馬——著

故事梗概

本書二十多萬字，曾六易其稿。屬都市題材類小說。主要通過敘述「我」與伽琳、父親與阿姨、市長與瞿姐三對人物的故事，反映了現代都市的社會鏡象、生存狀態和情感糾葛。整體讀來，情節起伏，細節飽滿，巧妙之設隨處可見。

小說開篇交代了「我」的編劇身份、我的女友和前女友，以及思考和積累創作素材的過程。從五十八章與市長告別，「我」回古卯後，劇本初稿基本完成。阿姨、父親閱讀後，建議將劇本發給導演伽琳。伽琳看後，又推介由弋鳶執導，最終獲得了美國電影電視金球獎。至此，嵌套在小說結構中的劇本創作畫上了句號。

小說作者嘗試使用了複調敘述的方式，在敘事過程中交錯使用多個「聲音」，以展示不同人物的內心活動和人生經歷。小說中通過人物回憶，敘事視角隨之轉換為第一人稱。如此寫法，不僅豐富了小說的層次和厚度，也使讀者陷入層層包裹的迷陣之中，由此而增加了閱讀的趣味性。

兩代人的命運，四十年的跨度。八〇後與五〇後。一群在生活的漩渦裡掙扎的人，因生活艱難抑鬱狂躁，因不公對待幾欲輕生。但他們都隱忍而勇毅地繼續向前。

作者行文從容，不著意設計衝突。主人公在經歷人生的波瀾起伏後，仍能擁有一顆豁達，平和，通透的心。這也是一種境界，即哲學家們所言的那樣：在悲劇中活出人生味道。

目次

1 煲鵝

「十二」長假，伽琳說：「我們去鶯島住一段日子吧。」

我說：「好啊。難得你有這樣的心情。」

「最近正在等待一部電視劇的大綱審查，加上這個長假，我們就有一段相對整齊的時間了。」

因為行李多，伽琳劇組的人開了一輛商務車，早早把我倆送到機場。吃中飯，托運行李，足足用了兩個小時。

上了飛機，我讓伽琳坐在靠窗的座上，那樣，我可以與她擠在一起。如果讓伽琳坐中間，那我與另一個人便會東倒西歪，因為她實在是太占地方了。

伽琳在飛機上，坐下便能入睡，當然會有微微的鼾聲，但基本不會影響他人。

我擠著伽琳，拿出本子來，記錄著路上所見的一些事情。

鶯島在南海中部，像一顆雪梨漂浮在太平洋上。四周低平，中間凸起。山隈處由丘陵、臺地、平原構成。屬季風氣候，一年三季酷熱，唯冬季爽涼如秋。

到目的地後，照樣是打掃衛生、交水電費、網費，曬被子、鋪床，忙碌半晌，總算安頓下來。接著，我倆便去市裡用餐。當地名菜「煲鵝」是伽琳的最愛，每次來都要去光顧。鵝是事先燉好的，現在只是讓配菜入味，大約燉半個小時，差不多了，服務員會過來幫著盛菜。鵝半肥半瘦，吃在嘴裡好像有油在流淌。濃香之後，再吃配菜，此時，那豆芽豆腐，土豆木耳，皆成鵝味。

四五個小時的路程，自然餓了。吃完肉和配菜，再煮麵，再喝湯，最後鍋底上連一點渣都沒有了，才腆著肚子意猶未盡地離開。

回到家，伽琳說要消化美食，於是繫上圍裙開始拖地，打掃院子。我本來是要幫著擦玻璃的，但差一點兒被擦玻璃器夾了手。伽琳便說：「廢物一個，哪涼快待哪去。」

我只好躺在陽臺的羅漢床上，一邊數天上的星星，一邊瞎想。海面一片漆黑。海濤聲從遠處傳來，低沉而暴烈。

我喜歡海，喜歡在海上看月亮，聽海風；也喜歡在海邊揀貝殼，觀賞各種各樣的植物；當然也會下海遊上一會兒，然後躺在沙灘上曬太陽，讓皮膚變得黝黑。

上小學時，父親讓我學書法，但我不用功。幾年下來，字寫的像蜘蛛網。老師曾在課堂上晃動著我的作業，譏為「天書」。父親更是備感失望，一次用竹片打我手說：「再不要寫了，天生不是這塊料兒。」

不過，我也不是一無所愛，我對健身就情有獨鍾。誰也沒教我，就喜歡上了。每天一起床，先練一會兒啞鈴，然後才去學校。晚上回家，作業做完，又會接著練，一直到大汗淋漓，才洗澡睡覺。

考大學時，父親希望我當個大夫，以後好就業，可我卻偏愛文學，報了北京電影學院文學系。畢業後，留在了北京市。劇本寫了五六個，卻沒有一個被投拍。

北京這個城市，不管什麼人，你要活得自在，首先要有戶口。每年六千個戶口指標，有一大堆的限制條件，許多高官大款都搞不定，何況我一個剛畢業的大學生。倒是有捷徑可走，譬如找一個有戶口的女子做媳婦，但我這個專業，除了掙不來錢之外，找對象的條件還比較高。要長相，要身段，要靈動時尚。一句話，電影學院讀了幾年書，欣賞女人的標準變得稀奇古怪。

當然，如果能找個年薪百萬的工作也行，攢上幾年，買套學區房，買個戶口，再在眾多追求的女孩兒中找個滿意的成家，也不失為一種選擇。但那必須學一個高科技專業，抑或是海歸人才方可。

娶不來一個有戶口的女子，又找不下年薪一百萬的工作，倘若是個奇才也行。譬如寫一部暢銷小說，或編一個被名導看上的劇本，拿上幾百萬的稿酬，也能掙掙扎扎地擠入影視界，靠一枝禿筆混天下。

無奈，我連這個天分也沒有。

快十年了，我打過零工，給跨國企業做過播音員和主持人。電腦是我在學校的業餘愛好，著急了，便去大商場混飯，當收銀員、庫房保管。

我賣過書，倒過火車票，在漫長的求職經歷中，積累了豐富的創作題材，卻沒有整塊的時間寫成劇本。當然我可以向父親要錢來維持創作，也可以回家與父親住在一起，那樣，至少有吃有住，不會為漂泊而倉皇奔波。

可我咽不下這口氣。偌大個城市，難道真的沒有自己的立足之地？一邊打工，一邊寫作，真的會潦倒他鄉，困厄異城？「堅持，天無絕人之路。」我時常為自己打氣。

我又一次失業了，囊中羞澀已經幾天。畢業後，我第一次想到向父親要錢。租房費可以拖欠，但飯不能拖欠。父親接到我的短信，問我要多少？我說兩千。父親馬上轉來一萬。

一天沒吃飯了，收到父親的轉款，我先去飯館要了兩個菜，又要了一瓶二鍋頭，痛痛快快地喝了一場，在醉與非醉之間出了飯館。人常說，酒醉心裡明。我當時就是這樣：不能再麻煩父親了。

母親去世後，父親一個人養我，辛苦了大半輩子，現在該享享清福了。或旅遊，或買自己喜歡的物品，或開著車四處閒逛，或將錢存在銀行，以增加心理上的安全感，總之，我不能再向父親要錢了。

我心裡發著毒誓，搖晃著，走著。忽覺眼前一亮，一張招聘廣告赫然入目，原來是健身房招聘教練啊。真是東方不亮西方亮，沒想到小學時代喜歡的健身，竟然派上了用場。我於是報名，筆試面試統統過關後，考官豎起大拇指說：「你明天就可以上班了。」

我由此成了伽琳的教練。

伽琳健身，投入、賣力、吃死苦，但效果並不見佳。我經過與她交談，瞭解到了問題的癥結。她飯量大，又不忌口，因此，營養吸收的速度過快。無奈，我專門為她設計了個食譜，讓她照章吃飯。她看了看，皺著眉頭說：「這還讓人活不？」我說：「如果不按菜譜吃飯，你今後就不要來了。」

但伽琳依然來。儘管動作笨拙，劉海被汗水黏在前額，卻全然不顧。我便有幾分憐惜，不再令她放棄健身了。

一次，伽琳來晚了，我正在刁空自己訓練。她站在一旁，默默地看著。等我練完後才上前問我：「老師，這個器械是練什麼的？」

「臀部。」我對她說。她聽後似乎來了興趣，語氣誠懇地說：「教教我可以嗎？」我說：「當然可以。」

合理飲食，長時間流汗，大幅度的訓練，伽琳的身體似乎有些緊緻了。首先雙下巴不見了，肚子也包緊了許多。唯臀部仍然不見縮小。有一次她彎下腰，讓我看她的臀。她在兩腿之間，骨碌著一雙大眼睛說：「蜜桃臀有了吧？」我說：「有了。不過是個改良過的蜜桃，個大，水多，糖分高。」

伽琳伸直腰，歪斜著腦袋，一臉壞笑地說：「你這是取笑我臀部大吧？」

「哪裡哪裡，」我陪笑著說。「我只是說你在健身方面，進步空間還是很大的。堅持下去，心中嚮往的身材，一定會出現。」

「我沒有什麼嚮往的身材。我是經不住大夥兒的勸說才來這個地方了。你以後有啥話直說，不需要拐彎抹角。我對自己的身材是有自知之明的。你知道在學校期間，同學們叫我什麼嗎？」

「不知道。」我撓了撓頭，一副老實的樣子。

她伸出大拇指點讚了一下，然後親昵地說：「我喜歡這個表情。其實誠懇就是最直接的語言。我上學期間，因為肥胖，同學們都叫我『飛鳳姐』。」

「飛鳳？」

「是呀。飛就是『肥』，鳳就是『豐』。他們把『豐乳肥臀』反過來送我。」

伽琳由此與我熟悉，並認了校友，但每次健身的效果並不顯著。我忍不住又對她說：「不是為你制定了菜譜嗎？每天多一口是吃不成胖子，但胖子卻是一口一口吃出來的。」

她低下頭不吭氣了。我無奈只好換了種口氣說：「其實你健身還是滿刻苦的。每次都能按照要求把動作做到位，次數、套路一個不少。為什麼就不能在飲食上注意一下呢？」

她聽見我口氣有所緩和，便仰起頭看我，表情充滿了沮喪，「每個人都有致命的弱點。我這個管不住口的弱點，對於健身來說，可能就是致命的吧。」

我做了讓步，「或許是吧。譬如我做編劇，就不會寫歷史劇和愛情劇，喜歡寫一些現實的題材，按目前這種文藝管理模式，只能改行幹其它的了。」

「完全可以改變的。」伽琳談到本行，眼睛充滿了光芒，用救世主的口吻說：「寫當下戲未必就拍不成。改天我們好好聊聊。」

教練開始有求于學生，或者反串角色，成了學生，師道尊嚴便蕩然無存。所謂的伽琳健身，也就每況愈下。久之，我也成了她吃夜宵的陪客。再久，拍拖了，什麼原則也就不存在了。伽琳之胖，一如既往，她不再提健身，我也順坡下驢，辭了健身教練。

2 閫閾

伽琳家別墅的物業非常好。她不在家時，仍有人進院子澆花，養護草坪。別墅院子的東邊，散落著各種顏色的鮮花；靠近馬路的地方，有齊膝高的冬青護欄；西牆下有棵美人蕉，高兩米左右，正在開花，色彩紅豔而誘人。

伽琳站在蕉下，讓我為她拍照。我從羅漢床上爬起，拿著手機走過去，一口氣為她抓拍了二十多張。伽琳翻看了照片後，心情倏然激動，跑過來拉著我的手說：「走。下地下停車場。」

「幹什麼去？」

「上火山公園泡溫泉。」

「在海裡泡不就挺好，為什麼要捨近求遠？」

「感覺不一樣啊，」伽琳不容分說拉我到地下停車場，打開車門說：「把安全帶繫好。」

火山公園的盤山路像蛇一樣地遊動著；伽琳左一拐右一拐，幾把方向盤便上了山頂。

傍晚來臨，海邊的雲像水墨畫一樣，紅的黑的白的，層層疊疊，上下翻滾。伽琳將紅酒放在溫泉池畔，一邊泡著一邊輕啜。

溫泉的熱氣與酒的微醺，令人十分愜意。伽琳在我對面斜仰著，臉紅紅的。我把腿伸過去，用腳趾頭摳她的肚臍。伽琳說癢，把腳拿到胸部，用手摁在乳房上，輕輕摩挲著。

一會兒，伽琳側過身來，將我抱在懷裡，趴在肩頭上說：「你往日穿著衣服平得像塊木板，沒想到衣服脫了，這肌肉一塊一塊的，挺性感嘛。」

我感覺我要爆炸了，反過來抱住伽琳，想讓她趴在池子邊上，然後從後邊進去。但她不願意，挺出水面後坐在臺階上說：「這是公共泳池，別胡來。」我說：「天都黑了，怕什麼？」

「那也不行，隨時會有人進來。」伽琳說著，把泳池邊上的酒杯拿過來，一手一個，輕輕地放在泳池的水面上，然後半截身子蹲入水中說。「我們做個遊戲吧？」

「什麼遊戲？」

「從現在開始誰都不許動。誰動了，酒杯就會翻掉，紅酒倒進浴池，再舀起來，罰輸者喝。」

我無奈，只好配合她說：「那好吧。」

伽琳起初還能忍住，但時間一久，先忍不住笑了。她笑起來，渾身的肉都在抖動，泳池裡的水跟著搖晃起來，酒杯傾刻沉入水底。我一個猛子扎下去，撈起酒杯，舀了一杯泳池的水，就向她灌。她不依，屏住氣溜進浴池。我撲了個空，正好壓在她身上；她順勢抱住我，將我拖入水底，然後使勁吻我，從額頭到鼻翼，再到嘴巴……

伽琳的嘴唇厚厚的，綿軟柔潤，像深海裡湧過來的潮氣，緊緊地裹著我。

我耐不住了，想嘶聲吶喊，又怕被水嗆了，我掙扎著往上游，她卻不管不顧，由上到下吮吸著……泳池的水搖晃起來……我想把頭伸出水面，伽琳卻用雙手抱住我的腰，使勁往下拽。

我憋不住了，咕嚕喝了一口水。伽琳驚了，雙手托起我，把我舉出水面，弱弱地問：「嗆水了？」我頷頷下巴。伽琳說：「回家吧。」

伽琳的別墅，在鶩島東南端，坐落在海邊的一個山丘上。山丘有百十米高。一截由花園組成，內有各種樹木和花卉；一截向海邊延伸，是個斜坡。斜坡上有臺階，臺階下是沙灘。

回到別墅，伽琳用腳後跟把門一踢，「砰」的關上後，便躺在了落地玻璃前的地板上，四仰八叉。我也順勢躺在她的身邊。剛才水中一番打鬥，耗去我倆不少精力，現在癱軟了，互相依偎著，平靜了許多。

與伽琳做愛，你得有足夠的力氣。幾十分鐘，她像睡著了一樣，無動於衷。但當你堅持不住時，她忽然醒了，翻身上來，只幾下，便臉色煞白，倒在床上一動不動，僵硬得像一根蓮藕。

第一次和伽琳做愛，我嚇壞了，以為伽琳死了。誰知幾分鐘後，她又睜開了眼睛，哭笑不得地說，「真的很抱歉，應該事先告訴你的。」

「沒事的。習慣就好了。」

來鶩島前，與伽琳已有過幾次肌膚之親，所以這次並不驚恐。當她又一次像麵袋似的從我身上倒下時，我平靜地從地板上站起來，向屋頂走去。

露天浴室四周，全砌上了藍色的馬賽克，月光下閃爍著粼光；大鏡子裡的我，一身肌肉條塊狀縱橫著，顯示著健壯與挺拔。我打開水龍頭，微涼的水從空中流下，像細雨般地灑滿全身。

遠處傳來了沉重的雷聲，大雨要來了。我洗完澡下樓，見伽琳仍然橫陳地板，睡得十分香甜。不過，與剛才從我身上倒下時已判若兩人：身體鬆軟，臉色紅潤，微微的鼾聲中透出一種滿足。

伽琳的身體，宛若謎團一樣，快活而誘人。一次醉酒，我借勢問她：「你為什麼不一開始就採用上位，那樣不是更省勁嗎？」

伽琳看了我一眼說：「男人都有征服欲。不讓他們衝撞一番，他們會覺得英雄無用武之地。」

我恍然大悟，難怪每次做愛時，她總是按兵不動，任我肆意挑逗，原來是她的計謀啊。她說令她肉體覺醒，其實並不是與男人活生生的肉體碰撞，而是緣於冰冷的性玩具。

她說她的閫閾寬，許多男人都難以滿足她。她曾為之痛苦過，惶恐過，絕望過，但一個偶然的機會，朋友做性玩具生意讓她代言；代言前，她自己先得感受，於是發現了興奮的奧秘。

此後，她便不再頻更男友，只要心愛，便不再考慮性愛。因為她知道，高潮對她已不是難事，位置變了，快樂悠然自來。

3 後海

翌日上午，伽琳領我去了後海。那裡是年輕人的天堂，也是藝術家的樂園，各種美食琳琅滿目。可以踏海、衝浪，也可以坦露身體躺在海灘上美黑。棧道上來來回回走的，全是金色頭髮的中國男女，或勾肩搭背，或手拉著手，打眼望去，作派已完全歐化。

伽琳著衣，寬大是特點之一。仙袂飄飄便不顯胖了，橙色褲子白上衣是她的最愛。當然帽子墨鏡必須有，且品牌十分考究。她說：「鷺島這個地方，可以不穿衣服，但不能不戴墨鏡。」

炎熱季節，她在屋裡，常常一絲不掛。我便逗她說：「你這個樣子，好像要去參加運動會。」她不解，瞪著眼睛問我什麼意思？我說：「拿相撲冠軍啊。」

「你去死吧。」她佯裝惱怒地說，「我離相撲身材還十萬八千里呢。不信你試試。」說著，撲過來把我撞到在地，縱身騎了上去。

「你以為不是嗎？這不勝了一局。」我繼續逗她。

「好啊。借你吉言，我一定去拿個冠軍。」她一邊說一邊又在我身上蹇了兩下。

伽琳今天穿的是自己改製的紅色長裙，腰微束，下身略寬，配上紅色的運動鞋與帽子，走在海灘上，一下子便跳了出來。

忽然，她沿著海灘奔跑起來，海水打濕了裙擺也全然不顧。我拿起手機為她拍照，鏡頭裡的她像一團火焰燃燒著。她跑過來問：「有沒有精彩的？」我揶揄她說：「好像是大媽的姿態啊。」

她瞪了我一眼說：「這畫面多熱烈呀。藍色的海，白色的雲，紅色的我。不要忘了，大媽的姿態都是從電影裡學來的。你想想，全世界的電影不都是一個模式？得到了愛情的人，一激動，是不是都要跑上一陣兒，或在樹林，或在沙灘，或在一望無際的草原……」

伽琳是導演，這方面自然比我懂得多。我說不過她，就悄悄地跟在身後用鏡頭為她服務。給伽琳照相，讓我懂得了手機自拍功能的偉大。在鏡頭裡，幾乎人人都喜歡自己的形象。從小看慣了自己，一切美便會從這裡延伸。

晚上，我們下榻後海藝術大廈，裡面有多種流派的畫室，也有ＫＴＶ酒吧，各種娛樂設施應有盡有，簡直與豪華遊輪一樣了。

大廈裡的酒店也不同凡響，極盡能事地表現著自己的個性。我和伽琳選來選去，最後選了一家叫「灰白色」的酒店。所謂「灰白色」，其實就是房間完全沒有裝修，地和牆均保留水泥本色。澡盆、窗簾、床單採用白色。屋頂只裝了一個日光燈，供整個房間使用。衛生間、盥洗間是開放式的，坐馬桶如同坐在了房間一個角落。

這樣的房間對於伽琳來說，是再合適不過了。她在家裡也無拘無束，幹什麼都不避我。而對我來說，上廁所就是個麻煩。坐在馬桶上，旁邊有個人，幾乎拉不出來。

伽琳知道我的習慣，指著窗戶上的白布簾說：「這個是活動的，可以拉過去。」原來整個屋頂都裝了軌道，窗簾可以遮衛生間、盥洗間，還可以隔在兩個床之間。

晚飯在大廈裡吃。我和伽琳找到一個看海的角落坐下，要了兩杯啤酒，伽琳還為我要了一盤白灼蝦。她喝酒從不吃菜，一包香煙就夠了。

有人唱起了《醉鬼的敬酒曲》。那歌聲傾向年輕人，蒙太奇，多有頹廢，然其歌詞很文學，我禁不住掏出手機把歌詞錄了下來。

——敬友情，敬無常，敬生命中每一次的分離；敬忘卻，敬衰老，敬無垠的宇宙；敬可怕，敬旅行，敬背叛，敬認知，敬第一次學步和第一次心動；敬規則，敬秩序，也敬混亂和老無所依；敬謊言，敬誓言，敬岸上的倖存者和驕傲的白鵝；敬守護者，敬失意者，敬真誠也敬貪婪；敬歌星，敬舞者，敬老學究……敬恆星，敬行星，敬衛星；敬塵埃，敬天殺的黑洞……敬一閃而過的彗星。敬老闆，敬侍女，敬星河旅館，敬我們自己……。

本是淺斟低唱，大廳裡居然站起一群人合唱起來。原來這是一個旅遊團，從上海來，聲音極其和諧。一人拿一杯啤酒，隨著旋律搖晃著。又一會兒，有人跳上桌子，手裡持一筷，做起了指揮。

這傢伙一看就是喝多了酒，穿著短褲T恤，閉眼鬆胯，一副陶醉的樣子。但他確懂音樂，指揮得恰到好處，整個大廳頓時沸騰起來。有人跺腳，有人吹哨，有人興奮地扭動臀部。緊接著，有女人在池子中央跳起舞來。一時間，裙擺旋起，身體晃動，有女孩突然崩潰，哭得稀里嘩啦。

伽琳也從椅子上站了起來，激動地說：「沒想到這個海邊酒吧，居然還有如此狂熱的派對。要是能用攝像機攝下放在電影裡，就太好了。」

「需要時，我們可以來這裡導拍啊。」

「許多電影鏡頭，為什麼都不如紀錄片鏡頭令人震撼，就是導拍不如實拍真切啊。」

離開「灰白色」，伽琳將車開上渡輪，載至後海的摩羯島，準備在島上再遊玩一天。

環島遊坐伽琳的車，宛如瘋狂老鼠，險狀環生。初坐自然提心吊膽，久之則十分刺激。

還是那輛紅色寶馬，還是在盤山路上旋轉，伽琳的手仿佛與方向盤黏在了一起，使轉自如，隨意馳騁。

賓館在接近山頂的一塊場地，伽琳將車開進院子，一個急剎車，停在了靠牆的陰涼下，隨後跳下車逕自走向了前臺。房間是網上預定的，落地式窗戶讓人一飽眼福。

酒店有自助廚房，伽琳心血來潮，說要為我下廚。她的拿手好菜是香煎魚。她備好料，一邊煎魚一邊與我聊天。煎至微黃時，將蔥段薑塊扔進去，再倒點醬油和料酒，待香味兒出來了，才款款盛入盤中。

坐在陽臺上，吃著香煎魚，望著海，一人一杯啤酒，想著北漂時的囧境，真不知今夕何夕。

餐後，伽琳建議去山頂走走。她拉著我的手，從側門繞過車場，緩緩爬行數百米後，觀景台赫然入目。

西邊的太陽血一樣地懸在海上，欲落未落，我傻傻地看著，胸中充滿了貪婪。

伽琳走過來，用手在我眼前晃了晃，見我無動於衷，便從後面攬住我的腰，陪著我用目光，將落日一點兒一點兒送進海裡。

伽琳怕熱，每次出去的時候，都要把空調打開，讓房子先涼快著。山上下來，她雙手抱住房間的柱子，直喊涼爽。我從後面擁住她說：「讓我也涼快涼快。」

伽琳撅起臀部，想把我頂走。我趁勢撩起她的裙子，更緊的抱住了她……直到伽琳從柱子上滑下，倒在了榻榻米上，我才走進洗澡間，痛痛快快地沖了個澡。

伽琳醒來後，情致頗高，擁著我說：「謝謝你。這種姿勢絕佳。我被擠在柱子上，感覺進去好深，稍做迎合，就死過去了。」

4 留守

伽琳在島上住了幾天，便匆匆回了北京。她正在策拍一部關於平民生活的影片，構思奇特，手法新穎：今天的女孩穿越至上世紀七十年代，以現在之眼光看昨天的光怪陸離。

人與異性相處，無非兩點：肉體與精神。純肉體，可以招妓；精神上的則需要相對固定。我與伽琳是兼而有之。

伽琳是天生的服務型性格，對人體貼入微，領悟力極好。與她在一起，我不要操心任何事情，盡可去做自己喜歡的，或讀書，或整理劇本素材。雖然時有齟齬，但她總會讓著我。每次翻臉，過不了半小時，就會一臉溫煦地走過來，用道歉的口吻說：「我們講和吧。」

伽琳講和的辦法無非三種：一是叫上幾個朋友聚餐；一是去健身房流汗；再就是不容分說拉我上床，連擁帶抱，溫柔備至，令你哭笑不得又無可奈何。

伽琳走時，給我買了一身亞瑟士運動衣，讓我空閒時去健身房做做器械鍛煉。

但我終沒有去健身房，我要休養生息，好好睡上幾天。我躺在陽臺的搖椅上，晃動著雙腿向遠處眺望。眼前盡是熱帶花叢，也有一棵一棵的檳榔樹，排布其間。

夜晚從天而降，無聲地四處彌漫著。

偌大的別墅，其餘的房間都是黑的，只有頂層房間裡明滅著些許微光。那是我的寫作間，下樓時忘了關燈。岑寂迫壓過來，海濤聲像個憤怒的巨人發出的喘息，一波連著一波。

伽琳在家時，喜歡將所有的燈都開著，儘管沒有喧囂，卻籠罩著一片溫馨與光明。她走了，天黑下來，我懶得打開每一層的燈光，便在黑暗中獨坐。別墅的影子像一頭黑熊臥在那裡，俯視著海，與黑暗一起沉默。

儘管在北京已經十餘年了，我經歷了抑鬱的折磨，走投無路的囧迫，以及像困在籠子裡的野獸般的孤獨，貌似變得堅不可摧了，但面對黑暗，尤其是海風呼嘯或驚濤拍岸的黑暗，我還是會有恐懼與無助。

一隻螢火蟲在花盆的底端微微發光，淡淡的銀灰色，有些弱小。見過螢火蟲差不多快三十年了，那還是回皓山避暑的時候。夜晚，我與弋鳶，在院子裡數星星，偶爾會看到一點兒亮光。撥開草叢又會發現許多。一隻一隻逮起來，裝進小瓶子，舉至半空，宛若一個節能的小燈。

我合上眼簾，回憶的魅影消失了。小時候在皓山的經歷，使我對黑暗有某種別樣的記憶，或許那時已經本能地開始逃避了。

記憶中的第一次遠行，是考上大學時去北京。父親陪著我，坐了一天一夜的火車。

雖然這是我選的學校，但在那個離市中心十分遙遠的校區，一到夜晚，我還是不願到校外去。那裡全是莊稼地，風一吹，颯颯作響，彷佛有無數的怪獸藏在裡面。

小時候在爺爺奶奶身邊長大，住山裡，一家一戶，院子被樹木深深包裹著，一到夜晚，濃蔭密佈，一團一團的。我在院子裡舀水和泥，捏一隻貓，讓它蹲在牆根下。第二天一大早起床，第一件事就是踢碎它，再捏一個其它東西出來，譬如老鼠、狗或雞一類的。

每當夜色降臨，爺爺奶奶便會喊我回去，說山上有狼，會翻牆過來。我儘管貪玩，捨不得我的泥雕，但想著狼會跳進院子，便丟下鏟子水桶，乖乖鑽回屋子，蜷縮在炕上。

長大了走南闖北久了，我才知道恐懼是人情感的一部分。衣食住行，實際上只是滿足于肉體的安全。連這一點兒都不能得到，焦慮惶恐自然而來。

四年大學，我把精力都用在了劇本創作上，每門功課只是在考前突擊一下，拿個六十分就行。畢業找工作時，招考的人翻著我的成績單說：「不錯，分數挺整齊的啊。」

我知道他在挖苦我，可我不在乎。我知道，這整齊的分數也是許多老師網開一面給我的。他們看過我的劇本，知道我的興趣不在創作理論，所以都希望我能畢業，因此，那些整齊劃一的成績單中，包含著濃濃的師生情誼。

在島上，除了讀書寫作之外，就是在海邊行走。我喜歡聽海的聲音，喜歡看停泊在海邊的漁船，還有海附近的山巒與雲圖，有時還會靜靜地傾聽林中小鳥的叫聲。在我這個年齡，享受或許是一種罪過，但我沒有內疚感。令我心底坦然的是，我每月還為父親寄出幾百元的零用錢。這點兒錢，對於我只是一頓飯費，但對父親，卻是一筆「鉅款」，相當於他在三學街賣出幾幅字的錢。

在陽臺上一邊看書，一邊看海，是我消磨時間最多的一種方式。我也喜歡在海邊倘佯，看海鷗翱翔，看美腿紛飛。很多人害怕一個人獨處，而我卻沒有這方面的焦慮。我喜歡睡到中午起床，然後去海邊吃海鮮，或者去星巴克喝咖啡。這樣的光景我可以一坐數小時，乃至一天。

回北京的前一天，伽琳去菜場買菜，汽車後備箱都裝滿了。我疑惑地問：「買這麼多菜幹嘛？冰箱放不下，壞了滿可惜的。」她說：「不要急嘛，我自有辦法。」

第二天，她先整出一盆餃子餡，然後把桌子搬到陽臺上，一邊聽音樂，一邊包餃子。包夠三十個，就會拿去冷凍。等餃子皮兒硬一點了，再裝進食品袋凍起來。一直把冰箱冷凍室裝滿了，她才將手在案板上搓搓，興奮地說：「餓不死你了。吃膩了就去買點海鮮做著吃，換換口味兒。」

我一邊聽著，一邊感到眼睛濕潤起來。伽琳要是不幹導演，不那麼忙，一定會是一個相夫教子的好女人。不過，我總覺得她的安頓是多此一舉。我是不會買海鮮做的。嘴饞了，徑直去海邊大排檔，哪家人多選哪家，味道一定好。

幹完活，伽琳把桌子搬回家裡，洗手坐定後，抬手讓我為她捶背。這是我的長項，每次健身結束都要給學員拉伸。過去伽琳健身時，我喜歡開她的玩笑：「為你做放鬆按摩，得付雙倍的費用噢。」伽琳扭過頭不解地問：「為什麼？」

「單位面積大嘛。」

「真是壞啊。你再說，我就不來了。」

這話說得夠狠。我那時剛當教練，最害怕學員少影響收入，於是告饒道：「保證不再說了。再說罰捏三次。」

伽琳笑了，身體在抖動。我用手指頭沿著脊椎往下摁，遇穴位反復幾次，伽琳覺得舒服，會鼓勵我多摁一會兒。今天，她包了半天餃子，我就在她胳膊上輕揉慢撚，做空心拳擊打，以鬆弛她緊張的肌肉。之後，我又放倒搖椅，讓伽琳爬上去，為她捶背。

先灑精油，輕抹一層，等柔光熠熠，再用雙手由上往下用力推拿，一遍一遍，直至推出痧來。點揉穴位是伽琳的最愛，她喜歡那種痠中有痛，痛中有痠的感覺。按摩分兩種，輕為享受，重則治病。伽琳顯然屬前者。所以對她的按摩只能是點到為止。用力稍過，她就會深皺眉頭，責怪我說：「你弄疼我了。」

精油裡夾雜了生薑，灑在身上，推一會兒，灼熱感出現，辣乎乎的，有一種微微的刺痛。我心血來潮，突然把伽琳的短褲扒掉，將精油灑滿背部，然後由背向下，在臀部旋繞幾圈後，向大腿內側推去。伽琳開始還沒察覺，待灼熱感出現時，才擺動著身體大呼小叫。

我知道她需要我，順勢把她抱上床，從背後進去，她用手反抱住我的臀部，一邊喘氣一邊柔聲說：「你真是個頑強的戰士，按摩用力那麼久，還這樣堅挺。」我沒有出聲，雙手扒住她的肩膀，努力地擺動著。

過一會兒，伽琳翻身上來，緊緊地套住我，閉上眼睛摩挲著。我感覺到大海開始搖動，暴風雨要來了。

……

片刻，伽琳便醒了過來，覺得口渴，伸手拿過一瓶礦泉水，咕嘟咕嘟喝了起來。我說，你看，我倆像從海裡撈出來的，一身的水珠。她把眼睛一翻，責備我說：「不是說按摩消乏嗎？怎麼弄到這般田地？」我說：「你整天不是覺得自己胖嘛，這活兒減肥。」

伽琳從床上側身坐起，一臉認真地說，「那再減一會兒？」我連忙翻了一個身，躲開她說：「再減就會要命的。」伽琳大笑起來：「與你開個玩笑。你想做我還捨不得呢。我走後可要照顧好自己啊。不要偷懶挨餓。」

我說：「這世界上萬事可以偷懶，唯吃飯不能。懶驢還知道槽在哪裡呢。」

「那倒未必。」伽琳柔聲慢氣地說：「我給你講個故事吧。」

我側轉身，斜睨著她說：「可以啊。我正好多躺一會兒。」

5 認識市長

伽琳雖然為我備足了口糧，但她走後，我仍舊在外面吃飯，差不多吃遍了附近餐館。每到飯時，便站在街口不知將腳邁向何處。無奈，我決定自己做飯，至少伽琳還為我包下一堆餃子呢。

可我從小到大就沒進過廚房。唯一的一次是在高二時，與父親說崩了，跑進廚房把菜刀掂了出來。那是唯一的一次，也是最後的一次。母親去世後，父親既當爹又當媽。我是典型的飯來張口，衣來伸手。父親每次把衣服洗好，都會疊起來放我枕邊。夜晚入睡時，滿鼻子的洗衣粉味。

備戰高考時，父親更是忙前忙後，要麼往我杯子裡加水，要麼將削好的水果切成片放我案頭——躡手躡腳，大氣不敢出。所以，我哪裡會做飯呀。儘管伽琳走時叮囑，外面的飯吃久了容易上火，最好自己抽空做點兒素淡的；並且把怎樣用燃氣灶細細地演示了一遍；又告訴我米在哪裡，麵在哪裡，菜市場在哪裡。

可我還是沒有記住。菜都備好了，煤氣灶竟然打不著。這摸摸，那摸摸，左查右查，不知什麼狀況。沒煤氣了？好像不是。伽琳一來島上就去買了煤氣與水電。她在時，又沒做幾頓飯，不可能就沒了啊。

我只好去隔壁別墅敲門。開門的是位阿姨。其實我都快四十了，應該叫她姐姐。她留著比我長不了多少的毛寸頭，棕色中夾雜著少許白髮。皮膚像英國人一樣白皙。個子略高，挽著袖子。上身著絳色水洗布襯衣，下身著黑色亞麻短裙。她聽了我的請求，微笑著說：「你稍等，我去換件衣服。」

一會兒，她出來了。說是換衣服，只是加了個藍色圍裙。她大概會以為有些麻煩，要修煤氣灶什麼的，所以一進家門就先試煤氣灶。當看到有火星時，顯得輕鬆了，轉過身對我說：「看來煤氣灶沒有問題。我再看看其他地方。」

「是不是沒有氣了？」我提醒她說。

「那你把氣卡找出來。」

我把氣卡找出遞給了她。她正準備插卡時，忽然伸手將旁邊的一個小閥門動了一下，然後去打火，煤氣灶便著了。我一看，原來輸氣管上還有個機關，半寸多長，紅黃兩色，摁下去是關，拔出來是開。

「謝謝！」我像日本人一樣，彎腰向她道謝。

「沒事。」她似乎受了我的感染，下意識地也彎了一下腰：「以後有什麼要幫助的，儘管找我。」

我送她到大門口，她又回轉身，環視了一下院子說：「用完煤氣，把那個閥門關了，千萬不要忘了。不然煤氣灶關不好，會跑氣的。」

我紅了臉，發窘地笑笑說：「記住了，阿姨。」其實這些話，伽琳走時也給我說過，只是我沒有用心記，結果鬧出了笑話。

那之後，我們算是認識了。有時在海邊散步，碰見了還會打個招呼。她先生比她高一個頭，身材微胖，皮膚乾淨，舉止穩健，著一身質地很好的夏裝，一看就是那種長期過著尊貴優渥生活的人。

一天下午，我在門口看見他倆散步回來，便禮貌地邀請到屋裡坐坐。那男的微笑著，跟在女人後面不置可否；那女的說：「我要回去收拾家了。改天吧。」「好啊。我們是鄰居，隨時歡迎光臨。」我誠懇地說。不過，就在他倆離開之際，那女的突然回身對我說：「您會下棋嗎？我家先生喜歡下棋。」

「小時候陪父親下過，下得不好。」我說。

「那就來下會兒棋吧。我棋術不好，他覺得沒意思。您說不定還是他的對手呢。」

女人執著邀請，我不好意思推託，在門口用水沖掉腳上的沙子，跟著他們進了別墅。

院子大同小異，一進家門，情形便大不相同。客廳正面牆上是一幅王雪濤花鳥，不算大，但據我所知，應該很值錢，至少可以在京城買到一套房子。畫下面是一排紅木沙發，沙發前是茶几。茶几下鋪著地毯，一直延伸至門口。一看質地，價格也應不菲。畫兩邊是啟功先生書寫的楹聯：莫放春秋佳日過，最難風雨故人來。

餐廳依然寬敞，中間擺放著黃花梨木長條桌，兩面是做工考究的高背座椅。桌上有精美的茶具，古香古色。餐桌右側是一個古玩櫃，櫃頂上擺著女主人的照片，大約十七八歲的樣子，紮著小辮，圓臉，兩頰各有一塊紅色，顯然是高原上留下的印記。

6 對弈

下棋的過程中，我才知道男主姓孟，叫孟新雲，女主姓瞿，叫瞿小瑛。他們之間互相稱呼時，女主叫男主「老孟」，男主叫女主「小瑛」。我初見他們時，稱男主為叔叔，稱女主為阿姨。時間久了，女主建議我改稱她為瞿姐，稱男主為老孟。我於是從命改口。與此同時，我也告訴他們我姓喬，名介一。

老孟的棋術不十分高明，年輕時學的，當了領導後再沒有時間對弈。退休後，尤其是移居鶩島，時間多了起來。百無聊賴時，想起了年輕時酷愛的象棋，於是去書店買了棋譜，整天在家琢磨。琢磨得差不多了，就讓瞿姐陪他下。我的棋術自然比瞿姐要高明點，加之年輕，上道快，沒幾次，便可以隔三岔五地贏贏老孟了。故每次離開他家時，老孟都會說：「閒下來了，記得過來擺兩盤。」

老孟家有好茶，瞿姐又懂茶道，一邊喝茶一邊下棋，倒也十分愜意。久了，話題也開始由象棋向外延伸。偶爾談得投機，拖到飯時，還能蹭一頓可口的飯吃。總體來說，老孟的話不多，所談也只限於棋譜、茶道、讀書一類的。而瞿姐則不同，不僅話題寬泛，語速也較快，給人一種爽利而坦誠的感覺。她問了我的基本情況，知道我是古卯人後，彷彿一下子親近起來。原來他們過去也在古卯工作，差不多待了三十年。

老孟有時想制止瞿姐說話，但欲言又止。瞿姐顯然有些察覺，但並未理會。一次，她利用給我們添茶間隙，轉身對老孟說：「其實也不需要怕什麼了，也就那麼點事兒，何況已經結了案。剩下的時間，總不能就不見人了。何況介一也是個有來路的人，人不能不說話，長時間不說話，會憋出毛病的。」

老孟把吃掉我的棋子放在了桌子上，搖頭對我笑笑說：「你一個人在這裡，每天都幹些什麼呢？」

「寫電影劇本。」我實話實說。

「哦，是作家。」

「慚愧。目前還不能這樣講。」我拱了個邊卒說：「在學校寫了幾個本子，都不成功，現在仍在練手，能不能寫出來還沒把握。」

「只要勇於嘗試就好。百發一中，以後就會百發百中。有沒有被導演看中的本子呢？」

「在學校時有。畢業時同學中的導演拍過一個，不過比較短。」

「短不怕。只要好就行。有許多短片反而很有品質。現在寫的是哪方面的？」老孟把馬前進了一步，準備臥槽。

我車一進二，擋住了他的馬，繼續接著他的話說：「還沒有確定題材，關於都市風情的，過去寫過一個，有些單薄，現在想寫一個關於人性的，或者說關於命運的。」

「哦，這個話題好，可以不斷地開挖下去。不過，寫這樣的題材，需要經歷才行。」

「是的。我就是太年輕，經歷也不夠複雜。只能邊生活邊積累，當然還要大量閱讀。」

「對啊。魯迅先生說，寫作並無訣竅，唯有多讀多寫。」

「您挺內行呀。」

「我年輕時在市委工作，管過宣傳口，略懂一點兒。」

「老孟做過古卯市委秘書長。那些年古卯電影廠正火著呢。」瞿姐過來為杯子續水，插話說。

「蜻蜓點水。電影只是一方面。不過，上大學時喜歡文學，也萌動過寫電影劇本的念頭。」

「現在也可以寫呀。您有這麼好的認知。」

「不行了。一是老了，精力不夠了；二是文字缺乏文采，寫出來不生動。幹行政久了，動手寫東西的能力就弱了，不要說寫文章，就是念文章也經常出錯。搞行政真是誤人啊。沾染上一身八股味兒，與文學漸行漸遠。記得年輕時，還喜歡隨身帶個本本，認不得的字會去查字典，注上拼音和注釋；遇到新鮮的詞或生動句式，也會記下來。」

老孟說完，從椅子上站起來，對我說：「休息一會兒，上個廁所。」我說：「好的，您先去。」

老孟洗完手，說他想上樓躺一會兒，展展腰。我沒有事，就來到了客廳的書架前，細細看了起來。書架上有沙特的《存在與虛無》，叔本華的《作為意志和表象的世界》，《魯迅全集》《梁實秋散文》《林語堂散文》《周作人散文》《莎士比亞全集》和前蘇聯《多雪的冬天》《落角》《葉爾紹夫兄弟》《你到底要什麼》等。

我正翻著，老孟從二樓下來，我指著《莎士比亞全集》說：「您還有梁實秋翻譯的這個版本？他們說，比朱生豪那個譯本好。」

「逛臺灣時買的。回來一個字也沒看。那時候手裡有權，看上了，秘書就會買下，打捆好，郵寄回來作為資料報銷。有喜歡的你徑直拿去看。我現在老眼昏花，看不動了。」

我說：「那太好了，我有書讀了。我家裡一本書也沒有。和您這裡相比，缺書卷氣啊。」

「現在的年輕人，書都在手機裡。他們喜歡看電子書。」

老孟竟然如此懂年輕人，這是我始料不及的。我也曾責怪過伽琳，覺得她花上百萬裝修別墅，居然捨不得買一個書架。伽琳晃晃手機反駁：「都在這裡了。」

說了一會兒，我和老孟又坐在棋盤前，接著剛才的棋繼續下。開局前，老孟讓我執紅子，俗稱「紅先黑後，輸了不臭」，有讓我一招的意思。我剛才光顧著聊天，沒太在意老孟佈局，結果老孟三下五除二，就讓我的老將無法挪動了。

第二盤沒走幾步，就見老孟的一個巡河車正在馬口，我二話沒說徑直吃了。老孟哎了一聲，又將另一個車挺了過來，置於馬口之下，我以為他老眼昏花，沒看清，便不加思索又吃掉了。連吃兩車，我想這局老孟輸定了，沒料卻被他用馬後炮將我將死。後來看棋譜，才知道這叫陷阱，即通常所說的「挖坑」。

老孟下棋喜歡拼兌，踢里哐啷，兌得剩不了幾個棋子時，差不多總是他贏。我便納悶問他：「棋到最後，您彷彿總是胸有成竹，總是讓我吃子，而結局卻是贏家？」

老孟有幾分得意，誇我說：「聰明。看出了玄機。不認識你之前，我經常一個人下。三十二個棋子，常常是丟三落四，忙得照顧不過來。後來我發現，兌掉幾個子，就好招呼了。這時再琢磨，棋路就會清晰許多。有一次逛書店，居然發現還有《棋譜》這樣的書。於是買一本帶回，沒事了看看。末了再把棋盤擺上演練，忽然覺得廢棋、臭棋少多了。後來索性背起了棋譜，權當防止阿茲海默症。胸中有棋譜，自然會步步為營，想不贏都不行。」

聽他一席話，我才知道我那幾下，還處在入門階段。於是說：「可以借我《棋譜》一閱嗎？」「當然可以啊。」老孟說著話站起來，繞過客廳茶台，復上二樓。不一會兒下來，遞給我一本差不多兩釐米厚的書。我接過一看，是《象棋絕妙殘局》，便帶回家去認真閱讀了一番。

記棋譜我肯定比老孟快多了。熬油點燈幾個晚上，我背了許多絕招。譬如「白臉將」「雙車錯」「重炮」「悶宮」「臥槽馬」「掛角馬」「拔簧馬」「鐵門閂」「二鬼拍門」「大刀剜心」等。胸中有譜後，我又去了老孟家。楚河漢界，過去是瞿姐邀請，讓我陪著老孟玩兒，現在自己也要上癮了。

還是我執紅子，老孟執黑子。幾番拼殺後，老孟界內將位六與下二路交叉，車在我方四與兵行線交叉，炮在中路與宮頂線交叉。我仕相全，左肋底線一仕，中路與下二路交叉一仕，一相位底線七，一相位中路與宮頂線交叉。車在對方七路卒林線上，馬位對方八路與下二路交叉。

一言以蔽之，形勢於我極為不利，老孟此局行話稱「鐵門閂」，車再下挺與我帥齊，這盤棋就算結束了。

好在該我先走。我車三進二，老孟將六退一；我再平車殺士，置黑將於不動之地。

老孟肩膀一聳，面露囧色，認輸地說：「厲害。也會佈局了。這拔簧馬用得巧妙，很有迷惑性啊。」

這是我倆下棋以來他首次沒有讓我，而我贏了。不過他還是由衷地高興，拱起雙手說：「終於將遇良才了。」

我自然興奮有加，但沒敢用「棋逢對手」來回答他。我囁嚅著說：「多謝耐心栽培。從初學到現在，無不顯現您的大將風度和誨人不倦的品格。棋術固然高明，但棋品更令人尊敬。」

「哪裡哪裡，」老孟被我說得有些不好意思，一臉赧色：「生活就是這樣，有對手才有挑戰。有挑戰方覺刺激。象棋乃國粹，不流血的廝殺，即使劍拔弩張，你死我活，最終仍然一團和氣，不傷兄弟本色。」

7 小舟餐廳

棋下昏了頭，不覺便到了飯時，瞿姐說：「今天收拾屋子有點兒累，不做飯了，去外面吃吧。」「好啊。」老孟一邊收拾棋盤，一邊高聲應允。

我們去了海棠灣，那裡有個「小舟餐廳」，離我們住的地方三十公里。瞿姐開車，一會兒就到了。

餐廳由一男一女兩個年輕人經營。小夥兒一米八〇的個子，身上肌肉一條一條，幹起活來虎虎生風。女的則細腰纖指，戴副眼鏡，文縐縐的。

「小舟餐廳」其實不小，四條小船連在一起，籃球場一般大。每條小舟上有兩個包間，包間外有一個露天圓桌。那天正好降了溫，在車上倒沒覺得，下了車往船上走的時候，風吹過來，冷得我直打顫。瞿姐他們有經驗，穿了秋裝，老孟還戴了鴨舌帽，腰板挺著，看不出一點兒冷意。

餐廳生意不錯，幾個包間都坐上了人，我們只好坐船中央的圓桌。老孟他們與餐廳經營者熟悉，坐定後，小夥子與女人分別過來打了招呼。

瞿姐一邊翻菜譜，一邊詢問我想吃什麼？我站起來，雙腳交替在原地跳躍，見船邊一個用漁網做成的方型魚池，裡面全是海鮮，便說：「香辣蟶子吧。」瞿姐又把眼睛投向老孟，老孟說：「隨便。」瞿姐說：「沒有賣隨便的。」老孟就微笑著說：「你不是喜歡吃儋州紅魚嗎，點一條？」「好啊。」瞿姐回應著：「正好也讓介一嘗嘗。」

餐廳裡有音樂，是關牧村的《漁光曲》。我倒沒什麼感覺，老孟忽然像年輕了十歲，輕輕地踮著腳，上身前後搖晃著，頗有幾分陶醉。我看瞿姐過去為我們斟料碟，便走過去幫著端了過來。

來時帶了紅酒，瞿姐叫過戴眼鏡的老闆娘，讓她把酒醒上。

喝著乾紅，吃著海鮮，身上漸漸暖和起來。我見瞿姐去掉了圍巾，便問：「不是說鷺島沒有冬天嗎？怎麼說變就變？」

「冬天肯定是有的，」老孟說：「只不過是人們的定義不一樣罷了。北方如果有寒流，鷺島的溫度會低到五六度。這個溫度如果擱北方，就不算個啥，家家有暖氣嘛，但對於沒有暖氣的鷺島人來說，就會覺得冷。這是愛因斯坦的相對論。其實來島上，真正覺得冷的還是北方人。他們到鷺島，一看天氣這麼熱，就立馬換上短衣短褲，結果寒流來了，就會冷得受不了。而鷺島人久住此地，早已摸出了天氣規律，尤其是上了歲數的人，發現要變天，早早就換上了長衣長褲，甚至會帶上薄外套。」

「看來您已經有經驗了。」我打量著老孟的衣著說。

「那倒不是。其實還是年齡。你沒聽人家說，你媽沒讓你穿秋褲，你便穿上了，那說明你已經老了。」

我被老孟逗笑了。這是我與他接觸以來，他最放鬆的一次。或許是象棋讓我們親和了，或許是因為酒精起了作用。

飯後，我們爬上岸，坐進了SUV。瞿姐一手扶方向盤，一手托在副駕椅背上，側過身問我：「飯菜味道如何？」

「好著哩。」我說，「他們在這麼遠的地方開餐館，竟然有那麼多人光顧，不容易啊。」

「全是回頭客。」瞿姐徐徐向前開著，在後視鏡裡看著我說：「都從大老遠跑來，餐館開在這個港灣，是遠了點兒，但污染小。這些年，鷲島遊人多，海邊污染也嚴重起來。」

老孟開始打盹，頭向前一撲一點的。我看了一眼，見他繫上了安全帶，就沒有再管他。瞿姐說：「初上島時，還真是不能適應鷲島的夏天，雙手滿是濕疹，指甲縫癢得簡直無法忍受。現在好了，偶爾出點疹子，抹點兒藥就過去了。」

「你們在北方沒有房子？」

「原來有一套別墅，在蕞嶺的一個山上，是老孟的。前段時間拆了，說是要保護生態。那套房子讓老孟提心吊膽好一陣子。起初，聽說要拆，我與老孟一起回去，把能看出主人的痕跡全部清除掉了，只剩下一些電器與紅木傢俱。再後來，電器與紅木傢俱也被附近村民搬走了。空空的別墅矗立在那裡，我就勸老孟，咱們回鷲島去吧，不要管了。老孟說，不可，再觀察幾天。」

老孟打起了呼嚕。我為了聽清楚，身子朝瞿姐的座椅傾了傾。

「一天，老孟聽說蕞嶺塵土飛揚，幾百套別墅一拆而光，就找朋友要了個車，親自去看了看。回來後直吶喊，趕緊去飯館，我要喝酒。我見狀，知道別墅拆了，就二話沒說，要了個快車，和老孟去了附近飯店。」

「噢。房子拆了還這樣高興？真是奇葩的事兒。」

「話說起來長了。你可能感覺到了一點兒什麼。你沒來之前，我們是什麼人都不見的。用老孟的話說，叫避世避人，但現在我改變了主意。我擔心老孟長此以往，會孤獨出毛病，就鼓勵他忘掉過去，重新開始，在這裡建立新的人際圈兒，反正事情已經結案，該罰的該打的都經過了，怕什麼？正在這時，你出現了。我說讓你來下棋，實際上是個藉口，目的是想改變一下老孟的單調生活，讓他儘快從傷痛中解脫出來。」

「傷痛？」我感到有些蹊蹺，脫口而問。

「是的。老孟之前被北京叫去過，是受過驚嚇的人。好不容易放回來了，再因為一套別墅引出些什麼事情來，那可就是一波未平又起一波啊。他現在真是經受不起折騰了。那套別墅是一位承包商送他的，嚴格地講應該算受賄。他在北京受審時，不知道該交待什麼，竟然把這套別墅忘了說，人家似乎也沒有掌握，算是糊裡糊塗保存了下來。」

「是呀。生活往往是這樣，屋漏偏遭連陰雨。沒有事什麼事都沒有，有了事可能就一事連一事。拔出蘿蔔帶出泥，大概就是形容這種狀況吧。」

說實話，瞿姐的坦誠讓我暗自欣喜。我這時已被職業本能牽引著，恨不得把天下人的故事都套出來。但我必須耐住性子循序漸進。我不能讓瞿姐看出什麼，然後把我從她家攆走。下棋不下棋倒無所謂，可失去挖掘這樣一位傳奇官員的故事，卻是個莫大的損失。

「你說的沒錯，老孟能平安回來，是有貴人相助。現在因為一套別墅，節外生枝，連累了當時保護他的人，就不好了。所以那天蕞嶺回來，他喝得酩酊大醉，半夜起來上廁所，嘴裡還嘟囔著說，拆了，拆了……」

「老孟真是被整怕了，」我似乎在繼續著與瞿姐的對話，又宛若在自言自語。

「是這個樣子。老孟從北京回來，對我極少說被叫去的事，我也從不主動相問。但我能感覺得來，他去之前與回來之後，許多地方都變得不同。我現在的一切努力，就是想讓他在性情上回歸從前，該說的說，該笑的笑。權力財富沒有了，生活卻要繼續呀。」

我突然覺得瞿姐這個女人不同尋常，我應該和她多聊，或許這是個切入點。臨分手時，瞿姐建議第二天下午去穹遠寺看看。我立馬毫不猶豫地答應了。瞿姐說：「鶩島上午涼快，你可以用來寫作，下午悶熱，就去海邊看景。坐在椰樹下，海風吹過，亦是快事。」

8 穹遠寺

說話間，車已經開到了穹遠寺。瞿姐把車停好，但沒有馬上下車，她想讓老孟多睡一會兒，沒想到老孟已經醒了。他去掉安全帶，胳膊向前伸了伸，回過頭對我說：「不好意思，又睡著了。聽說蘇軾來過穹遠寺，還留下了詩詞與手札。我來時查了查資料，耽誤了午睡。」

「您的午睡不是雷打不動嗎？」瞿姐略含反諷地說。

「也有破例。出國倒時差，重要會議，以及某些自己感興趣的事情，都可能會犧牲午休。」

瞿姐沒有理會老孟，轉身關上車門，撐起一把太陽傘，徑直朝寺院走去。

穹遠寺在鶩島的西北角上，是海州禪林聖地。寺外樹木茂盛，遮天蔽日。寺內環境清幽，香火嫋嫋。每逢重大節日，信徒們絡繹不絕，求香者甚眾。

我們去時，寺院信眾稀少。瞿姐領著我，一邊走，一邊講解，老孟靜靜跟在後面。

說到蘇東坡數次前來參禪禮佛，並寫下感人詩文時，老孟說：「蘇軾管不住自己的口和手，敢說敢寫，結果被一貶再貶。我們今天到這個地方，坐飛機兩個小時，坐火車整整一天。可東坡那個年代，要到這塊地方，舟車勞頓，盜匪打劫，九死一生啊。你看他那幾句詩，『九死南荒吾不恨，茲游奇絕冠平生』，不就是說他一路南來，經歷了無數的艱難險阻嗎？至於贊穹遠寺的風景，他說是他見過的諸景中最好的風景，我卻有所懷疑。文人褒獎一個地方，所用詞語，自然是發自內心，即所謂的真情出好詩，但靜下心來仔細推敲，便會發現他們的情緒是混亂的，矛盾之處頗多。你想想，蘇軾一生遊過的勝景何其多也？他到這裡，已至晚年，可謂曾經滄海，但他仍稱穹遠寺奇絕冠平生，是不是有言過其實之處？如果是真心話，那他那些稱讚廬山的詩呢？西湖的詩呢？」

沒想到老孟不輕易開口，一開口卻還挺有深度，並不盲從。看來他那天說的「當官誤人」也不盡然。屈原、司馬遷、柳宗元、白居易、蘇軾，不都是官場中人嗎？為什麼還能寫出那麼多的好文章呢？

不過，我沒有直接表揚老孟，只是順著他的思路往下走，我說：「名勝有名人讚頌，或詩詞或文章，便會大放異彩，為景點罩上一層光環。但也會出現一些溢美之詞，致使遊人感歎：看景不如聽景。」

「可人們還是願意相信那些名人。」老孟說，「他們的絕代才華足以令世人感動，有時雖覺言過其實，卻仍然會慕名而去。譬如滕王閣、鸛雀樓等。」

「我懂不了那麼多，」瞿姐插話說，「我喜歡來寺院，起初只是喜歡這裡的安靜，久了，竟迷戀上這種香火繚繞、幽靜莊穆的氣息，由膜拜到頂禮，完全是個自然而然的過程。現在我每天清晨在書房打坐誦經，樂此不疲。」

「您對佛教這麼虔誠啊。皈依了嗎？」

「沒有。不過我也不打算皈依，我信即可，不過於追求形式，有些戒律我也做不到，譬如殺生。我對蒼蠅蚊子恨之入骨，每次見了都要窮追猛打，以滅掉為終極快樂。出家人就不一樣，抓住一隻蚊子會放到戶外，或者任其叮咬。說到這兒，我還真佩服那些高僧。他們能自主掌握生死，料大限已到，便會不吃不喝，坐等涅槃，真是了不起了。」

「能掌握了自己生死的人，才是真正的強者。」老孟附和著說。

我彷彿也想說點什麼，但又覺得這樣的話題離自己太遠，過去從未思考過，現在一下子也理不出個頭緒，就低著頭，跟著他們上了「海天閣」二樓。

這裡是寺院的風水寶地，有茶室、圖書館、自助餐廳，因為還沒有到飯時，都顯得十分安靜。我們移步露臺，要了一壺安吉白茶，邊飲邊聊。

遠處一片湛藍，海天同色。其間有船在行動，像蝸牛一樣，如果不參照旁邊的小島，你還真以為它們停泊在那裡呢。

住持從樓下上來，他好像與老孟認識，徑直過來作揖：「慢待慢待。」老孟從椅子上立起，招手服務生再加一把椅子。

服務生戴一無邊眼鏡，身著灰色布衣。相貌韶秀，舉止輕盈。她將椅子放好後，深彎一下腰說：「師傅慢坐。」

住持表情溫煦，見我對服務生顯出好奇，便說：「這裡的服務生都是全國各地來的志願者。每到冬季，不少大學生為了來這裡遊覽或靜修，就應聘做服務生。你剛才見到的這位，正是從京城來，是中央民族大學的學生。」

「噢。長見識了。剛才見大廳走動人員，每每不俗，原來竟是各地的志願者啊。」

「是這樣的。」住持法號根通，他為我們介紹說：「本寺乃海天福地，佛掌明珠。有些寺院有山水，有樹木，但不臨海。穹遠寺天地人佛合一，樹海交相輝映。明代曾沂曾以《叢林》為題賦詩，就仿佛為寺院畫了一幅全景。他說，寺院四圍叢林盛密，古樹參天；曲折的枝幹從寺外盤延過來，蔥郁的綠葉罩蓋了紅牆藍瓦；人們遠處瞭望，只能聽到四際隱隱傳來的鐘聲，而不知寺院在林海的何處？」

住持說：「曾沂的詩可以查到，我年齡大了，記不住，只能用白話說個大概，不一定確切。但他的詩卻形象地寫出了寺院的威宏雄深，博大廣厚。當然最著名的要數蘇軾的詩了。一〇九七年，蘇軾渡海來島，獨宿老城，次日遊穹遠寺，為其美景陶醉，欣然寫下『幽懷忽破散，詠嘯來天風』。由此可見，他一路顛簸，被貶的鬱積並沒有消散，到這裡聽到天風，方才呼嘯賦詩，破散幽懷。什麼風叫天風？山間之風不是，林間之風不是，只有海間之風才是啊。」

根通住持說：「穹遠寺還有個特點，因為南方的廟宇，院內便有與北方不同的花草，譬如貝葉棕和雞蛋花樹。種種因緣顯示，蘇東坡和歷代文人喜歡穹遠寺，皆由寺的奇特而吸引，這便是海寺與山寺的區別。」

根通法師不僅學識淵博，而且還是個書法家。在茶臺上飲完茶後，我們又隨他去了書房。他閒來無事，寫了許多小幅書法作品，專送來訪的客人，如「靜虛」「福緣」「無我」之類的。臨出門前，他分送我們一人一張，又陪我們到寺外，然後止步，手撚佛珠微笑著送我們離開。

瞿姐開車，與伽琳的風格截然不同，平穩、勻速，點剎車與加油幾乎沒有感覺。車出院門不一會兒，老孟便打起了盹。我放低聲音說：「老孟的午睡，真是雷打不動啊。」「你觀察的細。」瞿姐說，「他的口頭禪就是中午不睡，下午崩潰。」我說：「這個習慣好，許多長壽老人都有午睡習慣。」

「那倒無所謂，我和老孟在生死觀上比較一致。一切隨緣。」

9 統稿編輯

回到家，我煮了一袋速凍餃子，調好辣子油，正準備享用時，伽琳打來電話，要我明天趕到北京，說她將票已經為我買好。我吃完晚餐，去海邊走了走，又向老孟兩口道了別，然後回家收拾行囊。

飛機落地，約二十分鐘才開艙放人，下弦梯坐擺渡車，又是二十分鐘。到接機處，差不多一個小時了。伽琳見我出來，接過背包，拉著我向停車場走去。

上了車，她拿出一瓶純淨水遞過來，問我餓不？說後備廂有餅乾，可以先吃點兒。

我說：「飛機上吃過了。」

伽琳一踩油門，風便從車窗外吹了進來，她的頭髮向上卷起，在椅背上翻滾著。我喊叫著說冷，伽琳才反應過來，慌忙把車窗關上，然後側過身問我：「還穿著南方的衣服？」

「肯定是嘛。去的時候就忘掉帶上冬衣。」

「一個人待在鷲島寂寞不？」

我說還好。接著就把認識老孟夫婦的事對她講了。伽琳說：「那就好。有個去處，下下棋，聊聊天，總比一個人悶在家裡要好。」

我說：「其實一個人宅著，也挺好。認識你之前，我差不多經常一個人在家待著。」

「恐怕還有一個人陪著吧？」

「或許有，但多數時間是一個人。」

伽琳扭過頭做了個鬼臉，「我才不管那麼多呢。只要現在忠誠於我就好。」

伽琳就是這麼個人。永遠能想得開，從不把糟心事長久擱在心頭。每天倒頭就睡，醒來之後，不是電話不斷，就是急匆匆做飯、化妝，抑或開車出去應酬。總之，從早到晚，忙得幾乎沒有個停歇的時候。

伽琳在北京有一套複式住房，在二十層。屋外有四五十坪的陽臺，可以觀景、燒烤、喝茶。十年前花三百多萬購得，現在升至三千多萬，似乎還有向上漲的空間。

這次回北京，伽琳要我擔綱一部電視劇的統稿編輯。劇名為《暗潮》，共一百二十集。編劇十二人，一人寫十集。主題是反貪防腐懲黑治惡。

框架調子已經定好。貪腐數額為四點九億，貪官級別上至副國級，下至副處級。主角四十多歲，為最高檢察院反貪局偵察處長。精明幹練，無所不能，有極完美的英雄氣質。

劇情梗概頗為滑稽，受賄人為國家某部委項目處的一位處長。當偵察處長鄒亮臣前去搜查時，發現地下室的每個房間都滿滿當當，撤去覆蓋物後，竟是一層層碼得整整齊齊的人民幣。而令偵察員吃驚的是，貪腐者竟然是一個長相敦厚，衣著樸素，十足農民樣的人。當工作人員拿出手銬，要帶他走時，他竟請求給他十分鐘的時間，讓他把泡好的速食麵吃掉。

這位農民樣的處長，在被審的過程中，相繼交待出十幾位與案件相關的人。其中一位是D省京畿市副市長，叫祝正義，但因為有背景，得到消息後，化妝出境，逃往海外，案件由此變得撲朔迷離。

而另一條線索，也因為主偵察人、D省反貪局局長遭遇車禍而中斷。不得已，最高檢察院反貪局只好親自插手，派出偵察處長鄒亮臣參與調查。富有辦案經驗的鄒亮臣避開高層巨貪，從小人物入手，從基層入手，從D省國企股權入手，像挖牆角一樣，一層一層向上，鎖定與案件有染的省委副書記、政法委書記、京畿市委書記等腐敗人物，最終挖出了「政法系」和「秘書幫」在D省的黑惡團夥，並由此將觸角延伸至某副國級領導。至此，由D省腐敗份子精心構架的所謂「改革大廈」轟然坍塌，那位身居高位、呼風喚雨的神秘人物，也被送進了大牢。

劇情複雜，人物眾多，策劃又是個老手，一出場就安排了一個離奇車禍。他殺？自殺？罪犯隱匿深山、星羅棋佈的圍剿、長時間的持槍對峙，各種人物在矛盾衝突中凸顯性格，在勾心鬥角、反腐與反偵中較量。層層設伏筆，集集留懸念。一百二十集的電視，說穿了只有一個目的，吸引眼球，提高收視率，最終賺個盆滿缽滿。

故事梗概是請了幾個高人，通過一集一集侃聊，大致有了脈絡後才報有關部門審定的。初寫劇本的人自然不知其中道道，以為好本子便能得導演的賞識，其實真正能出籠的，事先都與有關方面勾兌過：寫到什麼級別、貪腐數字限定、正反面角色比例等等。如此才找製片、導演、編劇，組班子，搭架子。否則，沒有人願冒如此風險：幾十億的資金，一旦審查擱淺，投資如同打了水漂。

流覽完大綱，我瞪著眼睛看伽琳，那神情顯然是對伽琳的決策有些憂慮，這麼大的投資，這麼敏感的題材，你玩砸了怎麼辦？

伽琳一眼就看穿了我的擔憂，平靜地說：「你只負責文字上的潤色和邏輯上的合理，關於劇情的編寫，另有團隊操刀。政治上的提法，我也找了專人把關。」

噢。我鬆了一口氣，如釋重負。謝天謝地，我正對這件事發愁呢。依我之年齡、經歷，以及對國家大政方針的瞭解，要把控如此規模的電視劇，底氣還是不夠。伽琳一席話，無異為我吃了定心丸。

由此，我第一次知道，電視劇還可以這樣編寫。事先擬好詳盡的大綱，每一集都有專人負責，然後再細化行業分工：有寫服裝的，有寫環境的，有寫對話的，有寫風景的，集團化生產，流水線作業。

因為是大兵團作戰，自然請不來特別有水準的編劇，所以文字粗糙、直白、錯謬隨處可見，工作起來並不輕鬆。但我早有思想準備，事先就警告過自己，遇到任何困難，都不言放棄。這年頭，大家日子都不好過，且行且珍惜。

看稿有時在北京，有時在鶩島，有時很順暢，一看一萬字，有時則坐在桌子前，一天也不想看幾個字。伽琳說：「一天看五千字都不得了了。你算算，一年可以看多少字？這個電視劇本也就一百多萬字，多半年就看完了。其實你也不要太急，先看上十集八集的；我們開拍了，你就可以從容些了。」我說：「理論上是那樣，但總有看煩的時候啊。」

伽琳說：「沒事，我來幫你。」說著就走過來，一會捏脖子，一會捶背。我說：「我又沒七老八十，你折騰我幹嘛？求求你了，讓我清靜點兒，至少可以讀幾頁書啊。」

伽琳並不理睬我的告饒，一邊捶打一邊說：「你不懂，女人的手通文曲星，揉著揉著靈感就來了。」我嬉笑著說：「恐怕通維納斯吧？揉著揉著，性感就來了。」

伽琳說：「那多好呀。靈感性感本來就一脈相通，就像銅幣的兩個面，我都喜歡。」她把捶背的手從我後腰攬過來，緊緊地抱住我；我轉過身，把她壓在地毯上，瘋狂地翻滾在了一起。

窗外是海，海邊是椰樹，樹下有人在揀貝殼、照相。鳥見人多了，連擺pose都學會了。

事後，我說，「大清早的，弄得人困馬乏，這劇本還怎麼看？」伽琳翻了個身，將大腿壓在我身上，咬著耳朵說：「那就繼續睡。」

10 舅舅

《暗潮》在某台衛視播出，萬人空巷，收視率創當年新高，伽琳因此而美美地賺了一把。我跟著搭順車，得一千三百萬稅後稿酬。人有錢了，腰桿也就硬了。錢一到賬，我就果斷地在三環買了一套複式住宅。十年漂泊，終於有了一個落腳的地方。

慶功會在希爾頓飯店舉行。參加活動的有文化、廣播電影電視等單位，以及劇組所有人員。文化部門領導致了賀詞，電視中心為劇組頒發了獎狀。

禮堂裡坐滿了人。伽琳上臺領獎，一襲紅色寬鬆筒裙。追光燈下，就像一堆篝火，燃紅了自己的臉龐，也染紅了整個會場。掌聲經久不息，口哨聲、吶喊聲此起彼伏。因為劇組的人占了半壁江山，喝彩聲異常激昂，彷彿事先排練過的。

禮堂慶祝結束，伽琳又在北京賓館搞了個小範圍聚會。參加的有男女主角、製片人和片名題字的書法家等。我因為與伽琳的關係，也忝列其中。當然這次聚會的特殊性還在於，伽琳的舅舅要來。

嘉賓們早早就到場了。互相擁抱，祝福，合影。舅舅來得最晚，不對，應該是別人來得太早了點兒。他坐定後，其他客人才在伽琳的安排下陸續入座。舅舅向大家微笑，客人們恭敬地點著頭。隔壁還有一桌，為司機秘書和劇務。伽琳向舅舅介紹了客人，舅舅說：「男女主角就不介紹了，我印象深刻著呢。演得好。」伽琳問：「堅持看完了？」「那當然。不管多忙，晚上這兩個小時都會留出來的。」

介紹到題寫片名的書法家時，舅舅向他伸出了個大拇指，肯定地說：「你的字寫得好，有功力。」

「多虧了您的支持，」書法家站了起來。「當初我寫行書時，找不到感覺，我就改用了草書。您看後說，草書好，有飛動感，有氣勢，正合了劇名的意思。沒有您的這句話，導演是不敢用草書的。」

當然，這次《暗潮》能大獲成功，主要是靠了舅舅這只幕後推手。有舅舅的支持，各個環節都運作得十分順暢。萬事俱備，只欠東風。舅舅就是《暗潮》的東風。

席間，舅舅做了個簡短發言。他說：「我們是共產黨領導下的，以人民為主體的國家，所以，黨和國家，黨和人民，就是一個永遠不可分割的整體。改革開放以來，一味地重視經濟效益，而忽視了黨的建設與領導，以致黨權旁落，中心分散。一部分人趁機牟利，任人唯親，裙帶繁殖，並大肆掠奪財富。說得可怕些，再過幾十年，國家將被掏空，資源將被掏空，人民將重墮水深火熱之境地。《鐵達尼號》在座的都熟悉吧？危險啊。祖國這艘巨輪，再不校正方向，就會一路撞向冰山，萬劫不復。同志們，再這樣下去，悲劇不是能不能發生，而是必然要發生。反腐的偉大意義，就是把丟失的權力奪回來，交到真正為人民服務的人手中。如此，才能長治久安，才能實現共產黨人的偉大的中國夢。」

舅舅有些亢奮，語氣變得激昂起來：「你們這部電視劇功莫大焉，歌頌了大批堅守在反腐一線上的工作人員。他們冒著常人不敢冒、不願冒的風險，夜以繼日地與暗潮搏鬥。任務一來，長時間與家人分離，辛苦不說，還有可能被人盯上、黑打、暗害，有的甚至連累了家人。同志們，這是一個高危地帶啊。他們是新時代的共和國衛士，也是和平時期最可愛的人。」

舅舅講話時，手裡始終拿根筷子，向前一摁一摁的，仿佛為自己抑揚頓挫的節奏找過門。飯廳靜極了，沒人敢絲毫分心。伽琳也是，身子前傾，耳朵微側，一副神情專注的樣子。不過，伽琳看到舅舅用舌頭舔了一下嘴唇，有了要停頓的意思，便不失時機地把茶杯遞了過去。

舅舅放下筷子，接過茶杯小呷一口，接著剛才的話頭，又講起來，不過語氣緩和了許多，放下的筷子也沒有再拿起來。他說：「這部劇裡，把反面人物設計至副國級，事先是徵求過有關部門的。而實際情況比這個要嚴重得多，但文藝作品不能這樣寫，本著正面宣傳的原則，只能到這個程度了。」

舅舅講話時，我一直盯著他看。他顴骨高聳，兩頰凹陷，鼻翼兩邊刻著深深的法令紋；所著灰色中山裝，也略顯寬大；眼睛也失去了當初的銳利；嗓音變化尤其明顯，暗啞渾濁，中氣耗散，雖然講話還保持著原有的節奏，自信滿滿，但比他在京畿市當市長時，瘦弱得多。那時的他，睿智、精幹，眼睛炯炯有神，肌膚的彈性十分之好。可謂一臉瑞光。老孟說，政治誤人。面前的這位高貴者足以說明，政治也費人。

舅舅講完，站起身來沿桌子和大家一一握手，然後轉身走向電梯。我和伽琳一直送到樓下。上車前，舅舅用拳頭砸了一下我的肩膀，不無欣賞地說：「伽琳有眼光啊。好身板。等著喝你們的喜酒。」

我看著伽琳傻傻地笑著，不敢造次回答。伽琳倒很大方，扶著舅舅的胳膊說：「會有那一天的。」

汽車開了過來，加長紅旗，莊嚴偉岸。秘書下來開了車門，一手護住舅舅的頭，一手扶著舅舅的胳膊，看著舅舅坐穩了，方才輕輕關上車門。

11 唐家玲

伽琳送走舅舅，與劇組的人打了個招呼，就開車回家了。一進門，她先脫掉外套，徑直去洗澡間給池子裡放了熱水。「一起洗可以不？」伽琳問。「當然可以了。」我愉快地回答，並迅疾脫掉衣服，先躺了進去。

伽琳因為要開車，剛才席間沒有喝酒。進洗澡間時，左手拎一瓶威士忌，右手拿兩個酒杯，跨進浴池，她把酒杯放浴盆旁邊，斟滿後，自己執一杯，遞給我一杯，長呼一口氣說：「祝賀你，有了自己的房子，今後就能舒展一下了。北京這個地方，有了房子，才算結束了漂泊。房子就像船上的錨，一日不拋下去，一日就不會安寧。」

「說得好。」我拿起酒杯，提提身子向前傾去：「祝賀你。只有經歷了寒冷的人才配得上談溫暖。我會永遠記住你的好。大恩不言謝。乾一杯。」

「不客氣，慢慢喝，這酒貴著哩。」伽琳用手指托著高腳杯，在下頷周圍左右移動著。

我突然想起伽琳上次告訴我關於威士忌的一些知識。今天這日子不同尋常，她一定從橡木桶中拿出了貯藏的最好品牌酒。儘管我於威士忌，仍處小白階段，難以用舌頭判斷出它的年份，但我還是學著伽琳的樣子，小酌一口後，用舌頭在口腔裡迴旋了一圈兒。

伽琳從浴盆邊滑進來，在我的對面躺下。水開始嘩嘩向外流。「這會兒才覺得真正放鬆了。」伽琳說，「這部戲雖然是舅舅的主意，但前前後後全由我來擔綱。事無巨細，每個環節都得想到，並且能落到實處。在北京二十年，這次幾乎用盡了所有關係。」

伽琳原名唐家玲。後嫌俗，改伽琳。出生在中國最北頭一個叫籠江的地方。十歲時隨父母到甯鄺，在那裡上完高中後考入北京電影學院。父親是一般幹部，母親是教師。還有個弟弟，一生下來就是個腦癱兒。母親領著他看遍了寧鄺大小醫院，都沒有什麼太好的辦法，僅學走路就花了三年時間。

小學時代，伽琳做完作業的第一件事就是陪弟弟走路。那會兒住的是筒子樓。在樓道裡，她拉著弟弟的手，來來回回地走，幾十次，幾百次；有時她會鬆開手，跑到十幾米遠的樓道的另一頭，在那裡等他。他搖搖晃晃向她走來，有時差一兩米，她看他要摔倒，就疾步向前抓住他，抱起來在額頭上親一口，然後放下去，讓他繼續走。

據大夫講，腦癱這個病，沒有什麼藥可醫，只能通過不停地走路，來刺激大腦相應部位，以增強四肢的靈活性。所以，走路對弟弟，就像作業於她。只要有時間，不管是她或爸爸媽媽，都會陪弟弟走路。走路成了她們家第一要務。樓道也好像成了她們家的樓道。鄰居們見她陪弟弟走路，都會早早地靠牆根走，微笑著向她點頭。她感動著並堅持著。

那時她們全家唯一的願望就是弟弟能獨立走路，能下樓，最好能去學校讀書。當然也有最低目標，那就是弟弟將來能獨立生活，自己照顧自己。她當時還暗暗下過決心，將來一定要賺錢，賺很多錢，用來為弟弟治病。或許將來醫學會出現奇跡，讓弟弟成為正常的人。

幾杯威士忌下肚，我倆都興奮起來。伽琳將酒杯放在浴盆的旁邊，示意我過去。浴盆是橢圓型的，寬敞、潔淨，晶瑩如玉。我側過身，抱住伽琳，在耳朵上輕聲說：「稍等，我去拿個東西。」

伽琳忽然摁住我，語氣堅定地說：「不要戴了，我們生個孩子吧。」

「你有時間看管？」

「雇保姆呀。」

「算了吧，」我勸她說，「養一個孩子，沒時間陪，將來就不會有感情。我小時候在爺爺奶奶家長大，回到城裡，媽媽都不願意抱我，怕我弄髒她的衣服。還有，生個孩子，不全心全意撫養，將來不成個樣子咋辦？拉架子車、當臨時工還無所謂，打群架進號子怎麼辦？世上最大的風險投資就是生孩子。你養育他了，他不成器，你尚能接受；沒盡父母責任，全程由保姆看管，出問題了，你悔不？」

「那整天就我倆，你不覺得單調嗎？」伽琳關掉浴池進水龍頭，浴室安靜下來，「那就養個寵物吧，或貓或狗都行。」

「也不可以。」我輕攬伽琳的腰際說，「你整天那麼忙，丟給我，不是把我拴住了？我又是個丟三落四的人，記事不上心，養死養殘了怎麼辦？再說，我倆經常去外地，帶不帶？帶上，火車呀，飛機呀，多不方便；不帶，留給朋友，一次兩次還行，經常性的，你說人家煩不煩？」

「哎，你盡說喪氣話。」伽琳直起半個身子，一腳把我蹬到一邊，然後側身躺下，給了我一個白脊背，不理我了。

我方才點燃的興趣還沒有過去，雙手向前環抱伽琳，輕輕地在背上吻著，見她不生氣了，便從後面進入，猛烈地聳動著。

伽琳突然抽搐著身子哭出聲來。我頓時驚呆了，俯在她耳朵上問：「怎麼啦？」她把頭抵在浴盆邊上，喁聲說：「我怎麼覺得我特別孤獨。」

我不吭氣了。我知道人在成功時，最想與自己相濡以沫的人傾訴，或者跟自己最親的人在一起。而我與她，這兩個角色一個都不沾邊。我只是她的性伴侶，說離譜點兒，也就一個寵物而已。我知道她的身世，也知道她這些年的不易，但我並沒與她共同經歷這一切。同是天涯淪落人，相逢未必曾相識。

伽琳與舅舅，其實也是一種利益上的關係，親情並不那麼濃深。舅舅十多歲離開老家去皓山插隊，大學畢業在古卯工作了一段時間，又上調京畿，不久，把父母也接到了身邊。之後，便再沒有回過寧鄘。伽琳的母親因腦癱兒的拖累，也很少走動，故與舅舅的聯繫並不很多。再說，舅舅是官場之人，大半輩子的心思都用在了工作上、升遷上，不能說六親不認，但也不是那種經常去親戚家走動的人。久之，自然與伽琳家拉開了距離。

真正與舅舅走近的，把親情連接起來的，就是伽琳。她要在北京生存，這棵大樹必須依靠。她上北京電影學院時，舅舅在國家某部委工作，身邊也沒有孩子，她便有事沒事經常去看看。舅舅不在家時，她就陪舅母。她是家中老大，又有個腦癱的弟弟，早早就懂事了，知道疼人，也有眼色。出門人三輩小，何況她本來就是小輩。時間長了，舅舅就把她當成了女兒，但他太忙了，幾乎沒有時間回家。伽琳說他神龍一般，經常是見首不見尾。不過，重要事情他還是會幫助伽琳的。譬如這次這部電視劇，從動筆、投拍、審批等，處處都能顯出他的威力。

當然這裡面也有舅舅的利益，他需要伽琳在這個時刻，為他彰顯政績，樹碑立傳，為他的所作所為尋找理由。

這樣的人，伽琳自然不能與他深談，而遠在千里的父母，也難以理解她在這裡的酸楚，更難與她分享成功的狂歡，偶爾通通電話，也只能說點兒家長里短，或互相報個平安，故無處不在的孤獨常常齧噬著她，令她不安而又不知道如何排遣。

我覺得有必要與伽琳深談一次了。我們這個年齡的人，不管是成功者還是失敗者，內心都存在著強烈的不安全感。我要告訴她，我也想要孩子了。爸爸每月給我打一次電話，問的最多的是找到女朋友沒？言下之意，就是渴望有一個孫子啊。我給他老人家說：「結婚不是問題，問題是必須先立業才行啊。」

我知道，父親整天操心著我，有時整夜整夜睡不著覺，但又一點兒也幫不上我的忙，我的房子、女人、工作。父親能做的，就是去三學街賣字。每天回來，他都會把錢整理好，放櫃子裡，一個星期一存，半年一次轉存。他知道這點兒錢對我在北京立足無濟於事，但緊要時，或許能救一下急。我太瞭解父親的性格了。他不求兒子聞達，但也希望我能自食其力。

然我偏偏心性高傲，要考電影學院，喜歡上一個不掙錢的專業，還想出人頭地。年輕的時候，北望中原，躊躇滿志，心想著寫一個劇本，拍成電影，即可家喻戶曉，名滿天下。等有了一點兒年齡，才知道主觀努力與客觀實際並不同步。梵谷、卡夫卡有才吧？但都窮困潦倒，貧病交加。所以，我有時也心灰意冷，想回古卯找一個藝術學校上班，再找個志趣相投的小家碧玉，成個家，生個孩子，週末叨陪鯉對，也悠哉樂哉。

但我羞於這樣，我還有夢，一個不知道什麼時候才能實現的夢。認識伽琳，夢變得越來越具體，但什麼時候實現卻不得而知。我有我的性格，執著地要寫自己喜歡的題材，不為市場左右，不趨炎附勢，不讓鈔票捆住自己。現在為伽琳捉刀代筆、當槍手，也只是劉備種菜。等第一桶金積攢夠了，我就會義無反顧去做自己喜歡的事，讓夢成真。

可這一切又怎麼給伽琳說呢？讓伽琳誤會了怎麼辦？她如果認為我身在曹營心在漢，與她相愛只是過渡的跳板，怎麼辦？在這個問題上，我不能有半點兒閃失，我必須找個合適的時間，告訴她，我也十分願意與她生個孩子。但也希望她給我時間，支持我先實現我的電影夢想。

12 弋鳶媽媽

接下來幾天，我們關掉了手機，一直宅在家裡。到了週末，伽琳說她要去舅舅家，問我去不？我說前些天見過了，不夠熟，擔心沒有話題。伽琳說，也是這個理兒，你自由活動吧。

伽琳走後，我約了弋鳶，準備在「本格一吃日本料理。弋鳶說她母親來了。我說一起吧？弋鳶說這樣最好。

我和弋鳶是同學。那時母親經常上夜班，父親便兼起了我的管理：上下學接送，做作業和按時作息等。

父親與弋鳶的媽媽在接送我們的途中相識。她那時剛從外地調回古卯，丈夫又不在身邊，便整天琢磨著學點兒什麼。家長會上，她知道父親是個書法家，當下就拜父親為師。父親自然樂意相助。他在少年宮租了個教室，本來就有十幾個學生，常常撕扯在我的作業和他的書法班之間。弋鳶媽媽就建議，由她來看管兩個孩子，再由他來教她書法。

每個週一至週五，阿姨都會早早候在學校門口，把我和弋鳶接回來，讓弋鳶在我桌子的另一頭做作業，然後她在父親書房練書法。弋鳶母親長相不算出眾，但長期喜歡讀書，自有一種淡雅清秀的氣質。加之喜歡體育運動，身材便顯得分外柔軟。我當時尚小，並不懂得這些由修養而外化的美，但我覺得好看。父親彷彿對她也很喜歡。兩家雖住同一街道，相距僅幾百米，但她娘倆離去時，父親每次都要下樓，將她們送至家門。

有一年夏天，古卯天氣異常炎熱，動不動就是滿身大汗。父親就建議去皓山老家避暑。弋鳶媽媽聽了，高興地說：「這個主意好，我們弋鳶長這麼大，還沒去過山裡呢。」

那時爺爺還活著，見父親領回來個女人，就拉長臉，嘟囔著說：「領個別的女人回家，像什麼話？」我們頓時惴惴不安。但奶奶豁達，哄勸爺爺說：「是咱孫子同學的媽媽，跟兒子學書法。古卯熱，回來避暑了。你個老腦筋，不知城裡的風氣。人家那裡互相之間大方著哩。同事朋友之間，經常一起看電影，逛公園，軋馬路。沒有事的。」

爺爺眼睛不好，耳朵也背，不喜歡看電視，對城裡的變化知之甚少，許多事情都是奶奶看了電視之後，講給他聽，所以他特別相信奶奶，之後也就不再說什麼了。有時還摸摸弋鳶的頭說：「這孩子腦門高，聰明。將來有大出息。」

一次，爺爺家買煤，拖拉機只能送到坡下，離家還有半里地。弋鳶媽媽用架子車幫著往上拉。她插過隊，幹過農活，做起這些事來十分在行。她弓著背，兩手把住車轅，在前面掌方向，我和爸爸在後面推。到家後，煤倒在院子中間，我和弋鳶負責往廚房抱，爺爺奶奶負責碼好。

幹完活，我和弋鳶的臉像狗舔了一樣，黑一塊白一塊。弋鳶媽媽也是滿臉汗，劉海全貼在了前額上，在陽光下一閃一閃的。她從甕裡勺了一盆水，先給我擦了一把臉，又給弋鳶擦。弋鳶臉上有巴掌大的一塊紫色胎記，她媽媽說她轉世時不願意投胎，被小鬼踢了一腳。我聽後將信將疑。弋鳶反駁媽媽說：「哪裡呀。這是生理現象。你說的那是迷信。」媽媽在弋鳶臉上又擦了一遍，不無喜歡地說：「這是我第一次帶你去見你爺爺時，他老人家說的。後來再說，那都是逗你玩的。」

在我們忙著洗臉時，爺爺去井子裡打了兩桶水，曬在了太陽下。他對弋鳶媽媽說：「晚上曬熱了，提進你們住的房子裡，為女子洗洗。」爺爺話不多，但潛臺詞很明顯。我小時候回皓山，爺爺就是這樣為我洗澡的。他讓我站在院子，脫去衣服，然後用太陽下曬了半天的水為我沖洗。那水熱乎乎的，沖在身上，感覺好極了。

皓山的夏天，天氣清涼乾爽，平均氣溫十九度左右。每天學習完，弋鳶媽媽就帶我們去山上玩。山有幾百米高。山周圍全是樹木，陰森森的。鑽進去尋找，有野果、蘑菇和木耳等。我和弋鳶摘了一大堆，放在她鑲邊的太陽帽裡，滿滿的，弋鳶媽媽怕壓壞帽子，又在她的褲兜裡分裝了一些。下山時怕掉出來，故意把身子向後仰著，逗得我和弋鳶笑了一路。

有時我們還會去水庫釣魚。那裡的魚沒咬過鉤，非常好釣，一會兒便釣了一大臉盆。端不動，又倒回水庫一半。弋鳶媽媽會做魚，她先將魚洗淨，去掉內臟，裹上麵和調料，再放進油鍋裡炸。撈在盤子裡的魚呈金黃色，香味撲鼻。

晚飯後，我們會坐在院子裡歇息。弋鳶媽媽說一口標準普通話，又會講故事。我們常常被她繪聲繪色的狀述所吸引，差不多每天晚上都會傻傻地聽到深夜。

爺爺害怕蚊子叮我們，就點燃艾草放在旁邊。艾草會散發出淡淡的香味兒，挺好聞的。家鄉的夜晚，星星混沌一團，躺在涼席上望星空，常常擔心那些離我們近的星星，會掉下來。

我不知道弋鳶的爸爸為什麼要和妻子離婚？弋鳶的媽媽除了年齡比那個女人稍長外，其餘的並沒有什麼可遜色的。或許有人會說長相普通了些，可人各不同，欣賞又會千差萬別，或許她對我特別好，我已先入為主，覺得她有修養，懂禮貌，善良溫和。那段時間，她雖然每天都在發憤讀書，想考成人大學，但每次做飯，都會放下書，過去幫爺爺奶奶的忙。不是洗菜，就是拉風箱，絕不吃現成飯。

晚上納涼之後，我們睡了，爸爸還要為弋鳶的媽媽講幾個小時的課。夜深人靜時，我也會聽到一些。譬如「螺旋式上升，波浪式前進」「定語的與狀語地的區別」，以及如何掌握論說文與記敘文的技巧。前者是用幾個事例來證明一個觀點，後者則是將一件事的來龍去脈說清楚。爸爸說，閱讀很重要，閱讀不僅可以懂得寫作方法，而且能積累詞彙。我們寫文章，許多時候不是不知道「文章作法」，而是肚子裡的詞彙積累太少。

整整一個暑假，我們就是在爬山、逮知了、釣魚、讀書中度過。臨回前，弋鳶媽媽整理行李，我看見她記了厚厚的一大本筆記。為了感謝爺爺奶奶的照顧和爸爸的邀請，弋鳶媽媽決定親自主廚，為我們做一頓北京雜醬麵。

爺爺住的小鎮逢七集市。整條街擺滿了新鮮蔬菜與食品。弋鳶媽媽領著我倆，一家一家往過看。所選食材都是當天採摘下的，蔥筒上都能看見早晨的露水珠。豬肉也是大清早宰殺的。弋鳶媽媽買了兩斤里脊肉，順便又讓帶了一塊板油。爸爸跟在後面，手裡提著個筐子，買一樣裝一樣。有些零碎的，由我和弋鳶拎著，譬如辣子串、醬油瓶等。

筐子用柳條編成，中間有個彎曲的木棍，編筐時已融入柳條，算是提手。回來的路上，弋鳶媽媽從筐子另一端搭手，以減輕爸爸一些重量。爸爸誇弋鳶媽媽說：「你剛才在街上，很像當時北京學生來鎮上的感覺。走到哪裡，人們的眼光便跟在哪裡。」弋鳶媽媽說：「北京學生多年輕啊。我都老人家了，不可同日而語。」爸爸說：「洋氣不減當年，氣度似乎更不凡了。」弋鳶媽媽說：「我插隊的時候，也經歷過你說的那種階段。不過，時間久了，下田種地，頂日頭掄撅把，很快也就成了村姑。現在這樣子，是進了工廠後又變回來的。」

那天的晚飯可謂豐盛豪華，五六個菜，還有當地的散白酒。爺爺在我們買菜時，已經把院落灑掃乾淨，擺上了圓桌。奶奶圍個圍裙，給弋鳶媽媽當下手；爸爸像個跑堂的，裡裡外外屁顛著；我站在鍋邊，看弋鳶媽媽做飯，有好吃的，偷著往嘴裡一扔。等全部菜上桌子後，弋鳶媽媽才開始做雜醬。她把那塊板油洗淨，放鍋裡來回翻炒，直到煉出一汪油後，才把里脊肉倒進去，等變了色，又將麵醬、蔥段、薑片、花椒粉倒進去，臨出鍋前，還倒了少許白糖。

媽媽是皓山人，喜歡吃燴菜蒸饃，爸爸吃慣了，做飯也沿襲媽媽的風格，平時很難吃到麵。弋鳶媽媽的這頓雜醬麵，給我留下了深刻印象。北漂時，凡囊中羞澀，首先想到的，就是去吃一碗老北京雜醬麵。

弋鳶媽媽的守本分和識大體，改變了爺爺的初來態度。走的那天，爺爺為我們裝上了炒南瓜子和小米紅棗，還一直把我們送到一里之外的車站。車開動時，我趴在車窗上，看到爺爺在向我們揮手，那駐目的表情比起單純地送我和爸爸，蘊含著更深的不捨與流連。

13 北京買房

弋鳶在大學期間，全是她爸爸來送生活費和日常零用品。她爸爸顧不上，會打發別人來。她爸爸過來，有個特點，每次都會約弋鳶在附近酒吧或咖啡店見，自始至終戴著墨鏡。有一次弋鳶帶了我去，我近距離目睹了他。他比平日電視上，更加精明沉穩，鼻子直直的，眉毛濃黑，眼睛銳利而智慧，一笑兩頰陡峭，皮繃得老緊。不過他很少笑，一副深不可測的樣子。

他與女兒，話也不多。叮囑最多的就是讓把英語學好。對電影理論和文學常識也做過強調。他說，導演系的學生，要多看電影，就像作家多看名著一樣。看電影不能只看故事，要看服裝、用光、攝影技巧、演員的表達風格等。

弋鳶遇寒暑假，從來不在北京逗留，她知道她母親不願來這個地方，故珍惜每一個假期。她說：「那是我與媽媽獨有的、難得的幸福空間，絕不放棄。」一次，我想去看看阿姨，她說她不想讓媽媽看出我們的特殊關係。不過，上初中時，她並不計較這些。有次我因為爬山摔斷脛骨，手術出院後，只能在家躺著。爸爸伺候我吃飯，睡覺，上廁所；弋鳶每天幫著做飯，洗衣服，收拾屋子。實在忙不過來了，就動員她的媽媽來幫父親一把。

阿姨看著文靜，一臉女學生氣，但幹起家務來卻分外利索。尤其是炒菜，普普通通的家常菜，經她一捯飭，味道便特別不同。我問阿姨這是什麼菜系？阿姨說：「自出機杼。」我有幾分疑惑，眼睛看弋鳶，弋鳶說：「媽媽外出吃飯，喜歡將適合自己口味的飯記下來，回來研究琢磨，找到方法了，再下廚實踐。她說，飯館的飯好吃，但口味兒太重，我可以遞減調料，改造成清淡型的。所以既不是粵菜，也不是川菜，是清菜，清淡的菜。」

那個寒假，我家熙熙攘攘，一下子熱鬧起來。不僅有了家的感覺，而且爸爸與阿姨之間的關係，也少了許多客氣。

分開許久了，又是第一次在北京見到阿姨，我上去抱了抱她，又用臉貼了貼她的臉。她的皮膚依然細膩光滑，像柔軟的綢緞。擁抱完，她向後退了一步，上下打量著我，我也仔細地看了看她。

她上身著舒適的白色襯衫，下身著淺藍色西褲，一串珍珠項鍊點綴脖頸，顯得優雅而青春。不過還是老了許多。頭髮花白，眼角皺紋加深。唯有眼睛還是過去的樣子，溫和、平靜，充滿了慈善。

經弋鳶建議，我把用餐地點改在了全聚德。落座後，阿姨問我在北京買房沒？我回答說買了。她又問：「在什麼位置？多少錢一平米？」

我一一告訴了她。她說：「那差不多。弋鳶的父親最近給了些錢，讓弋鳶選套房子。我過來就是為了這件事。你得空了，也可以去，幫著參謀一下。」

「好啊。鞍前馬後，一定奉陪。」

「介一長大了。」阿姨粲然一笑，拍拍我的肩膀說。

弋鳶在點菜。標準的烤鴨三吃：鴨肉饢餅，鴨架熬湯，爆炒鴨絲，另加一份羅馬青菜。久別重逢，弋鳶還要了一瓶紅酒。開吃前，弋鳶為母親鋪好桌布，戴上胸巾，並用臉貼了母親。

我等弋鳶落座後，舉起酒杯說：「歡迎阿姨來看我們，久違了。」阿姨舉起了酒杯，微笑著朝我伸過來。三杯酒碰在一起，都會心地笑了。不容易啊。從上大學到現在，快二十年了，昔日齟齬，今日放蕩。時間擊垮了多少人，也讓多少人美夢成真。我與弋鳶算什麼？確切地說，既沒有被擊碎，也沒有美夢成真，事業、婚姻八字沒一撇，我們只不過是在這裡立住了腳跟。未來的夢是什麼？能否實現，恐怕仍然要靠造化。暫且不管了，今日有酒今日醉吧。

弋鳶媽媽大概知道了我與她女兒的狀況，也就沒提起此事。緣分這東西，來了擋不住，去了追不上。好在我倆還能做朋友，兩家關係仍然像從前一樣，親密走動著。

我用消毒紙巾擦擦手，為阿姨包了一個鴨卷，站起來放到她盤子裡，阿姨歪著脖子問我：「有沒有什麼打算？總還得成家吧？」

「那是一定的了。」我坐到座位上說：「不過，還是要看緣分。我目前的精力，主要還是想用在創作上。寫一個能代表自己水準的劇本。」阿姨見我王顧左右，也就沒有再問，轉過臉與弋鳶攀談起來。

我沒有告訴他們我與伽琳的關係，也沒有講參與《暗潮》的編寫等。我隱隱約約覺得我和伽琳的關係也不會走到婚姻那一步。關於應景賺錢一類的劇本，今後也不打算再寫了。那玩意兒既不是我骨子裡喜歡的東西，更不是展現我才華的平臺，充其量就是個謀生的手段。錢這個東西，對於有些人，越多越好，譬如李嘉誠、馬斯克等，那是他們才華的標杆。而對於我，則另當別論，有一點夠生存即可，沒必要用自己的最好年華，去換一堆錢壓在箱底。

「有讓你衝動的題材嗎？」阿姨還在照顧著我的話題。

「目前還沒有，不過，我在努力尋找。我喜歡把每天的經歷記下來。有我感興趣的人，我也會追蹤採訪。我覺得，生活仍然是創作的基礎，空中樓閣是不存在的。」

「哦？」阿姨好像沒有完全明白我的表述，一臉微茫地看著我。

「他是說他太年輕，生活底子比較薄。」弋鳶接過話題說，「介一是個有想法的人，我知道他一直在努力。厚積薄發，他應該處在厚積階段。」

「好。知道自己要什麼就好。」阿姨喝了幾杯酒，臉上泛起淺淺紅暈，又像當年一樣好看了。她舉起酒杯說：「來，喝一杯，祝你心想事成。」

大概是久別重逢高興，阿姨飲盡杯中紅酒，轉向弋鳶說：「鳶鳶對自己的事，有什麼具體打算嗎？」

弋鳶恭敬地說，「還沒來得及告訴您，我和爸爸已經溝通好了。房子選定後，我就去美國當助理導演，先上戲，等經驗積累得差不多了，就找投資人，單獨執導。」

「好消息啊。」阿姨一反往日的淡定，自己給自己斟滿一杯，主動舉杯說：「慶賀一下。你爸這些年畫賣得不錯，對你的事也上心了，又送你出國進修，又給你買房。現在學業有成，真是雙喜臨門啊。」弋鳶把杯子迎上去，不無擔心地說：「媽媽沒事吧？」

「沒事。媽媽今天高興。許多年沒有這樣的心情了。」

「謝謝媽媽支持，這些年您也不容易。一個人拉扯我，挺難的……」

弋鳶這姑娘，平時不多話，今天也是，基本上都是我和阿姨講了，她多數時間在聽。其實她內心世界非常豐富，也是個有主意的女孩兒。她知道這一去，或許就留在了美國，所以，感情的閘門一開，多少有點收攬不住，竟然哽咽起來。

阿姨眼睛也升起一層薄霧，瞬間變得模糊。這是一個敏感的話題，如果放在家裡，母女倆一定會抱頭痛哭。我趕緊換了個話題。克制住情緒說：「來。乾了杯中酒，去我的新居看看。如果覺得好，就把弋鳶的房子買在那裡，屆時，您也可以過來住。」

弋鳶畢竟是個強女子，終於忍住沒讓眼眶的淚水流出來，她把杯子與我們碰在一起，沉靜地說：「介一說得好，房子裝修好，您就過來住。既可以幫我打理房子，又可以與父親走動走動，反正您已經原諒了他，老躲著也不是個辦法。」

「好。咱們今天先去介一家看看。房子如果可以，就買下吧。至於我來不來住，以後再說。」

14 我的婚禮

人情練達即文章，這是一句經典格言。

但什麼是人情？怎麼才算練達？我三十多歲了，還沒有悟出來。關於我和伽琳，我心裡始終有逢場作戲之卑鄙，沒有曲意逢迎，卻有幾分糊裡糊塗。一直到現在，也不知道自己為什麼會沉溺其中，甚至會有些許陶醉。但與弋鳶相處，多少年來，卻從未有過褻瀆的雜念。

大學幾年，我們一起聽課，一起看電影，一起花前月下。畢業時，我寫本子，她當導演拍成微電影。畢業後，她報了英語強化班，準備出國，我則陪她，整天記單詞，研究語法，感情不可謂不深，但隨著時間的流逝，雙方反倒漸漸平淡起來。

我倆也曾有過結婚的打算，婚紗照拍了厚厚一大本子。回家探親，喝多了酒，我還給父親劇透過。父親那個高興勁兒就不用說了。他說我是高攀，是前世修來的福。要我好好珍惜。由於興奮，父親徹夜未眠，竟把在我倆婚禮上的講話都擬了出來。

兒子七八歲時，得過一次肺炎，是在醫科大附屬醫院住的院。他當時已有了自己的判斷。他見那裡的大夫抽煙，將診室弄得烏煙瘴氣，就忍住咳嗽說：「爸，這裡不好，我們去另外一個醫院吧。」我便領他去了古卯醫院。

兒子十幾歲時，學校帶領同學們去蕞嶺玩，他不慎從高處跌落，將小腿脛骨摔斷。我領他去紅十字會醫院接骨，大夫說要為他脛骨上加鋼板。等過兩年骨頭長結實了，再用手術去掉。他問大夫能不能不加？大夫說可以，但會好得慢，延長痛苦的時間。兒子說那就不加了。我雖然擔心他要多忍受幾十天的痛苦，但仍然尊重了他的選擇。

考大學時，兒子說：「爸，我小學中學都在古卯，大學再在這裡，好像沒考上大學似的。能不能換個地方讀大學？」我說：「可以啊。你自己選吧。」結果他選了北京電影學院。現在才知道，他那時與弋鳶已暗中商量好了。我去北京看他，他與我相約在西單商場門口見。我去得早，當見他背個雙肩包出現在那裡時，我眼睛突然濕潤起來：兒子居然在北京讀書了。

在北京買房也是如此，我承諾只提供首付。房子買在哪兒？多大面積？全由兒子定。他最後選在了二環，附近就是北京第一試驗小學。現在看來，買學區房是對的，因為僅從升值來講，要比一般地段好許多。但他知道首付資金需要三百萬時，還是放棄了。他說他不能因為自己而讓老爸負債。儘管我想堅持，我說，我自己存一點，親戚湊一點，再外借一點，就差不多了，可他就是不同意。他說，如果通過自己的努力不能在北京立足，他就會毅然決然回古卯，做個普通人，過平常日子。

婚姻更是如此，遲遲不能有個結果，我也不著急，因為我知道，婚姻是個緣分，只能耐心等待。我這幾十年，書讀了不少，日子卻窮得叮噹響，故以為知識沒一點用。但在等待這個問題上，我卻被知識導引著。它告訴我，目標的實現是一個漸進的過程。一棵樹的成長，一個人的發展，無不如此。做父親的最大願望，就是兒子有出息；最幸福的事，自然也是兒子有出息。

今天是兒子的婚禮，儘管我說了這麼多的話，但這都不是婚姻的真諦。婚姻的本質是找到了你喜歡的人，並幸福地生活著。如此，你們的家長、朋友也就放心了。儘管大多數家長的人生都充滿了艱險，但我相信，大多數家長的心裡，仍然會祝願孩子順暢，少受點苦。人生短暫，畢竟幸福越多越好。

當然作為家長，都希望瓜瓞綿綿，子孫興旺。所以美好的祝願裡，自然還包括早生貴子。我希望你們多生幾個。至少生兩個。最好是雙胞胎，一次解決問題（此處應該有掌聲）。

兒子，我過去對你說的最多的一句話就是，名不可易得，福不可易享。現在看來，你也算是經歷了一些坎坷，從肺炎到骨折住院，從古卯到京城，又從京城到上海，可謂長久漂泊不定。你去上海打工前，把北京租來的房子退了，找了個倉庫將東西貯了起來。我聽後鼻子一酸，對自己說：「兒子流離失所了。」

今天，我鄭重地向兒子道歉。過去與你的相處中，要求過高，方法過於簡單，缺乏足夠的耐心與細心。你上大學後，我曾給許多男孩的父母告誡過：「愛心要適量，耐心要異乎尋常。」這是我當父親的最切身的體會，也是經歷了錐心之痛後的感受。

現在生育政策放開了，二胎三胎隨便生。其實那時我就說過，「再有一個孩子，便會做父親了。」

人常說，電影是一門遺憾的藝術。其實任何一門藝術皆是如此。人生又何嘗不是呢？不過，這種願景，也不是完全沒有實現的機會。等你將來有孩子了，我可以當個顧問嘛。教育孩子說一千道一萬，歸結起來也就一句話，即尊重孩子的天賦。讓孩子自由自在地成長。哪裡有興趣，哪裡就是天賦所在。

……

說心裡話，父親的婚禮致辭，我是被深深感染了的。那天晚上，我們兩個雖然喝了不少酒，但神志始終清楚。我一直以為，父親的文字非常之好，只不過是他太愛書法了。他把大量的精力用來研習和傳播書法，故在文章上用情不多。但他的一些關於書法的文章，仍然文采斐然。或許也正是文字的魅力，才使他的書法專著《字無百日功》產生了那麼大的影響。還有他給我的信，從小到大，差不多也有上千封了吧。特別是我上高中時，性格叛逆，父子間幾乎無法對話，他就給我寫信，不管我看不看，都寫。寫好後放在我的書桌上，多則幾千字，少則幾個字。我至今記得，每封信都字斟句酌，拳拳懇切。

然我最終還是把老爸給晃蕩了。回京後，聽到弋鳶的第一句話就是，我們分手吧。我自然不感到突兀，在心理上，我們早已淡定。愛得久了，審美疲勞不請自來。不是說平平淡淡總是真嗎？真果然來了。我冷靜地問：「這是你父親的意見？」「是一方面，」

弋鳶拉著我的手說，「你這些天回古卯，我一個人在京，整天想著咱倆的事。我還是想出國，但父親說，如果想讓他資助，就不能結婚。不結婚，學業完成後，你是自由的；一結婚，國內有個牽掛，就必須回來。父親以為，相對國內來說，國外發展的空間會更廣闊一些，特別是在選拍題材上，會更自由。要不，我們一起出去吧？」

我沒有馬上接她的話茬，在我們租住的，準備用來做新房的地方，從客廳到陽臺，來回踱步。「這是個問題。」人生常常會遇到哈姆雷特式的困惑。但對我倆，走到今天，似乎已沒有那種難捨難分的糾結了。在租新房時，我倆就冒出過這樣的疑問：「洞房花燭夜」，如同今天過渡到明天，不會太夢幻，也沒有強烈渴望，擁抱、接吻，許多事情，我們已經像夫妻一樣經過了。對於我們這種專業的年輕人，結不結婚？什麼時候結婚？婚後要不要小孩兒？都不會恪守世俗的規矩。最重要的是，我們必須成功。我倆的專業，她比我更難。我寫劇本，手工作坊，寫出來，沒人拍，損失的只是一些時間，而她是導演，成功道路是用金錢鋪出來的。誰會把幾千萬的資金隨便交給一個年輕人呢？

所以，她必須依賴父親的支持。她出國，應該說是非常必要。電影這門藝術，綜合性特別強，需要掌握的相對也就多得多。而編劇，主要是文字與生活。大學期間，我曾試著寫過幾個劇本，不能說熟諳編劇的各種門道，但基本的技巧都涉獵過了，我現在最大的缺陷就是經歷過於單一。厚重的題材與深刻的敘述，無非就是兩點，豐富的生活與大量的讀書，而這些要求在國內就可以實現，不一定非要出國，讀個碩士博士什麼的。能證明我的，只有劇本。一個不行，就寫十個，不停地寫下去，非如此不可。

當然，我不願意出去，也是不想拖累弋鳶。隨著交往日子的增多，我對她的認識愈加清晰，讓這樣一個女子做賢妻良母，實在是太可惜了。她天生就是一個導演的料兒，血管裡奔湧著父親強大的藝術基因。我甚至有預感，她一定能拍出驚世駭俗的片子來。

不過，離開弋鳶我會怎麼辦？簡直不敢想像。在這個城市，你沒有三千萬，就得離開，到一個偏僻的三線城市去。如果硬要在北京混，就只能租地下室住，騎自行車上班，累個半死，不要說做編劇的夢，連個老婆也討不到。

15 長城

房子看了後，阿姨比較滿意，弋鳶說：「兩室略小了點，媽媽住一間，我住一間，就什麼都沒有了。我還想要個書房，如果三室就好了。」阿姨說：「讓你爸爸再多給點兒？」

「不可以了。他之前在南方買了一套院子，花了幾千萬，現在又有三個孩子，也準備給他們買房子，加上我的房子和前些年的留學費用，很緊巴呢。我和他聊過，說您會來住，他也說房子小了點兒，讓我先湊合著，說目前只能這樣。蛇大洞粗，用錢的地方太多了，緩緩吧。」

阿姨說：「那就不要再提這事了。你現在人在國外，如果回來發展，或者說在北京成家，我們再想辦法換個大一點兒的。我和你爸分手後，他還給了我一筆錢，我一直沒動，為你攢著呢。我目前這種生活方式，也用不了多少錢，花工資足夠了。如果你不回來，那現在這兩居室，我來北京住，也已綽綽有餘。」

弋鳶中學時代，十分仇恨那個女人，認為是她奪走了自己的父親，並由此而遷怒父親，認為父親是陳世美。當初他考中央美院時，因年齡大沒被錄取，後來母親通過自己北京的親戚，找到了校長。校長是位老教育家，看到他的素描作品，驚為奇才，建議學校網開一面，破格錄取到了國畫系。如果沒有母親家人出面，他就很可能一輩子潦倒在了工廠。

對父親後來又找了個女人，一口氣生了幾個孩子，弋鳶也是滿腹怨誹。認為父親就是一個農民。什麼年代了，還滿腦子腐朽觀念：傳宗接代？多子多福？她說他一輩子都在做朱耷夢，但卻不知道繪畫的精髓是什麼？他的作品就是炫技，就是幻燈片。他以素描起家，最後也終止於素描，所有畫作都是一堆畫面，看不出人物的個性和內心世界。儘管他爆得大名，一平方尺畫作賣幾十萬，但空洞無物的大敘述幾乎成了他的致命傷。

弋鳶的相貌酷似父親，單眼皮，黑皮膚，高高的個子，約一米七八左右。當然，她對父親的怨氣，也是一陣兒一陣兒。她知道自己去美國讀書，必須靠父親的贊助。她還知道，電影學院畢業後，自己要徹底單飛還需要時日。所以，她的這些話，也就是在我跟前吐一下槽而已，在父親面前，她還是會忍著，不願意惹惱父親。

晚上，弋鳶和阿姨都住在了我家。娘倆聊了半夜，雖然我一句都沒有聽清，但仿佛也誘發了我的擔憂。母親去世後，父親一個人孤苦伶仃，阿姨一直與他以師生關係相處，幫他抻紙研墨，快三十年了。他們為什麼不走在一起呢？我曾問過父親，父親說，你不要瞎想，我們是書友，也只能是書友。你阿姨說她不想再成家了。一個人過著也挺好。咦？阿姨稱父親為老師，說他們是師生關係，而父親卻說是書友。阿姨為什麼不願意再邁一步呢？是忘不了那位畫家？還是一個人過慣了？我也曾旁敲側擊問過她，但她不置可否。有時問急了，便將話題岔到了一邊。

我決心私下裡問問弋鳶，如果她母親執意單身，那我就要為父親另外張羅了。

一覺醒來，已經十點多了。弋鳶與阿姨都吃過了飯；我洗漱完，匆匆吃了幾口，便問弋鳶今天怎麼安排？弋鳶說：「想帶媽媽去一趟八達嶺。」我接過話題連連稱道：「好啊。分開得太久了，在路上正好說說話。」

因為是週末，去八達嶺的人多極了。汽車像蝸牛一樣地爬行著。我開著弋鳶的車，焦急地朝前望著，總想找個機會超車。弋鳶與母親坐在後排，用手指頭在我背上戳著說：「守規矩喲。不要給我開下一堆罰單。」我把手伸到副駕椅背上，直了直腰，扭頭朝阿姨笑了一下，有點兒難為情。阿姨說：「介一車技挺好，穩穩地，感覺很舒服。」我嬉笑著說：「拿鳶鳶的車蹭出來的技術。有一天失業了，我就去開出租。」

「胡說，」阿姨拍了一下我扶在副駕上的胳膊，佯嗔道：「我還等著看你編的電影呢。」

「先看鳶鳶的。她比我更有可能。」

「那你倆可以合作一部嘛。你編她導。」

「在學校合作過。都是小品，沒好意思拿給阿姨看。將來鳶鳶單獨執導了，如果想拍國內題材，我願效犬馬之勞。」

「看把你低調的。犬馬之勞？你不要忘了，國外可是劇本決定論。劇本是靈魂，導演是技工。劇本的深度決定著電影的深度。」

「我覺得也應該是這樣。」阿姨說。

「我爸的畫就有這個缺陷，沒有人文底蘊支撐，對人物性格，人物命運，人與社會的關係便挖掘得不深。你看那些好的畫家，都是小敘述。從一個點切入，用細節展現生活狀態與環境，揭示社會冷酷而不為人知的一面。在敘述上，重視內心世界的感受，始終有一根情感的細線，扯動著觀眾的靈魂。許多時候，人離開了展廳，心還與畫作連在一起。這與他們的文化有關。他們的所有敘述，人是第一位的，是最重要的。這一點兒，從他們寄給我們的信封上便能看出。人家是先寫收信人的名字，然後才是單位、國家，而我們則恰恰相反。這是一種滲透到骨子裡的文化區別。他們對人的尊重，是發自內心的，自然而然的，因此也是由衷的。這樣的文化，表現在畫作上，一定是真實的，活色生香的。」

「不要說你爸，他已經很不容易。初高中學工學農，耽誤了大好年華，要不是喜歡繪畫，他哪裡會有今天的成就？沒有他，你哪有錢留學？吃水不忘挖井人。今後不許再對你爸說三道四。」

弋鳶把頭靠在媽媽肩上：「說說又怎麼了？不批判他，我能進步嗎？江山代有才人出。我未必就非要拿他做標杆。如果那樣，我就不出去了，改行當畫家，跟我爸混算了。何必飄洋過海，受孤獨離別的苦呢？」

「我的女兒我當然知道，心性高著呢。」阿姨用手整理著弋鳶耳鬢的散髮，不無憐愛地說：「一代人有一代人的使命，你只管努力做來就是了。不服人要在心裡用功，不要嘴上逞強。打倒別人樹不起自己。你爸是你爸，你是你。你拍出來好片子了，什麼也不要說，世人長眼，你爸心裡也會有數。沒有誰比他更懂藝術了。」

「知道，我就是這樣聊聊嘛，又不是專門要與他較勁兒。」弋鳶挺起上身說，「我突然想起，我爸知道您來，說要請您吃飯，可以不？」

阿姨趴在副駕駛背上，向前望瞭望，自言自語地說：「這北京人真多。一到週末，也沒個去處，好像都擠在了去長城的路上。照這樣走，到了長城，估計也中午了。」

「沒錯，是到中午了。」我扭過頭對阿姨說。

「我問您話呢，媽。去不去我爸那兒吃飯呀？」弋鳶提高嗓門，似乎有點生氣。

「我不是不想去。」阿姨拉過弋鳶的手，輕輕拍著說：「分開時間久了，我不知道該怎麼面對他。時過境遷，細想起來，似乎也沒有什麼話要說。過去有你的生活費，有時他忘了給，還打個電話提醒一下。這些年你上大學，他把生活費直接給了你，許多事都是你與他聯繫，我真的覺得沒必要再見他了。再說他現在那麼忙，幾面扯，我這裡就可以省了。」

我知道阿姨是指夏鷹又有了新家，要顧及那面，所以才說出這一番話來。事實也是如此。不過弋鳶仍然不依不饒，「又不是你倆單獨相見，害怕一時找不到話題，還有我陪著呢。」

「晚上再定吧。咱們先逛長城，好不好？」阿姨語氣有所緩和，哄著弋鳶說。

「好吧。」弋鳶長出一口氣，有幾分無奈。

城外的天氣出奇的好，白雲遊動，微風吹拂，與早晨出北京的灰暗判若兩地。美中不足的是遊人太多，轉個身都很困難。我和弋鳶一邊一個護著阿姨，到城牆邊上，阿姨站住說：「找個人為我們留張影吧？來過這地兒幾十年了。」我說：「我先給您拍上幾張，再合影。」阿姨說那也好，就抻抻衣服做了個姿態。

三星手機的美顏功能真好，阿姨一下子年輕了十幾歲。除了頭頂上的幾縷白髮外，一如我初識她時的模樣。遠山近巒，青草綠樹。阿姨斜倚在城垛上，恬靜，溫和，陽光鋪在臉上，有一層淡淡的金邊。

我把照片拿給她看，她搖搖頭說：「這把年紀，照不成相了。你看這頭髮，白一縷黑一縷的。」

「阿姨年輕著呢，」我誇她說，「有幾縷白髮，更顯風度。一個階段一種風景呀。」「嘿嘿。介一在外漂了幾年，嘴也漂油了。你以為我不知道，你這相機有美顏效果，抹平了臉上的皺紋，其實我心裡也有一張照片，那才是真實的我。不過，謝謝你的美意。轉給我吧，閒下來看看，或許能自我陶醉一會兒，覺得自己還年輕著呢。」

阿姨說完，頭向上一仰，爽朗地笑了起來。弋鳶彷彿也被感染，朝我做了個鬼臉。我相視一笑。心想，回去的路上讓你開，我與阿姨聊天。聽聽她對爸爸的真實想法。

阿姨從小在北京長大，節假日組織活動，長城沒少來過，走了一截後，她便提議往回走，說早點兒下山，路上人少。

我和弋鳶左右擁著她，慢慢向山下走去。

回來的路上果然順暢，而我卻不知如何開口。阿姨剛才對弋鳶父親的邀請，沒有直接拒絕，是為了給姑娘一個緩衝，我自然能理解她的心情。擱了這麼長時間，好不容易將往事埋入心底，現在重新見面，無異於會將痊癒了的傷口再撕裂開來。想著她由痛苦轉為平靜，又由平靜走向忘卻，經歷了一個多麼漫長的過程。它像山一樣沉重，又需要多麼持久的堅韌？像石頭上的稜角，經年累月的風雨，才能使它們平復光滑。那位畫家移情別戀，只需要一瞬間，而她卻需要一生來消化。因此我估計，到了晚上，弋鳶再說起此事，阿姨一定會明確態度的。此時此刻，我再問她與父親的事情，恐怕未必能如願以償。她與父親這麼多年，相濡以沫，辦書法班，帶學生，一個未娶，一個未嫁，其間一定會有我所不能理解的苦衷。不能冒昧，再等等，要麼由弋鳶來問吧。他們母女間聊這種事，即使談不攏，也不會陷入尷尬。

晚上回來，阿姨果真拒絕了弋鳶代替父親的邀請。而我想托弋鳶詢問的事情，也只好擱淺。不去管了，一切隨緣吧。我心裡暗暗祈禱。

16 伽琳講故事

伽琳在舅舅家沒住幾天就回來了，我說：「不是想多住些日子嗎？」

伽琳把包扔在沙發上，湊近我身邊說：「住不成了。舅舅要去處理點事情。」

「什麼事？」我問道。

「殺人了。」伽琳下意識地朝四周望望，壓低聲音說。

「哦？」我吃了一驚，期待著伽琳繼續講下去。

「你知道不？」伽琳從煙盒裡取出一支煙，夾在食指與中指之間，神秘兮兮地說，「青江省有個領導，與舅舅搭過班子。插隊時當過村長，舅舅開玩笑時，經常叫他村長，我們也就稱他為村長吧。進省城前，村長就與老婆離了婚，單身一人。住房又大，東西又多，每天沒人收拾，家裡便亂糟糟的。起初，負責安保的小夥幫忙收拾收拾。時間久了，小夥也嫌麻煩，就把鄉下的姐姐叫過來，介紹給村長做保姆。姐姐有幾分姿色，人也年輕。你想想，空曠的屋裡突然多了個年輕女人，村長便不能自持。女人從鄉下來，見世面不多，看見這麼排場的地方，先羨了幾分，又見村長身體健壯，容光煥發，待她也極體貼和潤，便深陷其中不能自拔。加之村長答應給她辦戶口，她便愈加專情。不僅買菜，做飯，打理家務上心，而且分外靈動長眼色。村長興頭上，也沉浸其中，心滿意足，有時候還帶她出去，買點化妝品，置辦幾身衣服。

「可時間久了，新鮮勁兒過了，就開始疏淡。畢竟是個鄉下女孩兒，在村長心中也沒多少分量，一疏淡，先前的那些承諾，就全丟在了腦後。而女人卻不同，一門心思在盼著，過一段時間問一下。村長高興了，還嗯嗯地答應著；一天突然不高興了，黑著臉吼道，再問，就滾回你鄉下去。像你這樣的保姆，一大堆一大堆的。實話說，你的戶口辦不進城裡，就不要再妄想了。

「女人一聽，頓時傻了，這成什麼事了？真是賠了身子又丟人。但她沒死心，仍然百依百順地伺候著村長。村長有個習慣，做愛不喜歡戴套兒，覺得隔著那一層乳膠不過癮。如此，就讓女人吃藥。之前，女人都按村長囑咐，按時服藥的。最近，她看村長心黑了，就停了藥，心想，我懷上你的孩子，你還能打發我走嗎？我不僅要青江戶口，我還要名正言順地做夫人呢。」

伽琳講到這裡，把腿往茶几上一擱，命令我說：「口渴了，趕快上茶。」

我聽後，慌忙起身，打開熱水器，又往杯子裡放了一撮茶，涎著臉說：「接著講，精彩。」

伽琳把腿抽回去，盤在沙發上，停頓了一會兒，才低沉著嗓子說：「哎，做女人真可憐。」

「怎麼啦？懷不上？」我急切地問。

「那倒不是。男人嘛，能邁過門檻就有生育能力。問題是，懷上了怎麼辦？村長真能娶她嗎？」

「那倒也是，」我附和著說。

「人算不如天算。村長玩夠了，又見女人不屈不撓地逼他，便開始收斂止步。自那次呵斥女人後，再未碰她。還明確地告訴女人，到年底捲舖蓋回家。」

我見伽琳舔了一下嘴唇，就覺得有些歉疚，只管聽故事了，竟忘了為她沏茶。便連忙站起身，走到熱水器前，接了一杯，雙手遞過去，希冀伽琳接著講。伽琳吹了吹浮在上面的茶葉，小呷一口後，徑直向陽臺走去。

伽琳住豐裕園社區，下臨綠地，在陽臺上可以看見北京公園的白塔，周邊植被非常好。坐在落地窗前，有一種視野廣闊，置身於山水之感。

不過，伽琳從遠處看了一眼，並沒有接著剛才的話題往下講，而是轉身回到客廳，將煙點著，深吸一口後才說：「這樣的故事，仿佛不能在光天化日下講，太隱秘了會感到恐懼，太暴露了又覺得恐慌。」

我聯想到她一開始所說「殺人了」的話，就知道她的心態了。「沒事，這是白天。」我催促她說，「快點講噢，講完了，我請你吃飯。」

不請吃飯，我也會講給你的。伽琳輕啜一口茶，用厚厚的下唇抿抿上唇說，現代社會，當官的一般是拿錢辦事，拿多少錢辦多少事，以免日後抽不出手遭報應。連逛妓院都如此，認為白操不吉利。村長憑老子的背景當官，強橫慣了，不知道民風世俗。他這逐客令一下，女人懵了。心想，我這個保姆，是弟弟介紹的，猛地一下離開這個大院，在青江肯定是待不下去了。重回鄉下，這臉往哪擱呀？再說，青江住了幾年，早已不適應鄉下生活了。怎麼辦？女人哭了一晚上，第二天約弟弟出來吃飯。弟弟見姐姐眼瞼腫脹，情緒不佳，便大吃一驚，詢問說：「發生什麼事了？」

姐姐說：「你不要問了。我想家了。心裡不舒服，哭了一鼻子。」

「噢，」弟弟說，「那我給首長建議一下，請幾天假，回家待上一段時間，不就好了。」

姐姐連連擺手說：「不要了。我想我一個人經常待在深宅大院，時間久了，可能抑鬱了。」

弟弟大概意識到了一點兒什麼，勸姐姐說：「實在太憋屈，咱就不幹了。回老家去，或者托人給你介紹個對象，青江郊區城中村，經濟狀況不錯，嫁個人換個環境就好了。」

「你不管我，姐自有安排。到時候如有可能，在郊區物色個好女孩兒。你一結婚，家也就可以安在青江了。」

「我的事你也不要操心。安保工作做不下去了，我就到南方去打工，先掙點錢再說。」

「那就好，」姐姐平靜地說，「我就牽掛你一個人。你是男孩兒，家裡的頂梁柱，遇事要冷靜，從大處著眼。父母將來還要靠你哩。」

「這沒問題。」弟弟好像真的長大了，拍了一下胸脯保證說。

「你能這樣，姐就放心了。趕快吃飯，淨說話了。」姐姐給弟弟夾了一筷子菜。

我一看伽琳語調低沉，講得這樣悲情，便覺得不妙，姐姐這種語態，不就像告別詞嗎？

果然不出所料，接下來伽琳便說：「女人與弟弟告別後，回去洗了個澡，便在浴池用剃鬚刀割腕自盡了。」

「接下來呢？」伽琳講到這裡，不講了，我迫不及待地問。

「沒有接下來了。村長早晨起來，見浴室裡滿是殷紅的血，知道事情變糟了，就連忙給醫院打電話。搶救自然是搶救不過來了。村長要醫生來，主要是避嫌他殺。」

「結果呢？」我問。

「經過一番折騰，公安、法醫等有關部門最後鑒定為抑鬱自殺。」

因果關係如此明確，但事實卻是只有果而沒有因了。我頓覺眼前一片茫然。

「事情應該說就這樣了。」伽琳在煙灰缸上輕彈煙灰，歎了口氣說。「公安、法醫的傾向是明顯的，肯定不會深究下去，況且姐姐臨終前一個字也沒留下，因此，再往下查已無線索。」

「鬱悶啊。」伽琳不講了，起來去了洗手間，我嘟囔了一句，像個泄了氣的皮球，癱靠在沙發上，起初那種興致勃勃的傾聽欲望，一時間竟煙消雲散，甚至還有幾分頹唐。

「不過，」伽琳從盥洗間出來，又開口了。我從沙發上欠起身子，伸過耳朵去問：「不過什麼？」

「有一個人痛不欲生。」

「女人的弟弟？」

「是的。他從火葬場抱回姐姐的骨灰後，徹夜未眠。」

「哦？」我仿佛在自問。

「他想起了姐姐請飯時的神情，以及像遺囑一樣的叮嚀。抑鬱？幾年了，他怎麼沒有任何察覺？回憶姐姐進這個大院後的所有細節，沒有任何蛛絲馬跡說明她抑鬱啊？記得姐姐還對他說過，首長要解決她的戶口，她很快就要成省城人了。說這話時，她眉飛色舞，內心表現出抑制不住的快樂。怎麼沒過多少日子，就抑鬱了？他似乎又想起，一塊做安保的同事曾與他開過玩笑，說有姐姐的面子，他將來一定會轉為正式安保。這些話，又是怎麼傳出來的呢？姐姐一個保姆，有什麼面子？難道姐姐與首長……他不願想下去了。」

「你這是在寫小說吧？你怎麼能知道他的心理活動呢？」我打斷伽琳的話，向她發問。

「你不是編劇嗎？假如我們要侃一個劇本，不就是要有這樣的想像力和推理嗎？一個好的編劇、導演、演員，都要會從故事中生發出新的東西，叫二度創作。舅舅當然不會對我講得這樣詳細，但我對你就要講詳細，要進入人物心裡，從現實人物轉換為劇中人物，使其變得更加細膩、豐沛、自然、可信。藝術這玩意兒，老老實實地遵循生活，反倒乾癟、單一。古語講，戲要戲，越戲越真。一部好小說，好劇本，最後到好電影，是經過了無數人的再創作，才達到了現實中不可能達到的高度和深度。有些小說為什麼能被反復改編成電影、話劇、歌劇，其實就是因為大家的理解不同，才生發出了各各不同的劇碼。一生二，二生三，三生萬物。藝術也是道，只要人類社會存在，就會有新的不同的創造。這是規律，也是人類社會永遠充滿生機的源頭所在。」

「你行啊。居然從導演跨界到了編劇。我覺得，你比我們學校的一些編劇老師講得更生動，更容易理解。」

「久病成醫，」伽琳用大拇指和食指捏著煙蒂，在煙灰缸裡來回摩挲著，「你接觸某件事情多了，自然就瞭解了它的本質。導演也是，劇本拿到手後，還要弄出一個分鏡頭劇本。分鏡頭劇本也可能完全按編劇的本子寫，也可能就是一次再創作。你說對不？」

「當然對了。繼續往下說。」

「弟弟最終推導出姐姐與村長有私情，而且受了難以訴說的委屈，不然，她不會輕易走到這一步。」

「我同意你的分析。」

「其實故事的發展路徑會有多種可能。譬如弟弟拿這件事去要脅村長，詐一筆錢出來；抑或是保持沉默，忍了算了，因為他手裡沒有任何證據。」

「這兩種都不可能，」我接著伽琳的話說，「他已經做好了南下闖蕩的準備，看來是不打算長期當這個安保了。從姐姐的性格來推理，弟弟也不會輕易吞下這顆苦果。以我之判斷，恕我搶你話題，」我向伽琳抱了一下拳頭，繼續說：「弟弟應該會去找村長，問個清楚。」

「你覺得村長會如實說嗎？」伽琳點了一支煙反問道。

「肯定不會。我說的找村長，應該是弟弟做好了破釜沉舟的準備，絕不會隨便去問問。」

伽琳停頓下來，轉轉脖子，那意思是要收場了。我趕緊接過話題說：「按好萊塢大片模式，這裡不能停。」

「為什麼？」伽琳問。

「要有血淋淋的場面啊。色情暴力，永恆的元素，一個不能少。」

「說得好。」伽琳坐直身子，吸了一口煙，正色道，「越來越像編劇了。」

「他拿了一把刀，裝在掛包裡，夜深人靜時，去了村長的家。他不想從正門入，更不想敲門驚動保衛室。他在這兒工作了五年，太熟悉其間的環境了。他趁村長白天不在家時，將臥室窗戶上的插銷拔開，虛掩上；到晚上，就徑直推開窗戶跳了進去。村長聽到動靜，正準備問話，然沒等他出聲，刀已架在了喉嚨。」

「村長說了實情，並承諾為他辦理青江戶口，轉為正式安保。」伽琳問。

「村長要不說呢？」

「那就比較複雜了。」

「是的。因為一般人是不會隨便冤殺一個人的，沒有仇恨，甚至連刀都摁不下去。但村長做賊心虛，不僅承認自己傷害了別人，而且以小人之心度君子之腹，企圖用轉正式安保的誘惑逃過一劫。」

「他放過了村長？」伽琳用沙啞的煙嗓急切地問。

「你說呢？」

「不可能。」伽琳搖搖頭說，「依這姐弟倆的性格，不會那麼容易甘休。」

「感覺完全正確。村長說完，祈求小夥兒把刀拿開，小夥兒一句話未說，便將刀狠狠地摁了下去。」

……

「唉，」伽琳歎了一口氣，將煙頭掐滅，朝後一靠，整個身子落在了沙發上。

「後來呢？」我演繹到這裡，也不知道該怎麼往下發展，結局肯定不好，但不好到什麼程度？一時半會兒還難以自圓其說。

「自首了？」伽琳繼續問。

「噢。這樣好。就以自首為結局吧。」我鬆了一口氣說，「如此，罪名便可以減輕一點兒，至少不會判死刑了。」

「唉，你還是年輕啊。」

「怎麼講？」

「《紅與黑》裡的于連後來怎麼樣了？」

我不說話了。伽琳還是高我一籌。她對現實的冷酷與血腥，遠比我理解的深刻。

17《暗潮》獲獎

由政府主辦的電視劇「孔雀獎」評獎活動，於這年的秋天開始了。伽琳知道消息後，表現得異常活躍。前不久那場頒獎會，屬出品人即製片方的內部表彰。標準其實只有一個，收視率高，效益好。這次則不同，行業評獎，兩年一次，參與者眾多，評委來自各個方面，牽涉到專家意見，電視劇主管部門的意見，以及一定範圍的觀眾反響。

伽琳看重「孔雀獎」的評選，背後的深層原因是，《暗潮》播出不久，有關部門即發出文件，禁止《暗潮》在其他台播出，叫「限制播映」，與「完全禁播」略有區別。「限制播映」的理由：一是題材過於寫實。在當下人們對現實期望過高的情況下，如此真切密集地播映社會黑暗面，會引起民眾的普遍憤慨。從播出的反應來看，亦是如此。各種輿論一波一波，借討論《暗潮》的名義，抹黑黨和國家的形象。有人甚至以《一股暗潮在湧動》為題寫文章，認為當下之中國，正在湧動著一股暗潮，一股唱衰社會主義的暗潮。二是電視劇中的大量對話過於生猛。譬如個別反面角色的內心獨白，就讓人驚心動魄。儘管這些話都是從現實中來，但劇中不加掩飾地表現出來，擴大它的負面效應，則是需要警惕和重視的。尤其是在當前這種複雜的國際形勢下，特別容易被西方敵對勢力利用，成為攻擊我們的口實。三是過分渲染婚外情，一夜情，多角戀愛，共用情婦，一個人數個情婦，數人一個情婦，及婚外私生子女等。

雖然劇中把這些社會醜陋面隱匿在晦澀的劇情中，通過角色表現出來，然其缺少道德批判顯而易見，客觀上起到了瓦解社會主義精神文明堤壩的惡劣作用。這些消極的影響如果不及時加以清理，任其通過各種管道播映而擴大，則會引起演藝界的仿效風潮勃興，以致類似的題材愈來愈多，破壞性愈來愈大。

當然，這僅是有關部門的決定。在民間，反應也十分劇烈。正面評價認為，《暗潮》是一幅中國政治和官場生態的《清明上河圖》。該劇不僅從政治性、藝術性、戲劇性等多方面展現了前所未有的反腐力度，而且在人物的複雜性、深涵性、代表性方面，也顯現出電視劇的優勢，縱橫捭闔，撲朔迷離。無論是省市領導，還是國家領導，都演繹得栩栩如生，不做作，無臉譜化，其自然生動一如現實人物。演員隊伍也獨具體量，沒有流行小鮮肉之熟面孔，起用的多是老戲骨。這些基本功扎實的演員，在詮釋角色時忘我投入，樸實自然，出神入化。

對編劇也不乏稱道和溢美之言，認為全劇場面宏大，構思縝密，細節十分講究，通篇閃現著行業翹楚之大智慧。具體到敘述上，又能見出深厚的戲劇功力，一波未平又起一波，集集有高潮，處處著懸念。跌宕起伏之餘，不時穿插著養眼之旖旎風光，既俘獲了老年人之芳心，又博得零零後的眼球。由此可見，從導演、編劇到演員隊伍，無不本著獅子搏象之勇氣，畢其功於一役。

《暗潮》播出後，伽琳托我搜集各方面意見。我每天起床第一件事，就是趴在電腦前，輸入《暗潮》詞條，然後看浮出的評論。篩選後，揀重要的轉發伽琳。首先是報喜，其次是報憂。報喜的詞條基本上是連湯帶水，原汁原味，報憂的則在措詞上加以修飾與調整，過分直白尖銳的換個說法。但批評總是逆耳和令人沮喪的，譬如對電視劇的背景，就發出疑問，認為沒有官方介入，如此力度的反腐作品——腐敗程度之嚴重，腐敗人物級別之高，根本無法通過審查機關的嚴密封鎖。有的說得非常不客氣，認為《暗潮》就是民間影視公司與有關部門聯手，借群眾關心的焦點問題，共同掏企業家的腰包。還有人認為正面角色頤指氣使，居高臨下，無所不能的表演，與樣板戲如出一轍。百十集的電視劇，主人公站在道德制高點，無私無畏，無牽無掛，有一種甘於赴湯蹈火，隨時為黨獻身的無我精神，完全是楊子榮、李玉和、江姐等英雄形象新時代的再現。

更為激烈的是從體制上尋找原因，批評該劇美化反腐，謳歌反腐主體，醜化大批為黨勤勉工作、奉獻在各條戰線上的各級官員。認為反腐是舊體制的產物，揚湯止沸而已。舊的腐敗形式消失了，更隱蔽的新的腐敗形式又會出來，舊的腐敗集團打垮了，新的腐敗集團又會群生集結。兩千年的秦政，朝朝反腐，然朝朝覆滅，越反越腐，越腐越反。為什麼不從深層次上尋找病根？其實集權才是腐敗的永久根源。只有實行政體改革，把權力關進籠子，才是真正的釜底抽薪之法。

對於這些意見，伽琳倒還大度，她揀要緊的與我交換了一下意見，其餘的則不置可否。她說，收視率越高，反彈就越強烈。這也是咱們希望的呀。重要的是專家的意見，它決定著《暗潮》能否入選「孔雀獎」，這可是《暗潮》的政治勳章啊。《暗潮》入選，也就是政府給了我們團隊一個信任獎。政府肯定了，其他雜音也就會隨之消失。

然而即使這樣，《暗潮》在入圍「孔雀獎」的過程中，仍然阻力重重。評獎程序分為專家組與觀眾組。專家組占七成，觀眾組占三成。觀眾組的評分相當順利，幾乎沒有做任何工作，即得二十八點九分；但專家組獲多少分卻毫無把握。之前伽琳曾組織了一個座談會，邀請相關專家參加。為穩操勝券，還特意把舅舅請了出來。

在會上，專家們提了不少意見，譬如人物臉譜化，著意拔高正面人物形象；對話不夠鮮活生動，有些對話近似口號；政策性語言與個性化語言、生活化語言雜揉一起，顯得不夠通暢活潑；過分追求收視率而向通俗投降，使藝術性大大減弱；對時政的抨擊，也只停留在泛泛空談，缺乏深度理論支撐。有一部分專家認為，《暗潮》不具有藝術的普遍性，因為這樣的電視劇，如果沒有強有力的背景支持，不要說在央視一台黃金段播出，恐怕連投資人也找不到。退一步說，即使有人投資，願冒這個險，最後的結果也是胎死腹中。專家們還認為，評價一部電視劇，收視率不是唯一的標準，因為目前觀眾在藝術欣賞方面「普遍素質低」，已是個不爭的事實。為了提高觀眾的欣賞能力，中國的文藝工作者不能將作品欣賞標準僅停留在「好看上」，要儘量向深度掘進和高度遞進，多拍一些《時間的針腳》那樣的電視劇，既重視藝術性，又兼有觀賞性等。

伽琳聽到這裡，也有些沉不住氣，眼睛不停地向舅舅求救。舅舅畢竟經過大場面，並沒有受到專家們這些意見的刺激，他坐在座位上，面帶微笑地聽著，不時地還插幾句話，待專家們發完言，才開始總結。不過，這次不是飯局，手裡沒有筷子可拿。他以手勢代替筷子，抑揚頓挫，侃侃而談。舅舅講話有個特點，眼睛睜得老大，逡巡著觀眾，聲音自信而篤定，他說：「這部電視劇，誠如各位專家所感覺的那樣，出品單位中確有政府部門參與，但這僅是為了吸引別的投資方的權宜之計，是借民間力量擴大政府的影響。這部電視劇，讓老百姓看到了國家懲治腐敗的決心。在座的都是專家，你們比我清楚，再不反腐，就要亡黨亡國啊。什麼叫觸目驚心？腐敗就是。這些年來，全國紀檢、監察機關，立案審查調查此類案件，共五百多萬件，涉及各類人士上千萬，僅部級領導就有四百多名。剛才有專家說，反腐有些過頭，那些年打倒走資派時，也沒這麼多人啊。」

舅舅把手向空中一劈，斬釘截鐵地說：「同志們，這是兩個完全不同的概念啊。當年砸爛公檢法，屬於無法無天。可以給任何一個人定罪，任何一個人都可以給別人定罪，但反腐是由公檢法推動，是依法辦案，重證據、重程序、重當事人的態度。當年打砸搶，社會秩序遭到嚴重破壞，體罰犯人，凌辱犯人，量刑完全無程序、無證據、無恆定。運動來了，量刑就變得分外的重，所謂撲在了風頭上；審訊案件也不顧當事人的申辯，嚴刑拷打，發明了諸如噴氣式飛機之類的、數不清的折磨人的逼供方式，真是為所欲為，冤假錯案遍地。而反腐以來所辦案件，件件都能經得起時間考驗。辦案人員依據法律，和風細雨，通過政策感召，呼喚靈魂回歸，不僅不會嚴刑拷打，也無一件逼供案件。零容忍的同時也是零冤假錯案。」

舅舅喝了一口茶，將身子向後靠了一靠，又前傾環視了一圈各位專家，接著說：「反腐與『浩劫』還有不同，那就是株連問題。『浩劫』中是龍生龍，鳳生鳳，老子混蛋兒反動，而在反腐中，這些都不存在。王子犯法，與民同罪，但絕不株連。老子犯罪就處理老子，不會牽連兒子孫子，同樣，兒子孫子犯罪，也不會牽連到老子或者老老子。茄子黃瓜，各是各。一切以證據為準、法律為準，不擴大、不枉法、不濫抓濫殺。以法辦案，以法反腐，這是時代的進步，也是依法治國的要求，比之『浩劫』打倒一切當權派的無序鬥爭，有著本質上的區別。」

舅舅停頓了一下，與周圍交換了目光，語氣稍轉溫和地說：「誠然，也有部分同志不同意我的觀點，認為用制度反腐代價會更小點，如此大批量地把幹部送進監獄，實在太不人道。雖然政策上不會重搞株連，但在實際生活中，這些人的家屬、孩子，在心理上仍然會陰影重重，甚至會影響幾代人。於是鼓吹憲政，鼓吹三權分立、還權於民等等。今天，我們是小範圍座談，可以實話實說。我以為持這種觀點的人，多少有些書生氣。流行語怎麼說了？理想很豐滿，現實很骨感。」

舅舅看了一眼伽琳，似乎有些不夠肯定。但他不等伽琳接話，便又按照自己的思路講了下去：「事實上，憲政是可以保護幹部，防患未然。但大夥兒想過沒有？我們怎樣才能從現在這樣一個體制過渡到那樣一個制度呢？很複雜啊。這是個生死攸關的問題，也是個前無古人的問題。中國人口這麼多，民族問題如此複雜，高度自治，完全民選，西藏怎麼辦？新疆怎麼辦？你要實行聯邦，它要獨立，怎麼協調？會不會引起戰爭？還有富庶地區與貧困地區怎麼管理？戶口放開，實行自由遷徙制度，南方城市的容納界限怎麼確定？會不會人滿為患？一系列問題都沒有明確方案，沒有高層共識與設計，只想著憲政、選舉、民主、自由，一激動，會不會帶來災難性後果？譬如陷入全國性混亂，飛機停飛，火車停運，四處打砸搶，停水停電，臭城臭港，物流中斷，貨物短缺，饑餓疾病，那時候，是不是又重回原點？」

舅舅長出一口氣，不由自主地停頓下來，好像在等誰插話似的，其實是在理順自己的思緒，片刻，他又接著說：「我年輕時也和你們一樣，有過不少的願景，激情滿懷。常常想，如果我大權在握，一定要改變現狀，引進西方制度，用權力制約權力。但當自己真正掌握了權力後，就發現變革不是一個人的事情，抑或幾個人的事情，而是一個有著大多數民眾基礎的團隊行動。然而怎麼行動呢？這要思考，要有符合國情的縝密方案。不好意思，今天我說的多了，但已經說到了這個話題，就不妨多講幾句。在座的都是專家，冷靜下來思考，或許能贊同我的意見。試想，現在這個樣子，實行政黨自由，共產黨還能說了算嗎？肯定算不了了。說不定國民黨、民進黨都會回來競選。共產黨說了不算，肯定會天下大亂嘛。天下大亂了，又是誰說了算？」

舅舅說到這兒，突然頓住了話頭，覺得自己說漏了嘴，不得不掉轉話鋒說：「今天我們是專家討論會，暢所欲言，借《暗潮》說說政治也不是不可以，未雨綢繆。我剛才那番話算是假設，拋磚引玉。江山代有才人出。或許新一代的領導人中，有開天闢地扭轉乾坤的雄才，能真正尋找到一條適合中國長治久安的光明大道。」

舅舅說的「拋磚引玉」，其實是客套，他話音一落，就從座位上站起，拱著雙手與在座的告別。大夥兒自然識趣，並不計較舅舅拋磚即撤身的風度，仍然為他鼓掌，目送離席。

儘管舅舅在專家討論會上，坦承肺腑，從《暗潮》說到體制，又從體制說到國情，說到執政者的窘迫，但專家畢竟是專家，不少人還是避開政治，從藝術角度死磕，投了反對票。專家評分上不去，《暗潮》就入不了圍。無奈，「孔雀獎」評委會退而求其次，給了《暗潮》一個「特別獎」。

伽琳得知消息，依然激動不已。對我說：「老百姓又分不清各個獎項之間的關係，最佳導演獎、攝影獎、編劇獎、作曲獎、最佳男女主角獎，再來個特別獎，也滿好，誰又會仔細分辨這些獎項哪個輕哪個重呢？以後印宣傳冊，我們就可以多一項『孔雀特別獎』。坎城電影節不就有個評審團特別獎嗎？」

頒獎會那天，我坐最後一排，伽琳坐第一排。中央台攝像組給了她好幾個特寫。領獎時，伽琳穿一件黃色吊帶裙，昂首挺胸。在致謝詞中，她感謝了劇組同事，感謝了孔雀獎評委，並將《暗潮》創年度電視劇收視率最高的消息，巧妙地披露出來。伽琳是性情中人，直腸子，再工於心計的事，經她一表達，都會給人一種真誠的感覺。用她自己的話說，就是「三分表演，七分本色」。我從觀眾的掌聲中感到了她的成功，其熱烈程度已遠超其他任何獎項。

領完獎，伽琳從容地走下獎台，一臉的滿足。她坐在位子上後，掌聲仍在繼續，以致於她不得不從座位上重新站起，面露笑容，攤開雙臂，回身向大家深深鞠了一躬。

18 平均值

伽琳之所以願拍《暗潮》，是她之前已經有了一部電影，叫《你好，二嫫》。該片國內上映後，上座率極低，沒賣出幾個拷貝，但在圈內，反響卻非同一般。認為《你好，二嫫》是一部「用真切的細節鋪滿銀屏，充滿原生態氣息」的好電影。有專家還極力慫恿，讓她拿到歐洲某電影節去參展。

文章千古事，得失寸心知。其實早在影片殺青時，伽琳已有此種打算。她瞄準的是威尼斯國際電影節。該電影節與法國坎城國際電影節、德國柏林國際電影節，同為國際A類電影節中最權威、最有影響力的三個電影節。它的宗旨是為嚴肅的藝術服務，主要目的在於提高電影藝術的創作水準。

電影上座率不高，賠了錢，伽琳多少有些灰頭土臉，但在心裡，她是不服氣的。她學的是電影專業，知道影片的分量，叫好不叫座不能說明導演水準低。中國的觀眾就這樣一個現狀，暫且不去管它了，先解決生存和生計問題。《暗潮》成功後，腰包鼓了起來，這才冒出到國際上碰碰運氣的念頭。

伽琳去了歐洲，我一個人待在北京。九月的北京，秋風勁吹，天乾物燥，我閒著無聊，故又飛到了鶩島。鶩島雖然還有些悶熱，但空氣潔淨已令人爽心。北方待久了，就像住一間很久沒有打開窗戶的屋子，總有一股濁氣堵在喉嚨，而到了鶩島，心情便會不同，物換星移，瞬間開朗，連走路都覺得有勁多了。

我貪婪地看著草坪上的彼岸花，由近及遠，又被碧空中的白雲所吸引。雲在藍天宛若浪花，與茫茫大海融為一體。猶如霓裳，輕攏漫湧，也似霧波，越岫而出。

回到鶩島，安頓好行李，第一件事就去看老孟。老孟開門迎我，穿一身白色綢布服，手持蒲扇，我便說：「夠休閒啊。」老孟說，「瞿姐不在家時，我就不講究了，逮住哪件穿哪件，舒服就行。你先坐，我去泡壺茶。」

喝茶是老孟的嗜好之一，但泡茶功夫一般。他五指合攏，伸進茶缽捏一塊出來，扔進茶壺，開水沖泡後即倒入杯中。我端起茶杯輕啜一口，曉是普洱；再一看茶葉盒，見有康熙全身坐像，便知是上等普洱。我擔心老孟將好茶泡壞，索性拿過茶壺，自己沖泡起來。

老孟見我拿過茶壺，也不計較，端起茶杯徑直啜飲。我說：「下盤棋？」老孟說：「不下了。你走後，我一個人下盲棋，下得沒胃口了。你從北京來，有沒有小道消息，讓我岔岔心慌。」

我把伽琳講的關於村長與保姆的故事說給他聽，他沒有明顯的反應，聽完只說了一句話，這哥們兒太大意了，磚頭瓦塊絆倒人啊。但對舅舅在《暗潮》專家座談會上的講話，卻聽得非常認真，表情淡定，專心致志，不點頭也不插話。末了，喝了一口茶，才慢慢對我說：「伽琳舅舅從政沒受過挫折，所以在政改這個問題上，缺少切膚之痛。但我與他不同，自查辦降職之後，沒有一天不在鬱悶。起初很消極，覺得這一生就這樣了，吃過，玩過，威風過，至於屈辱，也是人生之要義，有高山必有深谷嘛。把傷疤遮蓋起來，埋葬在記憶中，換個環境，沒人認識了，不照舊可以人模狗樣？近幾年，我守在這個孤島上，不接觸外人，不回古卵，不隨便與人袒露心扉。心想，守著你瞿姐，消磨完剩下的日子，不也是山中宰相嗎？然而隨著時間的推移，性格中的固有基因又在反抗。不讀書尚好，一讀書仍會思考。譬如，這場禍緣何而起，為什麼不能避過？己責還是他責？經過一番刨根問底後，答案漸漸明晰。儘管這樣的答案未必能為別人認可，也未必能公諸於眾，但我不去管它，思考即存在嘛。」

我為老孟杯子裡倒了點茶，頷首鼓勵他繼續說。

「過去兩年多不想說話，與心情有關，重要的是無話可說。我這個人，對一個問題沒有思考透澈，便不會輕易說出來。今天你說到這個話題，我就不妨囉嗦幾句，反正我們也沒啥要緊事。」

「您盡情講，我是一個寫東西的人，需要知道很多事情。收集材料，多多益善嘛。」

「前一個故事，」老孟說，「固然令人驚心動魄，但於我來說，內心已激不起波瀾。這一類的事，還是與資源配置畸形有關。一方太強，另一方只能逆來順受，否則便活不下去。」

我搖搖頭：「在政治上，我還是個新兵，您盡可以講詳細點。」

老孟站起身來展展腰，望望遠處說：「我對此類事情不感興趣，是因為它只是事物的表象。本質問題不解決，表象永遠不會清除。」

「那麼您認為本質是什麼呢？」

「還是權力制約不夠有效。當然從更深層原因來講，這也是表象，中國的所有問題，還是要從文化源頭上尋找。」

「噢？」

「試想一下，魯迅先生一生都在致力於國民性批判，為什麼？是源於他的思考。文化傳統與國民素質，使任何團隊與政黨的理想，最終都淪陷在『平均值』的泥沼中。民眾素質愈差，就愈容易被蠱惑，政治也就成了野心家們的舞臺。」

關於政治，我近乎白癡，但老孟所講，至少我還是有所領悟。我身子前傾，洗耳恭聽。

「團隊小的時候，倒也罷了，團隊一大，人一多，素質低的人就進來了。越擴展平均值越低。平均值越低，所謂掌權人的素質也就越低。最後就會落到拼底線的地步。自古帝王皆流氓，即是這種沒底線的最好例證。這些掌權者大多崇拜叢林法則，弱肉強食。讀書人為了活命，或妥協或投靠，或綁鍋或背鍋，像張良蕭何之類的。暴力多了，理就沒了。

「讀書人注重理想，只嚮往正確的東西，而政治家每以現實為基礎，以『可行』為選擇，以私利為目標，所以，竊取公權以行私利又成另一常態。無良文人號稱脊梁，但多為衣食奴隸。為生存與帝王綁鍋，狼狽為奸，互作依存。帝王為皮，知識份子為毛。

讀書人一旦中舉進入官場，就與民間成對立狀，唯一的目的就是追做高官，貪享榮華。即所謂的『顏如玉，黃金屋』。而統治階級也正好抓住人性這一弱點，對讀書人進行控制和利用。他們通過讀書人的理念蠱惑人心，鞏固強權，讀書人則通過他們的強權狐假虎威，幫兇作倀。

「兩千年來，美好的口號層出不窮，而百姓仍然掙扎在水火之中。其間有無數的良知文人，矻矻探尋出路，結果都失之迷茫。帝王們每以蠱惑百姓自得，卻以奴役百姓而亡。興，百姓苦，亡，百姓苦。革命一遍一遍地在『週期率』循環，既傷透了仁人志士的心，又使懷有美好願望的人絕望。其中癥結正是無視個人權利的存在。國家利益大於一切，看似神聖，實則是幾千年來統治階級奴役百姓屢試不爽的法寶。陳寅恪說，兩千年來，中國人的進步，其實目標很低，即你是人，我也是人。然而就是這種最低的努力，也常常弄成，我是人上人，你們都不是人。

「直到上世紀初，或者說在『五四』之後，中國的一些思想者，才逐漸悟出病根所在，那就是對國民性的持之以恆地批判。」

「企圖以改變文化為基礎，然後建立起一個好的體制？」我說。

「對。這幾年，我不斷地搜集各種資料，一點一點地證實前人的論斷。因為你知道，我這把年齡，來日不多，故在有生之年，抓緊研究點兒問題。年輕時在大學，就有這個夙願。後來因工作被迫中斷。現在雖說時日不多，但經歷也是一筆財富。從學校到圖書室，可以博學，但很難深刻。而我恰恰相反。幾十年的工作歷練，尤其是前不久的變故，更讓我增加了求索的勇氣。我不能就這樣糊裡糊塗地死去。二十一世紀，世界科技一日千里，政體也在不斷完善，而我們的國家，還處在這樣一種忽視體制約束的時代。由此也使腐敗一反再反，難以根除。」

19 老孟的文化觀

屋子昏暗下來，老孟建議我們去海灘，一邊走一邊聊。我說好啊，夜晚的海邊，也能涼快點兒。

我倆並排徐徐走著，海浪從遙遠處湧來，不倦地拍打著沙灘。夕陽西下，半邊天的雲都紅了。照在老孟臉上、身上，現出一片桔絳之色。

「那麼，出路應該在哪裡呢？」

「全力改造文化。從上世紀初以來，差不多關心民族未來的知識份子，都從多角度思考過這個問題。比較生動貼切的要數柏楊先生的『醬缸文化』。」

「這個我知道，上大學時讀過他的《醜陋的中國人》。繼魯迅之後又一個對國民性深刻剖析的人。不過對他的『醬缸文化』，我還是有些不大明白。」

「這是一種形象的說法。他認為任何一個民族的文化，傳承久了，就會沉澱下一些污穢和糟粕，愈沉愈久，愈久愈腐，最後就成了一個醬缸。凡事不清不楚，只認血緣，靠近親繁殖，導致的結果就是生理不清，心理不清，推理事物缺少邏輯。」

「這倒也是。」我說。

「不過，我覺得『醬缸文化』的涵蓋還不夠全面，精確地說，應該稱為『菜缸文化』。」

「哦？怎麼講？」

「你說你小時候在農村待過，但那時候太小，可能沒有注意過農村的醃菜。醃菜需要一種汁液，可調製也可從鄰居家引入，即舀一勺過來。至於這種汁液由什麼成分組成？我們不得而知。如果用化學儀器分析，成分應該是很複雜的。中國人把這種複雜的成分叫『味道』。味道正的酸菜就算醃製成功，味道不正則為失敗。

「這種味道純正的『菜缸文化』，還真是神奇。從你家舀一勺倒在我家菜缸，我家菜缸的味道就成了你家的那個味道。譬如潛規則就有這種效應。儘管沒有任何一種教科書宣揚，但大夥兒都懂其中的道道。」

老孟如此淵博健談，我還是第一次領教。他似乎怕我聽漏了要點，朝海上望瞭望，稍作停頓說：「表面上整齊劃一無私無欲的儒家文化，與私底下的人情倫理、人性生理相衝突而妥協出來的『菜缸文化』，便成了通行於一切領域的無上法寶。表面一套，背後一套。」

「潛規則？」

「是的。『菜缸文化』全靠近親繁殖，因此特別地講血緣。在嚴酷的秦法之下，任何人都禁止盜竊與乞討的。但觸犯法規後，與官員沾親帶故的人就可以得到寬宥，權力越大罪就越輕。皇帝、王子、高官、國戚皇親，皆可網開一面。簡言之，一切有權的人均可逍遙法外。面對如此惡法，老百姓無可奈何，遇事只好送禮行賄，於是潛規則大行其道。潛規則像硫酸一樣腐蝕著律法。可進行的事務往往不可進行，而不可進行的事物卻暢通無阻。」

「順序應該是先有『菜缸文化』，後有潛規則。」

「你理解的準確。潛規則是表，菜缸文化是裡。菜缸文化是產生不出憲政體制的。有不少人喜歡指責上層，認為上梁不正下梁歪。其實根子還是在下層。說的直接一些，上層是朝中的中國人，下層則是在野的中國人。即使某一天，又改朝換代了，也不會好到哪裡。我們這個民族實在是太老了。面對幾千年的強權，人們為了活著，自私自利的精明已融入基因。一代一代地傳承下去，只能是愈來愈固化。因此說，今天的局面，絕非是幾個昏君造成的。」

「哦，您認為出路在於改造文化。那麼，著力點應該放在什麼地方？」

「上世紀初，有人也曾思考過，認為嚴重的問題是教育農民，但我覺得遠遠不夠。全面的檢討傳統文化，進行先進思想啟蒙，應該成為本世紀初的首要任務。讓我們用目前世界上先進的制度，試著比較一下我們的政體，或許能看得更加清楚。在一個法制健全的國家，立法司法行政，互為支撐，不倚不斜。官僚、軍人、員警則是法律法規的執行者，通過他們的工作而使法律為公民服務。而這個相當重要的部分，在我們這裡，卻常常被人情倫理肢解和消蝕。大量的徇情枉法、假公濟私、近親用人的行為，皆成為毀壞法律的助力器。侵蝕無處不在，大到政策法規，小到行為規範。」

「這種分析比較靠譜。中國人到了外國，也是遭人白眼，幾乎成了破壞秩序的代名詞。」

「你說到了要害。在國外，一是監督無處不在，二是監督認死理。執法認死理，沒有『熟軟生硬』的區別，是他人勝過我們的地方，也是我們要認真學習的地方。上下同心，在法律和行為規範面前認死理，做到人人平等，不枉法，不徇私情，如此，若干年後，中國才有希望進入人類文明之列。」

「您在前面講到，上世紀初成立了那麼多黨派，皆不能走出『週期率』，但國民黨也是『菜缸文化』的受害者，為什麼就能走出來呢？」

「蔣經國在臺灣的變革，有其特殊性。與出身有關，經歷有關，信仰有關。當然，最重要的是與日本的殖民有關。」

「哦？還這麼複雜？」

「是的。一件事情的發生，從表面上看，宛若只有一個因素，其實是多種元素的合力。蔣的生母是虔誠的佛教徒，仁愛寬厚，這使他的胸懷不同一般，處事果毅剛忍，並富有包容心和悲憫心。繼母宋美齡，信仰基督教，宣導平等博愛；父親蔣中正乃王陽明信徒，性格堅韌，執著刻板，處人為事遵循理學標準。這由經國先生後來開放黨禁報禁時，所持的堅定不移的態度上可以看出。從經國先生個人品格來看，也有范仲淹先天下之憂而憂，後天下之樂而樂的崇高境界。不囿於一黨之私，不殉於一家之情。于右任曾送他一副對聯，計利當計天下利，求名應求萬世名。從他後來的選擇中看，這副對聯中所蘊含的大義，對他應該是影響至深，甚至成為他價值取向的圭臬。識見告訴他，將權力傳至蔣家，三代而已。不僅不能實現父親蔣介石復仇之囑託，而且徒成歷史笑柄，像今天半島上的金家之政權，苟延殘喘而已。」

「這個比喻好。」我仰望遠方，由衷感歎。

「選擇決定成敗，這在蔣經國身上，又一次得到驗證。忠孝傳家，經國先生也是當之無愧。他將父親的遺願詮釋得完美無缺。權力不傳蔣家人，是他的高明之處。失敗讓他明白，長治久安必須依賴於制度。因此果決還權於民，實現了一次比較完美的涅槃。沒有什麼武器能比得過一個可以自我制衡和修復的體制。這種精神上的對決，後人什麼時候言及，什麼時候都會充滿敬意。

「蔣經國的成功，還有一個重要因素，即他周圍人對他的影響。如前所言，蔣是一個胸懷博大之人，也是一個懂得人才之人。你看他身邊所用之人，全是有留美經歷之人。如李登輝、宋楚瑜、連戰、馬英九等。古語講，近朱者赤，近墨者黑。每與這樣一些擁有先進理念的人在一起，肯定會大受影響。所謂雄才偉略，首先是識人用人。蔣經國的政治敏感度與判斷力，不僅成就了他周圍的才俊，也成就了他的事業與英名。」

「認為自握宇宙真理，企創萬世偉業，也是集權者的悲劇所在。關於文化傳統，您已經醍醐灌頂，分析得透徹淋漓，令我受益匪淺。如果換個話題，譬如說現在的上層，或者具體地說，像舅舅這樣的一些人，我只是假想，您不要見笑，會不會完善政體，令中國的改開再呈一番新的景象？」

「這是個相當複雜的問題。從歷史經驗看，幾乎沒有可能。」老孟見起風了，建議我們往回走，他說，「你看，我這個年紀，連風雨都經不起了。稍有點風，就會感覺到不大舒服。」

遙遠的雲，一堆一堆像從海裡長出來似的，天海緊緊裹在一起，白的灰的，紅的黃的。有些地方還夾雜著深色的雲，像墨汁倒在了白色的畫布上，湮出一道道不規則的暈邊。夜開始降臨了。

與老孟聊天，事先沒有準備，我自然不能要求他講什麼，那樣，他會不知所措，何況我也不知道我要什麼，他能講已經不容易，就讓他信馬由韁地講下去吧。

「你剛才說像伽琳舅舅他們這批人，會不會啟動政改？我以為很難。他們中確有雄才偉略的人，但在還權於民的危機意識方面，與蔣經國大有不同。

「蔣經國之所以涅槃，還有一個元素，那就是失敗之恥的砥礪。蔣公曾手書『勿忘在莒』贈經國，意在鞭策其『一匡天下』。換個位置講，如果沒有共產黨的勝利，國民黨仍在大陸執掌天下，那麼蔣介石死了，蔣經國能否開放黨禁，還是一個謎。依歷史經驗看，或許根本不可能。生於憂患，死於安樂，古人早已參透其中之玄機。因此寄望上層變革的步伐加快，更多的還需下層的積極參與。我剛才講的上下同心也是這個意思。中國的前途，在於每個中國人普遍的公民意識覺醒與理性的形成。沒有這樣的基礎，就只好寄希望於外力了。」

「外力？」

「是呀。幾百年來的世界進步，靠的不就是英美的外力？包括日本在臺灣的五十年統治。」

「那樣就慘烈了。」

「這沒有辦法。世界潮流，浩浩蕩蕩。順之則昌，逆之則亡。」

20 老孟說換個話題

天黑了下來，馬路兩旁的燈閃著微弱的光。我和老孟並排走著，進街道後，他說：「聽累了吧？」

「還好還好，這方面的知識過去涉獵不多，您今天講的信息量非常的大，有空了，我再找幾本相關的書看看。去吃飯吧？」我說。

「好的。這個話題太沉重，一會兒吃過飯，我們聊聊其他。譬如你的電影劇本。」

「劇本是個手藝活，沒啥好聊的。講講您的從政經歷吧，或許今後創作時能用上。」

「我現在是一錢不值，一事無成。如果經歷也是財富的話，就全部貢獻你吧。」

「達成共識了。」我側轉身握了握老孟的手，感激地說。

「我們去吃米粉吧?吃完以後繼續聊。」

「聽您的。」我恭敬地點點頭。

鶩島米粉全國有名，如同雲南的過橋米線，信步大街小巷，隨處可見。

鷺島米粉，細若繭絲。煮好盛入碗間，澆上豬骨頭和鮮貝熬製成的乳湯，再一味一味加入伴菜與調料，如牛肉乾、花生粉、豬腩、炸蝦米、魷魚乾、豆角、酸菜，以及蔥花、胡椒、醬醋、酒糟和薑沫等。最後，喜歡吃辣椒的人，再加一勺黃燈籠辣椒醬。

老孟不吃辣，我卻是無辣不食。狠狠地加了兩勺辣醬，一口氣吃到碗底朝天，才放下了筷子。

老孟說，「再來一碗？」我說，「不能吃了，近來慵懶，沒有健身，脂肪已經開始蠢動了。健身老師說吃進去多少飯，就要流出多少汗；不想苦，就要堵。」

「堵什麼？」

「堵嘴嘛。」

老孟聽後哈哈大笑，指著我的胸脯說：「看，大汗淋漓。乾脆不要健身了，每天吃三碗米粉即可。」

「這是個好主意。運動員減肥，方法之一就是蒸桑拿。但脂肪轉為肌肉，還要靠器械鍛煉，一碼是一碼啊。」

「好。有空了我也去跟你健身，早年鍛煉下的老本差不多丟光了。像我這把年紀，還能練出來肌肉嗎？」

「沒有一點問題，肌肉不分年齡，只要練，就會有。」

「哈哈。那就說定了。」老孟高興起來。

鷺島的夜晚，是一天中最美的時光，涼爽、靜謐，行走在海邊，海浪聲從遠處刷刷地傳來，悅耳動聽。所謂風穿竹林，水過山崖，大概就是這種境界吧。

回到別墅後，老孟從酒櫃中取出一瓶路易十三，分別倒入兩個杯中。然後遞給我一杯說：「喝了一天茶，口都沒感覺了，換個味道，繼續喝。不過，沒有下酒菜，我們就學外國人，乾搗如何？」

「好呀。我和伽琳喝酒，從來不要菜，全是乾搗啊。」

「那就好。」老孟小啜一口，將酒瓶放在桌子上。我淺嘗之後說：「好酒啊。」「是的，美酒美景，」老孟突然狡黠地一笑，「說說女人吧？」

「好啊。」我不僅有幾分竊喜，「天下隱私，盡收彀中，」作家之本性啊。

「伽琳還好吧？最近忙什麼了？沒見與你一起回來？」

「參展去了，」我把伽琳攜帶《你好，二嫫》到威尼斯的情況告訴了他。

「你和伽琳是怎麼認識的？為什麼喜歡這一類的女人？」

嘿嘿，沒想到老孟居然反客為主，開始打探起我的隱私來了。我們這一代，在這個問題上自然比他們那一代人要透明得多，並不很在乎別人知道自己的故事。我便詳細地講了我倆相識相戀乃至同居的過程。至於我為什麼喜歡伽琳這類的女人，倒真是三言兩語難以說清。老孟說的「這類」，是指她的肥碩？抑或認為以我之條件，應該找一個更年輕更漂亮的呢？

說實話，愛上一個人的原因很多，但具體到一點，就是喜歡嘛。喜歡上了就不再尋找為什麼。我對老孟說：「當然如果要細講喜歡什麼？也是講不清楚的。如果詳細列個表，說我們想找一個什麼樣的對象，譬如長相、個子、膚色、性情、愛好，以及幹什麼工作？學什麼專業？姐妹兄弟幾個？父母從事什麼工作？家庭經濟狀況？籍貫在什麼地方？所有的條件都符合要求，反倒缺少了愛情這個唯一的條件。而有些人，你仔細盤點，彷彿什麼都不在你定下的標準之內，但你卻愛上了她。」

老孟聽到這裡，停住了在客廳裡來回走動的腳步，用手撚著洋酒的酒杯，不知該問我什麼。沉吟半天後，突然說：「回答得妙。我這大半輩子，喜歡對女人量化、分析，但那些量化了的東西最後都煙消雲散。而你瞿姐與我，原來沒打算相愛，也沒打算結合在一起，更沒有白頭到老的海誓山盟，卻相濡以沫地走到了今天。不過，聊天不是數學公式，一加一必須等於二。雖然愛情是一筆糊塗賬，但印象卻可以量化。如果說在一個小巧玲瓏的女人與伽琳之間選擇，你更喜歡哪一種呢？」

我真的被問住了。迄今為止，我所愛的兩個女人，弋鳶是個高個子，伽琳是個胖女人，在常人眼裡，或許都與我不能般配。我一米七八，身材勻稱，長相英俊，在學校時，不少女生都把我看成她們心中的白馬王子。但知道我的家境後，一個個黯然神傷，悄然離開。英俊的面孔與健碩的身材並不能當房住，當飯吃，更換不來名車與貴重首飾。弋鳶與我廝守多年，也是因為我們有過青梅竹馬的經歷。伽琳與我偶然相識，乃至拍拖，是什麼？是因為我的耐心？還是因為我的相貌？不得而知。還是以攻為守吧。我對老孟說：「那您說說您和瞿姐吧。」

路易十三在悄悄地起著作用，老孟聽了我的提問，將酒杯舉在空中，然後起身繞過吧台，一屁股坐在椅子上，招呼我說：「過來，我們坐下聊。」

月光從窗外斜射進來，在地上映出一片白靜的光亮，我倆居然忘記了開燈。也好，談女人嘛，朦朧曖昧點兒不正符合情景交融之說？

「說女人，還得從頭說，直接說你瞿姐你會感到突兀。」老孟似乎要追憶什麼，眯縫著雙眼，一臉蕭然。

我家住皓山，是個地級市，在你小時候待過的地方的北邊，離省城古卯老遠老遠。過去沒有飛機高鐵時，坐長途車從古卯出發，得走一天一夜。但到了皓山，還有不少的路程，須坐短途車到縣城，大約十個小時左右；再轉拖拉機一類的交通工具到一個叫牛脊梁的小鎮。在那裡歇歇腳，吃點飯，然後背上行囊再步行二十里山路，才能到家。

你知道了大致方位，就能知道我上學時的艱難。學校在鎮子上，從小學到初中，整整九年，我就在這山路上穿梭，早起晚睡。父親在援朝戰爭中被俘過，川道地的村莊講成分，不好安家，他只好到山裡去。

父親初來乍到時，一窮二白。借人家兩斗小米，用一斗典了一孔窯洞；剩下一斗，加菜蔬，是一家人維繫一年的口糧。兩斗小米應是高利貸，到年底，一斗還一斗半。

好在山區地多，政府管不過來，外來戶就安營紮寨，墾荒活命。父親黎明上山，太陽出來勞作。為了防止山火蔓延，他先將看好的可以種莊稼的林地，用斧頭在周圍砍出丈把寬的空白來，然後才將中間地帶的林木點火燃燒。林木成灰後再用老钁頭開挖。年初墾荒十餘畝，年底打糧一石多，還去借的那幾斗，第二年的口糧就有了著落。

冬天，山上冰天雪地，農活都停歇了，父親又開始在相中的山梁上挖窯洞。整整一個冬天，披星戴月，艱苦備嘗，愣是挖出兩孔窯洞來。

有了自己的住處，又有了充裕的口糧，加上母親養豬賣的錢，小家總算是安頓下來。我那時小，幫不了父母多少忙，他們似乎也捨不得使喚我。我一靠近，就讓我離開。後來母親見我愛玩，就讓我提個罐罐為父親送水。記得一次起晚了，走得急，竟被野草絆倒，罐子瞬間滾到了溝底，摔得粉碎。但父母沒有怪罪，買回新罐子後，仍然讓我送水。

我腿快，跑多少趟也不累。那是我上學前唯一能回憶起的事件。等我上學後，家道已經殷實。因為見過世面，能吃苦，父親在村裡的威信日漸增高。一九六二年冬天，他被選為生產隊長。由此，我們這家外來戶，算是真正站穩了腳跟。

現在想起來，小時候的日子雖然過得拮据清苦，但溫馨的片斷還真是不少。鶩島沒有雪，古卯的雪也愈來愈少。所以，我常常會懷念雪。山裡的雪，喜歡在夜裡下。一片一片，紛紛揚揚，柳絮一般。清晨，你推開門，不知不覺，雪已經堆了一尺來厚。

那時候，最高興做的事就是清雪。每當父親說，哇，下雪了。這麼厚的雪。我就會從床上咕嚕爬起，穿好衣服，跑出門外，一鍬一鍬地開始鏟雪。狗這時也似乎聽見了動靜，鑽出窩來，跳著在雪地上撒歡。激動了，還會在地上打上幾個滾，然後再跳起來抖上幾抖。剎那間，院子便飛起一團雪霧。接著，母親也起來了，灑掃庭除，開始為我們做飯。

老孟回憶起童年，臉上現出燦爛的溫潤。像清晨的溪水，被太陽照著，光亮清澈。令人蹊蹺的是，他的語言也一反講哲理時的明快、平直，竟然像散文詩一樣，狀述生動，土語頻疊，而且語氣沖和，全無先前的那種節奏感強，帶有明顯講話痕跡的語式。

雪仍在下，一片一片，鏟過的地上很快又堆起一層，地皮變得光滑起來。我在院子小心翼翼地走著，擔心會狠狠摔上一跤。

風從窯腦上刮過，帶下來酸棗枝上的雪，打在我的頭上，又向四面散開。我跺跺腳，撲撒去身上的雪，回到父母的窯裡。

熱蒸氣彌漫在四周，勉強能看到桌子上的早餐。姐姐在幫母親拉風箱，鍋裡的稀飯發出咕嘟咕嘟的響聲。

我盤腿上炕，開始吃飯。這是一天中最香甜的美味。中午開水泡饃，就鹹菜；晚上走二十里山路，回到家中肚子貼脊梁，早已餓昏了頭。一進門，端起碗狼吞虎嚥，飯是什麼滋味全然不知。

早飯後出門上學，背個書包顛三晃四，母親送到大門口，叮囑說：「慢慢走，腳底下踩穩。」我把帽檐拉下來護住耳朵，呵著氣對母親說：「沒事兒，我經常走，滑不倒的。」

下了畛畔，狗從窩裡竄出來，在我的左右蹦跳著。它對我的愛是赤裸裸的。無論颳風下雨，都不在乎，渾身上下有使不完的勁兒。我走哪裡，它就跟在哪裡。在學校，它見人就躲，只有見我會跳起來，撲在我身上，親熱半天。我在教室聽課，它靜靜地臥在教室外面，細眯著眼睛，仿佛也在聽課。下課了，我去籃球場奔跑，它蹲在場外，翹首望我。有時激動了，也會撒歡，嚶嚶幾聲。

我上大學了，全家要回夏州，火車上不許帶狗，父親只好狠心送人。收養的人擔心它遠追主家，就把它拴在了棗樹下。後來聽說它撕咬著韁繩，不吃不喝，竟然絕食而死。

常說命裡有貴人，可以青雲直上。我這一生，有兩大貴人不可忘記。一個是我考大學時的公社書記，一個是我在省委工作時的首長。那時講究新生事物，大力啟用年輕幹部，層層仿效。我所在的公社書記，也是相當年輕。二十出頭，濃眉大眼。嘴角上有個凹進去很深的酒窩。條型臉上的鼻梁高挺著。頭髮略帶波浪，左右分開，儼然有型。上任時，他穿件軍大衣，在公社院子給幹部們講話，我羨慕極了。

我那時候，眼睛小小的，頭髮硬直，總是向前戳著，像個鴿子尾巴。每次梳頭，怎麼也弄不出個髮型。所以，對那些能梳成髮型的人，總是豔羨不已。就是這位長著自然卷，經常梳著漂亮髮型的書記，當我向他說我要報考大學時，他打量了我一番後說：「好啊。你能考上大學，也是咱們公社的榮光嘛。你說，還需要什麼說明？」

我羞愧地低下頭，囁嚅著說：「什麼都不需要，就是需要時間，能不能上午上班，下午在家複習？」

「你是做團委工作的，最近也沒有太具體的事。考試前這幾個月，就不要上班了。在家好好複習，爭取考上，給公社放個衛星。」

我挺直身子，向他敬了個禮，又拍拍胸膛說：「一定不負領導厚望。」

中途，他還來家裡看了看我，帶了一條豬肉和幾棵大白菜。臨走時，又讓文書放下一沓子辦公用紙，關心地說：「張弛有度，每天保證六小時睡眠，不可拼身體，屆時虛脫就麻煩了。另外，要抓住重點，選好科目，有所側重。」

說心裡話，我最後能考上山東大學，與公社書記的關懷有很大的關係。現代社會選拔人才，靠透明的競爭機制。我們那時候，就靠領導舉薦，舉薦誰誰就走運。考學如此，大學畢業被選為秘書，也是如此。

21 宋薇

大學時代總是快樂的，學習之餘可以去圖書館、球場，也可以約幾個同學郊遊，或海吃猛喝一通。談戀愛也是件誘人的事，但我那時候比較自卑，農村來的孩子，家境不好，又講一口土話，所以，大部分時間都泡在圖書館。眼睛累了，就去操場上盪鞦韆。我們老家，農曆三月三，每年都要進行鞦韆比賽，我差不多總能拿到第一。

鞦韆在網球場旁邊。每當我騰空而起時，總會引來許多目光，球場的人自然也會停下來看。我那會兒不會打網球，但喜歡看。其中一個秘密，就是那裡有位女子的網球，打得出奇的好。或許還有一個原因，那就是她的相貌。她著一身白色的緊身運動衣，短裙兩邊各有一道紅線，與彈力極好的球鞋上的紅色鞋帶相呼應。她的到來，簡直就是球場上的一道閃電。同學們下課後，不少人駐步網球場，就是為了看她的球技和來回奔跑的身影。

她留著當時十分時尚的馬尾巴長髮，兩條長腿細圓柔勁。由於經常在戶外陽光下活動，皮膚不算白，但卻十分的光潔。盪玩鞦韆，我常常喜歡在球場逗留一會兒，直至最後一個離去，目的就是想看看她從我面前走過時的模樣——鞦韆上你看不清她，網球場上也因為奔跑而難以駐目，唯有她從面前走過時，才能一睹芳容。

四年的校園生活，轉瞬即逝。最後一學期要寫論文，老師說，你們也不要讓論文框住，在諸種文體中選擇一個喜歡的，寫一篇文章即可。我家在農村，對原工作過的公社熟悉，就把目光盯在了皓山的蘋果業上。皓山的蘋果業雖處在起步階段，但我已發現它的潛在價值。經過計算，我認為栽果樹與種莊稼相比，效益會好得多。於是將題目擬定為《退耕還林的經濟價值比較》。

文章寫好後，我送給指導教授一份。教授看了後，建議我拿到校刊去發表。我對老師說，我從未去過校刊室，連怎麼走都不知道。老師便為我畫了一張圖，並在圖上寫了「宋薇」兩字。寫好後，她看著我，又特意用鋼筆在「宋薇」兩字上點點說，「你徑直去找她，就說是我推薦的。」

我找到校刊室，按門上的名字敲門，沒想到出來的竟是活躍在網球場上的那位女士。我立在樓道，怔了一下後，趕緊用雙手把稿子遞上。她接過後翻了兩張，淡淡地說：「先放這裡吧，我看後再答覆您。」

「好的。」我彎了彎腰，似乎是在鞠躬，但又不像，等她把門關上後，才慢慢向樓下走去。

稿子很快就發出來了。我從家鄉帶了一箱蘋果，週末為她送去。她見我抱一箱蘋果進辦公室，連忙說：「您這是幹啥呀？」

我說：「稿子發了後，公社領導十分感激，認為文章對他們的蘋果產業，有相當大的指導作用，所以讓我給您帶一箱來，以示感謝。」

「噢。拿幾個就可以了，拿這麼多，上車下車得多費勁呀。」她說著，彎下腰把蘋果箱打開，一股香味立刻在屋子彌漫開來。她顯然是高興了，用鼻子深呼吸了一下，然後拿起一個，在眼前轉了轉說：「這蘋果不僅味道香，而且個頭也大。這樣吧，給我這兒放上幾個，剩下的給您的導師拿去，並代我問好。」

我連連擺手說：「不用了。鄉鎮為了感謝我，當然也是為了宣傳他們的蘋果，送了好幾箱呢。導師的我已經給過了，同學們也都品嘗了。這箱您就收下吧。」

她略皺一下眉頭，把手裡的蘋果放桌子上說：「那好吧。我一會兒叫上校刊室其他編輯，一塊消受吧。來，不要老站著，坐下喝杯水。」

我坐在了她桌前的椅子上，見玻璃板下壓著她一張照片。兩隻眼睛清澈瑩靜，鼻尖上翹，嘴巴微微抿著，顯出幾分倔強，整體看上去，比網球場上要嫻雅柔和許多。我恭維著說：「你網球打得好啊。」

她說：「哪裡呀。小學就開始練了，高中作業多，荒廢了一段時間，現在時間相對自由，每天便打得多了一些。」

聊天中知道，她也是山東大學的學生，先我一年畢業，和我是一個導師。說話間，我略有放鬆，仰起頭看著她說：「原來是師姐啊。」

「您是哪一年的？」

「五四年的。」

「還真是師姐呢。快畢業了，有啥事需要幫忙找我。」

「好啊。那我就不客氣了，有這樣的美女師姐，一定會經常登門討教的。今天就不打擾了。」我從椅子上站了起來。

「那就不留您了。慢走。」

走到門口時，她忽然說：「哎呀，想起來了，您就是鞦韆高手啊。」

我的臉騰地紅了，有幾分羞怯地說：「在農村上學時，我年齡小，擠不到籃球場跟前，就只好盪鞦韆。我們那裡大樹多，幾乎每個學校都有鞦韆。」

「難怪有那麼好的身手，真是大鵬展翅，扶搖直上。改天教教我。」

「好的。那咱們互為老師，我也想學學網球。」

「沒問題呀，歡迎。」

那以後，我倆的來往就多了起來。她說是要學盪鞦韆，但從來沒有盪過。她網球打得好，約場子的人隔三差五，我跟她學網球也就泡了湯。不過，我在場外看球，還是很殷勤的，不時地為她撿網球、遞毛巾，端茶倒水。雖然像個小跟班，心裡卻十分愉快。

但真正與她拍拖，還是因為命運的垂青。那是個週末，她約我去看電影。電影看完送她回家，走半路，突然從旁邊竄出個小夥兒，膀大腰圓的。他指著宋薇說：「跟我走會兒？」宋薇說：「為什麼？」「不為什麼，就是想跟你走會兒。」

「我不願意呢？」宋薇說。「不願意也得走。」他說著，就上去拉宋薇的手。我見狀，沖過去擋在了宋薇面前。那小夥兒二話沒說，伸出拳頭就朝我打來。我向旁邊略傾，劈手上去握住了他的手腕，只朝回一擰，他就招架不住了，喊叫著要我鬆手。我沒理會，繼續鉗住他的手腕說：「你想幹什麼，這深更半夜的？」他用另一隻手指著宋薇說：「我喜歡她。」我說：「你讓她跟你到哪裡去？」「不去哪裡，就是找個沒人的地方問問她喜歡我不？喜歡就交個朋友。」

「你想得美，」我斥責他說，「你這種求愛方式快跟流氓差不多了。」

「我只是問問，又不動她一根毫毛，流什麼氓了？」

「你還嘴硬？我要押你去派出所，告你劫色，你就死定了。」

「你有什麼證據？」

「有證人也行啊。」我指了指宋薇說。

小夥兒不吭聲了。用求救的眼神看著宋薇。宋薇擺擺手說：「讓他走吧。」

我鬆開了手。那小夥兒握了握手腕，表情沮喪地說：「快要折斷了。」

小夥兒走後，宋薇有點納悶地說：「他那麼魁實，人高馬大，你一個文弱書生，竟然制服了他？」

我伸出右手對她說：「農村勞動時，曾經學過一段時間石匠。石匠要臂力、腕力，握釺時要不停地轉釺，所以手腕一定要靈活。剛才劈手抓腕回握等一系列動作，都是那時候練下的。」

宋薇沒有見過類似的行當，但她剛才見我劈手擰腕的動作，信服地點點頭，伸出手說：「謝謝您，我今後有保護神了。」

那是我第一次握她的手，手心微熱，細膩滑軟。

臨近畢業幾個月的交往，我與宋薇真正拍拖了。一天與導師閒聊，才知道了宋薇的高幹家庭背景。老師說，「宋薇的父親是省委秘書長。她已經把你的簡歷遞給了她爸。

你留山東的機率百分之百了。」

「宋薇可從來沒給我說呀。」

「她這是牆裡的柱子——暗出力。」

四年了，我和老師無話不說。老師欣賞我勤奮刻苦、喜歡鑽研的性格。她原想通過宋薇的父親，讓我留校，在她教研室任教，但宋薇說，她爸看了我的材料後，認為我有經濟頭腦，文字也不錯，就把我留在了省委研究室。

研究室工作一年後，我被選為省委書記的秘書。書記後來調國務院工作，我又跟著去了北京。鞍前馬後好些年，空降到古卯時，已經升為正廳級副秘書長了。

別人當官，東調西調，幾輩子難得攀上個高枝，我只一箱蘋果，便順水順風地做了乘龍快婿。

「宋薇是您的初戀？」我好奇地問。

不是。其實與宋薇拍拖前，我在家鄉還有一個對象，姓牛，她叫犀明。我習慣稱她明明。考上大學後，還一直保持著書信聯繫。她來過山東一次，我領著她逛泰山、孔廟、趵突泉，也一起去過我室友的家。爸媽對她很喜歡。勸我說，不管將來幹啥，都不要有二心。明明知根打底，能靠得住，是個過日子的人。人家是啥家道，咱是啥家道？這麼多年了，人家能守著你，也不容易。成不成，給個准信。不能再拖人家娃娃了。

「您給明明准信了？」

沒有。那時候的我，潛意識中仍在游移不定。我彷彿有預感，覺得生活或許會變成另外一種樣子。大學幾年，所思所想已完全不是小縣城那些東西了。

「那就是說，你對明明清楚地說不，是在與宋薇拍拖之後？」

是的。宋薇的出現，增加了我對明明說不的勇氣。但我沒敢當面給她說，我是寫信告訴她的。她接信後，許久沒有答覆。那時候，父母已經住到了夏州。舊時的那個縣城已經沒有了牽掛。明明不來信，我也沒回去，這件事就擱置下了。

畢業後，我去了山東省委研究室，消息很快就傳到了縣上。這時，明明來信了，寥寥八個字：往事如煙，祝君保重。我自然從中讀出了淒涼與悲傷。我能感受到這件事對她的傷害。儘管我那時已有了新歡，常常與宋薇花前月下，笑聲朗朗，但明明的孤獨身影仍然在眼前徘徊，我們畢竟是患難之交啊。

「明明還真是個要強的女子，拿得起，放得下。」

是的。這也是我常常愧疚的原因。她是我的初戀，也是我未能給予她任何幫助的人。那些曾經車載斗量，從我這分享過無數資源的女人，一旦分手，便煙消雲散。唯有明明，始終難以忘懷。我們在一起時，她是爽朗向上的，雙腿充滿活力，連走路的姿態都給人一種鼓舞。我至此知道，什麼債都可以欠，唯獨情債不能欠。她那斜睨著看我的眼睛，在夢中依然清純明亮，充滿著真誠，但我能感覺來，她的眼睛深處，還是藏有幽怨。淡淡的，不經意間閃過，卻足以刺痛我那顆還沒有完全變成石頭的心。

她是縣委書記的姑娘，儘管不愁嫁不了人，但她是希望嫁給我啊。我們公社四年，相濡以沫；大學四年，兩地相望，八年的感情豈能一筆勾銷，說忘就忘呢？時間過得真快，算起來也四十年了。今天說起來，宛若一場夢，她的笑容，她的舉手投足，以及我們共度週末，挖野菜，包餃子，吃完後去河邊散步的情形，會時常浮現在眼前。年輕真好，像從山裡流出來的泉水，奔騰不息。流向哪裡，會流成什麼樣子？你全然不知。

老孟又給自己的杯子裡添了些酒，我示意他緩著喝，他說，因為前列腺疼痛，許久沒有動酒了。今天喝多了。反倒覺得通身舒泰。明明後來活得也不快樂，丈夫找得還算行，對她關懷備至，唯一的缺憾就是孩子讀不進去書，考了個中專，畢業後重回縣裡，在賓館做了個伙夫。

明明是個要強的女子，又有個要強的父親，孩子不爭氣，或許給他們全家的生活罩上一層濃厚的陰影。當然這只是我的猜想。但她五十多歲就因腦病離開這個世界，不能不讓我浮想聯翩，加重罪孽感啊。

哦。我好像扯遠了。其實人在得意時，不太愛回憶失意時。過去幾十年，快要把這件事情忘了。我現在如同一條沉澱著無數垃圾的河道，表面光鮮亮堂，內心裡卻貯滿了污穢。今天不說起往事，我哪會再想起明明啊。

還是說宋薇吧。所謂男人不壞，女人不愛。其實女人不壞，男人也不愛。時間久了，我發現宋薇是個近乎聖女般的女人。端莊美麗，卻不生動。初夜時，她倒不冷淡，緊緊地抱著我，接吻，撫摸，用溫熱的長腿抵我小腹，來回摩挲；也喜歡用胸脯貼我胸脯，讓我用力擠壓著她。可我因為饑渴，哪能顧得上那麼多嬉戲，上來下去，不停地折騰，幾乎一整夜不睡。

然而熱情勁兒過去，我居然發現宋薇在床上，始終是那麼幾個姿勢，親吻擁抱之餘，便是平躺在床上等我進入。沒有引導，沒有呻吟，沒有強烈的饑渴表示，做完後也不交流感受，是否痛快？有沒有高潮？全然不知。與她在網球場上的灑脫與大方判若兩人。花樣呢？肢體語言呢？鶯聲燕語呢？床上的小人，地上的君子。看來她只知道後者而不知道前者。看來她這文學系是白讀了。起初，我還試圖教她，但發現她在這方面悟性極差，像鐘一樣，敲一下響一下。最讓我受不了的是她那一套衛生習慣。上床前總問刷牙沒？洗澡沒？院子裡的鞋不能進房子，房子裡的鞋不能上地毯。有時你剛來點兒情緒，她就在你身上聞聞，然後讓你去沖澡。你想想，她的這些清規戒律有多可怕。紅燈可以有，但幾秒一個，你怎麼搞？

關於孩子，她還是喜歡的。我看她買了一堆試孕紙，隔三差五地測試。幾年過去了，沒有任何跡象顯現，她好像失望了，試孕紙也收拾起來扔進了垃圾筐。不過，她的父母為她找了最好的中醫，開了一大包一大包的草藥。每天晚飯後，她的第一件事就是煎藥。煎一次喝三頓。大約持續了半年光景，仍沒有動靜。我說你整天吃中草藥，累不？她說，命裡註定要吃草，前世大概是牛羊轉的吧。她這話有點雙關，以為女人沒孩子就是命苦。

宋薇為了孩子，除吃中草藥外，還四處求神問卦。見佛就拜，見廟就燒香。原來一個健康活潑的女子不見了，整天為懷上懷不上牽腸掛肚。我突然覺得人很脆弱，往往一件事不如意，可能就會改變世界觀和人生軌跡。

我看宋薇整天沉溺於求子不得的痛苦之中，亦很心焦，任職古卵後，就勸她抱養一個。她沒反對，然後四處探尋什麼地方可以抱養。結果通過公安局打問，知道兒童村可以，她就約我一同去看。跑了幾次，都沒有選到一個合適抱養的孩子。她幾乎要絕望了。我安慰她說，這種事也講緣分，不要急，反正周圍人都知曉我們要抱養小孩，說不定哪天就有人送上門來了。她說，但願如此。

之後，我忙於工作，就再沒有過問此事。宋薇有空了，還會去兒童村走走。一天，她突然對我說：「我們不要抱養了。乾脆我直接調兒童村工作算了。」我說：「看你的興趣，如果真喜歡，那就去。」

兒童村的孩子，一半來源於父母雙亡，譬如母親把父親殺了，母親又被判了死刑。再譬如父親殺人了，母親改嫁而遺棄了孩子。總之，兒童村就是個悲慘世界。她去多了，就心存惻隱，就由抱養一個想到撫養一群的問題。

宋薇調兒童村工作，兒童村的各種條件很快得到了改善。原本是市公安局下屬的單位，收養的都是罪犯的孩子。現在升格掛靠在市民政局，收養的範圍也相應得到拓展，凡社會上無人撫養的孤兒，統統被建檔收養。宋薇本是一個有能力的人，數年下來，孩子們的住處、伙食、娛樂場所，與市政府的幾個幼稚園完全相同了。市婦聯開會，民政局開會，都會邀請兒童村的領導參加。

宋薇因為不育而去了兒童村，兒童村的孩子因為宋薇而變得不同。總之，宋薇走出了這個小家，融入到了兒童村那個大家。我的女人史也就因此開始書寫。天下沒有不透風的牆，儘管我小心翼翼，藏頭護尾，然而傳聞最終還是落進了宋薇的耳朵。她索性徹底搬出我們在市政府的家，永住兒童村了。

22 初戀

「您說到與明明八年的戀愛長跑時，有些動容，可見感情非同一般。您再回憶一下，還有沒有一些細節可以講講呢？」

讓我想想。初戀總是刻骨銘心的。剛才講過，宋薇徹底搬出市政府家屬院後，我身邊幾乎沒有斷過女人。這些女人無論從長相上，身材上，文化程度上，都比明明好得多。但比起明明的清純、質樸、真誠和溫柔來，那還是要遜色得多。人到一定的年齡，事情經得多了，才知道真誠是多麼的寶貴。

明明個子不高，瘦瘦的，皮膚黝黑，兩隻眼睛一大一小，牙也有點外突。如果說沒經過交往，純屬媒人介紹，那麼，第一次見面肯定不會看上。但我們是同事，都是當時從農村抽調到公社的積極份子。那次一共抽調了三個。一個是她，做婦女專幹，一個是我，負責團委工作，還有一個，在公社辦公室當文書。

三人中，我和另外一個小夥是返鄉青年，而明明屬插隊知青。她家在縣上，離公社二十里地。一到週末，她就會回去。她父親特意給她買了一輛自行車，飛鴿牌的。

公社共二十九個生產隊，一半在河對岸，雒河橫亙其中。我們下鄉，經常會趟河而過。冬天雒河會結上冰層，厚厚的，霜一樣的銀色浮在表面，刺得人睜不開眼睛；夏天，水清的時候，淙淙流淌，岸邊會有不少女人浣洗衣裳，嬉笑聲，棒槌聲混雜在一起，讓寂寥的村莊充滿了活氣。

平素，河水不深，褲子挽起便可趟過，遇暴雨天氣，山洪從四處湧入河槽，浪頭便會翻到四五米高；泥沙中還會夾帶樹枝、雜草和牛糞，人若捲進河流，必死無疑。

一次下鄉，我和明明從雒河經過，便遇到了這種河水。那天，我扛著她的自行車，走在前面，她背著我倆的行李跟在後面。從天氣跡象上看，壓根沒想到會有洪水。天瓦藍瓦藍，周際沒有一絲雲影。可就在我們走在河中央時，上游的人吶喊洪水來了。我打眼一看，幾米高的水頭黑壓壓的，像一個張開口要吃人的魔鬼。我慌忙喊明明，讓她快點走，沒想到她一著急竟然摔倒在河中。我連忙扔下自行車，跑過去把她從水中拉起。行李、自行車是來不及拿了，幾百米外的洪水說到就到。我倆手把手在水中跑著，明明時有滑倒，我無奈，只好攔腰將她抱起，朝岸邊跑去。

那天真是危險，再晚幾分鐘，我倆就都沒命了。

站在岸邊，望著幾百米寬的河道，盡是滾滾洪流。明明抱住我，頭埋在懷中，抽搐著哭泣起來。

這次化險為夷，是我倆相愛的契機。之後沒幾天，她爸媽請我吃飯，說是感謝我救命之恩。席間，我才知道，她爸是縣革委會副主任，分管組織部工作。她爸問了我的家庭情況，聽後感歎道，「寒門出孝子啊。」她媽看樣子挺喜歡我，用筷子為我夾了一條雞腿，親切地說，「你年輕，多吃肉。」明明見狀，也白了她爸一眼，「真是有職業病，見誰都像考察幹部似的。」她爸不好意思了，低聲嘟囔著說：「這不是你領回來的朋友嘛。你不詳細介紹，我還不能問問？」說完，拿起酒杯對我說：「來，咱爺倆喝酒，不和他們女人見識。」

明明見她爸與我碰酒，也端起酒杯說，「有的是機會介紹，我還會領他來的。」「歡迎啊，我們家的門隨時為你敞開。你到縣上，就把這裡當家吧。」明明爸爸熱情地說。

那之後，明明對我的態度顯然升溫了。差不多每個禮拜天都要帶我去她家。她家有兩孔窯洞，父母住一孔，她住一孔。我去了，她父親就去縣委大院辦公室住，睡平時值班的床。

一天，明明父親去古卯開會，把她母親也帶去了。到週末，我們去她家，自己動手做飯。明明讓我在家和麵，她去街上割肉買蘿蔔，說要包餃子吃。

餃子包好後，明明還炒了幾個雞蛋和一盤土豆絲，算是下酒菜。明明在公社有一段時間了，也學會了喝酒。說學會了其實不對，準確地說，應該是公社的幹部硬灌的結果。

皓山天氣冷，喝酒都要溫著喝。明明在炒菜時，已經把酒溫上了，等菜好了，酒也熱了，我倆就開始對飲。我說玉盤珍饈值萬錢啊。她說，分明是粗菜淡飯，揶揄我幹什麼？我說，粗茶淡飯暖人心。謝謝了。

明明雖然被灌出來了，但比起我的酒量，還是稍遜一籌。一瓶酒我喝了大半，她喝了小半，待瓶底朝天時，明明已經醉眼朦朧。追著問我說：「新雲，你愛我不？」

「愛啊。」

「真的？」

「真的。不然怎麼會一次一次跑你家呢？」

「那好。你現在去煮餃子，吃了餃子我們手拉著手逛縣城。看你敢不敢？」

「敢啊。你是縣領導的女兒，都敢，我一個平頭老百姓家的娃，為什麼不敢？」

「那你趕快去煮餃子吧。」她斜倚在床上，女王般地命令我說。

那時縣城裡燒的還是煤，我打開爐門，正準備下餃子時，明明竟然發出細細的鼾聲。我走過去，拉開被子給她蓋在了身上。

那天，我沒有回公社，住在了明明家。後半夜明明醒來，喊著要喝水，我就給她倒了一杯。她喝了後似乎清醒了，掀起身上的被子說，「過來，抱抱我。」我鑽進了她的被窩，抱了抱她，等她睡熟後，我悄悄下床，繼續睡在了沙發上。

之後不久，縣招待所招服務員，明明招上了。不過，每逢週末，我們還像過去一樣，或我去她家，或她來公社。這期間，如果不發生那件事，或許我們就走到一塊兒了。

父親是從夏州來皓山的，來的時候屬盲流，沒有戶口。全憑時間久，與當地人混熟了，才上了戶口。但安定日子沒過幾年，就發生了重大事故。一天，突然有兩個外調人員到了村上。他們從省上到縣上，再到公社、生產隊，一路查下來，找到父親後，才亮出底牌，說是要調查他的師長。師長說，他們當時是奮力抵抗過的，彈盡糧絕後，昏倒在陣地上，才被敵方俘虜。當時全師只剩他與父親，只有找到父親，才能證明他們不是主動投降。

父親如實地寫了證明。他的師長的情況如何不得而知，但父親的俘虜身份卻暴露出來。那個年代，做過俘虜的人，雖不像歷史反革命那樣被人不齒，可也是歷史上有過污點的人，貪生怕死嘛。

這樣的問題對父親倒沒有太大的影響，他已經準備死心踏地做一個農民了，老撅頭把又奪不去。但對我卻成了個大問題。俘虜的兒子搞共青團工作，無論如何是不可以的。如此，我的團專幹便幹不成了，重回生產隊，農代幹的身份也就徹底變成了農民身份。

這件事，明明知道了並沒介意，仍然我行我素，該幹嘛幹嘛。但她的家庭卻給她了明確的資訊，讓她與我斷絕關係。明明告訴我，主要是父親的態度有了改變：認為女兒與一個俘虜家庭背景的孩子結婚，會影響他的政治前途。他那時春風得意，很有希望成為縣革委會主任。

明明的話，讓我十分沮喪。一個俘虜身份的父親，一個農民身份的我，在那個年代，豈止是兩座大山啊，簡直就是下地獄的節奏。招不了工，參不了軍，凡是與公家有干係的事情都幹不成了。當一輩子農民，能與明明走多遠？

我把心思告訴了明明，我說還是做朋友吧，這樣，雙方都輕鬆。我不想連累你，在我的心裡，你的幸福遠比我的幸福重要得多。

明明沒有說話，默默地走了，之後的明顯變化就是她不再約我去她家了。不過，時間久了，她還會騎自行車來我家坐坐，也會約我去縣上看場電影。

命運真是捉弄人。這樣的日子沒過多久，事情驀然有了轉機：父親的冤假錯案得到了平反，當年要他寫證明的那位師長，平反後當上了一個地區的書記。他沒有忘記父親的忠誠，親自來看望父親，並為父親恢復了軍人身份和工作關係。與此同時，我也恢復了團專幹的工作，重要的是，國家恢復了高考制度。

大學錄取通知書拿到手後，我騎自行車去縣上，想親口告訴明明這個消息。自行車由於經常不用，油都乾了，沒騎多遠珠子全部掉光。神奇的是，我因為興奮，一口氣騎了幾十公里，居然一點兒都沒有感到自行車的沉重。

明明其實已經知道了我的消息，縣上考上大學的就那麼幾個，早已瘋傳開來。她見了我，不僅沒有表現出過分高興，似乎還有幾分愁慼。她把我領到家裡，說要留我吃飯；她的父母見到我也分外高興，忙前忙後準備了一大桌酒菜。

席間，明明母親讓我明確表態，看能不能在走之前把婚先定了？我搪塞說，婚姻大事，還是要與父親商量一下。明明母親說：「那我們期待著。」

說是商量，其實我心裡也在搏鬥。這一去，三年五載，畢業後分在哪裡，都是個未知數。加之父親要回夏州。父親退休在夏州，我們兩家的距離就更遠了。

儘管明明父母希望我倆的戀情能有個清晰的結果，儘管走時明明的父親叫了許多人，為我搞了一個歡送會，席間所營造的氣氛也完全是一家人的感覺，但我始終沒有表態。我與明明私下約定，保持書信往來，至於婚姻之事，畢業後再說。

23 瞿姐

「瞿姐呢?」聊了半天，瞿姐還沒有出場?她可是市長的女人們中，我唯一見過的女人。但話一出口，又有點後悔，覺得犯了採訪大忌。你引導的結果，很可能會失去一些意外收穫。

瞿姐是我原來首長家的遠親，老孟很快接了話茬，她十五歲來泉城，在首長家做保姆。我那時還在省委研究室工作。幾年後，我從京城到古卯，她已經二十多歲，出落成了個大姑娘。嘴唇厚厚的，眼睛顯得更大了，皮膚仍如我初見時白皙柔嫩。體態也已過了嬰兒肥階段，秀拔了許多。

首長打來電話，說瞿姐的工作就託付我了。京城門檻高，安排個工作相當複雜。古卯可能好點兒吧。我拍胸脯說，一點兒問題也沒有。

那會兒宋薇剛走，一百多平米的房子，空蕩蕩的。瞿姐過來，我就讓她先住家裡，對外宣稱表妹。

瞿姐初中畢業就投親到山東了。她沒有大專文憑，做公務員肯定不行，只能是先招工，再以工人身份調機關搞後勤，有幹部指標了，找個理由一轉。想好了路徑，我把人事局長叫來，當面做了交待。人事局長當然有辦法，沒過幾個月，瞿姐就被某工廠招聘，緊接著又調入市政府後勤處。全部手續辦妥後，人事局長對我說，您家裡有事了，就讓她兩頭跑，我已給後勤處叮嚀過了，不要給她安排太具體的事。

瞿姐在首長家當保姆多年，迎來送往，見過不少大領導，言談舉止，儼然一派大戶人家的風度。這女人凡能用眼睛說的，都不開口。所交辦的事情亦是這樣，不表態，不保證，默默地做去，最終讓結果說話。

我有幸遇到了她。宋薇的短處正是她的長處。我的生活中知性女人太多，我不想把家庭變成一個課堂，讓她們為我講哲學、文學、園藝，乃至城市規劃和數學經濟。家就是家。回來外套一脫，擦把臉，斜靠在沙發上，或喝茶，或喝咖啡，或把腳放在茶几上，撳動電視按鈕，隨便翻幾個台。

過去宋薇定過不少家庭準則：東西用過，哪裡拿的再放回哪裡；睡前雷打不動地刷牙洗漱；吃飯不能出聲；襯衣內褲一天一換等。在瞿姐這裡，統統都沒有了。她知道一個男人在外面的辛苦，也出於習慣和感激，開始自覺地介入家事。你亂扔的東西，她會收拾；你用過隨手擱置的東西，她會歸置；你回家有時忘了換鞋，穿著四處亂走時，她會把拖鞋拿過來，不吭氣地放在你面前。你為此常常感動，結果就是聽她的話，記住這些規則，自覺不自覺地遵守。

我在京城做秘書時，家在泉城，幾個月回不了一次。到古卯當副秘書長時，宋薇仍在山東大學校刊室。這期間我基本上是個單身漢。有些人羨慕當秘書，認為升官快，但他們不知道，當秘書可以讓人陽萎。首長們年齡大了，出差開會十天半月，回不回家無所謂。而我們呢？正值青壯年，荷爾蒙三天兩頭光顧。你說咋辦？忍得時間久了，就有問題了。「用進廢退」嘛。

農村勞動時，大家調侃光棍漢，認為他們的性能力最強，而光棍卻說，那玩意兒要用。越逗越靈，越吊越聾。實際情況還真是那樣。十幾年秘書做下來，我徹底廢了。宋薇離家去兒童村，除了我們一直沒孩子外，與我的性能力也不無關係。分開幾個月半年的，回一次家，要麼是早洩，要麼是硬不起來。每次回家，摟呀抱呀的，親熱半天，關鍵時刻卻頂不上個人用。你想想那是什麼情況？用慘烈形容一點兒不過。後來宋薇說：「以後要麼不要回來，要麼回來了分床睡。再這樣折騰，我會瘋掉的。」

宋薇去兒童村，我之所以沒找女人，就是因為信心不足，害怕鬧出與宋薇在一起的笑話。加之那段時間工作也忙，市委辦公廳的檔全都要我把關。所以加班加點是經常的事。白天忙不完，就帶回家晚上看，有時一看大半夜。

瞿姐不光要做飯，收拾屋子，洗衣服，熨衣服，還要陪我熬夜。我幾次對她說：「你把門關上先睡吧。我遲早還說不定呢。」她笑笑說：「我也不瞌睡，白天您不在家，我刁空還可以眯會兒。您工作了一天，喝個水，吃個夜宵的，就交給我好了。您只管看您的材料，我在旁邊也補補課，讀點烹飪專業方面的書。」

我朝她看看，默許地說：「要麼你學漢語言文學，參加自學考試行不？有個文憑，將來上班調整工作，可能會用得上。學這個專業，遇到攔路虎了，我還可以為你開掃除。」

「那不是為您著想嘛。飯菜可口了，身體不虛空，工作起來也有勁兒。」

「嗨。我知道你的好意。可你看我這工作，大多數時間在單位和酒店吃。那些地方的廚師都經過專業培訓。你就不操我這個心了。何況你在首長家裡，飯已經做得很好，首長能吃那麼些年，我更可以吃了。」

「那都是些土飯，不一定適合您。」

「土飯更好。正好與外面的飯岔開味道。今天咱們就有個約定，能做土飯就儘量做土飯。客人來了除外。好不？」

瞿姐的臉上現出了喜悅：「那我就學您建議的那個漢語言文學專業。不過我基礎差，不知能成不？」

「肯定能成。你不是平時也愛看文學書嗎？」

「那倒也是。」瞿姐似乎有了信心，燈光下的臉紅麗豔潤。

她陪我加班，一會兒過來加點茶水，一會兒把洗好的水果放盤子端過來。十二點左右，還會熱一杯牛奶和幾片麵包，或煎一個雞蛋讓我加餐。逢週末，還會炒幾個菜，喝點葡萄酒。與宋薇過日子，她早上起不來，我也起不來，等睜開眼睛了，都已經到了上班的時間，所以常常誤過早餐。瞿姐就不一樣了。天亮時分，錶鈴響後，她來輕聲敲幾下門。過一會兒，又來敲幾下。你想，我能不起來嗎？當然，星期天她是不管的，可以睡到自然醒。

瞿姐的早餐是有菜譜的，星期一至星期天，每天吃什麼？按營養學安排。毫不含糊。我每次洗漱完到客廳，看見她已經擺好的早點，總是有幾分感動。喜歡說：「這麼豐富，辛苦了。」她莞爾一笑：「不能那樣說，這是我的工作喲，就像您每天要看那麼多材料一樣。」

人是要相處的。聽了她的話，我頓時覺得，在首長跟前那麼多年，竟然沒發現，她有著如此好的性格。不疾不徐，每一句話都很暖心，而又那麼簡潔，從不讓你感到煩擾，甚至覺得她講的太少，還可以多說幾句嘛。

「您剛說她能用眼睛表達的，絕不用語言，但據我與她相處的感覺，她還是挺健談的。」

那是後來出事了，她擔心我沉默寡言會悶出病來，就主動多說，有事沒事聊幾句。當然這都是我當秘書長時的事情。我成了市委領導後，單位灶上有了早餐，她也就被解放了，就能有時間開始讀書。我書架上的書，差不多快讓她讀完了。重要的是她讀完後要與我交流，話因此便多了起來。腹有詩書氣自華。她後來的氣質，有點像大學講師；與人聊天，許多人以為她是博士呢。

「我也有這種感覺。一見面，只覺得文文靜靜，聊得深了方知，還真的讀了不少書呢。」

那段時間，在瞿姐的精心調理下，我漸漸開始發福，某些地方也有衝動。有時清晨醒來，竟會直挺挺地豎在那裡，像青春發育成熟的男孩一樣，不知所措。瞿姐敲門喚我起床時，我覺得臉都在發燒。不過，心裡還是異常興奮的，畢竟久違多年了。就像一個在外流浪的人，突然回到家鄉，除了備感溫暖外，食欲也猛地恢復了似的。可我到哪裡去找幫手呢？我總不能把宋薇再叫回來吧？何況她是肯定不會回來了。想起她那雙冰冷的對我充滿了絕望的眼睛，我就一點兒想法都沒有了。

我開始注意身邊的女性，想在她們中間找個合適的人。辦公廳是有不少女性，而且都有幾分姿色。但幹那種事，又不是安排工作，可以隨叫隨到。你得有個基礎，喜歡誰，鋪墊一段時間方可。徑直叫去開房，弄僵了，日後還怎麼在一起工作？

我把眼光盯在了接待處長身上。她是辦公廳衣著較惹人注目的女性。高挑個，白皮膚，身段凸凹有致。性格也比較開放。平時見我不笑不說話。接待處又是我主管的處。就是她了，試試看。

當天上午快下班時，我把她叫到了辦公室，問她晚上是否有空。她說：「秘書長有事？」

「想請你吃飯。聊聊接待上的事。」

「可以啊。什麼地方？幾個人？您定好後通知我，我安排人訂包間。」

沒想到她這麼爽快。我於是實話實說：「就咱倆，吃什麼都行，晚上六點半。地方你定。」

「那好。我訂好包間通知您。一會見。」她說完，腰身一扭出了辦公室，關門時，又朝我嫣然一笑。她大概猜出幾分我的用意了。我畢竟是京城空降幹部，身後的背景地球人都知道。

我開始收拾手頭的工作。又給瞿姐打了個電話，告訴她晚飯不在家吃。回去也會晚點兒。

接待處長，哦，我直接告訴名字吧，她叫秦雯。與《紅樓夢》裡的晴雯讀音相近。秦雯打來電話，讓我不要動辦公廳的車了，直接坐電梯到地下停車場，然後進她的車。車號古609998，白色思域。

接待處處長，人稱市政府名片。一要長得好，二要會說話，三要性格溫柔，有耐心。考察秦雯時我參加了，但那時初到辦公廳，唯工作是從，所以對她的形象沒有上心。

秦雯那時還是副處調研員。晉級接待處長職位，對她來說，應該是個難得的機會。大概是急於想進步吧，她在態度上顯得很配合。事無巨細，問到什麼回答什麼。伶牙俐齒，周密詳盡。

進飯廳的時候，秦雯走在前面，我又細細地看了她幾眼：她穿白色亞麻七分長褲，風擺楊柳地搖動著雙腿。一隻手輕按黑色坤包，另一隻手則隨著腰的扭動而前後擺動。剪裁得體的紫甘藍色短上衣，剛好在褲腰上邊，似遮似露地旋轉著。

上級請下級吃飯，氣氛一定融洽愉快。即使談工作，也充滿了詩意。那會兒沒有酒駕一說，因此可以放開喝。吃完飯，我問她能開不？她說，喝點兒酒開車，似乎更順暢，尤其是在車少人稀的路上，簡直就是一種享受，像船漂在了水上。

她那天還真是喝多了，臉紅撲撲的，徑直問我去哪裡？

「開房去？」我在心裡自忖；但轉念一想，又覺得有些唐突，畢竟是第一次相約呀。不管那麼多了，相機而行吧。我於是對秦雯說：「馬上要開市委擴大會了，抱了一堆材料回來，家裡還有親戚，我不想影響她休息，你們接待上有定點酒店，開一間房吧。」

「沒問題，您先在車上休息一會兒，我打個電話，看喜來登有房沒有？」秦雯說著，拿出手機就打了過去。

那段時間，我們稱為「政策好的年代」，即全國流行對口接待。你來我往，互為方便。後來擴大到可以帶親屬、朋友和同學等。所謂招商引資，實際上是一個碩大的籮筐，什麼東西都可以往進去裝。當然這都要靠經濟做前提。正如朱熹所說，問渠哪得清如許？為有源頭活水來。換句話說就是，市場經濟是水渠，經濟效益是活水，而改革開放則是打開閘門，所以，那些年各單位的接待費都卯得很足。

電話打過去，喜來登不僅有房，還有套房。秦雯一腳油門過去，沒進酒店大門，主管就在門口迎候。握過手，親自把我們帶進房間。秦雯按我口吻複述一遍，開會，寫材料，免打擾。主管有足夠經驗，寒暄幾句，就識趣地告辭了。

屋內就剩我和秦雯。看著她酒後泛起紅暈的臉，我竟色膽包天，走過去對她說：「到機關這麼久了，還沒有與你單獨吃飯，生分了。來，讓我抱一下，算是道歉。」

秦雯把坤包扔在沙發上，大大方方走過來。我伸出雙手抱住了她，她也用雙手按住我的後腰。酒勁還在延續著。我將臉貼在她的臉上，雙手輕輕地搖擺著她纖細的腰。瞬間決定，就今晚了，一不做二不休。我擁著她倒在床上，開始撕扯她的上衣。

秦雯雙眼緊閉，任我放肆地脫掉她的外衣，剩胸衣與襯褲了，我沒有動，拉過被子給她蓋上，然後開始寬自己的衣帶。這時，秦雯睜開了眼睛，指著沙發說：「把我的包拿來。」

我把包給她遞了過去，順勢鑽進了被窩。剛要翻身上去時，秦雯卻用手摁住我說：「稍等。」

她露出上半身，伸手在床頭櫃上拿過坤包，扭開，用一隻手的兩個手指頭撐著，又用另一隻手拿出一個避孕套，要給我戴上。我突然想起宋薇每次做愛前，都要讓我先洗個澡。本來剛出差回來，狀態極好，結果澡一洗完，衝動便不知跑哪去了。

我這一分神，待秦雯把手伸下去幫我戴時，那東西居然塌軟下去。秦雯一臉困惑地看著我，不知該怎麼辦？我沮喪，但又不甘心如此衰敗收場。便俯下身子，重新攬住她的腰，緊緊地抱著，企圖找回先前的狀態。但那東西就是不配合，像飛走的鳥，怎麼召喚也不再回籠子了。

秦雯見狀，也顧不了矜持，伸手摸到下面，輕輕地擺弄著，同時將身體緊貼著我，極盡能事溫存。結果卻仍舊令人失望。不得已，秦雯安慰我說：「沒事，可能最近寫材料太多，神經繃得緊；您休息。過幾天我們再約。」

我一看錶，還不到十二點，就對她說：「謝謝了。你先回去，等過了這會兒，我再約你。」

秦雯開始穿衣服，下床，梳理好頭髮後，又抹了點口紅；臨走前，俯下身子吻了一下我的額頭，方拉開門走了。

之後我再沒有約她。一想起那晚上，心裡就發虛，擔心囧景重現。不過，對接待處的工作，倒分外關心起來，有事沒事喜歡去坐坐。兩年後，我升任秘書長，管後勤的副秘書長位置空了出來。組織部徵詢我的意見，我不假思索推薦了秦雯。正因為再未走近，我出事後，她沒有受任何影響。紀委的人找她問詢過，她說，單位上的錢，平時花多少，都由秘書預支，花完後也由秘書報賬，每一筆開支都清清楚楚。機關每年都有報告，這方面可以請有關部門調閱審計，一目了然。

當然，沒有持續上床，隨之而來的厭倦感就不會發生。你知道，住鷲島後，她和秘書長常來看我，坦然、自在、誠摯，沒有一絲一毫地怯懦與虛假。她說，她是感恩我的，由於我的幫助，她不僅得以提拔，而且也沒有因為我的問題而受到牽連。所謂關係要深，經濟要清，在她這裡再一次得到了印證。

夜愈來愈黑，萬籟闃寂。唯有海的聲音從遙遠的地方傳來，遼闊，博大，深邃。我們已經聊了三個小時，依舊沒有睡意。我也不能勸他休息。許多記憶，稍縱即逝。何況他酒後閒談，三分對我，七分自語，真有點兒信馬由韁，無拘無束。

24 聲音像李梓的女人

噢，想起來了。之後，我的性功能恢復了，還約過秦雯一次。很美好。但我不想再有下一次了。見的女人多了，什麼樣的感覺都經歷了，你再回過頭與她做愛，便覺得當初那種魂牽夢繞的感覺，再也找不回了。

同樣的白皮膚，同樣的長脖頸，同樣的呼天喊地、淋漓盡致，皆因你司空見慣而黯然失色。

老孟講到這裡，頗有些絕望，眼睛裡甚至充滿了灰暗。客廳裡的櫃式鬧鐘又敲了一下，午夜降臨，我是夜貓子，熬夜成了習慣，不到凌晨三四點鐘是不會上床的。可老孟呢？六十多歲了，身體能吃消嗎？我斜睨了他一眼，見他神情困頓，表情茫然，不過，這種狀態轉瞬即逝。老孟從椅子上站起來，喝了口茶，眼睛又恢復了亮光。我因此問道：「身體恢復正常，這可是你的福報啊。」

當時看肯定是這樣。對這個問題，我曾焦慮過，鬱悶過，衰頹過，偷偷地看了不少郎中，照方吃藥好幾年。宋薇那會兒懷不上孩子，整天吃草藥，說她前世是牛羊轉的，沒想到我也成了這副模樣。

「最後是怎麼好的呢？這樣的中藥方應該推薦給更多的人。我看過一個材料，現代社會，各種原因造成的性能力的衰弱數不勝數，差不多與神經衰弱、高血壓、糖尿病比肩了。」

我這種經歷彷佛比較獨特，說不清是哪種藥起了作用。當了市長以後，求辦事的人愈來愈多，送錢的，送色的數不勝數。而我那陣兒的心理很複雜。完全陌生的女人我是不碰的。你沒有那方面的能力，碰也是白碰。白碰還不如自己一個人靜靜地待會兒。但自己喜歡的，略有瞭解的，吃個飯，喝個茶，聊聊天還是可以的。遇到強行上床的，我也不會拒絕，或許還能出現奇跡。我性格中有一種東西，但凡有一線希望的事情，絕不輕言放棄。

這個人終於來了。三十多歲，大學文化程度，統考錄取的公務員，一直在市政府機要室工作。過去，她材料放下就走了。多數時候，當我抬頭看她的時候，她已經轉身出門了。記憶是有的，就是她高跟鞋穿過樓道時，留下的橐橐橐的聲音。

我當市長都快三年了，她差不多每次都這樣，進門，放檔，轉身出門。但有一天，她放下文件後走了過來，為我的茶杯裡添了點水，溫情地說：「今天溫度高。小心中暑啊。」

我的耳朵被她的聲音揪住了。那聲音像極了為《葉塞尼婭》配音的李梓。上大學的時候，別人聽不懂我的皓山話，總是讓我重複一遍。認識了宋薇，她擔心我去她家，她父母聽不懂皓山話而影響交流，便教我學普通話。平時與她在一起，她也要求我必須講普通話。後來發現我進步不明顯，又為我買了台收音機，閒暇時讓我聽聽外國電影。她說：「聽對白可以增加你的漢語詞彙，也可以糾正你的方言發音。」我就按她的叮囑堅持聽。儘管後來普通話長進不大，但李梓配音的電影幾乎一網打盡。有名的對白段落甚至可以大段大段地背誦。

有些人進入眼簾，是因為漂亮，有些人被光顧，是因為身材。李梓，不對，是聲音像李梓的女人，則是因為聲音。她姓蘇，叫嬰樂。第一次聽的時候，腦海裡首先跳出的是「瓔珞」兩字。大學裡蒙著讀半個字，讀成了「瓔各」。後經同學糾正，才知道了正確讀音。不管如何，我們暫且先這樣叫著。那天，我本想與她聊幾句，沒想到她倒完茶就走了。我怔怔地看著她的背影，悵然若失。

她中等身材，偏瘦，戴一副眼鏡，顯得比較文靜，客觀說，長相並不出眾。淺黃色皮膚，小眼睛，鼻子細長微尖，周圍有淡淡的幾粒雀斑。整個人用小巧玲瓏四字形容，最為準確。她是天津大學的高材生，智商情商都相當的高。畢業後考入中財大，讀了兩年研究生後，在一外企工作，年薪三十萬。結婚要生孩子了，覺得外企的工作實在太忙，便考了公務員。

過幾天她又來送材料了，順便為我帶了一個燒水器。頂部有按鈕，指頭一撳，水便流了出來。她將燒水器置我案頭，拿過我的茶杯，演示了一番，笑著對我說：「您以後想喝了，撳一下就可以，不需要每次都去外面加水。」

那時每個辦公室還沒有配純淨水熱水器，只在樓道裡有個公用的開水箱，全樓層的人都在那裡接水。工作一忙，我還真是記不起去加水。

瓔珞送來了燒水器，也就有了來我辦公室的理由。每天一上班，她就借送材料為由，幫我打一瓶水放案頭，再把杯子洗淨，待水燒開後，為我泡上一杯茶。久了，知道我胃寒，喜歡喝大紅袍，就連茶葉也承包了。我那會兒還不知道她與承包商的瓜葛，哦，不對，是承包商利用她。總之，對她一點兒戒備也沒有。

你看，人有時煞是奇怪。成千上萬都打不通的關節，竟然被一個好聽的聲音和一個燒水器給拿下了。人熟了，什麼事都好辦。喝茶、吃飯、郊遊，去洗浴城，只要瓔珞相約，基本上都會答應。當然，瓔珞能迷住我，除了情商高之外，「形體」也是一個重要因素。

「形體？」

是呀。市長臉上露出少有的壞笑，以攻為守地問，你和伽琳可好？

「沒有什麼不好。」我看他把話匣子打開，昂奮激揚，便直截了當地回答了他。

你還年輕。等你閱人多了就會感覺到的。男的魁梧，女的瘦小，性就比較容易和諧；女的高大，男的瘦小，性就會力不從心。一個人性功能強弱，與心理因素有很大關係。女的太猛了，男的便會怯她三分，心理上首先會失去優勢。這種女人，閾值一般都比較寬廣，興奮點也高，所以很難滿足。

「閾值？」

對。就是達到高潮的時間。有的女人只需要幾分鐘，有的則需要幾十分鐘。

我想到了伽琳。她大概就屬於那種閾值高的女人。男人在上面幾十分鐘，她都無動於衷，而換作她在上面，只幾下，即可昏死過去。關於性知識，過去是知道一些的。性萌動時期，整天爬在網上看。但如此具體、詳盡、探幽窮賾，卻還是沒有過的。老孟長我二十多歲，不能說過橋比我走路多，但經驗畢竟要豐富得多。譬如他說的做愛前戲，對女人的耐心，要像「充電」一樣，我就前所未聞。我也算是有過女朋友的，但每次做愛，都是自管自顧，滿足了便倒頭大睡，並沒有仔細去想之後還需要做些什麼？老孟說，你不能把人從高處扔下來就不管了，你得在下面鋪上墊子，接住她，讓她舒舒服服地再躺一會兒。女人需要延續性之後的那種餘音繞梁的美妙感受。

老孟說，普通的男女之情，表面上看有諸多因素，但最終落到地下，還是兩情相悅。不過，對於當官的來說，男歡女愛就比較複雜。有些是兩情相悅，有些則是勉為其難，互相利用。權力創造威嚴，也創造愛情與性感。一個女人，如果對你有需求，她在心理上就是急切的，主動的，富有耐心且講究技巧。需求越大，隱忍的幅度就越大。所以，色賄的女人，關注點並不在「高潮」，你能滿足她的既定目標，「高潮」隨時到達。身姿擺動，面容扭曲，呼天喊地……權力最性感，沒有之一。

「哦。常常聽說，權力是最好的春藥。今天在您這裡得到了證實。」

權力能增強男人的性欲，是古往今來的普遍真理。權力成了參照物，可以使一切黏附其上的東西生出光芒。它使權力擁有者變得強大與威猛。于匍匐在自己腳下的女人面前，找到了無與倫比的自信心。

瓔珞於他，就是這樣的女人。當她約他去洗浴城時，他就直截了當地告訴她他是個衰人。但她沒有驚訝，反倒一笑，甜蜜地說：「我喜歡您，並不是因為性啊。我是愛上了您才遇到了性這個話題，而不是因為性才昇華為愛的啊。」

他於是與她一起去了洗浴城。喝茶，聊天，泡澡，一起躺在石子上出汗。有時她也吻他，但是從吻手指頭開始；也會用她的手指頭撫摩他的嘴唇、臉頰、脖頸、胸脯、大腿，什麼地方都摸，就是不摸那個地方。

有時候她又將這種遊戲反過來玩，讓他摸她的嘴唇、鼻尖、頭髮、脖頸、汗毛、乳溝、小腹、兩腿內側……他有沒感覺她全然不管，自顧自地呻吟、吶喊、扭動身體，電擊一般地抽搐、昏死……

一次一次，累了就睡；有了精神，再來，一遍一遍，螺旋式上升，波浪式前進……換衣服、換方式、換環境，球場、草坪、海灘、山坳……他曾借工作名義，帶她去過幾個國家。走到哪裡，她都會如法炮製，如同餐後散步永無厭倦。懵懵懂懂，恍恍惚惚，他仿佛鬼迷了心竅，凡事言聽計從，願與她配合呼應。欣賞她，放縱她，宛若芭蕾舞伴一樣，一起轉身，一起踮腳，一起下蹲；也像冰上舞蹈，造型勝過了滑行。瘋了一般地迷戀，發狂似地沉溺。那段時間，她如果搶劫銀行，他也一定會做幫兇，視死如歸，在所不辭。

奇跡終於出現了：一天，他倆剛進房間，還沒有脫衣服，他竟然開始蠢動，堅挺，怒目相向。多年來盼望的感覺終於出現了，他欣喜若狂，想把她抱起扔在床上，但她沒有配合。她讓他依然站立，原地不動。他正莫名其妙不得其解時，她主動脫光了衣服，魚一樣白皙的身體呈現在他面前，然後踮起腳尖旋轉了幾圈兒。

「不要緊張噢，堅持著，讓我來。」說著，她蹲下身子，雙手圈成圓筒，套在他的那裡，溫柔地一縮一放著，直到他遏制不住，癱軟倒地時，方才中止。

事後，他倆躺在一起。她把腿壓在他腿上，輕喘著氣，臉上流溢著滿足的紅暈。他側轉身，抱住她不解地問：「為什麼不讓我進去？」她呢喃著說：「增加您的渴望感啊。性神經的興奮來源於愛，愛才能有渴望。」

他似乎明白了一點兒，賽馬勒韁，不宜一味放縱。她居然把這類事情上升到了哲學。

他禁不住問她：「那你有感覺嗎？」她點點頭，嘴裡「嗯」了幾下。

他的腦海又浮現出剛才的一幕，白皙的身子，殷紅的雙唇，小手圈成的圓筒……哎呀，性原來還有這麼一種方式。他剛想翻身上去，但又被瓔珞摁住了。她側轉身，面對著他說：「把愛傳遞給對方，讓愛流動起來。做愛，是兩個人的事情，只有想著另一方，想著滿足了她，才算滿足了自己。一個人好不是好，兩個人好，才是真好。」

聽了她的話，他的眼眶突然一熱，竟抱住她嚎啕大哭……

那之後，他們又約了幾次，每次都很好。有幾次，簡直是淋漓盡致，妙不可言。曠日持久地乾渴，突遭暴雨浸潤，他的心頓覺漲滿了幸福。

女人真是一所學校。有一次他誇瓔珞，「你簡直就是性學專家啊。」

「這有什麼特別的呢。是個女人都應該懂得呀。」

與瓔珞交往，讓他知道，在性愛上，交流是基礎。只有交流，才能在不斷磨合中提升。儘管後來他和瓔珞冷了下來，見面相視一笑，成了名副其實的同事。但她與他耽戀時，常常喜歡叮囑的一句話，卻讓他受益匪淺。「記住，各方面是個好男人，才是個真男人。」他當然知道她這句話的潛在意思。他現在對性淡漠了許多，但說起來，胸中仍然一片溫熱。那種像海浪席捲全身，像岩漿迸發的迷漫，時常會讓他激動不已。

25 回古卯

沉沉黑夜透出一絲微光。別墅外傳來一聲雞叫。我對老孟說：「天要亮了，休息吧？」老孟望望窗外，也似乎聽到了雞叫，頓時疲憊下來，眼眶深陷，肌膚灰白，與剛才江河直下、滔滔不絕講故事的狀態判若兩人。他慢慢從沙發上站起，一邊搖搖晃晃向樓上走去，一邊對我說，「沙發拉開就是床，湊合著睡一會兒就天亮了。」

一覺醒來，太陽已射進窗戶，在西牆上灑下一片金光。老孟起得早，正坐在吧臺上啜飲，我的杯子裡也斟上了茶水，透過光線可以看見琥珀一樣的顏色。那是市長喜歡的康熙普洱，溫潤、甘甜、醇厚。

飲了一會兒茶，我請老孟去吃金黃色的油餅和晶亮的白米粥。吃飯間，老孟說：「昨晚我真是喝大了。也不知道酒後都說了些啥？」

「其實也沒啥。或許也都是您想說的。不去管了。您現在不是了無牽掛了嗎？還怕什麼禍從嘴出？就全當是一次靈魂的放飛。人能到這種狀態，可謂神仙境界。我們每一次聊天，都讓我獲益匪淺。我們這代人，對您所處的時代知之不多。畢業後只有生存二字，便覺得自己沒有趕上好時代。現在看來，每一代人都有其獨特的境遇，只不過是沒有感同身受罷了。」

「那倒也是。不過我擔心自己太頹廢的心情，會影響和誤導你的人生。」

「沒啥。我這個職業，肯定要直面人生。過去泡圖書館多點兒，現在看來，萬物皆書，學問不僅僅在書本上啊。」

「有這種認識已令人刮目。我們由棋友到聊友，漸漸地快成摯友了。你對生活的敏感度極高，與其說是個編劇，倒不如說像個記者。刨根問底，一詠三歎，特別能撩撥起人的說話興趣。」

我的臉有點發燒——我是在極端自私的狀態中挖掘別人的生活，好在老孟並沒有發覺。他對我說過，作為編劇，生活這一課才是主課。沒有生活，只有技巧，空洞無物，難以深厚。

本來是想聽他和瞿姐的故事，沒想到越聊越遠，老孟究竟有多少個女人？我記起瞿姐的酒櫃上放著茅臺，好像有些年頭了，就想著晚上炒幾個菜，換一種酒，與老孟繼續聊。

過了一會兒，我便去了菜市場。鶩島的海鮮，才真叫海鮮。現場從水中撈起，宰殺，帶回去後或蒸或煮，不要過多佐料，蘸著生薑醋就挺好吃。我買了一條魚，兩隻螃蟹，幾粒皮蛋和一包花生米就回來了。走半道兒，突然想起老孟有吃青菜的習慣，又折回去，買了半棵西蘭花。

老孟見我買一大兜菜回來，拿手指頭揪印堂說：「頭木得很，去海灘走走吧？」

「可以啊。您等等，我先把菜放好，洗個手咱們就去。」

正在這時，門忽然被鑰匙打開了，瞿姐風塵僕僕從外面走入，一邊脫外套一邊對我和老孟說，計程車上有一大堆東西，你倆去拿吧。

我倆到車跟前，後備箱裡大包小包，全是皓山土產。有小米、綠豆、紅棗、果餡、月餅，我這才知道中秋節快要到了。

東西放客廳，老孟迫不及待地問瞿姐：「怎麼沒有一點兒消息就回來了？」

「怎麼沒有消息？看看您的手機。昨晚上我就發了呀。」

原來昨晚上我倆喝得昏天黑地，光顧說話了，根本就沒有顧得上看手機。老孟見瞿姐回來了，就對我說：「那我們先去海邊吧，等著吃瞿姐的好飯。」

瞿姐見有魚蟹，就對我說：「記住，多走一會兒，把肚子騰出來。」

老孟說：「不用走我們都餓了。中午還沒吃飯。」瞿姐趕快從兜裡拿出兩個棗果餡，往我們一人手裡塞了一個，「一邊走一邊吃吧。皓山的果餡可是有名的喲。」

散步回來，餐桌上已琳琅滿目，瞿姐把蒸好的蟹放我倆盤子，用手指著說：「趕快趁熱吃。涼了就不香了。」說著，跑過去把茅臺酒拿來，給老孟和我各斟一杯，自己則拿過一個玻璃杯，倒了大半杯果汁，欣悅地說：「我走後，你們懶得做飯，受餓了吧？」

我和老孟對視了一眼，老孟說：「還好。滿大街都是飯。不過，味道與你做的差遠了。」

「豈止是差得遠，簡直是雲泥之別啊。」我及時接話說。

「好了好了。又合著夥騙我高興。來，你們喝酒。」瞿姐舉著果汁對我倆說。

我一看這陣勢，知道老孟的自由狀態結束了。他查出萎縮性胃炎後，就戒了酒。只有瞿姐不在身邊時，才偶爾放縱一下，所以今天肯定就是一杯了。

瞿姐把魚和她帶回來的羊肉燉在了一起，香味已彌漫開來，一陣兒一陣兒往鼻子裡鑽。我對瞿姐說：「你這道菜叫什麼名字？」

「沒名字。這是我來島上才學做的。我見字典上的『鮮』字是由羊和魚組成，後來就認為羊肉燉魚一定好吃。做了幾次，還真是這樣。不過，放魚的火候一定要掌握好。羊肉熟了才能放。放早了，魚肉就燉得不見了。」

「嘿嘿。這倒是一道前所未見的菜，熟了沒？讓我先嘗為快。」

「好像差不多了。」瞿姐走過去嘗了一口魚肉說，「能吃了。」便給我舀了一碗。

我剛才沒好意思說。老孟的胃口比我差，他都餓了，我又如何呢？我嫌魚有刺，徑直吃開了羊肉。生吞活剝一般。不過，吃到最後，你慢慢品魚，發現魚比往日的味道濃郁多了。湯也不同以往，灑點兒香菜蔥花，再淋上一縷醋，其味獨特自是難以言表。當然茅臺更好。我吃羊肉時已喝乾了一大杯。細品魚肉時，情不自禁地又倒了一杯。

吃飽喝足，我愉快地離開孟府，正準備去睡上一會兒時，弋鳶來了電話，說她媽媽要回古卵，問我有空去不？我說：「有啊。哪天？」「明天。」「好。我現在就訂機票。古卵見。」

飛機落地古卯，我與弋鳶聯繫，準備晚上請父親與阿姨一起吃飯。弋鳶在電話裡說：「明天中午吧。今天剛回來，要休息一下。媽媽這個年齡，不比咱們，一大早起來奔機場，上下飛機，回到家已經下午了。晚上再出去，擔心精神面貌不佳。見你爸，老媽好像挺在乎的。」我聽了也覺得在理，就訂了個父親喜歡吃的飯館，準備單請一下父親。不料父親說：「就在家裡吃吧。我給咱炒幾個菜，爺倆喝點兒酒。」

老爸自然知道我喜歡吃什麼。皮蛋，花生米，擀麵皮，麻婆豆腐，爆炒羊頭肉，弄下一大堆。我說：「那麼多吃不完的。」老爸說：「多擺點體面嘛。」「自家人還講究那些？」「當然要講究。你又不常回來。多弄點兒花樣，都吃上幾口，我心裡舒坦。」

老爸一邊把東西往盤子裡裝，一邊繫上圍裙說：「我再燒個湯吧，你先躺沙發上休息一會兒。」

「讓我來吧。」

「還是我來。你連鹽在哪裡都找不上，還得我在旁邊當下手。」

我讓步了，走過去打開音響，躺在了沙發上。過去回來也做過飯，一會兒喊油在哪裡，一會兒喊勺在哪裡，跟打仗似的。父親嫌麻煩，就不再勞動我了。

菜擺在了桌子上，老爸把筷子給我遞過來，我端起酒杯說：「先敬您，辛苦老爸。」

「你回來我做飯有勁兒，不辛苦。告訴我，你和弋鳶的事進展如何？」

「嘿嘿。先喝酒，一會兒再說。」

「好。」老爸應承著，一仰脖子喝了下去，喝完還專門把杯子朝下倒了倒，證明自己喝乾了。我也如法炮製。老爸說：「我現在不操心吃，不操心穿，就操心你和弋鳶的事。」

哎。真是各懷心事。我操心他和阿姨，他操心我和弋鳶。不行，還是讓他先說。我和弋鳶的事，如實給他一說，今天晚上這酒就喝成了悶酒。還是以攻為守，先問他和阿姨的事吧。

父親沒料到我會以攻為守，而且這麼直白地問，他正準備為自己斟酒，竟一下子把酒瓶停在半空，翻著眼睛看我說：「真是哪壺不開提哪壺。這件事，現在成了頭髮繫豆腐，不能提啊。」

「為什麼？」

「原因很複雜。一時半會兒說不清。你還是找機會與阿姨聊聊，看她怎麼想。我嘛，過一段時間，思考成熟了再告訴你。」

嗨。真是奇怪了，上次與阿姨交談到要緊處，她也是迴避了。難道其中有變？我給父親斟滿酒，舉起自己的酒杯說：「明天中午我請阿姨吃飯，您也一起去。飯後，我去阿姨家坐坐。現在說說您的書法學習班，這也是我操心的事之一。小時候，我記得您讓我學書法，我恨死您了。您那會兒專門為我準備了一個竹片子，不用功就抽手心。現在想起來，手心還疼呢。不過，我將來有空閒了，還想再學。您說可以不？」

「當然可以了。你小時候那幾年很重要，叫童子功。把筆法和字法大體掌握了，之後便是章法。三者俱臻化境，就是一位成熟的書法家了。熟到什麼程度才算熟呢？我以為，書寫時心裡只有書寫內容，而運筆只是下意識的動作，就像一個人走路，自自然然，並不故意先邁左腿還是右腿。南朝齊代的王僧虔在《筆意贊》中說，心忘於筆，手忘於書，心手連情，書不忘思，其實就是講技法的熟練程度。熟極方能自如，熟極則得意忘形……」

父親說起他的書法學習班，情緒頓時高漲起來。我心裡一下子踏實了許多。至少今晚不會再問我和弋鳶的事了。

翌日中午，四個人客客氣氣吃了一頓飯，父親不知是礙于阿姨在場，抑或是其他原因，也沒有問我和弋鳶的事。飯後，父親回家午休，我和阿姨弋鳶去了她們的家。

阿姨家住古卯南湖。三室兩廳，是弋鳶父親分手時為她買的。裝修得簡淨，樸素，開闊。那會兒夏鷹也沒有多少錢，手頭積蓄買了房子後所剩無幾。他白天穿工作服和幾個工人一起幹，晚上住酒店地下室，用了整整半個月的時間。

一進房間，阿姨就忙著為我泡茶。我換了拖鞋四下裡遛達，看看這兒看看那兒。上初中時我常去弋鳶家，高中以後她們才搬到這個新家，便再沒有來過。畫家大概是為了化解負疚吧，過去兩人置辦下的並不豪華的家當都留給了阿姨。傢俱是那個年代的特色，極具個性。平面為木本色，豎面為褐色。櫃腳桌腿皆為方型，粗壯拽實，鋸痕刨痕清晰可見。當初大概是專門追求這種感覺吧？書架是將原木板直接架在釘入牆裡的鐵棍上，露出的鐵棍一頭向上彎曲，有螺帽護著。書架上除了擺放著各類書籍外，還陳列著弋鳶小時候玩過的各種布娃娃和小擺件。

一個小鬧鐘引起了我的注意：時針已經不走了。我擰了擰後面的發條，鬧鐘又錚錚地響了起來。我把它對準在當時鐘點，然後又細細打量一番，才放到了書架上。

阿姨見我擺弄鬧鐘，就走過來說：「我去北京這段時間，沒有為它上發條，停了下來。」

「現在還有這玩意兒，算是古董了。」

「其實它時間並不長，是我進工廠時弋鳶她爸送我的。是讓我放在床頭上看時間。清晨也可以叫我起床。他說本來是要給我買塊手錶，可他錢不夠。就讓我先用著鬧鐘，等他把錢攢夠了就給我買。」

我的眼光又落在一本影集上。黃色的皮，上面用紅色的筆塗出一隻小兔，靈動乖巧，似走似站，似聆聽似自憐，挺可愛的。我伸手拿過來，打開，是阿姨的影集。有她一歲時的留影，三歲時的留影。一頁一頁翻下去，竟有六十多張。令人驚歎的是，每一張上都有用彩筆塗出來的小動物：蜜蜂、喜鵲、老鷹、小豬、熊貓、鸕鶿、長頸鹿……準確地說，應該是用筆尖點出來的。連封面封底，差不多七十多個小動物。

阿姨見我看得專注，入神，便湊過來指著封面上的小兔說，我屬兔。他就在這兒畫了一隻小兔。

這裡的他，應該是弋鳶的父親。從這些小動物的筆尖上，就可以看出他當年閃現的藝術才華。上大學聽寫作課時，老師講，所有的知識都可以通過勤奮獲得，唯有靈性是天生的。在北京顛簸的時間久了，我慢慢開始相信命運的存在，天賦的存在，神的存在。

阿姨見我捧著影集發呆，就從我手裡接過影集自己翻了起來。每翻一張，都會講關於拍攝時間、地點以及背後的故事。這本影集應該是她二十歲生日前的人生禮物。「記得我招工走時，弋鳶她爸幫我整理行李，看到我在一個袋子裡裝的這些照片，就央求我留給他保管，說有空了可以瞭一眼。誰知他竟然弄出這麼精美的一個影集來。」

我又從阿姨手中取過影集。因為其中的深情勾勒，我也禁不住對畫家的用心欽敬，看來他名滿天下，也並非完全是命運的光顧。我說：「點點滴滴皆是愛啊。這麼多小動物，全用筆尖點出，需要多大的愛心啊。」

「是這樣的。他後來說，為這些插圖，他犧牲了不少的睡眠時間。工廠上班本來就累，下班回來吃過晚飯回宿舍，燈光又十分的暗。他只好請求工段長，把他的白班調成夜班，這樣，他就可以在下完夜班休息時畫上一會兒。日積月累，到我生日那天，這些小動物終於一點兒一點兒塗了出來。你想我的那個生日會是多麼的愉快。夏鷹做事向來沉得住氣。當他從提兜裡拿出影集，一張一張翻給我看時，我驀然激動起來，摟住他的脖子，深情地吻了他一下。」

「阿姨如果不介意這些往事，說給我聽，我記錄下來，或許在今後的寫作中，能成為一個關於愛情的好本子。」

「我和他的故事三天三夜說不完。夏鷹不讓我講，擔心對他造成傷害。」

「其實沒有那麼嚴重，已經過去這麼多年了。我感覺到，這件事在您心中，還沒有完全消化和消失，講出來，也是一種治癒。您曾跟我講過已經翻篇，但您至今仍然保持單身，是沒有遇到讓您動心的？還是有其他隱情？」

「是不是你父親讓你問我的？」

「沒有啊。我爸您最瞭解，在這些事上，他永遠不會東探西問。他對一個人好，全都在行動中。當然他不是那種呆若木雞的人，他有尊嚴，怕太主動了被人拒絕傷面子。」

「你說的太片面了吧。人愛上一個人，勇敢著呢。不敢表白，恐怕是另有隱情。其實單身這件事，久了，就習慣了。一個人總比兩個人簡單。處朋友也比過日子輕鬆。」

「說的好。今天，我就聽您講故事。說不定將來寫劇本還真能用得上呢。」

26 阿姨的回憶

我從你的幾次談話都能聽出來，你一直想讓我說和你父親的關係，但我不想說。弋嶌她爸是我情竇初開時愛上的人，也是二十年來唯一所愛之人。一起上初高中，一起上山下鄉，一起忍饑挨餓。為了他，我三次放棄上大學深造。他家庭出身不好，我寧願捨棄招工，也要陪他在農村一起等待。生產隊最後就剩我們兩人了，大隊書記說，又招工了，但只有一個指標，你家庭歷史清楚，你先走，夏鷹我們再想辦法。我不肯，堅持要一起走，愣是逼得他們又去公社爭取了一個指標。

十五歲到二十五歲，我們由相愛到結婚，到生小孩兒，相濡以沫；又由二十五歲到三十五歲，我撫養孩子，在家耐心等他上大學、當畫家、獲國際大獎。結果等來什麼呢？是他和別的女人拍拖、熱戀，愛得死去活來。

說實話，那些日子，我死的心思都有了，但我可憐到連死的權利都沒有，還有個孩子呀。死不能死，活下去又是那麼艱難。我本不是個軟弱之人，但那陣兒卻變得脆弱而無助。我不想見任何人，也不想聽到他的任何消息。可那段時間，他的消息又特別的多。每天都有各種報紙雜誌在報導他的獲獎，以及為愛和自由出走的消息。快四十年了，中國畫界沒有在世界上獲獎，他等於是放了一顆核彈，全中國的文藝界都在為他歡呼。

那段時間，真是萬家燈火，獨我家暗淡。我連個躲的地方都找不到。我不敢上街，怕看見馬路上成雙成對的情侶；也不願待在家裡，那樣我會備感淒涼。不得已，我把孩子送到她奶奶家，我要找個人，抱住她痛痛快快地哭上一場。

我找到了閩江，她是我中學時的同學。她聽了我的訴說，抱緊我說：「哭吧。大哭一場就過去了。不要克制，人不是機器，怎能無動於衷。哭吧，哭出來就好了。」

閩江這麼一說，我反倒哭不出來了。我是個好面子的人。雖是發小，見面絮絮叨叨，說上沒完，但遇到重大變故，卻不知從何說起？閩江說，你的事情我全清楚，連你胳膊上長幾根汗毛都清楚。不說也罷。把鳶鳶放她奶奶家，我們去旅遊吧。

「哎，您稍停一下。」我打斷了阿姨的敘述，插話說：「夏鷹與那個女人拍拖的事您是怎麼知道的？是他攤牌了直接告訴了您？」

哪裡呀。他每次寫生回家，總是帶回一堆髒衣服，扔在盆裡讓我洗。我洗前有個習慣，就是要把他忘在口袋裡的東西全掏出來。當然最多的是零鈔了。鳶鳶有時候也掏她爸的口袋，搜出零錢後放在她的儲錢罐裡。那天，鳶鳶掏口袋時掏出一封信，拿到我跟前說：「媽媽，一封信，爸爸口袋裡的。」

我接過信一看，發現是一個陌生女人的信。就壓在枕頭底下，準備晚上孩子睡了後問他。我當時心裡還是抱有一線希望。想聽他說那都是逢場作戲，玩玩而已。可他聽了我的問話後，卻說那是真的。

他說這話時已在床上，眼睛望著我，一臉的決絕。我當時剛洗完澡，正倚在門框上拿乾毛巾包頭。聽完他的話，我雙腿一軟，從門框上哧溜著癱軟在了地上。我太瞭解他了。他這個人一旦拿定主意，誰也勸不住。他既然能坦承相告，表明已不想賴賬，也不打算回頭了。

我不想再面對他，再看他那張鐵青的臉。我掙扎著從地上爬起來，跌跌撞撞跑出門，漫無目的地在馬路上亂走。眼眶裡溢滿了淚水，風吹過來，冷冰冰的。我想要逃離這個城市，奔到一個我不知道的地方，忘掉一切。馬路上的行人，見我慌不擇路，都紛紛予以躲避。公共汽車從我身邊穿過，喇叭聲尖銳刺耳，我也不予理會。眼前全是想像中的鏡象，一幕一幕，混亂不堪……我看見那個女人在他懷裡依偎，又想著他們在床上的齷齪。

夏鷹從後面追了上來，把我強行拉回家中。那晚上，我倆誰也沒有睡著。他蹲在地上一聲不吭，我趴在沙發上不停地流淚。天亮時，他走過來，給我披了件衣服，低沉著嗓音說：「這件事木已成舟，很快便會傳遍天下。我不會逼你離婚，你先考慮著，什麼時候想通了，什麼時候辦手續。想不通，先擱著。我目前也不會和她結婚。她是一個藝術感覺很好的女人，我離不開她。你就先把我倆看成一對搭檔吧。」

他總是這樣，不僅智商情商遠在我之上，而且處理問題極有耐心。我忽然覺得，說到分手，竟有無數根繩索捆綁著我，像空中的風箏，總也掙不斷別人手裡的那根線。在離婚這個問題上，我仍然被他拽扯著。我想投降，哀求他不要拋棄我，也想明天就去辦手續，永遠離開他……然而，冷靜下來後，那些漫長歲月形成的痕跡，仍然會頑固地折磨我，無論我在哪裡，我的思緒都會回到過去，他就像幽靈一樣，死死地纏住我，驅趕不走。

前些年，有人寫了一本《往事並不如煙》，我和夏鷹婚變後，也想寫本類似的書。那時候的我滿腹委曲，瘋瘋顛顛，見熟人都想說兩句，又不能多說，怕剎不住車，說出過頭話傷害了他。中國的大部分家庭，遠不像有些人宣揚的那麼理想，「保持自我，相對獨立」。現實中的家庭，大多是女性操持著。她們照顧老人與孩子，把美好的年華消耗在了瑣細的事上。這樣的家庭結構，一旦解體，傷害的往往是女性。

你想想，我要接受這個事實會有多難。這些年，夏鷹的爸媽為了安慰我，每逢節假日，總要請我娘倆吃飯。一大家子坐在一起，免不了要說到他，你說我是塞上耳朵，還是帶上孩子逃走？我只能強顏歡笑，在心裡不停地告誡自己，他的父母沒錯，家人沒錯，我一定要克制，不能表現出任何怨恨，如果那樣，就太失水準了。

那段日子，還有一件事情也相當考驗我，那就是想方設法躲避記者。你知道，他們是無孔不入的，不知道怎麼就找到了你的電話、家庭位址，乃至你的行蹤。我不得已，每天晚上睡覺前，先把電話線拔掉。好長時間，我都有敲門恐懼症，擔心不速之客的突然造訪。

我實在對他們沒有什麼好說的。在他與那個女人風光八面時，我則騎著自行車送孩子去學校，冰天雪地的時候，會常常摔倒在馬路上，或者掉進臭水溝裡。烈日烘烤之下，我戴個草帽，蔫蔫打把小傘。有時孩子發燒，還要半夜爬起來送醫院。一個人守候在病床，看著孩子發紫的嘴唇，心裡急死了，嘴裡不停地念叨，讓我燒吧，燒幾十度都可以，我體質好，能扛住……

有些記者還通過熟人找到我，希望我說說夏鷹的往事，說他們的刊物快辦不下去了，要靠這些故事吸引大眾眼球。你說我怎麼辦？既不能拂朋友的面子，又不能以「無可奉告」四個字結束。我說，我們換位思考一下，我把夏鷹的往事講給你們，你們的報紙活了，而我的生活卻不得安寧了。我還沒有從痛苦中完全走出。不想再觸碰那些往事。另外，我也沒有時間，我要上班，要撫養孩子，做家務。人到這把年紀，本來就危機重重，又遭人遺棄，你們說我該咋辦？

當然，我也有失態的時候。記得婚變消息剛傳開時，我被一個電視臺的記者擋在工廠大門，他端著攝像機問我，你現在心裡想什麼？我因急著去幼稚園接小孩兒，就狠狠地對他說：「想死。」

類似的事情後來也發生過，但時間久了，人也就皮實了。現在夏鷹不在乎了，我也就不在乎了。雙方心裡都已築起了厚厚的堡壘。前幾年，他在京城搞畫展，為了擴大影響，居然炒作說要與我復婚。有朋友問我，我說我已無所謂了，他不嫌掉份兒，就讓他炒作去吧。

27 夏鷹

「您的講話中，帶有不少的兒話音。聽鳶鳶說，您幼時在北京度過。那您是幾歲到的古卯呢？」

應該是六歲吧？那時父母要下放，正好二姐嫁到了古卯，我們全家就一起過來了。我的小學、中學都是在古卯上的。我愛上夏鷹，準確地說是在初三。那天，老師想找幾個同學辦一期壁報。我和夏鷹都被選中。他負責寫報頭美術字，我負責插圖。那期壁報辦得很成功，夏鷹的美術字端莊大氣，我的插圖靈動精巧。老師誇讚說，真是珠聯璧合呀。

辦壁報需要構思，說是一月一期，其實辦完上一期，就要開始籌畫下一期。如此，我和夏鷹自然有了接觸的理由。當然大部分時間是他找我。他比我大一歲。高個子，黑瘦黑瘦。說話、走路有板有眼，完全不像個初中生。他找我，差不多都是他說話，我低著頭聽，但我喜歡與他在一起。聽他講故事，看他畫畫，打藍球。由於擔心同學們說閒話，每次說事情總是匆匆忙忙。近距離相處快一年了，還沒敢清清楚楚看他一次。

真正讓我看清他的本來面目，還是在一次班級演出的時候。那天，我正在化妝，他突然走了進來，坐在我後面的桌子上背臺詞，我的小鏡裡正好映出他的臉孔。我就不停地挪動鏡子，想找一個看清他的最佳角度。果然，他的臉被定格在了鏡子上。我貪婪地看著，琢磨著。他鼻梁挺直，眼睛深亮，整個臉的輪廓堅硬清晰。特別是映襯在鏡子裡的皮膚，像板栗一樣透著光澤，好看極了。

「他當時喜歡你不？」

喜歡呀。第一次去他家玩，就是他主動邀請我的。我騎自行車到他家。進院子後把車子靠牆根撐起來，正準備弓起手指敲門時，門忽然開了。我驚訝地問：「門還沒敲怎麼就開了？」他笑著說，「自動門啊。」不過，他很快又坦誠地說，「我在窗戶上照著你呢。」

「你賊啊。」我假裝嗔怪他，心裡卻暖洋洋的，這說明他是多麼盼望我來呀。

「您二位的故事還真是獨特。您應該把它寫出來。」

剛分手那會兒有衝動，但文學準備不夠，現在讀得書多了，又覺得自己的故事太平淡，不值得一寫。

「那倒不是。關鍵是興趣有所轉移，現在好像被書法所迷，讓您無暇顧及其他了。」

也許是這樣。不過，眼下要寫，就複雜多了。又過了二十年，我的視角變得完全不同。當時沒有走出來，覺得天塌地陷，仿佛要活不下去了；今天回頭看，抹去蛛絲一般，全不經意了。

「這些事，許多年前，記者炒得鋪天蓋地，但花邊新聞嘛，大多是皮毛，吸引眼球而已。今天聽您從頭細說，倒還真是令人動容。」

既然這樣，那就讓我接著講吧。之後我們便遇上了插隊。如果當時我們沒有相愛，我一定不會那麼早地去農村。正因為愛著他，他一衝動，說要去插隊，我也就小羊似的跟著去了。事後回憶起來可能驚心動魄，十幾歲的孩子，城市長大，所有的生活都要從頭適應。但當時並沒有覺得會有什麼。

知識青年到農村去，不知被多少作家寫過了，但如果忠實於自己的內心感受，真切地表達，每個人與每個人還是不一樣的。我們在農村，一晃就是五年。之所以沒有感到特別漫長，就是因為有夏鷹相伴。我生性靦腆、謹慎，夏鷹則因家庭出身，常常也是暗自警惕，生怕留下把柄，影響招工考學。

「我對那段歷史知之甚少，譬如當時把一些人劃為『黑五類』，不知夏鷹的父親屬於哪一類？」

夏鷹對他家裡的事守口如瓶，平時交談涉及到這類話題，只一句「出身不好」就岔開了。有一次回城，我與他奶奶聊天，才知道了他家的社會關係的複雜。

夏鷹的祖父是南方人，做過一個小縣的縣長。在當地算大戶人家。父親黃埔軍校畢業，在國民黨軍隊幹到少將師長。解放後被關了十年。刑滿釋放分在一個小廠子，屬監督改造對象。要命的是，父親有個弟弟，在國民黨軍統任處長。一九四九年，國民黨兵敗大陸，他弟弟隨毛人鳳逃到了臺灣。這層關係使本有結論的父親問題留了尾巴，只要一有運動，就成了他們家的災禍起源。大會鬥小會鬥，拉拉雜雜，沒完沒了。當時流行的批鬥方式，捆綁、吊磚、噴氣式飛機，幾乎無一倖免。每次受刑下來，都會把人折磨得半死不活。有一次，在房梁上吊得時間長了，腰椎神經受到了傷害，放下來後，一條腿僵硬挺直。當時以為回家休息一會兒就能好起來，誰知多年以後，那條腿仍然不靈便。我和夏鷹婚變時，老人家專門前來安慰我。拉著拐棍，一條腿向前邁一下，另一條腿則靠拐杖支撐，硬拖過來。老人家活了八十多，三十年天天這樣走路，你說痛苦不？他母親為了他們兄妹幾人，曾與父親假離婚，分居二十多年。

「面對他的厄運，你中途有沒有動搖過？」

沒有。倒是他為了不連累我，曾幾次要求我離開他。我自然知道他不是發自內心，才一直陪他堅持到政策有所鬆動。他上大學後，我也開過他的玩笑，說分手吧，此一時彼一時，現在沒小孩兒，後悔還來得及。

「他是什麼態度？」

他說，我發個毒誓吧。

我立馬捂住了他的嘴，怕他說出傷害自己的話來。那陣兒我們是多麼相愛呀。我寧可讓他忘恩負義，也不願讓他受到一丁點兒的傷害。

「您有預感？」

一點兒都沒有。

阿姨講到這裡，心情似乎有點兒沉重。我為她斟上茶，雙手遞過去，恭敬地說：「好在都過去了。您說閩江知道這件事後，曾勸您出去散散心。最後您二位去了哪裡？」

皓山。北方的遼闊真是讓我大開眼界。丹霞地貌，河套碑林，長城峰火台，千年柳樹群，西夏王國舊址……儘管夏鷹的影子還在頑固地不時閃現，但畢竟有閩江在我身邊，她對家鄉的熱愛和對那塊土地的熟悉，總會在不經意間講出動人的故事。她的嗓音沉鬱渾厚，沙沙的，雖是閒聊，卻透著濃濃的導遊熱情，我被吸引著並被感動著。

當然還有她們那塊土地上的美食，也足以讓我大飽口福。一路上她毫不掩飾她的用意。她說：「我就是要讓你吃好，玩好，睡好，然後忘掉那些糟心的事。」

她的目的其實只能達到十分之一。我表面上還算陽光，畢竟有那麼多的美景和美食，又有摯友相伴，但內心仍舊陰暗頹靡，翻滾著一種無法排解和難以逃避的痛苦。

閩江是個聰明人，肯定能感覺出來，可她就是不與我提起那個話題。她在皓山找了一輛汽車，司機喜歡民歌，不停地在車裡播放。其中有一首是《賣了良心你才回來》。歌詞大意是，走西口的哥哥在外地有了相好，拋棄了在家守望的妻子，後來因為生意做賠了，相好的絕情而去。他身無分文，一路乞討。到家後衣不蔽體，饑腸轆轆。妻子見狀，無半點兒怨言，連忙為他洗臉換衣，燒火做飯。他換好衣服吃過飯後，悔恨交加，跳崖而亡。

歌詞淒婉動人，以妻子的口吻唱出，正暗合了我的悲傷。男人啊男人，你們為什麼那麼容易被人引誘？又為什麼那麼狠心薄情？那陣兒，閩江在車裡呼呼大睡，而我則聽得淚水嘩嘩，難以自已。

皓山回來，閩江說：「業餘時間學點什麼吧，可以分散一下注意力。過去上學時有沒有什麼愛好？」

「畫畫寫字。你知道的，我和夏鷹總攬黑板報的佈置，老師還表揚過我倆呢。」

「又是夏鷹，」閩江白了我一眼。「畫畫相對複雜，一時半會兒還想不出誰能教你。

寫字倒比較現成。我有個小學同學是搞書法教育的。改天我們一塊去找他。」

「不知能否堅持下去？」我說。

「先不管後面的事。如果能堅持，就堅持下去；堅持不了，再學點其他的，譬如攝影、瑜珈、唱歌等。如果這些都不行，那我就陪你去跳廣場舞。總之不能閒著，一閒下來，滿腦子又都是那個夏鷹。」

「那就先去看看書法老師吧。至少過去還寫過一段時間，不至於一上手就抓瞎。」

「那好吧。」閩江長出了一口氣，好像我成了她的燙手山芋。

老師單位在漢卿路。我和閩江坐四十一路公交過去。下車向北走一站路，便到了黃埔同學會，閩江說：「就是這裡。我們進去吧。」

黃埔同學會用的是老省委退下來的辦公樓。磚混結構，方整拽實，共三層。木門窗，古色古香。院子裡有蓮花池、噴泉和一棵與樓房差不多高的古松。天下衙門朝南開，這座舊式老樓的大門卻坐南面北。早晨的太陽從東邊照過來，窗戶上閃出一道一道的光亮。

老師的辦公室在三樓。門開著。我和閩江進去後，他正伏案寫著什麼。我倆稍等一會兒，他才抬起頭，很是吃驚地看著我。我連忙給他使了個眼色，他便不露聲色地開始泡茶。洗茶期間，他對閩江說：「你是個大忙人，今天是吹的哪門子風啊？」

他說話時，臉朝著閩江，給我一個側影。比過去略顯發福了。臉上明晰的輪廓線增加了幾分柔和，尖銳的眼神也多了一層溫厚。他背後是一排書櫃。櫃頂上摞著厚厚的宣紙，直抵頂棚。透過書櫥的玻璃，可以看見他年輕時的照片，雙手抱胸，氣宇軒昂。

閩江見我盯著櫥窗裡照片發呆，便問：「被帥哥迷住了？來，介紹一下：喬樸山。改天正式舉行個拜師儀式。」

我說：「可以啊。老師定時間。」

你老爸推讓著說：「拜師儀式就算了。我給你一張名片，有空了與我聯繫。我們去三學街買些字帖、毛筆等。有了這些，就可以開寫了。」

「好的。」我居然從沙發上站起來，向你老爸鞠了個躬。

閩江在旁邊先是一愣，緊接著便說：「這就對了。今後就以師生相處，大大方方，按規矩來。」

「嗨。熟人不拘禮。你是閩江的同學，也就是我的同學。還是平等相處好一些。我們今後就是書法同學。將來寫好了，就是同道。來，坐下喝茶。」

說話間，老師一手端一個杯子，放在了我倆的面前，然後示意我倆端起杯子聞聞。

「一聞二品三飲。」老師說，「今年的龍井。」

我在喝茶上是外行。過去插隊時，喝水求痛快，喝得咕嚕咕嚕響。後來婆婆糾正說，喝水不能有響聲。正確的辦法是小口慢飲，術語叫呷茶。我知道後慢慢習練，飲水時水過喉嚨的聲音才逐漸小了下來。

閩江本是個直爽性格，快人快語。她見我輕啜慢飲，也只好依樣葫蘆，亦步亦趨。

飲茶期間，閩江問老師，緣何有這樣寬敞的辦公室？老師回答說：「無意仕途。與單位協商，退出實職，在辦公室掛了個調研員，分管圖書室工作。圖書室面積大，支一書案，略加改造，就成了圖書室與書畫室了。」

我再加以端詳，才發現此辦公室果然不同其它。四壁字畫，書香濃濃。東邊大書案後的牆上，懸掛有六屏條草書。我只認出「不見」兩字，上下內容連帶推測，方知是李太白的《將進酒》。

南面是窗戶，玻璃上貼著大小不等的書法作品。沒有裝裱，但在斜射過來的陽光映襯下，字字飛動，立體感極強，像雕刻出來似的。

北面牆靠近走廊。牆上是集字作品。每個字都是從《張遷碑》中選出，翻拍後放大，字徑過尺，古拙厚朴，章法上也做了重新排列，字盡其態，一任自然。遠處望去，赫赫然一堵書法牆。

28 兩種完全不同的人

那天晚上，我與閩江分手後，回家洗洗便睡了。然而躺在床上卻失眠了。想起鳶鳶與你一起上下學，一起做作業，一起在環城公園玩耍的情景，就浮想聯翩。

天快亮了，我才闔上眼睛睡了一會兒，差不多八點鐘，我給你父親打電話，說我要見他。你父親說：「歡迎啊。九點鐘三學街吧。」

我說：「不可以的。我還要洗漱，吃早餐，之後再騎車到三學街，至少兩小時以後了。十點吧。」

掛掉電話，我打仗一樣地沖澡、刷牙、化妝、吃早餐、下樓，十點準時到了三學街。老師已經來了一會兒了，正在一家書店翻字帖。我走過去，輕輕地喊了一聲「老師早」。

他扭過頭，看了我一眼，「挺準時啊。這個書店就有字帖。你先看看，有喜歡的告訴我。」

因為是初次涉獵，又是繁體字，我連書名都認不全。我一本一本翻看，好在過去練過一段時間，似乎還能找到些許感覺。在楷書架上，我翻出了趙孟頫的《膽巴碑》，覺得好，就問老師：「這個可以不？」

老師說：「當然可以呀。女生練趙體，比較適合。趙體柔美，百煉鋼化繞指柔。元代善書者頗多，獨趙文敏妙絕一時。其書藏筋骨於嫵媚，標風神於勁健。運腕轉折處如柳絮迎風，彈丸脫手，純熟之至乃顯英華。臨趙，先求形似，再求神似。書法是慢活，不能急。」

老師的話，半懂不懂，但我不能再問，我先囫圇吞棗應承著，慢慢鑽研。問得太多，老師煩了，還不把我一棍子趕走。

「阿姨開玩笑了。」

這是心裡話。那會兒他的誨人不倦我還沒領教，所以不能造次。我跟在他身後，不停地慌亂點頭。

他又說：「不妨再往前走，多看幾家。選帖如戀愛，首先要喜歡，但又是有分別的。有的一見鍾情，然臨久了，會生厭煩之意；有的帖一開始並不喜歡，但臨上幾通，卻會心動，成莫逆之交。人一輩子，可能守一個帖，也可能遍臨名帖，最後再守一帖。不過，一開始還是要找一個一見鍾情的，那樣，至少可以調動起對書法的興趣。」

「但願如此。我現在是病急亂投醫啊。」

「急事緩辦。越急越要穩住陣腳。你的事我聽閩江說了。不能改變的事就接受它。讓我們共同走出陰霾吧。」

我當時並沒有理解他所說的「陰霾」，後來知道了你母親出車禍的事情，才痛悔了很久。同樣都是災難，令尊要比我堅強得多。

「這是爸爸非常令人佩服的性格。媽媽每次下夜班都是匆匆忙忙的，她要趕回家替換父親，為我做飯、料理家務，好讓父親能多點時間臨帖或寫作。結果那天也真是太邪門了。天黑隆隆的，下著小雨，媽媽不幸在過馬路時滑倒了，要命的是，大卡車司機居然剎不住車？你說，幾個條件只要少上一個，媽媽就一定會躲過那一劫了。」

或許是天太黑，司機沒有看清車前面的人。

「事後經有關部門鑒定分析，說是司機開了一夜車，到凌晨筋疲力盡，打盹了。但不管什麼原因，災難總是降臨了。我看到媽媽的時候，她已被送到了火葬場。經過入殮師的整容化妝，媽媽的臉恢復了平靜。這自然是我無論如何不能接受的事實。我抱著媽媽嚎啕大哭。媽媽還年輕，還沒有享過一天清福。我這個兒子，連一點兒孝心都沒盡，她就走了。這是我心靈中的至暗時刻。當媽媽緩緩被推向火化爐時，我嘶啞著嗓子呼喊著，趴在媽媽身上不願鬆手。這時，爸爸走了過來，在我耳朵上說，兒子，鬆手吧。這是你必須面對的人生慘痛。

「我抬起頭，看見爸爸悲痛的臉上寫滿了堅忍。我知道，他也正在承受著巨大創傷帶來的煎熬，但他不能倒下，他要在兒子面前扮演父親。他的這種堅忍，在我北漂最困難的時候，常常會想起：這是你必須面對的人生慘痛。」

三學街你去過沒有？

「小時候去過，長大後再沒去，一點兒記憶也沒有了。只知道在文昌門內。」

三學街俗稱書畫一條街。經營範圍非常廣。從筆墨紙硯，到扇面冊頁，從書畫篆刻，到裝裱畫卷，從金石陶瓷到地毯壁毯，幾乎無所不包。街道石頭鋪面，商店古香古色。樓房多為二至三層，不少樓房還保持著舊式風格，雕梁畫棟，飛簷翹角。店鋪匾額均出自名家之手。有伊秉綬、于右任，也有集顏柳字而成。

老師一邊走，一邊向我介紹。遇到可買的東西便駐步挑選、搞價。有毛邊紙，羊毫中楷，甘肅洮硯，一得閣墨汁及兩條鎮尺。一會兒，一袋子東西鼓鼓囊囊起來。他用手掂了掂，覺得穩妥了，才遞到我手中。

「父親對書的愛惜那真是歎為觀止。你看他遇到雨天，手裡如果拿著書，首先想到的是如何讓書不被淋濕。每看精裝貴重書時，必先戴上手套。字帖翻爛了，糊了再糊，實在看不成了，題上購買年月，寫下封存日子，然後束之高閣。」

我感覺到了。不過，買硯時我卻有點疑惑，怯怯問老師，「不是說端硯最好嗎？我們怎麼買了一個洮硯？」

老師說，「我們現在用硯，多不磨墨，硯臺差不多成了裝飾品，講究的文人也只是放在案頭把玩觀賞，極少有人使用。為什麼？擔心使用過程中不小心摔碎。這些年，朋友送了我好幾個名硯，我都擺在了書架上。回去你就能看到我用的硯臺，三十元一個的那種。蓋子已經摔壞幾個了。換起來也花不了多少錢。過日子吃農家飯，心裡沒負擔。」

「這個比喻好。我喜歡。」

「筆墨紙硯，墨和紙相對重要點兒。墨不好，寫出來的字沒層次。墨分五色，好墨才能寫出神采。紙自然也重要。好紙可以練膽。啟功先生曾說過，有些人興沖沖地抱一卷好紙來，拿回去的往往都是爛字。為什麼？好紙欺人。一般書法家見了好紙，心裡先怯了幾分，揮灑自如便大打折扣。所以，新手上路，老師們都先讓他們在好紙上練。好紙上下筆習慣了，自然不會發怵，這就像經過大場面的人，不會在小場面怯場。」

「還有這麼多講究？」

「是啊。行話叫『好紙爛筆』。這個問題，初學者自然不能理解。我先在理論上給你普及一下，等你將來寫得多了，就懂了。」

「這是我老爸的特點。一說到書法，就絮絮叨叨沒完。小時候學書法，對我就是這個樣子。母親建議說，能不能一個星期講上一課，天天講，煩死人了。」

有點兒。你父親沒退休前，我只是在星期六去一次，他差不多從見面開始一直說到我離開。許多次，他都讓我拿個本本記下他的談話。我就覺得他有些囉嗦，婆婆媽媽的，但隨著時間的推進，我才懂得「書到用時方恨少」的道理。到他退休了，辦開班了，就忙起來。我有時遇到疑惑，去問他，他就說，這個問題講過了，你去翻日記本吧。我一查筆記，還真是講過了的。

「老爸過目不忘，記憶浩博，這是他身邊的人公認的。」

你說得對。到他辦書法班時，我才發現我當初是多麼奢侈。一不小心，搞了個私人定制。你讀的書越多，臨帖越久，你才知道他處於哪個段位。多年來，他在中國書法一線刊物上發文章，不少人竟以為他是中國書協主席呢。而他卻說，一個真正有志于書法這門藝術的人，這都是必須的修養啊。好了，讓我再繼續講他給我說的「好紙爛筆」。

所謂好紙，剛才已經說過，至於「爛筆」，顧名思義，就是或過長或過硬或過軟或用的過久，容易分叉等等。這樣的筆寫的多了，熟悉了各種筆性，便可應付自如。具體地講，一個書法家出門，突然遇到了筆會，人家殷勤地鋪上了宣紙，他卻說沒有帶自己的筆，寫不了云云，你說多煞風景？

老師畫面感極強的表述，令我頓生敬意，夏鷹從不這樣耐心地給我講繪畫。有時我主動問他，他總是不耐煩地說：「你知道這些有什麼用？好好帶孩子，咱們倆有一個人懂繪畫就行了。」

這是兩種完全不同的人。相比之下我才知道，一個人的修養竟是如此重要。才華是難得，但修養更可貴。老師身上表現出的這種誨人不倦的精神，實乃令人神往。當天晚上，我就將宣紙鋪在桌上，對著帖開始臨寫。

29 我的字被裝裱起來

每天臨十五張，一個星期一刀紙，這是老師的要求。到週末，我卷起那厚厚的一遝子作業，騎車去他辦公室批改。

他將我臨的字攤在地上，大致看了一下，又一張一張摞起來，然後開始批改。臨得好的，在旁邊畫個圈；特別好的，畫兩個圈。有問題的，在字的空白處用小楷寫上批註，比如用筆忽輕忽重，起筆沒有回鋒，收筆過於外露等等。

最後，他拿起手機，把那些他認為臨的好的字，一一拍了下來。一個星期後，收到了他發在我電腦上的一張圖。我打眼一看，還以為是他臨的字呢。待放大後細看，才看出是我自己臨的。他只不過是重新剪輯了一下，把他認為臨得好的，進行了章法上的編排，內容也不再是各個獨立的單字，而是組成了一首詩。他說：「這個禮拜天，你就臨你自己的這個作品。這叫集字創作。」

我就照他說的話開始「臨自己」。每臨一次，都覺得有許多需要改進的地方。譬如結構呀，點畫呀，章法呀，為了更準確地把握每個字，我又把原帖放在跟前，凡臨到這個字，我就對照帖上尋找差距，一點兒一點兒改正。一個星期後，我又去找他批改作業。他翻了翻，沒有像上次那樣在字旁邊畫圈，而是抽出一張臨寫起來。一邊臨一邊笑著說：「教學相長，我再臨臨你。」

我不敢與他搭訕，眼睛盯著他的筆尖，心想，他一定是發現了我的問題，在向我演示筆法呢。果然如此。他臨了一張後說，我先熱熱身。現在開始正式臨，你再仔細看看。你的這幅字，應該是下了功夫的。從個體字來講，與原帖的相似度還是比較高，但就整體而言，大小一致，錯落顧盼不夠。一幅好作品，字與字之間，要有呼應，第一筆下去，就要考慮整個字的結構，第一個字的完成，就決定了整篇字的走向，章法呼之欲出。

一幅字，是兵團作戰，各有職能，不能個個爭當先鋒，要懂得避讓，懂得互相之間的勾連；書寫氣息上要連貫順暢，前後呼應，一氣呵成。我剛才為什麼要熱身？就是通過臨寫謀篇佈局，在心中大致勾勒一個輪廓，也就是剛才所說的章法。

全神貫注地看老師寫字，真的能令人心跳加速。筆尖在紙上起伏跳躍，左右騰挪時的自如自在，用白居易在《琵琶行》裡的兩句話形容，再貼切不過。輕攏慢撚抹復挑，初為《霓裳》後《六么》。

寫好後，老師將四角用水濡濕，貼在窗戶上細細端詳了半天，方又揭下，輕輕卷好遞給我說：「回去臨這個。下個星期再拿來讓我看。」

每日下班，匆匆吃完飯，就趴在桌子上開始臨寫。老師集趙孟頫這幅字的內容，是清袁枚的那首著名小詩，「白日不到處，青春恰自來。苔花如米小，也學牡丹開。」

改。

轉眼間又是一個週末，我在靠牆根的一堆作業中，選出來幾張，帶過去讓老師批改。

還是他那間窗明几淨的辦公室，老師將我帶去的作業貼在窗玻璃上，然後為我泡了一杯「明前龍井」，讓我坐下歇息。

我這才知道，上次閩江帶我來，老師的窗戶上為什麼貼了那麼多的字。原來底子透光後，字的筆痕一清二楚，哪裡墨重，哪裡墨輕，哪一筆懈怠，哪一筆嚴謹，毫髮畢現。

老師看一會兒拿掉一張，再看一會兒又拿掉一張，剩最後一張了，他雙手抱臂，看了許久才揭下來，瞪大眼睛問我：「茶喝好沒？」

我仰起脖頸喝掉杯中的茶水，站起身說：「有何吩咐？」

「去趟三學街。」

「我可是騎自行車來的呀。」

「把自行車推上，走過去，就算陪我鍛煉了。」

行走在石頭鋪成的街道上，看著路兩邊的樹木花草，聽著啁啾的鳥鳴，我的心情寧靜了許多。儘管腦海裡還一波一波地晃動著夏鷹的影子，但我已學會了克制。念頭如流水，就讓它盡情流吧。

「你想什麼呢？」老師已經走出一大截，又轉過身來問我。

「沒想什麼。這裡環境真好，」我語焉不詳，搪塞著說。

「那就走快點兒。」

我急趨向前，追上他後，下意識地望了他一眼。他不像尋常那樣嚴肅。走了半天路，臉上多了一層光澤和紅潤。上次與他來這裡，我就發現，一走進這條街道，他的心情就變得不同。

他見我望他，有些莫名其妙，以為晨起忘了盥洗，便習慣性地摸了一把臉，說：「有墨點兒？」

我撲哧一聲笑了：「有啊。」

他趕忙跑進一家店裡，在鏡子上照了半天，沒發現什麼後，才跑出來對我說：「嚇唬人嘛。」

我壞笑了一下：「跟老師開個玩笑。」

「這種玩笑一開一個準兒。幹我們這行的，經常會把墨汁染在手上，不自覺地又會抹在臉上。」

「調解氣氛呢。老師不要嗔怪。」

他沒有再說話，逕自朝一個店鋪走去。那裡全是裝裱好的字畫，有整張的，有對開的，有白底黃邊的，也有藍邊黃底的。琳琅滿目，書香悠蕩。

老闆著一身唐裝，長髮美髯，氣度與店裡整體風格十分和諧。老師指著牆上的字畫說：「你喜歡哪種風格？」

其實我剛進店時，已經掃視了一番。老師這一問，我只好從頭再看一遍。老闆見機過來，指著牆上的作品，為我一幅一幅介紹起來。

「這是蘇裱，即流行於蘇州一帶的書畫裝裱藝術。平挺柔軟，配色雅靜。有盒裝與布袋裝兩種。」

老闆一邊介紹，一邊用手抓住底軸抖動著說：「蘇裱不同京裱，比較柔和細軟；京裱則裱褙講究，裝在盒子裡沉甸甸的。作為禮品送人，厚重沉穩，能彰顯出檔次。」

老闆說著，拿挑竿將一幅畫從牆上挑下，指著畫軸的背面說：「您看，它是加層了的，裡外都是面，故視覺上不貧瘠。」

說完，老闆眼睛向上一挑，悠然自得地說：「不管蘇裱京裱，常常是互相借鑒的。譬如顏色，傳統上京裱喜深，蘇裱喜淺。但近年來，京裱的顏色愈來愈淡，無論是單色全色，加邊或不加邊，一道色彩還是多層色彩，淺色占了很大的比例。反過來，蘇裱也是，疊加色彩愈來愈多。時代流行什麼色，字畫裝裱就會表現出來。但不管哪種裝裱，都是為了襯托字畫。所謂三分畫，七分裱，即是強調裱工的重要。一幅字畫如果沒有裝裱，也就是一張宣紙，欣賞性與審美功能會大打折扣。」

面對侃侃而談的老闆，我只能洗耳恭聽，這些知識過去從未接觸，聽起來挺新鮮。不過，仿佛天性中本來就有喜歡書畫的潛質，無論是臨帖還是聆聽書畫知識，我都能神情專注、入腦入心。

跟在後面的老師，一直默默無語。他等老闆講完了，才在老闆耳朵上咬了幾句什麼話，老闆頭一揚說：「好啊。跟我上樓。」

一會兒，他倆又從樓上下來，老師拱手說：「告辭了。」老闆也還以拱手說：「不遠送了。歡迎再來。」

我向老闆揮手，眼睛卻在字畫上流連。老闆瞟了我一眼，又補一句說：「女士慢走。」

離開三學街，老師說：「你可以直接回去了。慢點騎。」

「那您呢？」

「我沿著原路再走回去呀。」

「那我還是再陪您走走吧。反正我也沒事。」

「那好。我們繼續先前的話題，邊走邊聊。」

老師一隻手搭在自行車後座上，一隻手指著城牆上的燈籠說：「城牆燈展看過沒有？」

「沒有。」我停下腳步，眼睛向城牆上的燈籠望去。

「還是值得一看的。我特別喜歡他們把書法寫在燈籠上，那種感覺真是令人震撼。有一米大的燈籠，一個燈籠一個字，排十幾米長；也有十幾米長的一個燈籠，上面寫滿了字。有王勃的《滕王閣序》，蘇東坡的《前赤壁賦》，也有杜牧的《阿房宮賦》。」

「噢。這樣規模的燈籠展還是沒有見過。」

「你還記得我貼在窗玻璃上的字吧？」

「記得。」

「因為背後透射著陽光，字便顯得十分生動、立體；燈籠上的字，異曲同工，在燈光的映襯下，不僅增強了字的衝擊力，而且讓墨色愈加飽滿，作者書寫時的情緒，通過筆的痕跡數倍放大，觀瞻性、欣賞性變得分外不同，那種驚心動魄的震撼力是單純的紙面書法所無法體現的。」

「您的狀述我能感覺出來。尤其是在古城上，如果再加上飛舞的雪花和舊曆年的喜氣，那真是別有滋味了。這樣的燈展不知今年還會有嗎？」

「有啊。這似乎已經形成了傳統。屆時你也可以寫一幅，做成燈籠，懸掛於此。」

「嘿嘿。我才開始學呢，掛上去恐怕丟人。」

「不會的。我說過，字無百日功嘛。」

我不再吭氣了。那天回家，我滿腦子是燈籠；晚上做夢，仍舊是燈籠——滿城牆的燈籠，遊人如織。我在人群中鑽來鑽去，跑得滿身汗，四處尋找印著我的字的燈籠。

清晨起床，我打電話給老師，告訴他說我昨晚做了一個夢。老師似乎很亢奮，大聲說：「哪裡有熱愛，哪裡就有成功，好好寫，不但要在燈籠上露臉，今後還要在報紙、雜誌上露臉，甚至可以印集子，出書。」

我給老師糾正說：「我說的是，我做了一個夢。」

「我聽清楚了，」老師堅定地說，「祝你好夢成真。」

30 肉體的有限性

又是一個星期天，又要交作業了。一大早起來，我洗臉，做飯，打掃屋子，把小孩送到她奶奶家，然後忙不迭地去了老師辦公室。

往日一進門，老師總是先泡茶，然後才展開作業批改。今天不同了，我把作業遞給老師後，他看都沒看就放在了桌子上，逕自指著牆上的一幅字說：「你看這是什麼？」

我驚奇了，眼睛瞪得多大：這不是我的趙孟頫集字作品嗎？仿古宣紙上的字經過裝裱後平整了，立體了，墨色有層次了。重要的是它被白色的錦邊襯托著，愈顯得光彩照人。這大概就是裝裱店老闆所言的「蘇裱」吧？柔軟挺括，高雅簡淨。儘管我的字仍顯稚嫩，但其整體透出的氣息，已儼然是一幅作品了。

這種驚喜，是令人心房震顫的。我真想撲過去擁抱一下老師，然而腳步卻像被固定在了原地。「真是謝謝您了。煞費苦心地栽培……」我突然變得像日本女人，深深地向他鞠了個躬。

老師微微一笑說：「邁開了腳步，就意味著離目標越來越近。這是個好的起點。祝賀你，終於堅持下來了。」

老師的表揚又讓我眼眶一熱，但我知道老師的性格，這僅僅是個開始，下來一定會對我提出更高的要求。不過我仍然心存好奇，許多年後，與老師聊天，忍不住問他：「我的堅持完全緣於您的鼓勵。而您的堅持又緣於什麼呢？您為什麼總是那樣從容不迫，好像書法裡面真的有黃金屋、顏如玉似的？」

「什麼也沒有啊。你都全部看到了。如果非要說有什麼東西吸引，那就是我喜歡這門藝術，並樂此不倦。」

「可我的前夫也喜歡繪畫，但他那會兒，卻整天繃個臉，焦慮而沉重。恐怕僅僅用喜歡兩字解釋不通吧？」

「是的。繪畫與書法，都屬於藝術種類，但因為人們追求藝術的目的不同，心態也就會變得不同。」

「哦？」

「繪畫是一個沉靜的行當，需要窮盡畢生去追求，不宜過早成名。但人與人是不一樣的。有些人以藝術規律約束自己，腳踏實地，默默地耕耘；有些人則以名利為目的，專業有一定基礎後，就開始追名逐利。這時，浮躁與焦慮便會伴隨著他，讓他有些按捺不住。在外面，自然不能表露出來，或者說表露出來別人也不會在意；而在家裡，你是他身邊的人，又十分關注他，他的一舉一動，一顰一笑，因此便會牽動著你。」

「那您說這是缺點還是優點？」

「這就很難說了。年輕人，事業心強，才華過人，這是求之不得的，但過分追求名利，便會走向藝術的反面。我也曾有過這樣的階段，可我與他的目的不同。我對書法，是融入血液的愛，每天臨帖寫字，足矣。至於名利，有時也想，但不願花過多精力刻意追求。有了更好，沒有也無所謂。」

老師喝了一口水，站起來在辦公室來回踱步。窗外的南山近在眼前，白雲一層一層向上疊起，裸露的山脊黝黑修長，像一條鯨魚在緩緩遊動。

「書法這門藝術，熬年齡。因此，焦慮、煩惱，揠苗助長，一點兒用都沒有。人書俱老，只有到了一定的年齡，才能寫出味道。你苦練十年，字已經有模有樣，但嚴格地講，仍處於打基礎階段。懷胎十個月，養育成人二十年，而要成為一個書法家，則需要更長的時間。」

「您真壞，為什麼不早點兒告訴我？要知道這麼難，我早打退堂鼓了。您這是上坡喂驢草，一段一段哄呢。剛開始，您說『字無百日功』，練夠百日了，您為我裝裱一幅，懸掛客廳，說這是『階段成果』。我當時看到自己的字被裱起時，信心大增，也是這樣認為，覺得只要堅持練下去，一定能寫得更好。這時，您又讓我練《千字文》，說手上有了一千個字，寫什麼內容都可以對付了。熟悉《千字文》後，您又說『十年磨一劍』。什麼時候才能成為書法家呢？我開始迷茫。您開導我說，初具面目，已顯端倪，可喜可賀，然要稱得上書法家，必須要形成規模，創作一大批有自己風格的高品質的作品。我又按您的要求做了。印了一本小冊子，並搞了一次書展。因為您在古卯的人脈，開幕式上，一大批記者、名家紛紛前來為我站臺，可謂風光一時。我想，現在總能算書法家了吧？沒想到您又說，再用十年時間，遍臨諸帖，集眾家之法為我所用，屆時，信手寫來，皆成佳構，大家氣象也。我想達此境界總可以喘口氣，稍稍歇個腳吧？誰知您又說，活到老，學到老，上不封頂，永遠在否定之否定的路上。」

「哈哈。上當了吧？現在反悔還能來得及。」

「來得及個狗。」我用手指頭在他前額狠狠地彈了一下說，「從今天開始，我不會再被您忽悠了。我成不了您所期望的書法家，更成不了書法大師。我就是我，永遠都是個寫字的女人，拿毛筆寫字的女人。我喜歡書法就夠了，不要那些虛頭巴腦的浮名。」

「我非常贊同。我之所以沒讓你參加這個協會，那個團體，就是認為喜歡就是最好的獎勵，不喜歡，頭銜拉上幾卡車也沒有用。你說的對，我是上坡喂驢草，一段一段地哄你來著。但那都是不得已的事。人都有弱點，太枯燥、太久遠的目標，最容易放棄，所以，要把遙遠的路途分而化之，變成一小段一小段的目標，集小勝為大勝。如今你已經看到了希望，由不自覺到自覺，我自然不會再用這些小伎倆來忽悠你了。」

「當初是被您迷惑，亦步亦趨，現在看穿了您的居心，仍然無怨無悔，您手段高明啊。」

「那倒不是。你回想一下，閩江把你領來的時候，你是個什麼狀態？用你的話說，連死的心都有了。你知道，我是經歷過一些打擊的，感受過人生絕望時的那種不由自主向下墮落的滋味。所以見你後，意識中只有一個念頭，那就是要幫幫你。不管用什麼樣的辦法，一定要把你從悲愴的往事中拉出來。書法藝術是有獨特魅力的，但必須讓你走進去才行啊。在這裡，方法就成了靈丹妙藥。其實後來你表現出的對書法的喜愛程度和執著精神，是大出我的意料的。說喜出望外並不誇張。你愛說我誨人不倦，說穿了，都是建立在你學而不厭的基礎之上啊。」

「老師又在扔高帽子了。百試不爽的法寶。」

「表揚使人進步。這是大人小孩兒都適用的法則。你回憶一下。當初你與那位畫家，因為有愛情，你幹什麼都會勁頭十足，充滿了歡樂與幸福，做飯洗衣服，操持家務生孩子……不知不覺，一晃就是十幾年。而我們呢？只是師生關係，沒有任何動力和羈絆，你說不想學就不學了，你想幾時走就幾時走。這種狀態，我除了異乎尋常的耐心外，剩下就是靠循循善誘的方法，由小到大，由遠及近……」

「苦心人，終不負。」我向他伸出拇指點讚：「如果不是老師處心積慮的栽培，學生今天不知會頹廢成什麼樣子。這是心裡話。夜深人靜時，我會回想這些年來我們相處的每一個細節，許多時候都有些後怕，拯救一詞您可能不願意接受，但在我的遭遇上，這兩個字送您是再恰當不過了。」

「沒有。只有自救，上帝才肯幫助。當你拿起筆寫第一個字的時候，我的直覺就告訴我，你有這方面的天賦。人常說，成功的秘訣就是你發現了自己的天賦，並把它飼養哺育長大。我不是神仙，也沒有萬能的鑰匙，我只是憑多年的經驗，以為你只要臨上幾年帖，就會喜歡上書法這門藝術的。做適合自己天賦的事，就會出彩；能出彩，就會激發自信心。這是一種良性互動。所以，你能堅持到今天，不是我的功勞，而是你找到了自我。天生我材必有用。古人早就發現了其中奧秘：男怕幹錯行，女怕……」

說到半截，他突然吐了一下舌頭，戛然而止。我知道他怕我犯病，便懟他說：「說呀，繼續說呀。我肯定是嫁錯了，不然，哪能整天跟在您屁股後面研墨抻紙，染兩手黑，蹭一鼻子灰？」

他一臉窘相，木訥著說：「不對，不是嫁錯了，是嫁對了。嫁得很對。不嫁他，不離婚，你還真的發現不了自己，一輩子為他人做嫁衣裳。當然，相夫教子，也不失為一種活法；但那是傳統的活法，是自給自足的活法。當今社會，夫妻之間，實際上只是一種合作關係，各自保持獨立，各有追求，不存在誰為誰犧牲。」

「書法之外也懂得不少啊。居然談起了婚姻、倫理、道德和現代觀念。超出當老師的本分了吧？」

「嘿嘿。」他一著急，就喜歡摸鼻子傻笑。

「說說您剛才那個話題。您說我與夏鷹生活了十幾年，心甘情願為他洗衣服，生孩子，而與您這些年，比他更多更多的日子，難道僅僅是師生關係？僅僅是靠書法聯繫著嗎？」

他低下頭，突然情緒劇烈下沉，似乎不知該如何應對。我知道他在愛著我，所以故意逼他。看他怎麼回答。

「這也是我想知道的。他是怎麼說的？」阿姨講到這個話題，我趕緊插話說。

他從椅子上站起來，走到集《張遷碑》書法牆跟前，一隻手托著下頦，一隻手抱在胸前，王顧左右。半天才轉過身來問：「你和他為什麼分開？」

「原因很簡單呀。他有了新歡。」我不假思索，回答得相當直白。

「從表象上可以這樣說。深層原因並不如此簡單。歸根結底是婚姻出了問題。婚姻的缺陷就是它太具體了。開門七件事，柴米油鹽醬醋茶。再好的感情，整天被這些瑣事困擾著，磨蝕著，消耗著，吵嘴、打架、冷戰……似乎都是小事，但時間久了，厭倦的哈欠連連不斷，移情別戀是遲早的事。畫家這種職業，出軌只不過是比常人容易一些罷了。婚姻是空難，無一倖免。有些家庭長久存在，也是華麗的袍子，僅外表光鮮罷了。我們相處這麼多年，各自所想心照不宣。剛開始，你是被舊的感情困擾，剪不斷，理還亂。好不容易走了出來，以新的視覺來看婚姻，似乎冷靜多了。一般來說，受過傷的女人，對婚姻還是蠻恐懼的。一次被蛇咬，十年怕井繩啊。」

「那是過去。那段時間，我拼命地臨帖、習字，您誇我勤奮，其實我當時的真實心情您並不瞭解。我臨帖到深夜，是擔心睡得早了，半夜醒來再睡不著，滿腦子都是與他的過去，情何以堪？有時凌晨醒來，也不敢睡回籠覺，怕睡多了，晚上又會失眠。其中之苦，真是難與外人道來。」

「我能看出來一些。那時還不夠熟悉，只能用書法引導你，分散你的注意力。僅此而已。後來熟了，非常熟了，諸多事情心照不宣。我之所以沒有表白，是我有壓力。這麼多年，我傾盡全力教你，你傾盡全力鑽研，不知不覺，滲透到每一個細節裡的關懷，已溢於言表。許多時候，雙方深情地凝望著，就是不想說出那幾個字。擔心任何不慎的舉止，都會破壞了目前這種現狀。同時也害怕進入婚姻後，失掉自由身時那種若即若離、朦朦朧朧，有一定壓力而又無瑣事纏繞的美感。人為什麼渴望婚姻之外的交往？是因為家庭生活久了，畢竟會產生單調乏味，尤其是肉體的有限性。一個人厭倦一個人，首先是從肉體開始的。柏拉圖的精神戀，為什麼會愛得曠日持久，一生一世，就是排斥了肉體的有限性啊。」

31 三學街擺攤

那天，我與你父親聊了很久，在愛情、婚姻、家庭的問題上，觀念漸趨一致。我說：「肉體的有限性，使所有的愛情有了終點。夏鷹當初與那個女人拍拖，就是這種狀況。一個年輕的、全新的女子出現，是人都會動心。老師恐怕也不能例外吧。」

「或許會是那樣，但也不完全肯定。愛分多種類型。喜新厭舊是一種，不離不棄也是一種。這好比做學問，」老師沉吟了一下，又接著說：「書法這門藝術，需要一個人癡情一生，輕狂不得，浮躁不得，一切的短期行為都是自廢武功。其實我也不是生來就有靜氣。年輕時也浮躁，急功近利，墨磨久了，才漸漸悟出了門道：這個行當急不得啊。所謂養十年氣，讀萬卷書，只是一種形容。林散之先生對自己追求書法的過程寫過一首詩，他說：辛苦寒燈七十霜，墨磨磨墨感深長。筆從曲處還求直，意到圓時更覺方。窗外秋河明耿耿，夢中水月碧茫茫。有情色相驅人甚，寫到今年尚未忘。林散之活了九十七，你看他在詩中如何說？他說，我的這個人的相貌都快消失了，然書法還在心裡盤桓，魂牽夢繞，苦苦追求。」

「他又把您的問題岔開了？」我問。

「是呀。好多時候一談到敏感字眼，他就繞，繞到書法上，或是繞到文學或其它事情上。」

「阿姨我聽明白了。這就是父親的執拗。他是個什麼樣子，就希望身邊的人也變成什麼樣子。喜歡強人所難。但您要與他長期相處，還必須有所改變。否則，就只好離開他。他是典型的道不同不相為謀的性格。」

「這種性格我覺得滿好。其實他在處理事情上，更多的時候還是能注意別人的感受的，方法也比較得當。他團結了一大批書法愛好者，有官員，有學者，也有販夫走卒，其中奧妙只有一個，那就是你必須真愛書法，又能遵循書法規律習練創作。江湖書法家，過分追逐名利的書法家，在他心裡是沒分量的。」

「我很認同您的這番話。作為他的兒子，與您走過相同的路。他是為了目標可以忍受委屈，放下身段，善於退出僵局而重新尋找和解之道的人。」

「太對了。這幾十年，在他的領域裡，最能代表他思考的，就是那本《字無百日功》。在書裡，他幾乎把所有能寫好字的方法都告訴了你，而且用極優美的語言講述出來。其間的生動比喻、含珠吐玉妙不可言。凡上心下功夫學書法的人，無不為之觸動。書法近乎玄奧，入門易深造難。能深入淺出、把道理講得清晰易懂的人，則更少。」

「阿姨可謂是家父的知音了。難怪鳶鳶讓您去北京住，父親聽了一臉的糾結。他還是別有滋味在心頭啊。」

「長相知，不相疑。我與鳶鳶父親那陣兒，只顧養孩子，上成人大學，並沒有深入瞭解他的專業，於繪畫充其量半瓶醋。但于書法，幾十年了，耳濡目染，感同身受，眼頭還是練出來了。你父親在書法教學上的獨特創見，在文章闡述上的純熟和精確，都令我傾倒與景仰。他的『書法是用筆雕刻的藝術』，許多人聽後不以為然，認為是故弄玄虛，玩文字遊戲。其實他們是真不懂。你父親說，傳統的『屋漏痕』『錐畫沙』，用現代鏡頭錄下來，逐段逐段分析，就是在用筆刻字。他還有一個絕妙的比喻，說書法家手中的筆如同石匠手中的鏨子。退一步進一步，鏨頭始終在石頭上跳躍，而筆在掌中之靈活正如鏨柄在掌中之靈活。這個比喻，我始終不能理解。一次我們去皓山，看到石匠把鏨，才恍然大悟。」

「近墨者黑。阿姨真是黑得可以了。」

「這都是令尊的功勞。你父親是個在表揚上從不吝嗇的人。在我倆的相處中，他褒我最多的就是我的書法天賦。他以為，才華如同財物，都是世間之公共寶藏，切不可輕易浪費與流失。」

「您覺得與父親在一起搭檔，清苦不？」

「你沒買房那會兒清苦。不對。應該說是艱苦。掙錢不辭勞累，花錢從指頭縫裡摳。頭天晚上，將紙墨、硯臺、毛筆、桌子、毛氈都準備好，第二天早早起來，裝到三輪車上，急匆匆蹬過去，為的是能占個攤位。等我把蔦蔦送到學校，騎車趕過去，他已經把一切都安排妥帖，靜靜地坐在那裡等顧客來。一幅四尺整張楷書，他得寫三四個小時，只賣三百元。草書、行書賣一百。好一點兒的日子，每天能賣千把元，不好的日子，賣三五百元。特別不好的時候，幾天賣不出去一張。即使這樣，他也堅持每天出攤。他常說，寧肯空守，也不能錯過。一次下雪，他的三輪車為了躲避一個騎摩托的人，一下子滑到了公共車的車輪下，被擠壓的七零八落。幸好人被彈出來，滾到了路邊，不然，後果真是不敢想像。」

「聽父親說，他擺攤，沾了您大光。不知誰認得了您，傳出去說您在三學街擺攤，好事者便前來看熱鬧。觀瞻的人多了，不免有喜歡字畫的，就會順便買一張回去。」

「沒那麼嚴重，那是你父親拿我尋開心。真實情況是，懂字的人都能看出你父親的書法水準，認為早早收藏幾幅，等著以後升值呢。」

「那還是要感謝您的。放下身段與家父一起擺攤，也算是個佳話了。」

「一碼歸一碼。我與夏鷹分手後，除了每月能收到一份蔦蔦的撫養費，就什麼也沒有了。說不名一文未必恰當，但捉襟見肘卻經常發生。所以，並不覺得在三學街擺攤有什麼不好。那環境古香古色，畢竟比菜市場要多一些文化氣氛。剛下崗那會兒，我還想去市場賣菜呢。」

「三學街擺攤那陣兒，父親給您報酬不？」

「不給。他教我書法，我幫他打下手。猴子搔背，互相方便。」

「阿姨太逗了。」

「不過，現在不同了。你買了房子，生活費也有了著落，他花錢就大方多了，經常會邀我出去旅遊。冬南夏北，吃住由他承擔。」

阿姨說到此處，自己也禁不住笑了：「我倆經常自嘲。習慣了，你不要見笑。」

「爸爸的性格可以傳染。他信奉表揚使人進步。可惜我沒有像他，與人相處，總喜歡提意見。鳶鳶說我是啄木鳥性格。」
「與年齡有關。」
「年齡是一個原因。重大打擊也是一個原因。母親去世後，他變得溫和了，尤其是在對我的態度上。過去我什麼事做不好，他是有懲罰的。為此還專門備了一個竹板子。不按時完成作業，三至五下，翹課十下，進遊戲廳二十下，說謊三十下，與同學打架五十下。有一次居然把我的屁股打得腫了幾天，連凳子都坐不下。那次他是真動了肝火，母親在一邊流淚求情，他愣是不通融。」
「還有這樣恐怖的一幕啊。」
「人性的複雜有多種可能。他與母親的婚姻本為媒妁之言。我懂事後，父親也偶爾會流露出抱怨，說與母親的結合是個錯誤。但母親出車禍離世後，他卻在許多地方表現得不可理喻。譬如母親的衣服、被褥和平時喜歡用的東西，一件都沒有丟棄。他有一本影集，是和母親結婚時照的，偶爾也會打開看看。他倆的結婚照，至今還懸掛在雙人床靠背上面。」
「他與你母親是否有愛情，我不能假設推定，但患難之情一定是有的。」
「應該是。父親每搬一次家，都會說，好日子來了，我媽卻不在了。他們一起住過筒子間，住過沒有廁所和盥洗間的公寓，一直到我上小學的時候，才略有改善，但也只是一室一廳帶廚房和衛生間。我那會兒住客廳，放一個沙發和桌子，晚上做完作業，把沙發拉開，就算是床了。這會兒多好，三室兩廳，窗戶外就是公園。唉，我母親真是命苦，一天福都沒享啊。」

32 重回鶩島

本來打算在古卵多住幾天，陪陪父親，順便再問問他今後的一些安排。結果伽琳從北京打來電話，約我一起去鶩島。我於是向阿姨和鳶鳶告別，徑直飛了過去。

伽琳這次算是抱回來個「金娃娃」。在威尼斯電影節主競賽單元中，她的《你好，二嫫》獲金獅獎最佳影片。《你好，二嫫》講述的是一個農村姑娘，為了求得一個法律上的說法，奔走於各級法院，從農村到城市，備受冷眼的故事。其中鏡頭語言與角色的演技，契合得十分完美。體現了導演對視聽語言的嫻熟和大膽運用的氣魄，酷似紀錄片實又是精心製作的故事片。

伽琳這次獲獎，我是有預感的。然而這種在國外獲大獎的電影，國內反響並不十分熱烈。不少人認為凡此類影片，都是靠賣慘而受青睞，因此在主流媒體上，頂多也就給幾百字的版面，作為普通消息報導一下了事。不過，圈內還是分外看重。伽琳私下組織了幾次派對，從發來的照片看，光景非同一般。影視界來了不少大腕。觥籌交錯，杯盤狼藉，充滿了藝術界那種放浪形骸的頹散氣息。

回到鶩島當天晚上，傾訴了離別思念之後，我和伽琳纏綿悱惻，一直折騰到大半夜。事後，她枕在我的臂彎，眼睛看著天花板，絮絮叨叨說個不停，連呼吸都散發出喜悅之情。我起初還在認真諦聽，聽著聽著，就呼呼地沉睡過去。

第二天用了早餐，我領著伽琳去了老孟家。伽琳初次去，著意收拾了一番。描眉畫眼後，穿了一件白色大開口線衣。底邊像毛邊書一樣，鬆鬆垮垮，自然錯落。原力藍色的露膝牛仔褲，配土色反毛皮鞋。頭髮沒打結，四處飄散著，一派藝術范兒。

門敲開，瞿姐先是吃了一驚，不過很快便明白怎麼回事，慌忙把我倆迎回，為我們一人泡了一杯紅茶。

老孟此時手裡拿了一個油瓶，正在往一把躺倒的椅子上膏油。瞿姐見我倆疑惑，就解釋說：「這是把可以旋轉的椅子。在古卯用了多年。老孟坐習慣了，就把它托運過來。這裡潮濕，加之多年未保養，旋轉時，齒輪會發出嘎吱嘎吱的聲音。老孟就說給膏點兒油。他從汽車的機油桶裡倒了點兒，剛扳倒椅子，你倆就來了。真不好意思，弄得一片狼藉。」

我一聽，覺得好玩，就過去幫老孟轉椅子，老孟傾斜著小瓶往齒輪上倒油，倒了半天，油全流到了地上，瞿姐見狀，跑廚房拿了根筷子，讓老孟順筷子往齒輪上倒，果然順滑進去不少。老孟掌握了竅門，凡有齒輪的地方都細細地膏了一遍，然後讓我把椅子扶起，擺正後，他坐上去轉了幾圈兒，見沒有了聲音，咧開嘴笑了起來。

我和伽琳坐定後，老孟示意我介紹一下。我說：「東北人，北京電影學院畢業，我的校友，職業製片和導演，大名唐伽琳。她知道這些日子我淨麻煩您二位了，就過來看看，準備約個日子，請您二位吃頓飯。」

「客氣了，」老孟對伽琳說，「要謝，我們還得謝介一呢。他在這兒，我們增加了安全感。有個小夥子在身邊，尋長遞短方便多了。壯勞力啊。最重要的是他可以陪我下棋。你想想，沒有他，這日子得多長呀。」

伽琳被老孟逗笑了：「早知道這樣，我就再晚些日子回來。我老擔心介一會挨餓呢。」

「哪能呢，」瞿姐插話說：「小夥兒聰明著呢。他在我們這兒吃了什麼，回去就自己學著做，還記在日記本上，放多少鹽，多少蔥醬，心裡清楚著呢。有時在外面吃飯，還掏出手機拍照，詢問人家的烹飪過程。比我們老孟強多了。以後，你不要動手，就讓介一給你做好吃的。」

「哪裡呀，」伽琳說，「那是他寫作需要。如果說為自己吃，他寧願餓著，也不願意下廚房。」

「那是老黃曆了。」我說，「現在閒下來，還真想做做飯呢。紙上得來終覺淺，下廚實踐，反復琢磨，才能得個中三昧。」

「真是出息了，」伽琳把手彎過來，摟住我的脖頸說。

我有點受寵若驚，對瞿姐說，「定個時間，咱們再去海邊吃那家『小舟餐廳』。」

「好。讓老孟說時間，」瞿姐看了老孟一眼。

老孟說：「主隨客便。反正我們是常住戶，什麼時間去吃都可以，主要是看伽琳的時間。」

伽琳說：「聽介一說您有午睡習慣，那就放明天晚上吧。我們喝點兒小酒，多聊會兒。」

「好。」瞿姐與老孟異口同聲說：「明天坐我們的車，你倆就不開車了，好喝酒。」

「還是打的吧。瞿姐也喝點兒。」伽琳獲獎的勁頭還沒過去，興致頗高地說。

「是啊，」老孟對瞿姐說，「那就都不開車了，好不？」

「還是開上吧，方便一些。我平時就不多喝酒，沒酒量，會掃你們的興的。」

「沒事。少喝點兒。在島上，除了古卵來人，我們幾乎不喝酒。」老孟似乎勸瞿姐給我們一點兒面子。

「好。聽您的。」瞿姐把手在老孟肩上拍拍說。

秋天來了，島上依然是花的海洋，所到之處，皆是盛開的鮮花。最多的要數羊蹄甲花，一樹一樹的，綠葉中夾雜著紫色的、紅色的、淡黃色的花瓣兒。有意思的是，羊蹄甲花還兼有樹木的優點，十幾米高，在野外可形成一片一片的花林，在院落，又可當遮陽的樹木——兩三層樓那麼高，濃密的花，郁茂的葉。

計程車司機比瞿姐開得灑脫，說話間就到了「小舟餐廳」。與上次不同的是，包間在漁船的頂端，靠海的一面開放，靠岸的一面封閉，既可觀景，又相對安靜。瞿姐拿過菜單遞給伽琳。伽琳說：「還是姐點吧。姐來得多，熟悉。」

「掌勺的永遠不厭食，讓我點菜，肯定又是老三樣。還是伽琳點吧。」

「那好吧。」伽琳接過菜單，一口氣點了十幾個菜，基本上囊括了通常吃的海鮮。

點好後，又恭敬地將菜單遞給瞿姐：「您再把把關。」

瞿姐接過菜單，看了看說：「多了吧？」

我用眼睛示意瞿姐：「沒事。咱們今天來了有戰鬥力的人了，多點無妨。」

「你又醃臢我。」伽琳揪住我的耳朵，惡狠狠地說。

「哪裡哪裡。我是在說我自己呢。這些天你走後，我可是餓扁了肚子。不信，你摸摸。」我把伽琳的手拿過來，放在了我的肚子上。

「餓死你活該。」伽琳把手從我肚子上拿開，窘尬地對老孟笑了一下。

菜很快就上來了。伽琳為大家斟好酒，舉起杯對老孟和瞿姐說：「感謝你們對介一的照拂。他是個貪懶饞，碰到好人了，才沒有餓死。來，乾一杯。」

伽琳快人快語，說完，一仰脖子，先把酒乾了。我和老孟一看，也舉起酒杯一飲而盡。唯有瞿姐面露猶豫，對伽琳說：「我慢慢喝，分幾次喝完可以不？」

伽琳說：「第一杯乾了，下來您自由喝，好不？」

「好吧。」瞿姐舉起酒杯，在空中停了停，皺著眉頭喝了下去。

「開吃。」伽琳用公筷把一隻蟹腿給市長夾進了盤子。

「謝謝。」老孟仄身點了點頭，又一飲而盡。我和老孟喝酒是交過手的，但那是夜間，喝的又是洋酒。今天仔細看，他喝酒的嫺熟程度還是讓我吃驚：脖子仰起的時候，嘴也同時張開，舉起酒杯的手朝前一送，酒便直接扔進了喉嚨，不沾唇也不沾舌頭。看得出來，他是有酒癮的，只不過是平時節制著不喝罷了。

吃了一會兒菜，伽琳又舉起了杯子，對瞿姐說：「您隨意喝，我們乾了。」老孟仍然用習慣動作，酒不沾唇舌地倒進了喉嚨，還把酒杯仄起向四周展示了一下。

伽琳幾杯酒下肚，整個狀態出奇得好。她舉著酒杯對老孟夫婦說：「介一是個有才情的人，可惜入世淺了點兒。您二位飽經滄桑，多幫他；我指的不是在經濟上，而是在經驗上。我這些年在京城混，除了舅舅這個背景外，主要是靠幾個老師。讀萬卷書不如行萬里路，行萬里路不如高人指路。」

「舅舅？」老孟乾了酒後，好像有直覺地突然問，「在哪個部門工作？」

伽琳乾了酒，聽老孟的問話，愣了一下。我與伽琳認識幾年，她在公眾場合從來不提舅舅這個背景。即使在圈內，譬如《暗潮》慶功會上，她請舅舅出席，也是極嚴格地限定了範圍。今天這是怎麼了？被獲獎衝昏頭腦？抑或空腹飲酒過猛？總之，口敞了。

不過，伽琳畢竟是場面上的人。她對老孟說：「再乾一杯，酒喝好了，慢慢聊。」

「好的，」老孟高舉酒杯，完全進入了狀態。

在此之前，伽琳通過我已經知道了老孟的一些情況，想必不會對她造成傷害。於是大方地說：「您可能認識，許多年前，在古卯市當過書記，姓祁。示字邊過來個耳朵。」

「知道。真是緣分啊。不說了，我先喝一杯，然後再敬您一杯。」說完，老孟一仰脖子，酒又倒進了喉嚨。

「您還是不要用敬語稱呼我。我們這是坐在一起了，您不把我倆當外人，其實嚴格地講您和瞿姐都是我們的長輩呢。」

「不能那麼說，」老孟拿過分酒器，先給伽琳斟酒，然後又給自己倒上，面色凝重而又真誠地說：「還是稱您吧。現在和剛才不一樣了。來，介一陪著，再乾一杯。」

瞿姐自開喝以來，一直小口呷酒，默不作聲。這會兒也有點坐不住了，勸市長說：「慢慢喝，我們又沒啥急事兒。您都戒酒多年了，今天算是特殊日子？」

「那倒不是。過去戒酒，是為了不讓你擔心，大夫說我胃不好，不宜辛辣，你就勸我把酒戒了。其實那只是一家之言。以我自己的經驗，身體好，主要是緣於心情好。你看咱倆出去旅遊，逮住啥吃啥，風裡雨裡，身體沒一點兒毛病；可一回到家，就這兒不對那兒不對了。為啥？出去心情好嘛。」

「那您就喝吧。或許是那樣一個理兒。不過，這把年紀還是要喝慢點兒。不能拼酒。」瞿姐說。

「好，聽你的。慢慢喝。但話說到這個分兒上，有喝的由頭了，就先喝了這杯。」市長說完，把酒杯伸向伽琳。

伽琳只知道老孟在古卵當領導多年，但什麼時候退休？為什麼住在這裡？與舅舅什麼關係？全然不知。但她從老孟的誠懇與坦率看出，沒有防範她的意思，所以也就投桃報李。「舅舅在古卵當書記時，您是個什麼職務？」

「市長。」

「噢，原來還真是近距離合作過啊。」

「是的，你舅舅有政治才能，帷幄運籌，大格局，講義氣。他離開古卵進京後，遇SARS疫情，正好給他提供了展現管理才能的舞臺，把本來的一場危機化險為夷，使嫉妒者不得不服，也讓欣賞者愈加欽敬。」

「您真是舅舅的知音。看來你們在古卯合作得不錯，才讓您有如此肯綮的高端評價。來。再喝一杯。鶩島不大，北京也不大，居然在這不算密集交叉的線條中碰到了熟人。」伽琳說完，拿過分酒器，先給市長斟了大半杯，然後給自己滿滿斟上，又邀請我說：「介一陪一下，瞿姐就免了。」

伽琳雖謙說自己不懂政治，但有一個搞政治的舅舅，耳濡目染，不乏謹慎之心，她通過倒酒巧妙地將話題岔開，然後對老孟說：「介一父親還在古卯，有要緊事了，還得勞煩市長幫助。」

「小事可以。我退休了，過去的熟人退的退，出事的出事，真正要找個能靠譜辦事的人，不太容易了。中國官場，人一走，茶就涼。像你舅舅這種人，在危難時能伸手幫人的少啊。」

從老孟意味深長的話裡聽出，舅舅對他是有大幫助的。但不知是升遷上的知遇之恩，還是工作上的相互提攜；官場險惡，個中隱情只有以後找機會再問了。現在相詢，恐市長未必能坦誠相告，另外，伽琳也不一定想知道呀。果然，伽琳給大家酒杯斟滿後，用徵詢的口吻說：「今天就喝到這兒？我都有些不勝酒力了。」

瞿姐首先帶頭鼓掌，老孟搖晃著站了起來，說要去結帳。瞿姐摁住說：「我去。您喝高了，小心掉進海裡。」老孟說：「我可是酒場老江湖了，過去喝多少，都能自己回家，從不讓人送的。」伽琳說：「二位都不要爭。由我來埋單。今天就當是為我慶賀，我剛從威尼斯回來，獲金獅獎最佳影片。怎麼樣？」

伽琳終於把這件事說出來了。本來席間我想說的，但這個一句那個一句岔開了。看來今天的酒喝得不少。洞房花燭夜，金榜題名時。伽琳依然陶醉在獲獎的餘熱中。我強行把她摁在椅子上，搖晃著去把單埋了。

回來的路上，瞿姐說過兩天是老孟的生日，古卯的幾個老部下想過來熱鬧一下，看伽琳能不能晚回北京兩天，賞個光。

伽琳身上的酒精正發揮著作用，不假思索就答應下來。「好事成雙。我說這次回島上，太陽咋和往日不一樣。哈哈……」

計程車司機把車停在老孟家門口，我幫瞿姐把老孟扶上臺階，老孟把我推開說：「我能走，你去招呼伽琳吧。」

我正準備撒手，瞿姐說：「扶好，不要聽他的。好漢不提當年勇，那都是老黃曆了。幫我扶到客廳再走。」

等我回到車上時，伽琳已經發出了輕微的鼾聲。我把她從座位上扶轉過來，將兩條胳膊架我脖子上，然後攔腰一抱，跌跌撞撞回到了別墅。

那晚上，伽琳吐得一塌糊塗。我一夜沒睡，一會兒幫她找臉盆，一會兒又幫她擦洗身上，待天明，她不鬧了，我才昏昏睡去。

33 生日宴會

生日宴會放在了睡佛山莊。餐廳在半山上，可以看海。山頂上的雲，像霧一樣落在每個人臉上，有一種沁人心脾的微涼。

老孟坐中間，戴一副八角形深色墨鏡，著一身白色運動服，外加白鞋白帽，顯得年輕爽潔。多年來養成的霸氣依稀可見。他讓從古卵過來的兩位客人分坐在他的身邊，隨後又說了他們的職務和名字。本來是想詳細介紹的，結果因為排座位而被岔開了。主位左右確定後，我和伽琳次第坐他們旁邊。瞿姐坐副陪位上。鳶鳶去美國還有一些時日，我就把她娘倆和父親也邀請過來，順便讓他們在島上玩幾天。阿姨坐瞿姐右手，父親挨著阿姨，鳶鳶挨著父親。

老孟摘下墨鏡，讓大夥兒各自點了自己喜歡吃的菜。這是他的風格。一次與他海邊散步，聊到領導藝術。他說，尊重每一個人的個性，發揮出他們的長處，是最有效的方法。人都有偏好。團結人不是團結共性，而是包容個性。不能包容個性，最終就沒有共性。一個領導班子，沒有了個性，便會顯得乏味和平凡，也肯定沒有創造性與活力。

飯局伊始，儘管老孟平和親切，但畢竟是由四面八方來的客人，一時半會兒，大夥兒都不知該說什麼？面面相覷半天，坐市長左位的秦雯先開了口，她說：「孟書記養生有方，越來越年輕了。看來還是閒點兒好，心中無事即神仙呀。」

老孟笑了，接過秦雯的話說：「現在每天三件事，讀書、下棋、散步。不過，年齡這東西，像一個多事的大媽，有事沒事會找你點兒麻煩。本來想著利利索索地走幾步，腿卻黏在地上不配合；過去一躍而上的地方，現在卻要雙手托著，一條腿先遞上去，才能上另一條腿；過去腦袋不管怎麼傾斜，身體總能找到平衡點兒，現在不同了，總擔心一頭栽倒在地。這大概就是所謂的『老年行李』吧？每年總要增加一兩件，不知到哪一天，就把你拖垮了。到這個年紀，心閒很重要，修行也要提上議事日程。要參透生死，不怕死，隨時準備著，才能有好心態。人常說，人老愛錢怕死沒瞌睡，我現在一條也沒有。睡眠應是全部指標裡最好的一項，到時間了，連幾分鐘都等不得，倒在枕頭上就睡著了。」

「市長是個智者，凡事都能找到內在規律。好，為市長貫通古今，融合百家乾杯。」秘書長京夔環顧左右，舉杯提議。

「這個不敢當，」市長與大家乾杯後說，「貫通是個大境界。需要終身修行。退休後明白的第一個道理，就是知曉了生與死的關係。生通常由上帝決定，而死卻可以由自己掌握。你看那些高僧大德，死的時候都很安詳、平靜，像睡著一樣。這是靠修行得來的境界。控制死亡恐懼雖不是一朝一夕所能達到，但通過修行可以實現卻是事實。說實話，我也不想死，想把美好的事物永遠擁有下去。但可能不？不可能。人生一世，草木一秋。活多大歲數是個界限？有人說，健康是『一』，其餘都是『零』。只有健康這個『一』存在，後面的『零』才有意義。但健康地活著為了什麼？生命的意義又是什麼？多少哲人都做過思考，著作可謂汗牛充棟，可說清楚了嗎？沒有。叔本華以為，欲望與滿足像鐘錶一樣在左右擺動著。舊的欲望滿足了，新的欲望又產生出來，循環往復，以至無窮。那麼作為個體生命，充其量也就活一百年。在這一百年中，能產生出多少欲望？又能滿足多少？有沒有一個統一的標準呢？應該是沒有。因為所受教育不同，感受也就有了差別。我個人以為，比較能代表大多數人幸福標準的，應該是活過、愛過。當然，具體到某個行業，也會有不同。像作家，活過、寫過、愛過，即是幸福。音樂家、美術家、政治家，以此類推，大致如此。我們這些年的教育，大敘述太多，什麼拯救人類呀，為大多數人謀幸福呀……其實，對年輕人的忠告應該是非常具體，首先是活好自己。自己都活不好，怎麼幫助別人？犧牲自己讓別人活好，不是生命的本來意義。

「這是我這些年來的一點兒思考。今天有年輕人在座，算是我對他們的希望。當然也是我自己的目標。朝聞道，夕死可矣。反觀自己，我也應該是符合這個標準，活過，愛過。但我的遺憾太多。今天就不細說了。天生我材必有用。年輕人，大膽地去闖吧，做你想做的就夠了。」

「市長膚色紅潤，嗓音清亮，精神狀態如此好。原來是想通了啊。」秦雯適時插話說。「來，大夥兒再喝一杯。酒過三巡，自由發言。」

「好啊。」老孟把酒杯舉起，稍做停頓便一飲而盡，轉而微笑著問秦雯：「古卯最近有什麼新聞？說來聽聽。」

34 老孟的通透

秦雯說，「GDP成全國單列城市倒數第一。您在位時，可是前五名啊。」

秦雯還沒有退休，但從話語中聽出，顯然對而今的班子不大滿意。老孟倒沒有偏見，他接過話頭說：「這不光是古卯，大環境如此。全國經濟都在下滑。」

「經濟的衰落，我們也感覺到了，」伽琳說，「投資人都十分謹慎。一是題材要遠離時代，二是儘量與政治沒有瓜葛。大家都在爭拍宮廷戲、諜戰戲、紅色革命劇。」

「不光是影視界，各個領域都是這樣，」秘書長說，「全國高校一萬多名老師因為學生舉報而被開除。現在聚餐不是吃飯，是吃人，請客的人電話打來，被請的先問都有誰？人不合適不敢去，去了也不說話。生怕被舉報了。」

「是的。現在聚會成了高危活動。」伽琳看了看我，仿佛是我把她拉進了這個群。眼神分明在說：「出了事，你可要負責呀。」

我心想，「你本不是個能管住嘴的人，無論吃飯還是說話。現在反倒怪罪起我了？哼。你看我，走哪兒也不多話。」

不過，伽琳天性自由，又有靠山，責備我也是三分親昵，七分演戲。她與老孟兩口一見如故，相處起來十分融洽。她說：「我相信緣分。你的朋友就是我的朋友。人戒備太多，生活就失去了趣味。咱們這些人，一不違法，二不亂紀，靠本事吃飯，能有什麼風險？」

「這是指正常情況，遇極左路線，你安分守紀也沒用。欲加之罪，何患無辭？這幾十年來，一會兒左，一會兒右。凡左派占上風了，災難就接踵而來。弊端顯而易見。監督機制非法律化，人人自危的恐懼就不能清除。其實人的安全感主要源自體制的穩定性。遵循的標準也只有一個，那就是在法律範圍內活動。」秘書長看了一眼伽琳，似乎這番話主要是針對她說的。

「這是根本，」秦雯附和著說，「政策寬的時候，一些人忘乎所以，結果遇到政策收緊，便遭了殃，招了禍。」

老孟聽到這裡，多少有點兒不自然，低下頭喝了一口茶。瞿姐也跟著皺了一下眉頭。秦雯很快就感覺到了自己的失言，不由自主地搓了搓手。

老孟見場面尷尬，就主動拿起酒杯說：「我敬大家一杯。今天是個好日子，放開說。我已經到了耳順之年。聽啥話都不會放在心上。如果計較，根本就坐不到這裡，氣都氣死了。諸葛亮未出山前，是『苟全性命，不求聞達』，我現在只餘前一句了。當然，活著或許只是當下的選擇，如果有一天，還有其他選擇，那也不會猶豫。」

這番話，老孟說得含蓄，或者說有些朦朧，尤其是後面幾句。他還有什麼選擇？大夥兒都不清楚，也不好發問，便都懵懵懂懂地等待著。

老孟所謂的再選擇云云，秘書長心裡是知道的，我也是知道的。他不想像大多數中國人那樣，只是活著。噩夢醒來是早晨，他是在座的唯一能體會到其中含義的人。

因市長有午休的習慣，一直坐著不語的瞿姐說：「我提一杯酒。如果大夥兒吃飽了的話，午餐是不是就到此為止？回去後稍事休息，再在我家品茗閒聊，如何？」

大夥兒齊聲說好，端起酒杯門前清後，紛紛離席。計程車至別墅，瞿姐請大家一起進去。秘書長和秦雯同聲說：「先讓市長休息一會兒，我們去海邊轉轉，消消食。」我拊手同意，徵詢阿姨、弋鳶、父親的意見，他們也應諾著想去，唯伽琳說她想回別墅沖個澡。

下午三點多，人陸陸續續回來，圍坐在市長家的長條桌旁。長條桌半尺來厚，實木，邊緣呈不規則形。阿姨見瞿姐泡茶，便主動上前相助。市長好像也洗了個澡，頭髮向兩邊分梳，穿一身咖啡色綢布休閒服，寬大鬆軟，從樓上下來時，一邊搖著芭蕉扇，一邊給大家打招呼。

秦雯穿著漂亮的白色連衣裙，見市長下來，連忙從座位上站起，把市長讓進了主位。伽琳則姍姍來遲，著一身墨綠色的吊帶裙，不好意思地向大家點了點頭，逡巡著坐在了我的身邊。我瞧了瞧她那微黃的食指與中指，知道她借洗澡之機，又去抽了一支。

市長見大夥兒坐定，就招呼瞿姐和阿姨說：「你倆也不要忙了，坐下先碰個面。上午吃飯忘記互相介紹了。我先介紹身邊的這兩位，下來各位再介紹自請的朋友。」

市長介紹京夔時，語氣裡顯然帶有愛意。他說：「這是我的文膽。才華橫溢，老練沉厚，是個古卵通。我任市長期間，他是研究室主任兼市規劃院秘書長。古卯今天的城市形貌，與其說是我主政的成果，不如說是他繪的藍圖。他和我，差不多走遍了世界主要國家。在城市建設上，我們的主張是一致的。摒棄小農意識，與國際大都市接軌，不再走今天建，明天落伍，後天拆除的勞民傷財的老路。凡規劃建築，其壽命均應在百年之上。該大則大，該小則小，講究疏朗大氣，講究可觀性和堅固耐用。環境好了，開發商多了，房價上來了，市政府財政收入就相應地提高了。這是一個良性循環，市政府腰包鼓了，自信心就更強了，地鐵、高架橋、環城路、城市公共設施建設，包括高校、圖書館、藝術館等，甚至廁所和城市雕塑，都得到了大幅度的拓展。西北樞紐中心、國際大都市形象、適宜人居住的綠色搖籃，這一切願景，過去想都不敢想，現在則成了現實。」

「市長謬贊。」京夔謙和地插話說，「這樣大一個城市，牽涉到各行各業的神經，沒有市長的協調和領導能力，僅我們規劃院幾十號人，紙上談兵而已。」

「這是從你的角度而言，從我這兒來說，首先要有藍圖，而且是科學的藍圖。過去我們為什麼走彎路，折騰了幾十年，苦不堪言，就是因為決策不科學，靠領導拍腦袋，今天一個主意，明天一個想法，幾十年的城市建設，差不多原地踏步。沒飯吃，沒房住，公共設施簡陋，交通極不發達。現在多好，先學習先進國家的建設經驗，再因地制宜作出規劃，一次到位，一百年週期。你說，是科學決策重要？還是個人拍腦袋重要？」

秘書長溫潤一笑，不說話了。市長話鋒一轉，繼續說：「這只是於公而言，於私而言，我倆也有許多共同的地方，用臭氣相投形容似乎更恰當。他喜好讀書，胸羅萬象，凡事喜歡引經據典，肚子仿佛就是個圖書館。他寫的公文，洗練易懂，節奏感強，讀起來擲地有聲。市委的人愛說，市長講話乾淨俐落，有的放矢。這其實都是他的功勞。我充其量是個播音員而已。」

市長停了下來，側身環抱京夔的肩膀說：「他每次寫好稿子，我都不改一字。我熟悉了他的遣詞造句，熟悉了他的行文節奏，心中有默契，自然不會打絆子。京夔不要介意，以你之性格，我知道快要坐不住了。其實沒事，你也就要退休了，不升官了，怕什麼。介一要寫劇本，這些往事或許有點兒用。」

我感激地拿起茶杯，舉至額頭向市長致意；京夔被市長誇了一通，顯然有些惶恐，也趁機拿起茶杯說：「以茶代酒，敬市長一杯。古今多少事，都付笑談中。只要快樂，想說什麼都行，只不過是對我的謬贊太多，令我徒生慚愧。」說完，他放下茶杯，抱起雙手，向在座的拱謝了一圈兒。

35《渡海帖》

市長的目光轉向了秦雯：「這位是市政府後勤局局長。市花、名片。我當市長期間，特別看重兩個部門。一個是公安局，一個是後勤局。這兩個地方用對人了，四方平安，八方滿意。我去外地考察，每到一地，人家都熱情有加，招待得滴水不漏。我誇人家，人家說，都是向你們秦雯學的。你看，評價高不？這是你的魅力，也是對你工作的認可。」

後勤局長是個周旋過各種場合的人，儘管市長擔心自己的過譽會令秦雯汗顏，但她並沒有表現出什麼不適，依然矜持地坐著。

「這是導演，」市長把手伸向伽琳，「剛從威尼斯回來。代表作《你好，二嫫》獲了國際大獎。我看過，拍得好。給你點個贊。」說完，市長笑著朝伽琳伸出個大拇指。

下來由我介紹老爸和阿姨。老爸低聲耳語說：「介紹一下阿姨和弋鳶，我就免了。」我說：「那好吧。」就轉而介紹阿姨。名字剛說出口，市長就插話說：「知道知道，大名鼎鼎啊。」

阿姨性格靦腆，儘管過去跟夏鷹在藝術圈兒活動了一段時間，但仍然不能突破自己，說到過去，臉紅得像櫻桃，速速對市長擺手：「那都是往事了。不值一提。現在是書法愛好者，給老師當下手，辦班。」

「那多好。我年輕時也喜歡過書法，但沒寫成個樣子。以後回古卯，報名參加你們的班，重拾舊好。這位是女兒吧？」市長指著弋鳶問阿姨。

「是的。」阿姨微笑著回答。我接過話頭說：「我大學同學。電影學院高材生。」正準備說在美國發展時，市長便又插話說：「將門虎女，未來的大導演。」

弋鳶聽後連忙站起，向市長鞠了個躬說：「不敢不敢。還要向伽琳姐多求教呢。」

伽琳也站了起來，對弋鳶說：「叫我伽琳就好。一生二熟，以後就是朋友了。」

弋鳶「嗯」了一聲，複又坐下。市長接著說道：「今天的聚會不容易。我可是個流放之人，當年的蘇東坡就是這樣的角色。走運的時候，朋友認識你。失意的時候，你認識朋友。」

「說得好。」秘書長被市長表揚得半天緩不過勁兒來，好不容易遇到個感興趣的話題，立馬插話說：「這兩句話是培根在《論人生》中說的。將軍到老皆歸佛。人退休了，比的就是心態。正部副部，一起散步。正廳副廳，含飴弄孫。人活在這個世上，什麼事都會遇到。高下之分，不在地位高低，財富多寡，全在所持態度。市長常和我談論東坡，其實蘇軾就是個活明白了的人。你看他，文章詩詞，書法美食，無一不精。數次流放，都沒有改變他的性情。他那時流放的地方就類似咱們現在這個地方。那陣兒的船，是用木板釘起來的，多危險啊。渡海就等於把生死交給了上天。但他有個《渡海帖》，卻寫得輕鬆自然，充滿了佛的歡喜氣息。」

一直坐著不說話，洗耳恭聽的父親突然插話說：「秘書長博學，對《渡海帖》的感覺非常準確。人們皆以為蘇公《寒食帖》最好，實際那是從受眾面來看的，單從書法的品位來說，《渡海帖》應該更好，更精妙，纖毫之間，透出東坡先生的豁達自信、超凡才情和亙古一人的高卓。如果說《寒食帖》更多的是沉鬱之法，而《渡海帖》則是豪邁之筆。」

「有新意，」市長插話說，「不愧是專家，介一剛才介紹時，跳過令尊是不對的。請問，您原來在古卯的哪個單位工作？」

父親瞬間有些囁嚅，半天才說：「黃埔同學會。」

「挺好的啊。隸屬統戰部。」市長說。

「是的。統戰部下轄的事業單位。在統戰系統排最後。平時單位人聚會，愛自嘲，稱自己是敗將之烏合，嗟來之食客。」

「玩笑話吧？」秘書長問。

「是玩笑話，也是心裡話。」

「您現在做什麼了？」秘書長問。

「辦了一個書法培訓班。教一群半大不小的孩子學書法。」

「所以對《渡海帖》有那麼獨到的見解。」

「哪裡。只是一種感覺。我是搞書法教育的，屬普及性的工作，既不博大，也不精深。秘書長見笑了。」

「No，No。其實我們對藝術首先是一種感覺，其次才是量化了的評論。」秘書長小呷一口茶，挺直身子說：「有很多時候，評論是很蒼白的。《渡海帖》裡的高妙之處，正如先生所說，只能意會難以言傳。一般書者只停留在大眾審美階段。《蘭亭序》《祭侄稿》也有這個問題。普通識者皆以為《蘭亭序》好，但對書法存有玄奧靈異之心的人，卻認為《祭侄稿》好。這個道理用在《渡海帖》與《寒食帖》上也同樣適用。美固然各各不同，但美與美也有高下之分。區別全在於識者對書法的修養深度。《渡海帖》比《寒食帖》更好，倒也符合東坡對書法『無意佳乃佳』的論述。《寒食帖》書時嚴謹，下筆求妙心切，通篇章法有排布之嫌，雖精美但有失恣意。而《渡海帖》則一任自然，忘懷楷則，洋洋灑灑，信馬由韁。因為是一紙留言便條，書時想著內容，心忘於筆，筆忘於書。東坡先生無論做人、作文，還是書法，一生嚴謹，所以精品多於神品，故《渡海帖》實屬難得。」

「秘書長所言極是。正是這樣心態，書家書寫出的作品常常截然不同。前者應該是『初不知』，後者應該是『有意為』。這是沒有辦法的事。有意為之者居多，初不知者稀少；前者可得，後者難求；前者出精品，後者出神品；前者人為，後者天成。所謂神來之筆，大多如此。可遇而不可求也。」

「真乃妙語連珠，」市長彷佛又回到了市委常委會上，下意識成了主持人。他褒揚完父親後，又對伽琳說：「半邊天也發發言？」

「我于書法外行，說不出個所以然。」伽琳推辭道。

「說說東坡也行啊。」

「蘇軾倒是知道一點兒，許多年前，我看過一個電影劇本，是寫蘇軾與王朝雲的愛情故事，很感人，就推薦給一位投資商。投資商說這樣的片子屬小眾，叫好不叫座。我說，那當年的《知音》為什麼那麼火呢？他說，那時候大夥兒都吃高粱麵，偶爾有個麥麵糊糊，就高興得不得了。現在觀眾的胃口多刁啊。全世界的電影都能看到，揀選著看，這時候你拍一個一千年前的故事，誰看呢？娛樂至死雖然誇張了點兒，但也是實情。」

「之後呢？」市長迫不及待地問。

「沒有之後了。現在的古典戲，只有宮廷劇還有市場，打鬥、陷阱、謀殺，沒完沒了地算計，層出不窮的攻略，都是為了能扣人心弦、留住眼球。」

「我都被你們搞糊塗了，蘇軾究竟有幾個老婆啊？」弋鳶突然發問。

「三個。」秘書長說，「第一任妻子叫王弗，活了二十七歲。著名的《江城子·記夢》就是寫給王弗的。第二任妻子叫王閏之，是王弗的堂妹，比蘇軾小十一歲。在王弗逝世三年後嫁給了蘇軾。她自小對蘇軾崇拜有加，且生性溫柔，凡事都依著蘇軾。她伴隨蘇軾二十五年，歷經烏台詩案，黃州貶謫。最困難時，和蘇軾一起採摘野菜，赤腳耕田。逝世後，蘇軾肝腸寸斷。祭文中有『淚盡目乾，惟有同穴』之詞語。可見悲痛之激烈，感情之深厚。第三個便是王朝雲。她小蘇軾二十六歲，但在藝術感受上，比王閏之更能進入蘇軾的精神世界。她對蘇軾的愛，也是發自內心，在蘇軾最困難時，一直陪伴在身邊。蘇軾對王朝雲，也是極度喜愛，稱其為『王朝維摩』，為她寫詩最多。其中《飲湖上初晴後雨》就是寫給她的。朝雲天生麗質，聰穎靈慧，能歌善舞。蘇東坡因反對王安石貶謫錢塘時，偶遇朝雲，一見傾心，並神驅鬼助般地寫下，『欲將西湖比西子，淡妝濃抹總相宜』的千古名句。」

弋鳶目光轉向伽琳，虔誠地說：「看來姐過目的那個本子一定不錯。有機會推我看看。」

伽琳頷首應許：「回頭我讓介一轉你。劇情文詞都好。單純地欣賞一下也是一種享受。」

「謝謝姐了，」弋鳶拿起茶杯致謝。

「自己人，不客氣。」伽琳也拿起茶杯，在空中碰了一下。

「勞駕您繼續講，長知識了。」弋鳶又將茶杯舉向了秘書長，微笑著問：「蘇軾有『惟有同穴』的遺言，最後他與誰埋在一起了？」

36 東坡比我們幸運

「那自然是與王閏之了。蘇軾死後，其弟蘇轍將東坡遺體與王閏之合葬，圓了蘇軾『惟有同穴』之夢。」

「那朝雲又葬在哪裡？」弋鳶緊追不捨。

「惠州西湖棲禪寺大靈塔下。」

秘書長講到此，目光中露出沉鬱之色，環視四周後又接著說：「在朝雲逝去的日子裡，蘇軾寫下了《朝雲墓誌銘》《惠州薦朝雲疏》《西湖・梅花》《雨中花慢》和《題棲禪院》等詩詞，並在墓前築『六如亭』。亭築好後，東坡又新撰一聯，鐫刻其上：不合時宜，惟有朝雲能識我；獨彈古調，每逢暮雨倍思卿。」

「下次去惠州，一定要看『六如亭』。」弋鳶為蘇軾和朝雲的故事所動，禁不住插話說。

「我也想去，」伽琳說，「最好我們能約在一起。」

「那最好了，屆時我約介一。」弋鳶一臉愉悅，看著我說。

我不置可否。伽琳是逢場作戲，隨聲附和。她多忙啊。再說弋鳶，馬上就要動身去美國，回來猴年馬月了。我示意秘書長繼續往下說。我也喜歡蘇軾。過去生活窘迫時，也動過寫一個歷史人物的念頭，儘量寫得好玩一點兒，像《唐伯虎點秋香》，然終於作罷。電影劇本要看緣分，尤其是這類題材，有人想投拍，找到了你，你才能動手，否則，寫出來也就放在那了。伽琳不是說了嘛，現在觀眾胃口刁，拍不好就是自殺。

「我們回憶蘇軾這個人，很好玩的。他沒有太多錢財，官做得極端狼狽，一生大多數時間處於流放狀態。但愛他的女人們，個個都死心塌地，用情專一，無怨無悔，而蘇軾對她們也一往情深，肝膽相照。無論是王弗『不思量，自難忘』，還是王閏之的『淚盡目乾，惟有同穴』，其情其詩都足以催人淚下。至於與朝雲的愛情，則更是讓人徘徊瞻眺，詠歎嚮往。由此可見，真正的愛情，精神的共鳴應該是第一位的。」

市長站起身來，京夔停頓了一下，市長按著京夔的肩膀說：「您繼續說，我的膀胱要造反了，去去就來。」

瞿姐說：「要不自由活動一會兒，都去去衛生間？」

在座的都沒有動，秘書長說：「那我就繼續講吧。傳說東坡一日退朝，用完餐後捧著個大肚子，在後花園散步，隨行的人嗤笑不已。他自嘲似的問道，你們傻笑，說說此中裝有何物？一婢女搶答，文章。東坡不以為然，搖了搖頭；又一個侍者答道，見識。東坡微捋鬍鬚，頷頷首，似有肯定，但仍不滿意，遂問朝雲。朝雲說，一肚子不合時宜。東坡聽後捧腹大笑，卿乃知己也。」

市長回來慢慢坐下。示意秘書長不要停頓。

「後來這句話鐫刻在了朝雲的墓亭上，可見他不僅認可自己是一個不合時宜的人，而且把朝雲這句話長期銘記在心。中國讀書人為什麼推崇蘇軾，就是景仰他的這種獨持偏見、一意孤行的風標。」

「我都要愛上蘇軾了。獨持偏見，一意孤行。藝術家就要有這樣的倔強。」弋鳶誇讚秘書長，同時也亮出了自己的追求。

「我也喜歡蘇軾，」父親說，「曾抄寫過他的不少詩詞。每次抄寫，都能滌蕩胸中鬱積的頹廢和消極。」

一直不說話的阿姨，也禁不住跟進說：「老師在我人生最灰暗時，為我推薦《定風波》。寫的次數多了，才領略到『也無風雨也無晴』的無所謂和大無畏。人生短暫，稍縱即逝。沒有時間沉溺過去和悲歎人生。只有向前、向上，追求你本性中的至愛，讓它發出光芒，才能走出困厄，向光明奔去。」

「可以啊。媽媽。」弋鳶摟住阿姨肩膀，「士別三日，當刮目相看。您現在不僅敢在公共場合講話了，而且滿是詩意和哲理。真乃名師出高徒。來，以茶代酒，敬伯伯一杯。」弋鳶把茶杯伸向父親。

父親臉漲得通紅，不知該如何應對，老半天才說，「你父親才是名師呢。」

阿姨和弋鳶面面相覷，不知該如何應對了。父親這叫尬聊，一不小心把天聊死了。

市長畢竟老練，他瞬間反應過來，對父親說：「聊聊您的《字無百日功》吧。在座的好幾個都是書法愛好者，聽聽他們的高見，不喜歡的也可以趁機啟蒙一下。」

「我們還是談談別的吧。自古書法是小道，不足論也。我愛好書法，是歷史的誤區。書法與佛教、儒家文化，都是痲醉藥。中國當下最缺少的是東坡先生的不合時宜。

這些年的大學教育，多為填鴨式講課，學生缺少獨立精神、自由思想的氛圍，老師沒有獨持偏見、一意孤行的教學態度，二者合之，整個學校就失去了獨立思考的環境。」

「我同意伯伯的意見，」與我在一起常常沉默的弋鳶，居然與父親看法相近，「大學畢業後，我才知道教育與現實的脫節是多麼的嚴重。我看過一個資料，是二十世紀初的問卷，那時候的人們，都在憧憬二十一世紀，人人都覺得未來充滿希望，一切都將是新鮮的，向上的。然而現實又是如何呢？掙錢、買房、娛樂，年輕人被這三件事搞得暈頭轉向，喘不過氣來，幾乎喪失了所有的初心。」

伽琳許久沒有說話了，她似乎已缺少了弋鳶的憤世心態，甚至會感到弋鳶初出茅廬躍躍欲試的衝動是一種幼稚。我的心情亦很複雜。從理智上來說，我是贊同弋鳶的，生活裡充滿了謊言，市儈滿地奔跑，但面對殘酷的現實，我又不得不承認，我已經是一個膝蓋著地，向生活跪求恩賜，呈現出投降姿態的人了。

「朴山先生一席話，」市長轉對父親說，「引起了下一代的共鳴，說明思想還不落伍。今天談到一個極重要的話題，即我們的大學教育。北大的學術精神是『思想自由，相容並包』，而我們現在則恰恰相反，禁區太多。改革開放初期，竭盡全力宣導思想解放，推行市場原則和放權搞活。沒有這種精神，哪有現在世界第二大經濟體地位。忘記了過去，就意味著重蹈覆轍。我一個戴罪之人，本不應該講這些話。但我著急，個人成敗事小，國家存亡事大。」

市長戛然而止。是覺得批過了，還是怕扯出點兒事情？不得而知。不過大家倒是聽得屏聲靜氣，不僅認可，而且抱著深深的敬意。

37 與弋鳶說婚姻

在座的人中間，除了秦雯外，都做了長短不同的發言。這些問題，我同父親也時常談起，他的見識接近于市長與秘書長。他常說，書法雖小道，但小道通大道。沒有深厚的學養，是寫不好字的。他所謂的深厚學養，自然包括對社會問題的思考。他年輕時寫雜文，亦是讀了不少的理論書籍。近些年被書法所累，沉浸在《字無百日功》的撰寫中，對時弊關注得少了一些，但對市長提出的問題，絕不會缺少共鳴。我用眼光示意他，果然他心有靈犀，呷了一口茶說：「依市長觀點來看，我們除了艱難地堅持啟蒙之外，幾乎沒有什麼好的辦法了。但這條路實在是過於漫長。如果高層設計的人，能認識到經濟的長足發展必然要依賴於政體的改革，或許能更快點兒。」

「這是有可能的。」市長點點頭說，「近些年，我思考的最多的也是這個問題。不過這是一個雞與蛋的關係，過去爭論了很久，現在我思考清楚了。還是要從改變文化基礎做起，好的制度不會憑空建立。文化與制度之間的關係是，先有先進文化，之後才有好的政體。所以，盼望一部分人扭轉乾坤的想法，依然是很美好而艱難的。沒有公民意識的普遍覺醒，文明只能是無本之木。」

我想起了市長對我講的那番話，如果沒有全面的文化檢討，中國的文明進步將會十分緩慢。今天因為人多，他沒有透徹地闡述。父親想必一定聽出了其中的含義。他接著市長的話說：「事實上改開幾十年來，我們雖然沒有被西方殖民，可西方的文化滲透卻是切實存在著。這對中國文化的影響也不能低估。」

聽了父親的話，市長仿佛有點激動，身子前傾，徑直反駁道：「中西方文化的較量和衝突，這些年來一直在進行著，此起彼伏，你強我弱。但從根本上說，沒有動搖中國文化的根基。中方的反滲透、反影響也是強有力的。禁止過洋節、禁止西方文化的引入、加強傳統文化和馬克思主義宣傳等等，但如果對傳統文化沒有一個清醒的認識，只看到它優秀的一面，不否定它落後衰腐的一面，比如君君臣臣一類的帝王文化，那麼，確立個人權利為神聖的權利、首要的權利的理念仍然是灰暗的，迷茫不清的。湯因比說，創造的衰竭便是文明停止的標誌。我們有沒有這種危機呢？」

「依市長之見，那傳統文化的優劣，我們又將如何甄別呢？三千年的積澱，浩如煙海的典籍，以及長期以來形成的民俗民風。」父親依然不屈不撓地爭辯著。

「這個問題我覺得還是要相信民眾的智慧。」市長喝了口茶，看了看父親，語氣略有和緩，「如果未來的人們覺得哪些東西可以繼承發揚，哪些東西需要揚棄否定，那就由他們自己來決定吧。這正如信仰自由一樣。人為地強調或者通過立法來讓人們愛某種文化，實質上是違背世界潮流的。這是個價值取向，不是法律問題。」

市長講話，父親一直在虔敬傾聽，不知是不願讓市長下不了臺，還是被市長說服了，市長講完，他拱拱手，微笑著說：「抱歉，把話題引遠了，成了咱們兩人的辯論會了。還是回到秘書長剛才那個話題吧。很想聽聽市長研究東坡的心得。請再賜教。」

「不敢，文化的話題，以後有機會還可以深聊。」市長顯然對剛才的討論抱有興趣，但他擔心父親另有隱衷，就順勢說道：「關於蘇軾的一些知識，多是大學時的積累；之後讀的最多的是他的詩詞，平時聊起來，喜歡賣弄一下，身邊的人就扶我上竿子，傳說我是研究東坡的專家。真正的狀況是什麼呢？半瓶子醋啊。今天說東坡，與大學時代、當市長時的認識已完全不同了。過去是欣賞東坡隨遇而安、豁達大度，遭遇逆境後樂觀堅強，從藝術和生活中尋找不頹廢的理由。從這方面來講，我是贊同介一在藝術上的價值取向，關注現實，把文章的鏡子對準當代生活，不管能否發表，先寫出來再說。天陰總有天晴時。蘇軾在中國文人心中的地位，為什麼一千年來始終沒有動搖，就是他的堅守精神，不隨波逐流，不阿諛奉承。禍從嘴出，但蘇軾卻不管不顧，該表達的照樣表達，該批評的照樣批評。自由表達觀點是人的天性。連說話的自由都沒有，還能有什麼自由？現在聚會都不敢說話，這是十分不正常的。長此以往，必然會鴉雀無言，使民族整體創造力下降。如此，不正應了湯因比對文明的定義？」

「同意市長的宏論。這是問題的核心，也是令人憂慮的未來。」秘書長見市長把話題又扯了回來，擔心惹出點兒什麼麻煩，便適時插話說：「秦雯一下午都在當聽眾，說幾句吧？」

「不說了。我是個盲目行動者，跟市長這麼多年，一直說要補上理論這一課，但雞窩裡刨食，終究不能成為鳳凰。你們說的都非常好，我就不狗尾續貂了。我操心的是晚飯，市長說，怎麼吃？」

「聽秘書長的。」市長把皮球推了出去。

「我中午吃得多，還沒有餓意。要麼這樣行不？咱們去夜市一條街，誰想吃啥就吃啥。秦雯埋單。」

「這個主意好。」伽琳挺秘書長說。

「那就這麼著，」我說，「不過，還是由我來埋單。我年齡小，再則市長中午請飯，秦雯局長已經埋單，我們還沒有謝謝她的熱忱呢。」

「小事情，不爭論了。這次生日是由秦雯提議的，就讓她全權負責，包括明天的早餐。」

市長一錘定音，大夥兒只好恭敬遵命，跟著秦雯去了夜市。

翌日清晨，瞿姐要了一輛商務專車，我和伽琳弋鳶上北京；秘書長、秦雯回古卯；父親和阿姨留在島上繼續玩。車開動後，市長拱起雙手，舉過頭頂，嘴裡念叨著一路平安。瞿姐則雙眼濕潤，像有淚水要湧出的樣子。她陪市長在海島居住幾年了，這應是人氣最旺的一次。

晨曦漸漸鋪過，黑魆魆的海面在霧中浮出，商務專車開著車燈，在迷濛的環島路上行進；海水從身邊傳來，刷刷作響，遼遠而清晰。

一次不算大的聚會，也沒有精心醞釀，偶然相遇，即興言說，也不精軼周到，但在我心裡，卻沉甸甸的。

上飛機後，為了不讓弋鳶感到擠壓，我緊靠著伽琳，筆挺地坐著，一直等伽琳發出輕微的鼾聲，才與弋鳶聊了起來。

「阿姨這次來島上，心情挺好的。不知他們還會待幾天？」

「那就不管了。媽媽說，她還是第一次來島上，想全面看看。」

「我給市長和瞿姐說了，讓阿姨和父親住伽琳家，自在點兒。市長說，主要景點兒他們還是要陪，反正也沒事，正好與父親說說書法，另外，瞿姐開車，也能方便點兒。」

「你就是愛操心。人家兩人活了大半輩子了，比咱還會照顧自己呢。」弋鳶說。

「噢。忘了問你，和你母親聊過沒有？她現在是什麼心態？與我老爸最終能走到一起嗎？」我說。

「不知道。我上初中那會兒，學校正好在三學街附近。每天早上起來，母親先送我上學，然後去幫助你父親擺攤賣字。夏天，戴個帽子墨鏡，防曬手套，臉曬得黑不溜秋；冬天，凍得耳朵發紅，手指僵硬，見了你父親，直呵手指頭。你父親把他的厚手套抹下，戴在母親的手上說，你試試，這個暖和。母親抹下又還給他說，還是您戴上吧，您一會兒要寫字，手凍僵了，影響水準。」

「挺好的嘛。」我說。

「那會兒我還不夠懂事，總覺得媽媽愛上了你的父親，心裡很複雜。儘管你父親對我也很好，週末經常請我和你一起吃飯，但如果要讓我叫爸爸，我真不知道能不能叫出口。」

「那你與母親聊過她再成家的事嗎？」

「沒有。我感覺她仍然活在父親的陰影中。她有個剪報釘成的本子，裡面全是父親的各種消息，還有她與父親一起生活的那些日子所留下的痕跡，譬如父親與藝術圈朋友的合影，包括父親沒有帶走的衣服、檯燈、鞋襪等，還有父親送她的禮物，統統都留著。我不問都知道，爸爸的陰影不散。」

「她和我父親也幾十年了，師生、朋友，守著一個賣字的地攤兒，不可能沒有感情。」

「準確地說，應該是患難之情。母親是一個對人對事都非常認真執著的人。她忘不了父親，心裡有障礙，與她走得近的人，不可能感覺不到，何況伯伯那種在藝術上異常敏感的人，所以，一到關鍵點兒，便會自覺止步。」

「關鍵點？」

「是啊。譬如擁抱呀，接吻呀，上床呀，等等，凡能使感情升溫的事，我估計你父親都沒做。你看他倆這麼多年了，始終相敬如賓，客客氣氣的。」

「噢？……你觀察得比我細緻多了。我原以為他倆就差領一張結婚證了，經你這麼一分析，還真是有些道理。父親就是那樣一個人，凡事謹慎，心裡沒有十分把握，嘴上從不冒失，尤其是他特別想做成的事，更是如此。」

「我媽這個人也是，表面看起來溫順，內心卻十分剛強。她與父親的事，能痛痛快快分手，不能不說與性格有關：要麼深愛，要麼分開，在她心中，從來沒有中間地帶。」

「不能深愛，也不願妥協，又不能忘掉，你母親這性格也真是奇葩啊。」

「或許也是她的悲劇所在，……」弋鳶正說著，空姐過來送茶水了，她指指伽琳說，「要不要問問她？」我說：「不去管她了，她睡著後，不希望有人打擾。」

「那好，」弋鳶對服務員說，「來兩杯咖啡。」

我點點頭，把咖啡接過來，放在桌板上，示意弋鳶繼續講。

「這也是我這次回來買房的原因，我想讓母親住北京。在她與你父親的問題上，我不想有個結果了。換句話說，最好的結果或許就是目前這種樣子：做永遠的朋友。真的領了結婚證，住在一起了，那種朦朧的美感，或許就丟失了，什麼也沒有了。」

「有這麼玄乎嗎？」我喝了一口咖啡說。

「我倆不就是最好的例子？」

我低下頭，不願正視她的眼睛。說心裡話，我現在還在愛著弋鳶。但說到結婚，倒真是平靜似水。大學四年，她出國留學拍戲十多年，生生把激情蝕磨得一乾二淨。愛情本是非理性的，荒唐的，神經兮兮的，可我們卻變得十分清醒。

「聽爸爸說，你母親與她的一位同學，走得比較近？不知你知道不？這件事爸爸說起來，仿佛很在意。」我看了一下錶，離落地還有點兒時間，就把話題又拽了回來。

「這是伯伯誤會了。那些年，爸爸忙著采風寫生，經常不回家，我又小，遇到感冒發燒去醫院，媽媽便求叔叔幫忙。叔叔有車，住的離我家也不遠。這個習慣一直延續到我初中畢業。這裡面有兩件事情足以說明爸爸那時的工作狀態。一次，媽媽肚子疼得厲害，在床上反復打滾。她是插過隊的，比較皮實，一般疼痛都能忍受，但這一次不行。她只好給同學打電話，同學及時趕過來送她去醫院。竟是宮外孕。你說遇上這樣的事不找同學怎麼辦？麻煩了人家，總得心存感激吧。逢年過節媽媽就會走動走動。拿個點心呀茶葉什麼的。廠裡如果放電影，也會叫過來一起看看。過去兩家關係好，媽媽有事沒事常去坐坐；有好吃的了，也會騎自行車送過去。後來不知怎麼回事，媽媽再去，她愛人就繃個臉，不歡迎似的。媽媽問同學，他回答說，聽到一些風言風語，吃醋了。」

「噢。」我喝了一口咖啡。

「從那兒之後，媽媽就警惕了，有啥事寧願叫計程車，也不用同學的車了。至於邀請來廠看電影或逢年過節走動，也都取消了。後來母親成了單身女人，更是徹徹底底地與這個同學斷了關係。她說，她不想給同學惹麻煩。」

「看來父親真是誤會了。嫉妒會令人放大嫌疑，只不過父親比較能沉得住氣，沒有表現出來而已。」

「不是能沉得住氣，人畢竟是人，伯伯是捨不得母親從身邊離開，擔心自己的疑心會讓母親生氣。以我的直覺，他與母親的關係與母親與她同學的關係是不一樣的。母親與她同學，應該是真正的友誼，說斷就能斷開，而母親與伯伯是有愛的，雙方都不願意說過頭話，或者是傷害感情的話。」弋鳶喝了一口咖啡，把安全帶解開，向上挺直身軀放鬆了一下。

「我認可你的直覺。他們兩人都在克制自己，說明都不願意破壞現狀，也似乎在擔心，水落石出未必就好。」

「嘿嘿。我們都遺傳了他們的基因。在這個問題上，太通透了不好。不過，我們與他們似乎還有區別。他們是在深深地愛著，而我們的愛已經過去，潛意識裡有一種疏淡。這應該與我們有肉體有關。不知在哪本書裡看過，純粹的精神戀，會在心裡滋養成長，最後形成夢幻一般地美好意境，類似柏拉圖描繪的那種愛情。許多生死戀之所以感人，就是因為當事人都活在童話中。」

「我們都快成哲學家了。」弋鳶有點兒譏諷我。

「這很正常呀。你是導演，我是編劇，我們或許演不了戲，但我們知道應該怎麼演戲。這是人生的悖論，與大夫不能自診一樣。病在別人身上是一種心情，在自己身上又是另一種心情。」

「我明天去了美國，母親就托給你了。伯伯來北京，也可以請他們一起吃頓飯，說說話。我讓媽媽住北京，對伯伯與母親都是一種殘忍，但沒有辦法。過去沒有房，想讓媽媽過來住沒條件，現在買房了，空放著也不好。將來我要回北京了，她還得過來，不如早點兒過來算了。好在她小時候在北京長大，對這裡並不陌生，適應起來會很快。現在還有個好消息，就是通過我做工作，媽媽能接受爸爸了，不反對見他。這樣，爸爸有些聚會，就可以叫上她；另外，媽媽有什麼要緊事了，爸爸還可以安排人去照料，譬如看個病，住個院什麼的。」

「這是你的孝心。你媽媽的想法呢？你與她商量過了？」我心裡頓覺不是滋味。

「她說可以考慮，讓我留一段時間給她。我想也好，古卵那面畢竟有許多朋友，不是說走就能走的。」弋鳶說完，長籲一口氣，朝窗外瞥了一眼：「飛機開始下降了。」

我兩隻胳膊朝前伸了伸，沒有再接話茬，然而心裡卻抽緊許多。弋鳶的媽媽與畫家肯定不能破鏡重圓，但她終於原諒了他；她住北京後，或許會常來常往。可父親呢？聽到這個消息無疑會失魂落魄。當然我現在也有房子，也可以讓他住過來。然而父親願意嗎？他在古卯耕耘四十年，經營下一大幫書友，桃李滿園。他捨得走嗎？哎，弋鳶呀弋鳶，你屁股一拍走了，卻給我留下個大難題。我喝了一口已經冷去的咖啡，俯在伽琳耳朵上說：「親，可以醒了。」

38 運河私宅

伽琳蠕動了一下身體，半天才睜開惺忪的眼睛，臉貼在窗戶上說：「哎，北京這天氣，整天灰朦朦的，燕山都快看不見了。」

「姐睡得好香，真是令人羡慕。我在海外常常失眠。」

「肉多人就喜歡發困。你也使勁吃。胖起來就好了。」

弋鳶再沒吭氣。伽琳說這話本屬自嘲，但到了弋鳶耳朵裡便成了反諷。弋鳶屬於那種怎麼吃都胖不起來的人。大學期間，她父親給她的生活費充裕，我倆就常常下館子，吃遍了學校周圍的飯館。我因為健身，吃飯每有選擇，而她則想吃什麼吃什麼，但就是不長肉。有一段時間，她也與我一起去健身房，想練點兒肌肉，令人絕望的是，無論是我還是換別的教練訓練，愣是沒有成功。營養師說她是自限型體形，即營養吸收到一定程度，便不再吸收。這樣的體型，很難通過鍛煉而增加肌肉。她只好長歎一聲作罷。我勸她說，「不去管它了。有多少女生想瘦都瘦不下來，你這不是歪打正著嗎？」她說：「正著個鬼。你去問一下，哪個女孩兒喜歡一馬平川？」我這才知道，這是她的心病。

所以聊天儘量不碰這個話題。沒想到伽琳無意間踩了雷。

好在飛機已經落地，我對伽琳說：「我和弋鳶一起走，明天要送她去機場的。」

「我讓公司的車來接機了。咱們一輛車，先送你們。早點兒回去可以收拾東西。」

「謝謝姐。」弋鳶感激地說。

伽琳是個爽快人，在我與其他女孩子的來往中，她從不猜疑。她說，她不怕我花心，就怕我花心以後痛悔。這話倒是真話。伽琳除了胖，很難找出其他缺點。她真誠、坦率、細心、大度、有頭腦。她的所有行為，都明確地告訴你，她喜歡你，離不開你，把你當成她的寶貝和唯一。那種牽掛與摯愛透出滿滿的踏實，令你不會有一絲一毫的懷疑。

車到了弋鳶住的地方，伽琳從副駕上下來，拉開後面的車門，我和弋鳶從車上下來後，她抱了抱弋鳶，又放開手把弋鳶端詳了半天，長輩一樣的關切說：「到那邊去，放開手腳好好整，爭取拍出一部讓姐眼睛一亮的片子來，千萬不要辜負了那樣好的藝術環境。」

弋鳶眼眶有些濕潤，又主動撲上去用臉頰貼了貼伽琳，然後退一步示意伽琳上車。伽琳坐上車後又探出頭說：「明天要不要我的車送？」我擺擺手說：「不用。有鳶鳶她爸的車呢。」「那就好。」伽琳揮揮手徐徐離去。

弋鳶見伽琳的車走遠了，才轉過身，朝我的胸脯猛擂了一拳說：「小子有福氣啊。這女人不錯。且走且珍惜，不要再弄丟了。」

那晚上，我住在弋鳶父親的別墅裡。弋鳶去古卯時，已與父親告別過了。夏鷹正在采風，這次無暇送她去機場了。昨天伽琳的車停在這裡，肯定看出這是什麼地方了，只不過是為了面子沒有說出罷了。

這裡是「運河私宅」，北京首屈一指的綠色社區。庭院四周，正是運河兩岸八萬平方米的天然密林。「運河私宅」設計者的初心，就是本著天人合一的理念，迎合具有現代品位的富人審美需求，打造出的私密獨家院落。一萬五千平方米的規模，只有五十五處院子。是中國富豪階層的置業首選，也是顯赫族家的傳世宅邸。

晚飯後，弋鳶領著我在院子散步，一邊走一邊介紹院子的建設者的匠心。譬如它的街巷，圍牆，木格柵欄，院門，影壁，曲折多變的步行路線，層層遞進的院落結構，以及朝向與風水等可以把玩的古典元素。尤其是微白的深灰色砌磚，用駭掉下巴來形容一點兒都不為過，像傳說一樣，是用來自千米大海深處，經過上億年沉積的火山岩精磨而成：氣泡均勻，材質堅固，歷久彌新。

造園者耗時十數載，遍尋貴重樹木移植，費盡心思，不計成本。僅一棵上百年的山丁子古樹，便耗資百萬之巨。類似的故事很多。弋鳶說，院子中的銀杏樹品種最為繁多，目的是為了追求落葉時地面上的五彩斑斕。

「如此造價的社區，房價一定高得離譜。」

「二十萬。」

「一平方米？」

「是的。」

「你喜歡嗎？」

「不喜歡。父親自從《李聃出關》火了後，瘋狂地愛上了中國院子。先後在徽州、濟南、青島、西安、蘇州、無錫等地考察，最後選中了『運河私宅』。在四個孩子的名下一人買了一處。他說，住這裡，他逢年過節回來看孩子，心裡舒坦。」

「他現在住哪了？」

「老地方，初發家時買的。是別墅類的，面積不算小，也有院子。因為東西太多，搬動起來太不方便，便暫時先住著，將來倘若發現喜歡的地方了，再說。他現在的妻子是南方人，他跟她久了，也喜歡上了南方。幾個孩子小時候都在南方住，所以他在南方也有兩處住宅，一處在無錫，一處在錢塘。」

「買房時，他沒有徵求你的意見？」

「徵求了，我說我不想跟他們住，再說也不喜歡這種風格。他說，那先買下，等我有了喜歡的地方，再給我買。這不，前不久手頭有錢了，他便讓我回來看房子。我想也好。先買上一套，讓母親住著。我將來如果回來，就同母親住一起；如果不回來，就算投資了。北京這房子，一年比一年貴，囤房子比存錢利潤大多了。」

與弋鳶同住一個院子，房間僅一牆之隔。洗完澡躺在床上眼眶突然一熱。與她分手幾年了，今天不知怎麼，中心又開始搖動。是久別重逢，心境不同了的緣故？還是舊情復發，往事噴湧心頭？弋鳶說，希望不久的將來，能在美國找到投資人，也期望我能寫出好本子來。屆時，二者合一，我們的電影夢便可成真。

多情自古傷離別，更那堪，冷落清秋節。柳永的《雨霖鈴》背過二十多年了，今夜遽然跳出。床頭櫃上是夏鷹的肖像。三寸多高，斜立著，手裡攥著一支畫筆，一副捨我其誰的樣子。那時候的他，臉龐還算飽滿，表情也顯溫和，不像現在，顴骨高聳，兩頰深凹，一臉的冷酷。

愛情真是個不牢靠的東西。弋鳶的父親當年也算是深愛過她的母親，寫過血書，發過跳崖的毒誓，製作過那麼精緻的影集，送過「不要忘記時間」的鬧鐘，最後又怎麼樣了呢？

睡吧，明天還要送機場，開車可不敢恍惚。

39 媽媽的信

下午三點的飛機，我們十點就出發了。到機場後先換機票，再托運行李，大包小包的，折騰了半天；待弋鳶要去安檢時，我也便告退了。我對她說：「你父母和解一事拜託保密，如果讓父親知道了，他老人家會難過的。」

「我知道，好在伯伯也是個通情達理的人，想必最終能放下。我這是迫不得已。母親歲數也不小了，我得為她的老境考慮，早住北京早適應啊。」

「但願如你所想。」

「前幾天在鷲島時，我也給伯伯說過，等他不想辦班了，也可以來北京居住。那樣，離媽媽近了，見面方便不說，有什麼事，還能互相照顧。屆時，你也就不要北京古卵兩地跑了。」

「我看他不一定能來。故土難離。有一次我回家，他把遺囑都給我看了。說他死後，什麼遺體告別儀式追思會等，統統不要搞，唯一的希望就是能把他和阿姨的骨灰，同撒青江。他說他倆曾坐豪華遊輪，在青江上行走四天四夜，留下了一連串的美好記憶。還說，這件事已與你母親達成共識。你先裝作不知道吧。」

「噢？還有這麼一檔事。我一定保密。先不問母親，看她什麼時候告訴我。」

「好。到美國後，爭取找個好導演，再上部戲，多積累點兒經驗。等硬邦了，再獨立上手執導。」

「知道了。你也照顧好自己。伽琳這個人不錯，大度，厚道，經濟狀況也好，完全可以幫你在北京站住腳。不過，我還是希望你能來美國深造，再讀幾年書，感受一下美國式的教育，尤其是那些名校的教育。所謂大開眼界、提升境界，我以為都可以實現。」

「我考慮考慮再說。不過，就目前認識來看，我還不是眼界和境界的問題，這些問題在大學時代已經解決。我們那會兒雖然沒有去過美國，但他們的電影並沒有少看。我現在的問題是生活底子薄了點兒，巧婦難為無米之炊。你走後的那些年，我在北京，漂得身心疲憊，靜下心來思考的時間太少，但我堅持記日記的習慣沒丟。那都是我的生活。我不想做個電影手藝人，專門去改別人的小說。我想把我的劇本建立在我的小說之上，寫出生活的真相與刻骨銘心的經歷。如此，或許才能寫出打動人的劇本。像《兩個絕望的人》之類的。」

「好吧。你還是過去的你。我知道我也說服不了你。我期待著。有好本子第一時間傳給我。」

「好，有你這句話，我會加倍努力。時間不多了，快去安檢吧。」

弋鳶跑過來想與我握手，我伸出胳膊徑直擁抱了她。「快放開我，讓誰偷拍放在網上，伽琳看到會不高興的。」弋鳶掙扎著說。

「我才不管那麼多。我們永遠是朋友，親人，相愛著的人。」

弋鳶不再反對了，溫順地讓我擁抱著。許久我才鬆開了手。快到安檢時，弋鳶突然又踅轉身，向我招手。我跑過去，她從兜裡拿出一封信說：「回去看。或許更能理解媽媽。她還是不想來北京住。」

我將信揣進上衣口袋，癡癡地望著她的背影，一直到她走進通道，完全消失了，才轉身離開。

我把弋鳶爸爸的賓利車開到「運河私宅」，停在車位上，將鑰匙交給了門衛大叔。然後擋了一輛出租，直奔伽琳家。

在計程車上，我打開了弋鳶媽媽的信。她還是喜歡傳統書寫方式，雋秀的行楷，工整中透出灑脫——

鳶，你把北京的房子租出去吧。心意我領了。我覺得我還是住古卯好些，至少有幾個熟人，寂寞了還可以走動走動。

目前嘛，我想繼續當伯伯的助理，幫他打理書法學習班，總之，北京我是待不下去的。我和你的父親也鮮少來往。一是他忙，二是分開許多年了，時過境遷，很難再找到共同語言。

我住北京期間，他曾請我吃過一頓飯，席間大多時間都是沉默，他在極力尋找合適的話題，我也是，雙方字斟句酌，都不想自找不快，但似乎極難。我偶爾提到他的那些關於畫面上的鋪排設計，話中略有批評之意，覺得不僅會浪費錢財，而且也壞手藝。一個人長期沉醉在這種形式主義中，會漸漸地上癮；這些極端形式主義，也會助長某些領導的好大喜功心理。每逢重大節日都要組織幾百名畫家，畫一批慶祝的大畫，畫柱子的畫柱子，畫房梁的畫房梁，把畫室變成了作坊。場面壯觀宏大，每個細節又是那麼精確精美，那都是用錢堆出來的呀。我們國家還不夠富裕，人均收入排在世界七十多位，不少百姓仍然在溫飽線上掙扎，一次慶祝活動花那麼多錢，實在令人心痛。

你過去曾私下對我說，爸爸濃厚的農民意識，會影響他在藝術上的提升，現在看來，完全擊中了要害，他已成了不折不扣的形式主義大師。我的談話本意，是想委婉轉達我們母女的意見，覺得你們父女之間，畢竟有隔閡，他聽了會認為你是懷有被遺棄的誹怨，沒想到他現在是誰的意見也聽不進去，剛愎自用到不可理喻的地步。為此，我倆差點兒吵了起來。

你原來說他是我在北京的一個靠山，有急事還可以相求，現在看來，這只是你的一廂情願。你瞭解媽媽，脾氣合得來的，你讓我下跪都行，合不來的，一言不對，拂袖而去。目前大概就是這個樣子了。現在看來，你過去對他的一些看法，不無道理。他的格局、文化修養只能到這種地步。最近小報花邊新聞說，他的新丈母娘，喜好打麻將，一擲千金，口大氣粗。我原想，他生孩子是為了當孝子，落實父親的遺願，然而往痛處說，他找的這個女人，出生于這樣一個家庭，也正合了他內心的另一面。

鳶，媽媽這絕不是酸葡萄心理，我與他分手前，他有時也聽聽我在藝術上的見解，但我總是以鼓勵為主，很少批評。你長大後，讀了電影學院，尤其在紐約進修這幾年，對他的批評多了起來，我還勸你多看他的長處，不要把我與他的恩怨遷怒於他。要對他寬容一些。一代人有一代人的使命和局限。只要你能超越，就不去管他那麼多了，尤其是你批評他在美學觀上發生的偏離，稱他為形式主義美學，我當時是十分不贊成的。經過這些年習練書法的體會，覺得參差、錯落、活潑、誇張、個性化，才是藝術多樣性與生動性的要求，而整齊劃一正是藝術的敵人。

當然，他如果僅此倒也罷了，讓人憤怒的是，他的這種美學背後的反動思想。權且用反動吧。這是我們這一代人的詞彙，即指那些逆潮流的人和事兒。由無意識的屈服到有意識的迎合是他的墮落軌跡。稱頌帝王英雄，煽動民族仇恨，喚起烏合之眾集體無意識，令他們臣服英雄、崇拜帝王、不怕犧牲、甘心賣命，等等。不管是《始皇大帝》還是《蓋世至尊》等古代人物畫作，都是這一套路。他營造的視覺語言，永遠華麗、明亮、眩目，美學品相是宏大的、崇高的、整齊劃一的，而思想內核卻是腐朽的、沒落的、骯髒的。

鳶，你父親過去還是有些水準的，他也曾有過張揚原始生命勃發，傳達野性的佳作，比如他的長卷《生命》，就是很好的佐證。《生命》對人性渴求自由的宣示，是建國幾十年來的藝術品所沒有的。但不知怎麼，他後來的畫就變成了那些個樣子？或許是為生計所迫。不過，我不大贊成這種手段。他後期的那些作品，除了給自己貼上恥辱的標籤，又能得到什麼呢？人活在世界上，總要為自己的弱點埋單。他那骨子裡的封建意識，終於讓他付出了人格和藝術上的代價。

不過令我欣慰的是，咱們娘倆還能說到一起。你現在學業完成，也在自食其力；我也有一份退休金，無後顧之憂，盡可做自己喜歡的事。有一點兒我很慶幸，那就是你在藝術上的清醒，沒有成為人們擔心的「藝二代」：占著重要崗位，每天人模人樣，靠父母的名聲混日子，什麼都不缺，唯獨缺少才華。

當然，這些都是我們的私房話，你可千萬不要告訴你的父親。他這把年齡了，養尊處優慣了，被人抬舉慣了，思維已經固化，很難聽進去批評意見，所以你就不去管他了，徑直走好自己的路即可。

你接到我的信，我可能已經回到了古卵。古卵的老房子一直沒有出租，就是預防我在北京住不慣再回去。太陽還像過去一樣升起，我也回歸過去一樣的生活。我批評你爸思想僵化了，其實我也僵化了：喜歡和熟悉的人在一起，喜歡用固有的思維處理問題。這大概是人生之規律吧？否定之否定，我常聽老師念叨，但又何其難矣。我最近在抄《金剛經》，五千字，楷書，黑女體。回頭拍點兒局部，你看看。

美國適應了吧？孩子。媽媽還是不夠堅強，一有閒置時間就想起了你。想你紮小辮的樣子，想你摔倒後伸出手要我抱的樣子，總之，人上了年紀，就愛回憶過去。你盡可不理我，不要被我的思念綁架，好好工作，好好讀書。黑髮不知勤學早，白首方悔讀書遲。媽媽深有體會啊。

好了。寫上就沒個完，就此打住；還有許多話要說，留待下次吧。

吃好睡好。

母字

40 中國第一輛法拉利

晚飯在家吃。伽琳身穿白大褂，頭戴穆斯林白帽，有模有樣地下廚做飯。番茄牛腩是她的拿手菜，味道也挺地道的。她單身時，做飯也是經常面對的事情，這從她的一招一式可以見得。她說過，所謂的名人，其實只有下下廚房，洗洗碗，縫補縫補衣服，才能真切地感到，你還是個人，是個刀切在手上還知道疼的人。飯後，伽琳建議下樓去轉轉。我說好啊。又反問她說：「飯後不是不喜歡動嗎？今天太陽從西邊出來了？」

「去鶩島前幾天，半夜胃酸逆流，三點多鐘噁心，差點嘔吐出來。去看大夫，大夫建議，晚飯不要太遲，最好七點前進食完畢，然後去散會兒步。」

「嘿嘿，大夫的話比我管用。」我憨笑著，有幾分嘲意。

伽琳一邊換衣服，一邊對我說：「哪裡，是疾病讓人覺醒。我也快奔五了，不得不警惕啊。」

「胡說八道。四十出頭就奔五了？那我再過兩年也要奔五了？」

「那不一樣。男人三十多，還是小夥子呢，而女人四十，則老太婆了。哈哈，一年不如一年。我今年突然發現有眼角紋了。」

「那是你最近不吃夜宵，人瘦了，才出現了皺紋。我覺得你不要太在意這些。你做為導演，還是年輕導演。路還長著呢。」

「你越來越會說話了。我愛聽。」伽琳穿上她那身栗棕色的裙子，然後將金黃色的披巾從左肩上一路斜下來。裝扮好後，又在鏡子前左顧右盼半天，才拉住我的手，款款朝電梯走去。我擔心她冷，又順手拿了一件外衣，為她披上。

白天一場大風，空氣驟然變好。天藍得一絲雲都沒有，仿佛比往日高曠了許多。我們沿著街道向北京公園走去。北京公園是世界上最早的皇家園林。進南門經永安橋、永安寺路，再登瓊華島，可一覽公園全貌。北京公園的菊花據說有三千多個品種。懸崖菊可養到三米多高，大立菊一株能開出上千朵花來。

我和伽琳漫無目的地走著，一直走到服務員提醒要關門了，才姍姍離開。回到社區，伽琳建議去看看她住的這座樓下的商場與車庫。我表示同意。於是坐電梯下B3。我雖然沒有車，但對一般的車並不陌生，譬如寶馬五系、豐田霸道、凱燕、賓士三百等，然邁進地下停車場竟完全傻了眼。

伽琳說：「這個車庫有一千六百個車位，你隨便拐個彎，映入眼簾的就是幾百萬的豪車。」她指著面前的幾輛車，如數家珍地說：「賓利、法拉利、勞斯萊斯、保時捷、阿爾法、麥拉倫、藍寶堅尼、歐陸GT……」

伽琳一口氣說出這麼多的車名，累得氣喘吁吁，稍作停頓後問我：「有沒有買一輛的打算？」我顏露尬色，閃爍其詞地回答：「有啊……」伽琳馬上轉身接話說，「我知道你的心思，買不買沒關係，只要有這個念頭就可以。這些車的擁有者，過去與你一樣，一窮二白，現在不也住上了豪宅，開上了香車。這只是個話題，說著玩的。其實逛商場如同逛公園，可以賞心悅目。好，我們再往下看。」

伽琳朝前方走了一截，指著一輛車說：「認得不？」

「不認得。」

「中國第一輛法拉利。價位兩個億。全紅色。當時來中國搞展覽，被一個富豪看中，廠家原以為中國沒人能買得起，展覽後便準備帶回。沒想到被人盯上，當場說，別往回帶了，怪麻煩的，留下吧。說這話的人就住樓上，但狀況早不如前。不過，車還在手上，他捨不得賣，因為它在不斷升值，幾近文物。車身上有柯林頓、老布希、柴契爾夫人、普丁等政要簽名。價值連城了。擺在這裡既是一種身份，也是一道風景。說中國名車史，是不能繞過它的。」

我走過去，貼近車身，瞪著眼睛自拍了一張。伽琳走熱了，把外衣脫下來，搭在胳膊上，繼續介紹說：「這裡每個角落都是豪車，幾乎不需要挑揀。你看這輛古斯特，是我鄰居家的。勞斯萊斯族下的超豪華四門轎車，長軸版，第一代車型於二〇一〇年上市。這應該是剛買的。還有這輛庫里南，九百萬，以全世界最大一塊鑽石名字命名。再看這輛勞斯萊斯幻影，與馬巴巴那輛同款，雙顏色噴塗。車頂可以自動掀起，瞬間變敞篷跑車。勞斯萊斯中最大的車，用巨大龐大形容一點兒不過，滿配兩千萬。傳說對著它的星光頂許願特靈。你許個願吧？」

車庫太大了，伽琳顯然走得累了，腳步與先前相比，徐緩了很多。我為了不形成尬聊，只好對伽琳說：「那就許個願吧。讓我有一天能成為價值千萬的編劇。屆時，我一定要買這樣一輛滿配兩千萬的勞斯萊斯。」

聽了我的許願，伽琳忽然咧開嘴笑了，把她的耐吉運動衣披在了肩上：「沒出息的，你應該說，讓我早日寫出一個好的劇本來，最好拍成電影後能獲個奧斯卡金像獎什麼的。這樣的成就才是終身的、值得永遠擁有的，比擁有一輛勞斯萊斯不知要好多少。在中國，能擁有這種車的人多了去了，但一個能獲得奧斯卡最佳編劇的則寥若辰星。你不要看中國現在獲了很多國外電影大獎，但作為好導演，心裡都在惦記著奧斯卡呢。」

伽琳不愧是中國最好的製片人。她懂電影，也懂我。她看出了我的奇光異彩，看出了我的真實想法。是的，這就是我許的願，我一定要努力實現。「再往前走，」伽琳說，「這地下停車場也真是太大了，我都快要走得滿身冒汗了。」我說：「要麼我們回去？這麼多的車，一輛接著一輛，一時半會兒看不完的。改天接著看也行。反正在咱家樓下，跑不了。」

「好啊。」伽琳被我逗笑了，「作為編劇，懂點兒車是必要的。豪車與普通車相比，儀式感特強，比如我們剛才看的那款勞斯萊斯，如果遇到下雨天，你打開車門，它會從車門中間彈出一把傘。真是只有想不到而沒有做不到的事啊。智慧化向人性化發展，使未來生活的空間也變得無限廣闊，譬如機器人介入養老服務業等。」

伽琳說完，正要去電梯上樓，突然有一輛車準備啟動，伽琳興致突然高漲，對我說：「走，過去聽聽這輛車的聲音，真的不一般啊。藍寶堅尼系列最快的車，橙色腰線，頂配。」

我還沒有來及反應，伽琳就拉著我朝前跑去，等跑到跟前，車已發動起來。伽琳走過去，對著人家友好地笑笑說：「您好，打擾了。我的朋友想聽聽這發動機的聲音，可以再轟一次油嗎？」那人不置可否，但腳下面還是動了動。「哇噻。」像黑夜裡聽見了海嘯一般，遼遠而威猛，清澈而不聒噪。這才是名車的品質啊。我與伽琳交換眼色。她也有同感，朝後退一步說：「歐陸ＧＴ，真正的神車。」

看完名車，再上一層，是國際品牌店。有艾馬仕，隨隨便便一個包，即賣幾十萬；也有世界名錶，幾十萬幾百萬一隻不等。譬如理查米勒，竟然高達八百萬。服務員見我過來，立即靠近櫃檯，面帶微笑問我要哪一款？我說能不能拿一隻理查米勒出來，讓我拍張照，飽飽眼福？服務員當即笑容凝固，皺起眉連連搖頭。我又說：「或許將來在哪篇文章裡會提到，也是一種宣傳啊。」

「謝謝您了。我們不太需要這種推廣。」說完，轉身給了我一個背影。伽琳怕我發囧，拉著我離開櫃檯說：「搜狐上能搜出來圖片的。回去搜一張看看。」我悻悻轉身，鬆開伽琳的手，又朝墨鏡櫃檯走去。墨鏡倒是可以試戴，但價格實在不菲，動輒上百萬、幾百萬一副。

住這裡的人們，除了有豪車外，坐地鐵也十分方便。上到一樓，伽琳買了兩瓶純淨水，遞我一瓶說：「逛商場也能減肥啊。以後可要多陪我來，不要動不動就去健身房。」我說，「逛商場與健身房都需要。不能厚此薄彼。不過，還是要向你學習，多留神身邊的事物。生活中的學問也是學問啊。」

「這就對了，」伽琳攬著我的腰說，「幹我們這行，不光要懂專業的知識，更要懂專業外的知識。好電影都要注重細節真實。出現了虛假，最逃不過觀眾的眼睛。我們只是幾個人，編劇、導演、演員、劇務、攝影、剪輯、服裝等，觀眾可是成千上萬，幾十萬，幾百萬，乃至過億，他們中可是有高人啊。你懂不？」

「不懂。」我故意不順著她說。伽琳摁開電梯，徑直上去，不理我了。我站在原地等下趟電梯，腦海裡卻全是剛才的鏡頭：物欲橫流的社會，貧富懸殊的現實。階層固化已成為一種趨勢，年輕人的奮鬥空間，令人揪心和憂慮。

41 在飛機上

昨晚折騰了大半夜，伽琳突然說：「我們去日本吧？」我說：「聽你的。」我知道她又想去泡溫泉了。說走就走的旅行對於她，就像去趟商場。她於是連夜訂票，收拾行李，安排手頭工作，待天濛濛亮，我們已經趕到了機場。

辦手續、過安檢，上飛機後就直奔後排。我知道那裡有空座位可以睡覺，果不然飛機起飛時，後面還空著幾排座。我過去把伽琳也拉過來，在中間四排給她找了個靠過道的座位，然後便枕著她的腿睡著了。

過了一會兒，我睜開眼睛，見伽琳正在看機上電視，不禁有幾分蹊蹺：伽琳在飛機上，雷打不動的睡覺已是慣例，何況我們昨晚基本沒睡。這是怎麼了？我的目光隨著伽琳轉到了電視螢幕。哦，真是奇跡。電視上居然在放她的獲獎片《你好，二嫫》。這部影片從劇本到拍攝、到剪輯、到配音成片，她不知看過多少遍了，卻仍然能津津有味地看著。

我拿手在她眼前晃了幾下，她才轉過身攬住我的肩膀，親切地說：「寶貝睡醒了？」「是啊，昨晚差不多一眼未合。你上飛機一直沒睡？」她頷頷下頦說：「剛坐下，瞥了一眼電視，居然看見在放我的片子，那我當然要看了。這部片子，我在各種場合看過，包括在威尼斯，可就是沒有在飛機上看過。嘿嘿。你又要笑我敝帚自珍了。」伽琳說完，吐了吐舌頭。

「這部片子不是『敝帚』，這是經典，可以反復看的。為什麼不叫醒我呢？」

「不好意思啊。我知道你太累了。另外，過去拉著你已經看過許多遍了。不能強人所難啊。」

「那倒是實話，我一上飛機就昏昏沉沉，你的精力還是旺盛。昨晚訂機票，收拾行李，一眼未合，今天還不困？看來這部片子發行還不錯，飛機上都有碟片了。」

「院線收入不是很好，但正版碟片發行還行。這種文藝片，投資人能持平就算成功，因為當初投拍時所抱目的很清楚，就是去國外參展並能獲獎。達到這個目的，導演的任務也就算完成了。」

說話間，電影已播放到了字幕，伽琳說：「我也得睡會兒了。你是繼續睡還是看電視？」

「繼續睡。」我翻了個身，面朝椅背躺下，枕頭依然是伽琳的粗腿。伽琳因為胖，只能將椅背向後放一檔，斜靠著入睡，好在她睡眠好，不管什麼姿勢，說睡就能睡著。

過了一個時辰，我覺得頭被人移動著，睜眼一看，是伽琳在將她的手提包置我頭下，以替代她的大腿。是壓麻了她的腿還是？我坐起來，揉揉眼睛問：「幾點了？」

「十一點。」伽琳將她的腿動了動，雙手捶著說：「我得去一下衛生間，早上喝水多了。」

北京到大阪機場，我們已捱過一大半時間。伽琳回來，剛要坐，我站起來說：「稍等，我也得去一趟廁所。」伽琳便向後挪了一步，站在過道等我回來。我說：「你先坐吧，我一會兒回來隨便坐，反正空位子多著呢。」伽琳問：「你廁所回來不睡了？」「不了。」「那你自便，我還得再睡會兒。」伽琳說完，便坐回原位，打起盹來。

等我從廁所回來，伽琳已發出了輕微的鼾聲。我從行李中拿出筆記型電腦，隨便敲著這些天來發生的事情。

飛機要下降了，我走過去輕吻伽琳額頭，示意她該醒醒了。大阪機場的西北方，有兩座相距不遠的小島，植物宛若從海裡冒出來似的，葳蕤繁茂，在碧波萬頃的海洋中，像兩隻鴛鴦，輕輕浮游著。

伽琳醒來，朝窗外望了一眼說：「我最喜歡日本的清澈，不管走哪裡，能見度都特好。天是天，雲是雲，不像北京，很難有個晴天。」我說：「你這麼愛日本，我們買套房子吧。空閒了就過來住住，泡泡溫泉，看看富士山。」

「可以考慮的。這次我們先打問打問，看靠近溫泉的縣市有沒有合適的。」

「好。我先搜搜看，能不能找到一家仲介。屆時打電話問一下。這次我們過來，怎麼安排？要不要先搞個路線圖？」

「可以的。下飛機入境後，先找個旅館住下，然後再安排路線。我來過多次了，你初來乍到，看看想去哪？」

下飛機入境花去一個多小時，坐計程車去預定酒店又是一個多小時，到入住酒店差不多五點了。這日本酒店十分講究，先脫鞋，放門口小櫃子鎖好後，再換拖鞋進房間。我是第一次出國，白癡似的。伽琳極具耐心，幫我填寫「入境申請單」和「行李申請單」，並且不厭其煩地提醒該注意的地方。過去一個人出行，我自然也會做功課，但有伽琳在，便活脫脫地成了一介書生。

因為臨時決定的出行，大阪像樣酒店的床位所剩無幾，我們只好先湊合一下，在附近訂了一個酒店。在住房上，我是受過困頓的人，但看到我們所住酒店的房間，還是驚歎了半天。整個房間僅有十幾平方，一張大床占去三分之二，剩下的便是衛生間與小陽臺了。伽琳見我皺眉頭，就說：「將就著住一晚。明晚到東京，可以入住最好的『文化東方』。裡外間，落地窗戶，在房間就可以欣賞富士山和東京灣。」

我放好行李，環顧一周，覺得視覺挺好。房間雖然小，卻沒有俗氣的裝潢，簡約寧靜，獨特的日式風標。我對伽琳說：「日本人的精緻可見一斑。房子這麼緊湊，卻還闢出一個陽臺來，追求所謂的二度空間。」

「在日本，一百多平米的居室就算豪宅了。日本人特節制，對空間的使用可謂達到寸土必珍。」

我進了衛生間，發現馬桶有流水聲，便出來對伽琳說：「這馬桶好像在漏水？」

「哪裡呀。那是人性化裝置，怕女性上廁所尷尬，就讓流水聲模糊一下。」

「噢，風聲雨聲讀書聲……」我向伽琳做了個鬼臉，「聲聲入耳呀。」

「你真壞，譏諷我們女性。」「哪敢呀。我是說自己孤陋寡聞，算是長見識了。」

「你還有謙虛的時候？」「我這是實心話啊，比起你來，我應該是個地地道道的出國盲。」「知道就好，」伽琳一個仰面砸在床上，地動山搖一般。我說，「慢點兒嗷。小心引發地震。」伽琳側轉身，沒理我，準備小憩一會兒。

我想起上次在後海居住的酒店，那房間的洗手間與房間通著，只用簾布遮擋了一下，伽琳小解的聲音聽得一清二楚。我記得她說過，這酒店雖然頗具鄉村風格，但這洗手間也太不私密了。我當時想，情侶間還有什麼私密？沒想到答案竟在日本得到了。原來情侶間也要保持一定的私密啊。

洗完澡，稍事休整，伽琳建議我們去吃和牛。她說：「來日本，一定要吃和牛，價格雖然不菲，但感覺空前獨特，國內的牛肉是無論如何難與之媲美。」我聽後有點兒興奮。伽琳是吃貨已經不容懷疑。每到一地，特色風味店必去，口碑店必去。在日本，她更是輕車熟路。訂餐、打車，說話間就坐在了餐廳。

餐廳素雅高潔。撲面而來的電子屏上，是多種文字的紹介廣告：本店銷售A5日本橄欖和牛。該牛肉在二〇一七屆肉類奧運會上，曾擊敗一百八十二名競爭對手；脂肪品質全球第一，大理石花紋如同雪花般美觀，紅白相間，勻淨細膩……

「菜點好了。你要不要看看？」伽琳把菜單推了過來。

「你有經驗，你決定吧。」我又把菜單推了過去。

「那還是要給你普及普及。不然你吃了半天，還不知道吃了些啥？」

「好啊。洗耳恭聽。」

「我們今天享用的牛肉，名橄欖和牛，即大名鼎鼎的神戶牛肉中的極品，屬牛肉中的艾馬仕。和牛有三個最牛。第一最就是品質在世界上的公認性，沒有之一。從選種到飼養，都有極嚴格的規定。小範圍繁衍，限量生產。每頭牛都有編號和出生證明，以確保不會有其它品種濫竽充數。第二最就是它的價格。因為品質的不可比擬，價格便超凡脫俗。一塊二百克的小小牛肉，即可賣到幾百上千。品質包括外形的美和口感的美。日本和牛肉，花紋美如雪花，故又有雪花肉之稱。生吃，原味美自不必多說；煎熟後，入口即化。怎麼形容好呢？你吃過巧克力的，細細品味，二者非常相像，味道會在嘴裡繚繞，一點兒一點兒釋放。你不要笑，一會兒品嘗之後便會認同的。」

「我沒有笑你的介紹內容，而是笑你的介紹表情。像背書一樣。用詞拿捏的那麼精確周詳。」

「我第一次吃的時候也是糊裡糊塗。吃完後才找資料看呢。做完功課再吃，又別有一番滋味。等你把日本遊得差不多了，我們會有很多共同語言。這個民族真的是不得了啊。馬路上的下水蓋，走到任何地方都是平平的。高速路上也沒探頭監視，每輛車速都自覺保持在八十碼以內。還有人行道，大家自覺走左道，右邊永遠是通暢的。至於衛生，更是沒有可挑剔的了。據說在日本，人人都不怕丟東西，因為沒有人揀到會據為己有。當然可圈可點的還很多，比如社會統籌、養老、醫療、幼稚教育、治安等等。我琢磨了很久，發現這個民族的性格中，有不少優點令人尊敬。譬如聰明，律己，勇敢，勤奮，堅忍，和潤，忠於職守，善於鑽研，有擔當，執著而富有耐心等等。有人可能會說，這些優點我們也有，其實還是不大相同，有些優點看起來和我們一樣，但一旦缺乏守信，就都變味了。」

「嘿嘿，我們在說和牛哎，怎麼說到民族比較了。跑題了。我還等你的第三最呢？」

「嗨。抱歉。講到和牛，便想到了這些。其實日本能培育出這種名滿天下的和牛，也是緣於他們的民族性格，如同他們在許多領域裡的建樹。好。我再接著說和牛的第三最。」

伽琳把服務員叫了過來，把功能表給了她，然後又點了一瓶日本清酒「山鮮醇」。「吃和牛肉喝清酒，味道更具民族風情。好了。下來我再說說我們今天享用的幾道名菜。」

我心裡還在惦記著伽琳的和牛第三最，但又不好意思打斷她的介紹，只好等她繞回話題再問。

「和牛完美的吃法，」伽琳指著菜單說，「首先得點一塊A5牛肉。一會兒煎炒時你可以看到。兩寸見方，半寸厚度，典型的雪花肉。一頭牛身上僅有六公斤這樣的肉，價格貴便在情理之中了。另外，烤牛舌和煙燻牛舌各點一份。至於牛舌香腸、牛舌豆腐、厚切牛舌，只好下次吃了。神戶牛肉餅是一定要點的，還有肩胛里脊和牛臉頰肉，也不可或缺，最後再來一份牛肉燴菜就完美了。」伽琳點完，在空中打了一聲響指，算是對自己點菜的自我肯定。

菜譜遞服務員後，廚師便走了過來。高高的白色帽子，緊緻潔靜的黑布圍裙，款款送來的滿臉微笑，都會令你食欲大開。

42 和牛之最

所謂的方方整整A5橄欖和牛肉，被廚師用鏟子推至鐵板中央，一會兒，油就從牛肉中流出。翻幾番，可聽見牛肉滋滋作響。兩面煎成黃色後，再澆上一勺黃油，鐵板中央會倏地冒出一團火苗，向上竄去，香味頓時四面散出。廚師問：「幾分熟？」伽琳回答：「五分。」廚師便將調料撒在做好的肉上，又從中間橫切一刀，分為兩條，再一片一片剪開，置入我和伽琳的盤中。

廚師在置入盤中前，還用夾子夾起小片牛肉，內外翻了兩番，以顯示自己的煎功。五分熟的肉片，中間血色清晰可見：真可謂外焦裡生，食指大動。伽琳說：「美味到尖叫。」我想，叫是不會叫的，只想一口吞下，然後等待那種慢慢釋放的巧克力味道。

所謂超大牛肉餅，原來是一塊薄薄的牛肉，一寸寬、兩寸長，紙一樣的薄，在火鍋裡涮涮撈出。蘸著汁子吃，新鮮甘潤，吃了一片還想吃一片。包裹在菜裡吃，會增添一股清香。伽琳把清酒舉過來，邀我碰杯，問：「味道如何？」

「好極了。不過，我現在狼吞虎嚥，估計吃到八成，或許更能感受到它的奇美。」

「正確，」伽琳說，「先喝口酒，我還要了牛肉刺身，本色味道一覽無餘。」

「日本這個民族真讓人佩服，能把一種料理做得如此出神入化，除了真材實料外，與歷代人經年累月的研磨，精益求精是分不開的。」

「喝一杯，」伽琳把酒杯伸過，「愈來愈感覺到你的溫和了。我倆能發展到今天，皆由於你的包容。就我這體形，很多人都望而生畏，惟你有耐心和勇氣接納。」

「哪裡的話？你在我最困難的時候出現，是我的福分和貴人。那時，我幾乎要結束北漂生活，回古卵當一名教師了。認識你之後，才有了現在的自信心，才能重拾做一個編劇的夢。再敬你一杯。」

伽琳把杯子朝前一推，碰得哐的一聲，又向後一仰，一飲而盡說：「我們去看看大阪的夜景，走會兒路。」

「好啊，」出了門，我不禁又問：「你剛說和牛有三個最牛，只說了兩個就被岔開了。那第三個呢？」

「剛才肉在嘴邊，不知是該吃還是該說。現在吃飽了，可以從容地告訴你了。這第三最嘛，就是奇特的飼養方法。」

大阪驛路邊的樹，長得極高；人走在樹下，在燈光的陰影中，顯得小小的。馬路上的車，星星點點，與國內夜間的車水馬龍相比，也顯得冷清稀疏許多。

「你想什麼呢？」

「我被這裡的樹吸引了。」

「日本對樹木的崇拜有很多的故事。大阪市就有一棵七百年的樟樹，因為長在火車站內，每次擴建時，火車站都得圍繞樹幹擴建，樹冠置於天空，遠遠望去，像一棵放在屋頂的碩大菜花。後來隨著人口的增加，市政府就想砍掉這棵樹，將火車站拓展得更寬綽一些。」

伽琳說完，隨手叫了一輛出租，說就在不遠處，要我去親眼看看。

果然是樹之奇觀。冠高於火車站的屋頂，樹幹有七八枝，橫斜在火車站屋篷內，每一枝都有水缸那麼粗壯。伽琳說：「這棵樹能保留下來，與當地人對樹的熱愛有關。當民眾知道政府的擴建意圖後，便蜂湧而至，在這棵樹下供奉起一個神龕，並傳出許多與樹有關的神靈故事。政府不得已，只好將樹冠置於屋頂，樹幹保留在大廳之中。」

「有意思。」我一邊逡巡著大樹，一邊附和著說。

回去的路上，伽琳為我講了和牛第三最。伽琳說：「和牛是世界上最受寵愛的一種牛。飼養期間，會給牛按摩、聽音樂、喝啤酒等。按摩是為了促進和牛的血液循環，使瘦肉中的脂肪分佈均勻；聽音樂和喝啤酒都是一個目的，讓牛保持好的心情。和牛愉快了，不僅可以加快生長的速度，而且肉質也會變得細潤柔嫩。當然，最重要的還是飼料的講究。大米、小麥、乾草及其它配料，一樣不能少。餵養次數也很嚴格。一日三次，準時準點。」

「真是慢工出細活啊。」我不禁感歎。

「是的。日本政府對和牛生產的監管十分嚴格，分級如同旅遊景區，從Ａ１到Ａ５。等級越高，價格也就越高。由於品質上的絕對保證，慢慢的，和牛也就成了現在這個模樣：既有光怪陸離的傳奇，又是貨真價實的美味。」

回到賓館，伽琳說：「明天早餐後去豐臣秀吉公園；下午去奈良，住奈良；後天東京；大後天去青森縣泡溫泉；然後回北京。可以不？」

「大阪也有溫泉，要麼在大阪先泡？我看地圖了，青森縣在北端，快到北海道了。」

「大阪與青森的溫泉感覺大不一樣，你去了就知道了。」

大阪城公園，是以豐臣秀吉建造的天守閣為中心，爾後向周圍拓展的城市公園。春季櫻花盛開的季節，大約有五千株櫻花，彌延數公里，非常壯觀，若是剛好遇上「櫻吹雪」，粉白色的櫻花如同隨風飛舞的雪花，美如仙境。如果在晚上來，燈花相映，更是別有一番妖嬈。伽琳說：「如果春季來，泡澡是一享受，看花是一享受。」

「我倒另有感覺，似乎更喜歡公園裡的石頭，尤其是櫻門那塊十幾米長、七八米高的石頭。讓我百思不得其解的是，這些石頭從哪裡運來？那時候又沒有大型起吊機，僅僅依靠人力簡直無法想像。」

「不得而知。就像金字塔一樣，或許也是一種永遠解不開的謎。」

「我忽然覺得，世界上許多物質文化遺產，大都是暴君突發奇想而建造出來的，像中國的長城、兵馬俑，還有你剛才說的金字塔。」

「有這個因素。暴君偉人，都是這個世界的不幸；偉人迭出的年代，必是百姓遭殃的年代，譬如二戰。」

「但苦難造就文學作品。國家不幸詩人幸。二戰死了上千萬人，但作家們導演們卻以二戰為題材，弄出來不少的好作品。」

「那是另一碼事，如果讓我選擇，我寧願不拍片子，也不希望苦難太多。你想想，讓你做納粹集中營裡的猶太人，那將會是一種什麼樣的心情？」

「說的也是。」我跟在伽琳身後，不再發問。

從大阪到奈良坐私鐵，半個小時就到了。下車存好行李，我倆步行著來到奈良公園。鹿是奈良公園最可愛的風景。說明牌上記載，大約有一千三百多頭。傳說祇鹿島大明神，騎鹿來到奈良，而後將小鹿定為「神的使者」。早在一六七九年之前，鹿是完全不可侵犯的動物。當時如果誰敢殺死一頭鹿，就要冒著被絞死的危險。這很有點兒危言聳聽，但卻是那會兒的真實法律。

伽琳穿了一身黑衣，與嬌小的鹿合影，讓鹿變得更加玲瓏。我對伽琳說：「你知道陸地上形體最大的動物是什麼嗎？」「大象啊。」伽琳毫不遲疑地說。我不敢再接話茬了。我本意是指河馬，但她卻四兩撥千斤，故意不上我的圈套。一頭剛出生不久的小鹿跑了過來。伽琳彎腰抱起，示意再照一張。我摁快門的那一瞬間，倏地產生了一絲暖意：伽琳好像在抱著自己的小孩兒，臉上全是母愛。

果然出公園門時，伽琳一臉戚雲，沮喪地問我說：「如果有一天我懷孕了，別人能看出來嗎？」

「肯定能看出，因為胖畢竟與懷孕不同。」

伽琳走過來抱住我，輕聲說：「聽說在腦部做個手術，食欲就可以降下來。我要不要去做個手術呀？」

「沒必要。人都是有缺點的，你這是表現在體形上，有些人則表現在性格上、靈魂上、品行上。曾國藩把自己的齋號起名『求闕齋』，就是提醒自己，甘瓜苦蒂，世上物無完美。」

「忍野八海」位於日本山梨縣，分別由御釜池、底無池、銚子池、濁池、湧池、鏡池、菖蒲池、出口池組成。屬經典名勝之一。據說是富士山的雪融化後流經地層過濾而成。大約有一千二百多年的歷史。周邊有小路、樹林、村舍，全是遠古味道。湧泉散落其間，故顯得幽靜古秀，和東京的繁華判若兩界，令人滌心蕩腑，超然物外。我說伽琳，咱們在這買棟房子吧？「可以考慮呀，但你如果到了青森縣，或許就會改變主意了。」

43 裸浴

女人去祇園，一定要穿穿和服。我慫恿伽琳體驗一下。伽琳聳聳肩說：「穿和服做頭髮最少要半小時，太費時間了。」我說：「沒關係，我願意等。」伽琳捶了我一拳頭，「你想看我笑話呀。」

「和服才是最讓人舒適的服裝，多寬鬆啊。」

「寬鬆是指那些小巧玲瓏的女人，就我這體型，怎麼寬鬆？」

「那好吧。又失去一次開眼界的機會。」我搖搖頭。

伽琳從不計較拿她的形體開玩笑，有時甚至會主動拿自己尋開心。我有時語詞嚴重了，戛然而止，她卻會接力下去：「我來說吧，不就是想說個2.0加強版嗎？」

「關鍵是沒有適合你的和服吧？」

「你以為日本女子都那麼苗條？告訴你吧，在日本，我應該是中等胖，在歐美，我才微胖呢。」

那天晚上，我倆在街上溜達了四個小時，一直走得我雙腿發痠。我說：「你這是怎麼啦？今天沒穿成和服，想一夜苗條？」

「我是擔心你呢。」

「擔心我什麼？」

「擔心我一會兒睡著了，你溜到藝伎一條街去，偷偷地放縱一下。」

「我不懂日語，怎麼交易？」

「不需要懂日語，懂刷卡就行。」

「那我也不敢，顧此失彼，成本太高。」

「我不會計較的。作家嘛，生命的體驗越豐富越好。這點兒我還是知道的。」

我不吭氣了。說實話，我還真想去體驗一下日本女人的味道，但伽琳話是那樣說，心裡又會怎麼想呢？萬一她口是心非，我不是因小失大，自取其辱嗎？

到東京，銀座還是必須一去。伽琳把我領到門口，把信用卡給我說：「你進去吧。我在外面等你。」

「為什麼？」

「我是個購物狂，進去就不想出來了。回去托運一大包，怪麻煩的。」

我伸出拇指點讚說：「挺理性的啊。」

「你懂得。」伽琳轉身去了旁邊的冷飲店。

伽琳穿衣服講究時尚，見款式新穎的衣服毫不猶豫。三百平方米的住房，大小櫃子十幾個，每個都塞得滿滿當當，幾乎全是衣服和小玩具。有錢任性，在伽琳身上體現得淋漓盡致。

銀座是日本東京中央區的一個主要商業區，號稱亞洲最貴的地方。這裡彙聚著世界各地的名牌商品，時尚、個性的服飾隨處可見，名符其實的購物天堂，也象徵著日本的繁榮。

儘管進去時伽琳把她的信用卡給了我，但我只買了一雙亞瑟士運動鞋就出來了。男人逛商店，總是直奔目標。

伽琳在我進商店時，買了一個抹茶霜淇淋，我出來時，還沒吃完。「兵貴神速啊。」伽琳說。

「沒有特別想要的鞋。這種鞋比國內便宜得多，就買了一雙。」我抖了抖手中的鞋匣。

「你太對不起這趟旅行了。」伽琳用紙擦擦吃完冰淇淋的手。

「為什麼？」

「你不看來日本的人，大包小包的。東西買得多，連飛機票都省出來了。這是免稅店，東西正如你說的，便宜得多。」

「用不著總不能亂買呀。」

「嘿，要都像你們男人，這銀座立馬就倒閉了。」

「倒閉了好。倒閉了你就不再來了。」

伽琳沒理我，攔了一輛計程車說：「走，上富士山看看。」

日本計程車非常乾淨。司機滿頭白髮，還幫乘客裝行李，車也開得勻速平穩。從後視鏡看，臉上始終掛著微笑。

這些所謂的經典景觀中，恐怕就數富士山令人失望。平素不知看了多少遍照片，然而在無雪的季節，走近了，就是一塊放大了的火山石，黑不溜秋，毫無美感。不過，在富士山俯瞰靜岡縣，倒還清楚，居高臨下，一覽無餘。

從京都坐新幹線到青森，大約三個小時多點兒。可以盡情觀看沿途風景。有城市，有遠山，有江河湖泊，也有小城鎮與鄉野。困倦了，還可以閉上眼睛稍事休息。

青森縣浴池，一六八四年開湯，屬酸性溫泉，據說可以療治多種疾病。溫泉的房屋與浴池，用絲柏木建造，有一種古樸懷舊的味道。下火車換公共車，再換馬車，環境愈來愈幽靜，宛若進到了世外桃源。

伽琳登記的是帶有私湯的高級房屋，木框落地窗，三四米高。身居華屋，卻仿佛置身于森林浴池。登記、入住，行李放好後沐浴。女人還要沖洗頭髮，入池前高高盤起。

頻繁的地殼運動造就了日本星羅棋佈的溫泉，從海上小島到山中秘境，處處都有養顏健身的各式湯池，總數超過了三千五百多處。僅溫泉旅館就有七百多家。每年世界各國來泡溫泉的人們，相當於日本人口的半數還多。泡溫泉本是日本文化的一個組成部分，由於其他國家人們的熱愛和參與，這一文化遂成為極致。

關於溫泉，在日本留下很多傳說，比如動物受傷了，會泡在溫泉裡止血；一些著名人物泡過的浴池，還會在池邊矗起碑文，詳述經歷、由來及名字。比如豐臣秀吉，就跟日本的「有馬溫泉」淵源很深，其遺址現在還完整地保留著。一些著名的作家，在創作作品時，也會去泡溫泉。環境的舒適與霧氣蒸騰的畫面，會給藝術家們帶來源源不斷的創作靈感。譬如川端康成的《伊豆的舞女》《雪國》等作品，就能看出泡湯在作品中的痕跡。

青森縣還有一處位於海邊的湯池，相當獨特，叫不老不死溫泉。置身湯池，面對大海，其間男男女女，猶如嬰兒般混于一湯。濁雜與清純，世界的兩個方面，表現在湯池中，卻能十分的融合。人需要吃飯與穿衣，必須為掙錢奔走；然而勞累一番，又需要休息放鬆。泡泉或許就是這樣一種洞天。清酒香茶，海闊天空，無牽無掛。

日本人為什麼喜歡裸浴，而且是男女混池？我琢磨了許久。大概無外乎幾種。一是可生純淨之心。男女混浴，不以好色、獵奇心觀之，便是純潔神聖之靈魂了。面對美麗的胴體，你可以想入非非，但眾目睽睽之下，又有幾人會放縱自己的貪婪之心？二是不污染溫泉的池水。衣服是不乾淨的，身體的味道，布料的顏色，勞頓的灰塵，都會影響到池水的潔淨。三是讓池水親近皮膚，使泡池的療效顯出最大比值。富有酸性硫磺的溫泉，裸著身子泡入，你會感到皮膚有一種蜇蜇的暢爽感。浸泡半小時，則會使皮膚變得光滑潤濕。最後一點兒，也是最重要的一點兒，那就是一絲不掛的回歸性，回歸大自然，回歸人的本性。衣服的發明，是人類文明的進步，但也是對人的禁錮。所以裸浴，對於患潛在精神疾患的人來說，實在是一種神奇的療法。

好了。閒話少敘，還是讓我們先泡湯吧。伽琳已經等不及了，頭髮早已盤好，浴巾也裹在了身上，想要獨享先泡為快的感覺。不過，她入池，池水一定會溢出來。我只好光腳踩著水走過去，慢慢地溜入浴池。我本來是要拉上窗簾的，但被伽琳阻止了，她要看窗外的風景。我遲疑半天，她說：「在這裡，裸浴是正常的，沒有人會偷窺你的房間。」

我不自然地笑了。伽琳早已在池邊放上了紅酒，一人一杯。我徑直端起輕啜，伽琳則將拇指與食指環扣，輕輕托起酒杯，搖著說：「我給你講個故事吧？」

44 蝴蝶效應

「好啊。正想著找個話題與你聊呢。」

伽琳呷了一口紅酒：「前些年，京都有個轟動一時的女議員殺人案，知道不？」

「嘿嘿。我們在這裡裸浴，喝著酒，赤條條的，談論如此驚悚的話題，你不覺得氛圍不對嘛？」

「正是這樣的氛圍，才讓我想起了這個故事。」

「噢？」

「當時也是這樣的一種畫面：女主手裡拿一杯紅酒，與男主在浴盆裡共飲。那是一個相當高級的酒店，除了窗外綠色沒有這裡繁茂外，其他奢華程度遠超我們的想像。與女主共飲的男人是女主兒子的國外監護人，因經濟糾紛正在訛詐女主，如不答應索要數額，則會採取過激手段。如此這般等等。」

「女主答應了嗎？」

「如果數額小點兒，或許就答應了；但因數額巨大，女主便生出滅口之動機。她知道自己的諸多把柄在對方手裡，擔心成為對方不斷抬高砝碼的黑洞。當然，于兒子的安全也不無關係。」

「她準備殺人？」

「是的。她做議員前的職業是律師，查閱過大量的殺人犯案卷。如何規避法律、採取最省勁的簡易辦法，想必在事前已經作過周密思考。當然她如此膽大，還有一個重要的原因，那就是她是一個有背景的女人。其父在日本政壇，盤根錯節，根深蒂固；丈夫又是當地警視總監，也是資深政客。」

「她將他置於這種氛圍，說明她與那位監護人早已有了肌膚之親？」

「那是一定了。但那是過去，現在已經厭倦了，加之有了新歡，便有一下沒一下地應付著。監護人情場老手，豈能毫無感覺，虛以委蛇之間，便生出了漁不到色即得財的惡念。當然他深知女主的家當，所以索要數額相當可觀。」

「你無情，我也就無義了？」

「正是。」伽琳把浴池進水的籠頭擰小了點兒，屋裡水氣朦朧。

「但他如意算盤打得太精了。儘管女主通過他的手洗過不小數額的錢，但那都是擔心受怕、絞盡腦汁搜刮而來，又豈能隨便易人，更何況這裡有個尊嚴問題：這是在東瀛，你何方人也？於是，也生出了惡念。」

「重溫舊情？」

「對啊。熟悉的酒店，雙方喜歡的氛圍。赤身共浴，推杯換盞，一人一瓶紅酒，款款深情，繾綣纏綿。」

「毫不費力就得手了？」

「是的。午夜，京都警視廳響起了電話鈴聲。值班的本部長正是女主的情人，他一聽是女主的聲音，便知發生了什麼事，立即帶上法醫驅車前往。經鑒定，屬飲酒過量致心梗死亡。

「事前已與本部長有約定？」

「對啊，」伽琳從浴池中緩緩站起，「口渴了，我們去喝會兒茶吧？」

「好的，」我用毛巾擦乾身體，裹上浴巾來到了客廳。伽琳稍慢些，她還得擦乾頭髮，用吹風機簡單地吹上幾下。

我利用這個間隙，將茶泡上；片刻功夫，兩杯綠茶便呈現在眼前。日本茶不同中國，全是袋裝的茶沫，伽琳不喜歡喝，來之前特意囑託我帶上一盒當年的龍井。

伽琳扔掉身上的浴巾，換上紗一樣的睡衣，私處若隱若現，要不是她正在講述一個毛骨悚然的故事，我想我一定會抱起她，扔在背後那張潔白的大床上。

「你已經聽出了玄奧，這是一樁事前經過周密策劃的殺人案。主謀就是那位主管當地治安的本部長。他深愛著女主，並言聽計從。」

「草菅人命到如此地步，何況是個外國人，他們也太狂妄了。」我驚訝地說。

「這事如果完全從治安角度來討論，就沒有任何意義。因為從後來披露的材料來看，他們殺過的人並不止這一個。這件事之所以能浮出水面，則完全由於當事人的城府所致。」

「怎麼理解？」

「事情本身做得天衣無縫，完美無缺。連死者家屬都被瞞哄過了，屬於疾病致死。日本是個流動人口密集的國度，一天會死許多人，沒有人會像福爾摩斯那樣，專注尋找珠絲馬跡，牢牢盯住不放。」伽琳說完，向窗外瞥了一眼。

青森縣的奧入瀨溪流，是日本著名的風景區。沿途有各種瀑布，或飛流直下，或涓涓細線；山毛櫸樹密佈溪流兩旁，鬱鬱蔥蔥，倘佯其間，猶如置身氧吧。我們所住酒店，窗外正好斜對著一處瀑布，午後的陽光照在瀑布上，泛起魚鱗般的桔色亮點兒。

「那後來又是怎麼被發現的呢？」我接著伽琳剛才的話題問。

「沒有人發現。是那位本部長嘚瑟，他擔心與女主的戀情被他的上司、女主的老公發現，也犯了一個與那位外國監護人同樣的錯誤，想通過這樁殺人案要脅主子，以獲得永久信賴，最終飛黃騰達。因為他的主子已內定入局，不久將去東京上位。」

「噢。這不挺好嘛。」

「是呀。但他不太踏實。作為狗，太瞭解主人的暴戾性情了。說翻臉就翻臉，而且兇狠無常。」

「原來也是個狠角兒。」

「所以，本部長要通過這件殺人案，穩住他與警視總監之間的關係，打造一根難以熔斷的鏈條。」

「上司不知道？」

「肯定知道的。她老婆事前必會與他綢繆，獲得首肯才敢行動呀。」

「噢。應該是這樣。只不過表面上大家都裝做不知道罷了。這應該是一樁三人心照不宣，聯手謀殺的大案。」我插話說。

「是這樣的。我餓了，咱們去吃飯吧？」伽琳說。

「好啊。吃完飯你再接著講。」

伽琳點點頭，換上一件銀色風衣，朝餐廳走去。

溫泉區有公共廚房、圖書館、休息室、棋牌室等。青森縣的十河田湖，是個火山湖，岸邊全是高大的楓林，秋天楓葉紅了時來泡溫泉，感受與春天絕然不同。湖裡有鱒魚，如果有雅興，還可以享受垂釣之後的烹飪美味。我對伽琳說：「我們自己去釣一條魚吧？」

「這次不行了，」伽琳說，「北京那面有事，下次來。多住幾天，垂釣、烹飪都玩玩。」

「你不是說買房嗎？我看這裡挺好。」

「當然挺好，我是不會騙你的。下次冬天來，屆時把房子一買，狡兔三窟嘛。」

我伸出手與伽琳擊掌：「那就說定了。」

「說定了。」伽琳伸出綿軟的厚手擊了一下我的手掌，轉而拉住我的手走進了餐廳。

飯後，我和伽琳徒步穿梭在奧入瀨河畔的森林中。伽琳從兜裡掏出香煙，正準備點燃，我指著防火牌說：「忍一會兒吧。」

「哎，」伽琳將腳下的一顆小石子踢向溪流，忿忿地說，「日本啥都好，就是到處禁煙讓人受不了。」

「也有好處，有利健康呀。」

「那就不抽了。」伽琳踮起腳側轉身，一把將整包煙扔向樹林。

「真的要忌？」我挑逗她說。

「扔一包煙就能忌了，那我也真是太偉大了，」伽琳笑著說，「扔一千次也忌不了。玩玩而已。還是接著講故事吧。講哪裡了？」

我說：「本部長原本是邀功，潛臺詞也有要脅之意，一石兩鳥：從今以後，我手裡可是有你永久的把柄，你就得對我客氣點兒。沒想到他遇上了一個被家庭和位置寵壞了的人，竟然不吃他那套。」

「完全正確。他還想爭辯，畢竟是他把他從北方的一個城市調來，兩人狼狽為奸，他為他鞍前馬後，擺平不少事情。沒有功勞也有苦勞嘛。」

「對方怎麼樣？」

「他驕縱慣了，豈能容忍如此囂張的詐訛。拔出槍來就是一槍。」

「打死了？」

「沒有。只是從耳邊擦過。」

「本部長沒有反抗？」

「沒有，他黯然神傷地離開了。」

「之後呢？」

「本部長這會兒完全驚醒，知道不久便會大禍臨頭。但他畢竟是老員警了，經驗豐富，手段老辣，隨即找了個理由住進了醫院。」

「權宜之計？」

「虛晃一槍，然後金蟬脫殼。」

「噢？」

「他趁人不備時悄悄準備了兩輛車，進醫院時開一輛，出院時再開另一輛；進醫院時是本來的他，出醫院時卻化妝成了一個中年婦女。當警視總監知道時，他已經急馳在了奔逃的高速路上。」

「警視總監沒採取措施堵攔？」

「採取了。出動了幾十輛警車，浩浩蕩蕩，一直追到飛機場，圍了個水泄不通。」

「微信上好像看過一點兒，但沒有追蹤關注。後來怎麼樣了？」

「自然是被抓了回來。」

「下來的事我就知道了。警視總監夫婦之後也被收審，對簿公堂後，均判重刑。很難再鹹魚翻身了。」

「你看過周星馳拍的《功夫》電影沒有？」

「看過。」

「各行各業都有高人。功夫有時就是差那麼一點兒。如果我們重播一下：本部長在要脅警視總監時，警視總監哈哈一笑，用親切的口吻讚揚本部長，肯定他幹得漂亮。此事你知我知天知地知。爛在心裡，穩住。多好的一個四兩撥千斤的機會呀。可惜警視總監功夫尚淺，小不忍則亂大謀。一槍過去，將千秋江山變成灰飛煙滅。《厚黑學》講，黑到無色，方為真黑；厚到無形，才是真厚。」

「你真行啊。什麼時候讀的《厚黑學》？」

「是舅舅推薦我的。我大學畢業後，舅舅給北影某人寫信，要我持信登門拜訪，我不敢去。舅舅說，你剛出校門，路遠著呢。臉皮這麼薄，今後咋辦？於是，推薦我讀《厚黑學》。他說歷代均不提倡厚黑，但此書所論述的事實，都是讓人厚黑。一樁樁一件件，驚心動魄。結論就是，古往今來，唯厚黑者可成大事也。」

不知不覺中，我們已轉到了登山的彎路上。落日快要沉入十三湖中，周邊血一樣的景色，令人心生雀躍。我對伽琳說：「回去吧，空氣有點冷了。」

伽琳轉過身挽住我的胳膊，用身體暖著我說：「你應該再穿件外套。」

45 流浪貓

從日本回來，伽琳一頭扎進她新選的電影劇本，對我說：「你自由了。」

我於是又來到了鷲島。三個小時的飛機，進家門，已是萬家燈火。我簡單地將屋子收拾了一下，正準備歇息時，瞿姐來了電話，說請我明天吃羊肉。我說：「您怎麼知道我回來了？」

「這不看見燈亮了嘛。」

記得小時候住爺爺家，發現當地有個習慣，即誰家殺了羊，大夥兒便都來買羊肉吃。羊肉買好後也不帶走，賣家要負責把羊肉煮熟。鍋支在院子裡，鍋裡冒著熱氣，咕嘟咕嘟響。辣子紅蔥全都是囫圇放。一煮幾個小時。肉熟了，各家各戶人自帶炊具，圍在鍋旁認領自家的肉。我最納悶的是，村裡的人，是怎麼記住自己的羊肉的？記得一次分肉，有一個後生拿錯了，過一會兒又轉身回來換肉，發現自己家的肉被別人拿走了，也不著急，就在原地耐心等。你說這風俗有意思不？不啻奇特，而且充滿了社會主義味道。

在日本，吃神戶牛肉、松川料理，味道也是難以忘記，但與瞿姐家的羊肉，還是有區別的。前者精美，吃得溫文爾雅，而後者，則屬大快朵頤。前者小碗小碟，後者大碗大盆。前者慢條斯理，一邊吃一邊還小酌幾口清酒，後者則一手執筷子，一手執饅頭，香味全在咀嚼。

午飯後，市長上樓小憩，我則與瞿姐坐在條桌兩端，品起了市長的上等普洱。

「說說你的日本見聞，我還沒去過那個地方。」瞿姐用純淨的眼睛看著我，安靜而溫和。

「想知道什麼？」

「隨便說，對我來說，都應該是新鮮的。」瞿姐一邊說，一邊站起來打開一扇窗子。海風吹來，臉上頓覺一絲涼爽和濕潤。

「我一直有個疑問，就是您為什麼不要求市長給個名分呢？」我腦海中突然冒出這樣一個問題。

「這個問題其實很簡單，所有的實質你都得到了，名分也就不很重要了。」瞿姐很寬容，她沒有因為我的唐突而責怪我。「再說，原先就沒打算要什麼名分，甚至連長久廝守這樣的想法都沒有。那是後來發生了許多事情，一步一步把我和他推到了這種境地，方才生出如此的話題。」

「哦？那我是不是有點莽撞？」

「沒事的，」瞿姐擺擺手說，「我們已經無所不聊，我想你和老孟也是這樣，所以才會問到這個話題。」瞿姐總體上話不多，但如果你真想聊天，而且又說到了她感興趣的話題，她也會平心靜氣，與你娓娓對談。我與市長之間的聊天，她是有功勞的。每當有些話市長不想說的時候，她便會接過話題，讓聊天繼續下去，就像對弈一樣，總有辦法找到盤活的步子。

「我知道，您和老孟的事情，能有今天，主要是您的堅守。」

「這話應該換個角度。我和老孟，首先是他不離不棄。來海島之前，我是有準備的。老孟什麼時候想結婚了，我什麼時候就離開。我在他的盤子裡，不是A角兒，也不是B角兒，甚至壓根就不是角兒。」瞿姐一邊等著水開，一邊斜側著身子對我說。

「哦，我明白了，就是說，沒來海島前，老孟結八次婚，也不會有您？」

「對呀。」瞿姐臉上掠過一絲戚雲，「我剛來古卵時，其實就是一隻流浪貓，是他收留了我。剛開始，他為了方便，對外稱我是表妹，時間久了，我也就真的把自己當成他的表妹。」

「流浪貓？」

「是呀。首長讓老孟幫我找個工作，其實就是賞口飯吃。老孟要不管，我就得去別人家繼續當保姆。永遠當保姆，一直當到死。」

「當時為什麼不在北京就業？」

「北京這一類的人太多，不是很好安排。當然首長一句話，也不是安排不了，但那會兒的人，還講個面子，怕說閒話，於是就來個曲線救國什麼的。而我的期望值也不高，不管在哪裡，有碗飯吃就行。」

「你有沒有想過離開市長，找個心愛的人，過一種自由自在、喜歡過的日子？」

「在老孟身邊就自由自在呀，就是我喜歡過的日子呀。起初或許還有很多想法，也曾經見過不少單身男人，遇到的或別人介紹的，但都似乎沒有擦出火花，或者說不對眼緣吧。這件事就這樣拖了下來。反正家裡也沒人催。老孟嘛，看那樣子也不討厭我住在他那兒。我自然比保姆要精心多了，更何況時間久了，雙方都覺得這樣也滿好。人是有惰性的，看起來一輩子時間很長，但一天天往過走，不知不覺就是一生啊。」

「家裡有一個歲數一天天大起來的女人，老孟一點兒也不著急？」

「我從沒問過，他也似乎沒有涉及到這個話題。我最近看了一本書，是講斯德哥爾摩症候群的。我發現，我就有這種傾向。」

「你知道的真多啊。斯德哥爾摩症候群？」

「嘿嘿，其實我是很喜歡讀書的。失學者擅於學嘛。過去寄居在老孟家裡時，看到滿屋子的書，就不由自主地翻翻。老孟在家時，一日三餐，我就認認真真地做；他不在家時，我一個人就湊合著吃，大把大把的時間，就泡在書裡。我讀書沒目的，好看就仔仔細細地看，不好看，就又放回書櫥，好在十幾櫃子的書，總能找到自己喜歡的。」

「噢，怪不得初次見面時，我竟把她當成了大學老師。不浮不躁，文文靜靜。原來她的氣質是這樣養成的啊。」我在心裡說。

「後來老孟出事了，住在這個島上，捨棄了很多東西，惟書卻悉數帶了過來。你都看見了。上下樓，總共十幾櫃子的書。這時候，他也有了時間，除了散步下棋外，剩下的時間就是讀書。他還喜歡逛書店，每次從書店出來，他拎一捆書，我拎一捆書。《斯德哥爾摩症候群》，就是他新近買的書。他說叔本華、沙特、尼采要慢慢讀，每天讀幾頁。讀累了，就讀點兒時尚的書。」

「《斯德哥爾摩症候群》好讀嗎？」

「還行。比沙特好讀，屬心理學範疇。不過，老孟不同意把我倆的關係說成斯德哥爾摩症候群。他說，斯德哥爾摩症候群帶有強迫性，而我們之間是自願的，我可從來沒有強迫過你啊。」

「老孟說的是心理話。能感覺出來。」我說。

「我當然知道，不然也不會這麼長時間守在他身邊。傳說中的那些女人，他出事後我才知道一點兒。他在位時，我都把他與她們理解成了工作關係。老孟從不把這些女人帶回家，可能也是顧忌我的感受吧？或許我也有感覺，但這種事，沒有證據，又不能去質問他。」

「應該是這個樣子。」我插話說，「老孟本質上是個厚道人。不會對您陽奉陰違。在位時女人多，是因為他的權力。大家都把他當成了唐僧，都想從他身上割塊肉下來。現在看，您是唯一一個無所圖的人。」

「我也有所圖，我是圖愛。我明知道他不會娶我，但我卻廝守著。我是看重自己的內心。他那會兒甚至鼓勵我去找個喜歡的人。我一直沒找到，是不是潛意識裡有老孟在做參照呢？現在想，應該有這層原因。不然，接觸過那麼多男人，怎麼就沒有一個讓我心儀的呢？也曾想著好好與人交往，也曾想著自己有點兒年齡了，不能再蹉跎了，但就是沒有人能讓我動心。與其溫吞水似的過日子，還不如一個人靜靜地待著好。之後，我就拒絕了所有人為我介紹男友，自覺地一心一意地做老孟的保姆。反正他也是一個人，對我的好也從沒有變過。他做秘書長時，對我什麼樣子，後來做了市長仍然是什麼樣子。他對外說我是表妹，但我知道，在他的心裡，也一直在愛著我，這也是我們廝守到今天的深層原因。」

瞿姐身著米色外衣，並配同色系的裙子，看起來非常雅致。如果不是腰上的瓷青色圍裙，你簡直忘了她剛才的心思，有一半還在廚房。

大概是站累了吧，她轉身看了看灶台，然後微併雙腿坐在了我的對面，身子前傾著說：「我的這些往事，讓你見笑了。」

「沒事的。我還要真心感激您和市長呢。你們的故事，於我寫作真是求之不得，比金銀財寶都要珍貴。」

「那就好，金銀財寶過去可以。老孟當書記時，隨便幫你一把，都可以讓你生活得非常好。現在沒有可能了，只能送你一堆故事。即使是這樣，老孟也是不願意輕易對人講。你是為人真誠，老孟才鬆了口。不過在這之前，他也說過，是非寵辱於他，已成為過眼雲煙。他也在思考自己錯在了哪裡，也想刨根問底，幾十年來的追求究竟為了什麼？社會、國家、民族與自己，沒事了也與我說說。可惜我水準低，不能與他作過深的交流。我看書不系統，形不成自己的觀點。你來得正好。我能看出，老孟已不僅僅把你作個棋友了，他也在關心你的創作。他這個人有個習慣，幾十年來都沒變，那就是喜愛人才。看到有才情的人，恨不得都調到自己身邊來。」

「老孟現在有你相伴，也是他的福氣。你在他落難之時，挺身而出，令人欽佩。」

「過獎了。沒有那麼高尚。只是一種直覺。」

「你嫉妒過他在情感上的那些事嗎？」

「有那麼幾年，在他深愛著我的時候。每次出差回來，我都會在家裡做好飯等著他，不讓他以任何理由先到別的地方去。他如果去了，我便會心神不定，像有什麼東西在刺痛著我。大概就是你所謂的嫉妒吧。後來平淡了，變成親情了，就不會有那種折磨了。至於俠肝義膽一類的情緒，也只是本能。他在位時，我攀不上；他揹運了，我也沒有想到嫌棄他。」

「市長的身體尚好，生活底蘊也十分豐沛，應該是一座富礦，他要動手寫本書，一定會特別精彩。」

「如果沒有後來被叫去問話的事件，或許還有可能。將退未退之時，他也曾有過自己的打算，準備寫一本精神層面上的遊記。將中國傳統文化像魯迅輯《古小說鉤沉》那樣，從頭捋出一些有益的典籍，供後人選讀。但北京回來後，他改變了主意。他認為傳統文化既不能救中國，也不能裨益青年，甚至對人生的意義都發生了懷疑。」

「噢。一百八十度的轉彎？」

「是的。他現在算是活通透了，重又墮入輪迴的人生哲學。以為人生本來就沒有意義。高層次低層次都沒有。高層次與低層次的區別僅在於滿足點的不同。對於低層次的人來說，富裕的生活便是終級目標；而對於高層次的人來說，溫飽問題解決之後，更多的是尋求精神的滿足。譬如藝術宗教等等。」

「我原來以為您是仰慕老孟，才與他勇敢地走在了一起，現在看來，你們在精神上也是琴瑟和鳴、高山流水啊。」

「我是皮毛而已。這些觀點都是從老孟那兒聽來的。二道販子。我是只讀書不思考，他是既讀書又思考。共同讀一本書的時候，他會與我交流，先談他的感想，然後再問我的感受。我說我沒感受，您的感受就是我的感受。他對這樣的回答是不滿意的，但又無可奈何，因為再沒有人能與他探討。不過有一點兒我比他強，就是我們共同讀過的書，他忘了會問我，我差不多都能回答他，他因此稱我為答錄機、掃描器。這顯然是誇張的說法。我覺得我之所以能記住，是因為比他年輕。」

「有一個話題早想問了，害怕您敏感，那就是您和老孟為什麼不生個孩子？」

「我說過，沒有什麼敏感的話題，你只管問便是了。老孟是個悲觀主義者，他認為世界是一個過程，時間是一個過程，因此，人生也是一個過程。戰爭、水災、地震、火災，極端天氣，人類的矛盾周而復始，循環往復。自己誤打誤撞地來到了這個世界，已經是個錯誤，難道還要再連累下一代嗎？」

「這種理念在年輕人中間比較流行，沒想到您和老孟如此超前。」

「時勢對老孟再教育的結果。過去老孟高興了，還會與我開個玩笑，說生一個孩子吧。我說，可以啊。但您必須先與宋薇辦了離婚手續，然後我們再結婚。現在的政策是，沒有結婚證便沒有出生證，您難道要讓您的孩子當黑戶不成？」

「嘿嘿。老孟被將住了？」

「那倒不是。他那會兒是書記，這些對他都不是難事。最重要的是，他那時還很糾結，身邊有一大堆女人。如果離了婚，和誰結婚就很為難了。他知道我這裡肯定不會鬧事，但其他的那些，他就把握不住了。」

「做個書記也真是難啊。」

「其實做個書記的情人才難呢。你要在感情的旋渦裡掙扎。你必須作出選擇，要麼離開他，要麼接受現狀。」

「你妥協了？」

「這是沒有辦法的事。他是我的第一個情人，也是最後一個情人。這與他對我好有關係。在他有許多女人的時候仍然是這樣。不是逢場作戲，也不是虛以委蛇。許多事情你能感覺得來，是落實在細節上的一種愛。這些年來，我不斷地在諸多角色中釐清我的角色，也經常反躬自問我是誰？然而釐清了也白搭，你無法對他提出更多要求。你讓他專一地愛一個人，他肯定做不到。我知道他做不到，他也知道他做不到。不是不想做到，而是市長的職務讓他做不到。」

「說什麼呢？說得這麼激動？」市長午休起來了，穿了一身運動服，建議去海灘走走。說羊肉吃得他渾身發熱。瞿姐說：「這個建議不錯，您先喝杯茶，讓我上樓換身衣服去。」

瞿姐從樓上下來，已判若兩人。黑白相間的裙子，細細的吊帶，使她顯得優雅而年輕；似乎還抹了腮紅和口紅，頭髮也簡單地吹了吹。

從別墅出來，老孟又改變了主意，對瞿姐說：「要不咱領著介一去看看鷲島博物館，三站路，走去走回正好一萬步。」

「好，那咱們就沿著海邊向北走，說著話就到了。」

靴子踩在濕沙上吱吱作響。老孟深一腳淺一腳走著，沙灘上留下兩行歪斜的印記。

我忽然發現市長走在蜿蜒的海岸上的腿，一拉一拉的，便問瞿姐緣故？瞿姐說：

「考察熊河時摔斷過。」

46 不同地質層的相同

鷲島博物館建在一個島上，中間有一座廊橋，約五百米。穿過廊橋可見一個碩大的雕塑，再走幾百米，才看清那是一隻飛著的鷲。鷲下面就是博物館，在內地應該是地下室，但在島上人們習慣稱一樓。有巨大的鷲臥在上面，成了遮擋風雨和太陽的外殼，博物館因此而涼爽了許多。附近的人，在天氣特別熱的時候會溜達著過來，在鷲的尾翼下乘涼。

海上的雲總是浮想聯翩，見我們過來，就徐徐飄過一朵，正好罩在博物館上空。老孟說：「就全當來乘涼了。」瞿姐用手捂著嘴笑了：「老孟喜歡到這裡來。每次來朋友，都會帶過來轉轉。我有時煩，他就勸我說，溫故知新，住在了島上，就要熟悉島上的歷史。我們在古卵，對於城市歷史，瞭若指掌。客人來，參觀的第一站就是歷史博物館。」

我想，在老孟心裡，這兩個地方是不可同日而語的。古卵是他的第二故鄉，傾注了大量心血。為一個城市白了頭，在當今的幹部中尚屬少數。現在的官員，一種是為了升遷而創造政績，這類政績大多為面子工程；而另一種則是把政績當事業，為官一任，富民一方。老孟在古卯，由秘書長算起，應該有三十年了吧？古卯的角角落落，都留有他的印記和影子。

「介一，你看這個，」老孟指著一個模型給我說，「像什麼？」

我仔細打量半天，「像美國的雙子塔？」

「對啊，」老孟指著下面的文字說明說，「有一位外國考古學家，曾潛入海底考察，據打撈上來的建築碎片推算，兩萬年前，這裡比現在的紐約還發達。所有建築無縫澆灌，一次成型，抗八級地震。」

「神話吧？」我咋著舌問。

「前面櫃檯上有書，你可以買一本仔細研究。當時先進到什麼程度，估計你都想像不來。所有的交通工具全是海陸空適用，智慧化避讓，就像走在大街上，見對面來人會自動避讓或者停下來，等擁擠狀態消解了再行走，你說先進不？」

「這不是外星人闖入地球的傳說麼？」我又一次感到驚異。

「不是外星人，就是當時鷲島上的實際發展水準。那位外國考古學家在建築殘骸上，用鐵片四處尋找縫隙，結果很失望，沒有找到一處可以插進鐵片的縫隙；後來又找到許多類似飛船的交通工具。經過科學團隊研究，確定就是我所說的那種玩意兒，海陸空一體。不是逢山開路，遇水架橋，而是逢山騰空，遇水穿行。」

「神奇。一會兒一定買本書看看。」

再往前走，便是鷲島刀耕火種時期。這一段歷史類同咱們山頂洞人，使用簡陋的磨制石器，並學會了使用火，其體質形態已明顯表現出黃種人的特徵。所使用的石器也比舊石器時代中期更加精細、輕便，並已開始使用弓箭、磨制骨針等。我問老孟：「剛才那麼先進？現在怎麼又墮入茹毛飲血時代？」

「因為是個浮沉島，所以，以往無論多麼先進，瞬間沉入海底後，一切都得從頭開始。」

「那怎麼知道它的浮沉時間呢？」

「也是有考古依據的。鷲島沉入海底之前的印記，也有人寫成了書。譬如大陸當時處於什麼時代？而鷲島處於什麼時代？從鷲島發現的岩畫上看得一清二楚，幾乎所有岩畫都能在大陸找到對應的地方。譬如賀蘭山岩畫，就在鷲島可以找到，圖案幾乎一模一樣。有牛羊、騾馬、雙戟鯊、農作物、同心圓、建築模型、服飾與槍支，乃至各種變形人面和性交姿勢，人與人、人與獸、人獸群交、佛與弟子雙修等。這樣的圖案，差不多有幾十米長，大多刻在背山面水的緩坡上。從岩畫上看，有鷲島去大陸進貢的禮物，也有大陸回贈鷲島的布帛和瓷器。」

老孟說著，又朝前走了一段，手指著燈光下的圖案說：「你看，這裡的仿製品都有我剛說的那些內容，只不過是微縮景觀，小了許多罷了。」

我湊上去細看，果真如他所說，岩畫的內容繁雜而奇特。

「當時鷲島人認為，遼闊的大陸只是一片蒼茫無垠的沼澤，只有鷲島才是最適宜人生存的地方。他們的祖先因避戰亂而來這裡，又為探索新的居住地揚帆出海。奇怪的是，鷲島原住民的岩雕，居然在北美洲也有發現，可見同一工匠穿越兩千里地的文明呼應。應該說，成熟的語言、先進的技術和眾多的文化源頭，在這個世界上曾反復出現過，又反復毀滅過。一個地方繁榮起來，必定會輻射到其它地方，以致於使其它地方也變得繁榮，正如今天的美利堅合眾國。」

瞿姐在老孟後面一直不語，快要出博物館門了，才附在我耳朵上說：「他就好這一口，對城市建設癡心不改。夢想著有一天古卯也沉到海裡，然後由考古研究者發現，一一證明，這是什麼年代？由什麼人主持？屬於文明的第幾個階段……」

「不許背後議論人，」老孟顯然聽見了瞿姐的話，半嗔道，「生活難道不是這樣的嗎？一代人一代人的文明沉澱，構成了文明集大成。我們今天所看的名著、電影、古跡，所享受的現代科技，不就是無數人的努力建樹而得來的？」

「我又沒詆毀您，我是在表揚您啊。在一個兩千萬人口的城市執政三十年，總會有令人可圈可點的地方。正如您今天為介一介紹的鷲島博物館一樣，既逢鐘子期，何不奏一曲高山流水？」

「瞿姐讀書真多啊。」我驚異地發現，她居然把王勃《滕王閣序》裡的話信手拈來送給了市長。

「本來說出來散散步，沒想到突然改變主意，心急火燎地到這裡來，也沒帶水，趕快回。老孟沒有水，馬上會上火的。」

「那讓我去買個椰子來吧？」

「不用了，」瞿姐攔住我說，「我倆都喝不成涼水。回去喝。」

博物館出口的北邊是荷蘭和葡萄牙首府舊址，只剩下一面紅色的磚牆和幾尊大炮的殘骸。我們出來後，正好有輛計程車送人過來，我招手讓他們上車，市長說：「不是走回去嗎？怎麼又要坐車？一萬步還差五千呢。」

瞿姐攬住市長胳膊，連推帶搡地把他扶上車，「什麼五千六千的，都快成數字人了。講了半天，口乾舌躁的，先回去喝水。想走了，晚飯後去海灘，好不？」

市長無奈地搖頭說：「家有河東獅，拄杖心茫然啊。」

瞿姐佯裝開車門說：「那您下去拄杖吧，我和介一先回？」

「不敢不敢，車都開動了。出個事咋辦？」市長息事寧人地說。

瞿姐扭頭看窗外，不再理市長了。汽車沿著博物館繞一圈兒，徑直向南開去。

47 瞿姐病了

參觀完博物館，市長幾天沒有召喚我。我一個人待在別墅，讀書之餘，不免有些納悶：市長把棋戒了？他可是一日不能捨棋呀。我驀然想，是不是病了？有可能，我還是去問候一下吧。如果沒事也就不牽掛了。我於是過去敲門，結果卻無人應答。

一直等到晚上，見市長家燈亮了，我才緊走幾步上前敲門。市長打開門，我說：「好幾天沒見到你們，沒事吧？」

「瞿姐病了。我帶她去查體，每天早出晚歸，也沒顧上與你聯繫。讓你操心了。」

「不要緊吧？」我急切地問。

市長扭頭朝二樓望望，輕聲說：「她正在休息。我們改天談，好不？」

「好的。」我轉身下了臺階，又下意識地回了一下頭，見市長已經將門關上了。

回到家，我怎麼也睡不著。便去陽臺上遛達。下弦月冷清地掛在東邊的天空，四周闃寂清爽；一縷微風吹過，帶來了淡淡的海腥；而遠處，則有大片的黑雲，徐徐向別墅靠近。

翌日清晨，我又去市長家敲門，結果無人回應。我打市長手機，市長說，瞿姐一大早就來住院，他正在辦理手續呢。

我二話沒說，掛了手機直奔醫院。一直到十點多鐘，才幫著將各種手續辦完。等瞿姐住進病房，已經要吃中午飯了。

市長對瞿姐說：「你先歇會兒，我與介一下樓吃點兒飯，然後給你打包回來。你想吃啥？」

「您看著辦吧，不是十分想吃。」瞿姐神態很好，彎腰抻抻床單，對我努努嘴說：「把介一招呼好，他年輕，胃口好。」

我和市長下了樓，市長問：

「餓不？」

「不餓。」我說。

「那我們到海邊走走？」

「可以啊。瞿姐是什麼病？」

「乳腺癌早期。」

醫院就在海邊，約一里地左右。太陽從南邊照過來，海水泛著一波一波的銀色浪花。我和市長在沙灘上走著，海風吹開了市長敞開的大衣，他下意識用手掖了起來。我望望他，發現他眼神裡有一層陰翳。我說：「這病應該是在古卵就得上了，只不過是沒有覺察罷了。」

「應該是這樣的。你瞿姐性格內向，一般不告訴她的內心感受。我又是個忙人，從不留心她的情緒。想著她這麼多年，每天總是平靜的微笑著，心裡好像十分陽光，誰知竟然……」

「越是這樣的人，越容易得病。那些喜形於色，心裡有什麼就說什麼，憤怒時也能吵嘴的人，反倒不會生病，因為他們發洩出來了。」

「病根應該都在我身上。我這個人，報應到頭上才幡然醒悟。政治上是這樣，感情生活上也是這樣。總以為許多事可以瞞住，以為她的忍讓是對我的大度。現在看來完全錯了。女人的第六感覺比測謊儀都準。我的那些爛事兒，她心裡其實都很清楚。」

天漸漸熱了起來。市長把大衣脫下，搭在右胳膊上，看著遠處開過來的漁船，雙眉緊縮，一副痛徹肺腑的樣子。

我不想再問了。陪著市長慢慢地走著。市長跛著的腳在沙子上踩著，發出吱吱的響聲。能看出，他悔恨之情如同這卷向岸邊的浪花，猛烈地撞擊著內心。即忍如地，那是佛的境界，我們都是凡人啊。

又到了瞿姐初次請我吃海鮮的「小舟餐廳」，我和市長上船，匆匆吃了午飯，然後點了一份蕃茄小黃魚和清炒芥蘭，打了個包。

瞿姐做手術那天，我六點多鐘就爬了起來，過市長家地下停車場把車開到外面，細細地擦洗一遍後，便向醫院趕去。市長一下車直奔手術樓，我停好車，買了兩瓶優酪乳和幾包餅乾，也匆匆趕到了樓上。

時光在緩慢地流動著，我和市長靜靜地坐在椅子上，有時在樓道裡來回踱步。市長不能喝涼水，走時已經帶上了保溫杯，一直抱在懷裡不鬆手。過去走哪兒，這些事都有秘書代勞，現在只好自己操心。瞿姐說，這之前，他已經丟了無數個杯子。

如坐針氈的三個小時，一分一秒地過去了，瞿姐終於從手術室推了出來。麻藥過去，人已經完全醒了。臉煞白。一雙大眼尤顯得清亮。市長扶著四輪平板車，一邊走一邊問：「疼不？」

「不疼，」瞿姐平靜地說，「有止疼棒哩。」

輸液一直要輸到夜間十二點。我說我先守著，讓市長回家休息，吃完晚飯再過來。瞿姐說：「你倆都去吃飯，我一個人可以應付；下午由老孟盯著，他熬不了夜。晚上介一過來。好不？」

我點了點頭，市長也沒再說什麼。等我倆從住院部出來，已經是下午兩點多了。在附近簡單地用了午餐後，我把市長送回別墅。三點半左右，又把他接到了醫院。

住院前，市長勸瞿姐回古卵手術，說那裡的醫院有他的許多朋友，僅院長級的就有好幾個，老面情還在。但瞿姐不願意。她心裡知道，回去一定比這裡方便，主治大夫會分外精心，照看和探望的人也不會少。可對市長來說，回去並不輕鬆。他到鷲島的目的，就是想從古卵蒸發，讓人們忘記他。這裡面既有自己的原因，那就是不想讓人們重提往事；當然還有其他的原因。他受賄數字比較大，北京沒有治他的罪，顯然屬於特別赦免。儘管上面沒有明確規定，不讓他四處拋頭露面，但他心裡十分清楚，要守本分，少露臉，不說話，最好從人們的視線徹底消失。

鷲島這塊地方，很講究背景，但有錢亦行。市長雖為落魄之人，但瘦死的駱駝比馬大。他早為瞿姐預定了個單間。裡面有衛生間，陪人的床，外帶沙發、茶几，即使來人探望，也不丟份兒。但不管住什麼包間，入院手續均須從門診辦起。我對市長說由我來，市長堅持說由他來，我只好作罷。

市長從一號視窗開始排隊，這裡是病人入院資訊登記。表格上的字型太小，市長從包裡掏出老花鏡戴上，慢慢地填寫著。二號視窗是交入院前的各項檢查結果——要命的是每個視窗都得從頭排隊。三號視窗是辦理入院手續。四號視窗是辦理醫療卡登記。先交一萬元現金，出院結賬時再退還。五號視窗是住院房間和床位登記。六號視窗是主治醫師排號。七號視窗是領取住院所需用品。過完這些程序，市長拿著臉盆和毛巾向我走來，一下仿佛老了幾歲。步履蹣跚，神情恍惚，似乎所有的智慧都被這些瑣細的規定給攫走了。

瞿姐住院那段時間，市長的辛苦真是難以狀述。尤其是進入化療階段。瞿姐擰著眉頭抱怨說：「這一袋子從冰箱裡拿出來的藥，打進身體，胃拔涼拔涼，整個人都僵硬了。」市長便把藥袋子抱在懷裡暖著，一動不動地站幾個小時，愣是把人變成了輸液架子。瞿姐反應過來後，又悔恨自己嘴碎，讓市長受了大累。

瞿姐有時要上廁所，市長就幫著把藥袋舉到廁所，掛在掛鉤上，然後才退出來。有時站困了，就在瞿姐床上躺躺。瞿姐為他揉腿，他說：「這腿硬朗著呢。農村勞動時背一百多斤的糧食，走二十里山路呢。」瞿姐就拿他取笑：「那都是幾輩子的黃曆了。不要說背一百多斤的糧食走山路，您現在背著我在樓道裡走一圈兒看看。」老孟憨憨一笑，不吭氣了。

市長這人，外表看起來啥事兒不放在心上，一副樂天派的樣子，其實內心世界于人於事，還是極敏感細緻的。瞿姐住院，他想著法子讓她吃好。素餃子、炒饃花、土豆丸子、蒸鱒魚、清湯雞……不會做的，便在小紅書裡學。一遍一遍，做好了，給瞿姐端去，做不好，就自己吃掉。

一天上午，我正在電腦上查資料，驀然聽見一陣急切的敲門聲。我慌不迭地下樓，在貓眼上一看，是市長，連忙打開門，見他右手捂左手，說話間，又見鮮血從指縫裡滲出，一滴一滴跌落在臺階上。我緊忙轉身，拿出兩條毛巾，一條勒在他手腕上，一條纏住流血的地方，然後扶他坐到車上。幸好醫院就在附近。大夫拿開纏在手上的毛巾，用碘酒將傷口澆了澆，才一針一針縫合。儘管打了麻藥，但市長仍然緊咬牙關，一臉痛苦的樣子；我在旁邊數著，總共縫了六針。

回來的路上，我問市長怎麼回事？市長說：「化療讓瞿姐食欲大減，醫院的飯又千篇一律，昨天，她對我說，想吃炒土豆絲了。我就想著給她炒一個。為了買到皓山土豆，我還起了個大早。」

「皓山土豆？」我半懂不懂地問。

「是呀。」老孟說，「皓山土豆日照時間長，炒出來沙沙的，我們那兒的人愛吃。」

「噢。」

「土豆買回來，我將土豆皮削掉，洗乾淨，便拿刀切了起來。我本不擅長家務活，灶臺上的事更是生疏，加上這些天滿腦子都是瞿姐的病，結果沒切幾下，土豆一滑，刀便落在了手指頭上。」

「哎呀。」我的心顫動了一下，仿佛切在了自己的手上。

「血瞬間冒了出來。我急忙去藥箱找出創可貼，是那種透氣防水的。因為慌亂，我把正反面搞錯了，帶膠的一面立馬互相黏在了一起，怎麼撕也撕不開。我只好把衛生紙捂在傷口上，就過來敲你的門。」

市長說著，瞿姐打來了電話，問他上午過醫院來不？老孟含糊搪塞。說他上午買了土豆，準備給她炒土豆絲呢。

「您會切？」

「沒吃過豬肉，總見過豬跑吧。吃了你那麼多年的土豆絲，看都看會了。」

「那您小心點兒。不要把手切了。」

「哪能呢。你放心好了。」

老孟晃了晃胳膊說，「你看，她的擔心還真不是空穴來風。這手指頭上包著厚厚的白紗布，像穿了一身棉衣；下午去醫院，瞿姐肯定能看到。編個什麼理由哄哄她呢？」

我見老孟一臉愁雲，便出主意說：「就直接告訴她，但不能說切土豆，要說削蘋果。削，一般人會理解為削掉一點兒皮；如果說切，尤其是說拿菜刀切，傷口又裹得那麼厚，那瞿姐一定會想得很嚴重，以為您把手指頭切掉了呢。」

「那倒是。這個主意好，就說削蘋果。」

車到了家門口，我要送老孟進去。老孟說：「不急著回，再去一趟市場好不？」

「還買什麼？」我說。

「買個擦子。」老孟說，「回去擦土豆絲，炒好，下午去醫院帶上。已經給瞿姐說過了，她心裡會有期待的。」

「那您先回家休息，讓我一個人去買。」

擦子買回來，老孟從廚房櫃子取出一隻橡膠手套，笑著對我說，「這回有經驗了，戴上手套擦，防止把控不住，再把手擦破。」

老孟將土豆絲炒好，放在保溫瓶上面的菜盒子裡，然後在另一器皿盛上米飯，放菜盒子下面。一切妥帖後，才坐上車向醫院奔去。

三〇一醫院在鷲島市北大街，是為有錢人來鷲島避霾而修建的，其醫務力量與北京三〇一醫院等量齊觀，硬體有過之而無不及。一到冬季，因為這裡的上佳空氣，不少醫務界的大腕專家，亦會藉口推廣新技術，以外出交流、講課、研討等方式，來島上暫住。人們摸準了醫院這個特點，都不失時機前來就醫，因此顯得格外擁擠。

鷲島有個奇特的現象，交通工具多以摩托為主，一遇紅燈，刷地停下一片，黑壓壓的。汽車裹在其中，行走十分困難。好在我技術尚好，左騰右挪，上下其手，半天，才把老孟送到了醫院。看著老孟手提保溫飯盒，匆匆而行的背影，我忽然覺得，這個風流成性，當了幾十年「國王」的主，居然還是個柔情似水的男人。

記得一次去市長家，敲開門後，他手裡拿一把韭菜，淚流滿面。他見我狐疑，便主動說：「瞿姐想吃雞蛋韭菜餃子，我就自告奮勇說自己做。瞿姐叮嚀說，買韭菜時，一要聞，看有沒有土腥氣，二要觀，凡是當天的韭菜，根下都有水滲出。我根據這兩個條件，挑了半天，才挑到這把韭菜。摘的時候，驀然憶起往日時間，禁不住失聲痛哭。」

「噢。沒事的。瞿姐病好後您還有足夠的時間補償。往事如煙，來日可期。」我安慰他說。

「但願能這樣。」市長搖搖頭，又一根一根地揀起韭菜來。

老孟手上的紗布終於去掉了，瞿姐看到半寸長的傷疤，才知道不是削蘋果削的，便不無憂慮地說：「老孟啊，看看您，哪天我死了，您可怎麼辦呀。」

老孟低頭看著腳指尖，嘴裡嘟囔著說：「這還真是個問題。」

「是個啥問題？再找一個不就得嘞。」瞿姐說。

「胡說啥呢？我會慢慢學會料理自己。從現在就開始學，學不會，你真的走了，我就自己了斷自己。」

我一看他倆越說越遠，就在一旁插話說：「一切都會好起來的。瞿姐的身體，老孟的廚藝，我的棋術。」

瞿姐總共做了九次化療。期間經歷了嘔吐、掉發、牙齦腫疼、失眠……。她沒有生育過，所有的懷孕期間的噁心全在化療期間體驗了。市長與她開玩笑說：「就當懷了一個孩子。」瞿姐說：「完全是兩回事。您不懂。」

化療結束，瞿姐買了個假髮。淺黃色，齊耳，戴在頭上像換了個人，時尚、雅靜、韶秀。每天下午，市長都會陪她去海邊散步。手拉著手，緩緩走著；海風仿佛停了下來，海變得分外平和，偶爾會有一兩聲海鷗的叫聲劃破長空，你驀然覺得，海老了，也會變得寂寥曠朗。

一次，市長和瞿姐去海邊散步，突然風向驟變，瞬間下起了暴雨。我看見海邊有個婦女，正推著輪椅過來。車上坐著的人已垂垂老矣，佝僂著身子，頭微低，禿頂四周還剩有一圈兒蒼白的頭髮，散亂而無序。他們也是要到海邊廊亭下避雨，但在緩坡上遇到了一道淺溝。輪椅便在淺溝裡一震，將前傾的老人給掀了出去。我緊趨幾步趕過去，幫著把老人扶了起來。老人磕在路面上的臉瞬間紅腫，有些地方還滲出了斑斑點點的血漬。

這件事，市長和瞿姐從頭至尾看在眼裡。回來的路上，市長由衷地感歎：「人老了，真是個悲劇。」瞿姐接著說：「可人總得老啊。」

48 先前話題的延續

瞿姐到首長家時，十五歲，我三十出頭，與宋薇結婚已經幾年了，感情也很好，所以對其他女孩兒不甚注意。瞿姐懂事，我每次去首長家，她總會為我沏上一杯茶。冬天是普洱，夏天是龍井。纖手將茶端上後，便一聲不吭地離開了。

她進入我眼簾時，已長大成人，應該有十八歲了吧？我那會兒已經到古卯工作了。因為要去西雙版納學習，我臨行前與北京的首長通了話，看他需要點兒什麼特產不？首長說，正好夫人在家閒著，不妨也讓她和保姆去轉轉，你費心招呼一下。我對首長表態，沒有任何問題。

我提前一天到達，住宿安排好後，便去嘎灑機場接人。瞿姐扶著首長夫人迎著太陽走來，風塵僕僕。我小步快跑，從她們手中接過行李。瞿姐已出落得楚楚動人。一米六八的個子，腰身細長。白淨的臉上滲出點點紅暈。一雙大眼睛，湖水一般地泛著漣漪。我怔怔地看著，感到十分驚奇。過去的許多日子，也曾看過她，沒事兒還說說話，但如此青春飽滿，鮮亮迷人的感覺還是第一次。

說是學習，其實只是一天的講座，剩下的一個星期，全是旅遊。我為夫人和瞿姐交足了費用，她倆便和團裡一起活動。每去一個景點兒，我都會為夫人照相，順便也給瞿姐照幾張。回來後，我將照片製成兩個相冊。首長夫人一冊，瞿姐一冊。夫人那冊，我在每張照片下都標注了時間、地點，以及旅遊景點的特色；瞿姐那冊呢，我什麼也沒寫，只在影集扉頁上題了「西雙版納留影」字樣。但瞿姐的美，卻深深地留在了我心裡，她在鏡頭裡的一顰一笑，一轉身一顧盼，都有種擋不住的誘惑。

那本相冊，瞿姐過古卵工作時帶了過來，我重新打開時，往昔的情景又在眼前晃動起來。如果說存在一見鍾情的話，那麼，那次在西雙版納接機，我在心底已經有了這個女人，只是因為當時無暇顧及罷了——每天忙得團團轉，說是百廢待興，一點兒都不誇張。後來宋薇去了兒童村，瞿姐來古卵工作，我在外應酬喝多了，才有了那次的衝動。

瞿姐于我的醉酒，沒有抱怨半句。她為我一點兒一點兒清理污穢，用熱毛巾敷臉、擦手、服維生素，之後又為我蓋上被子，一直守著我睡著後才離開。到半夜，酒勁兒漸漸過去，我醒了過來，竟然鬼使神差地朝瞿姐的臥室走去。瞿姐因為剛才忙著招呼我，還沒有睡踏實，聽見敲門聲，朦朦朧朧問：「怎麼啦？」我說：「開一下門吧？」瞿姐以為我身體又有什麼不舒服，就起來穿上睡衣開了門。我闖了進去，近乎瘋狂地剝下了她的衣服。瞿姐瞬間反應過來，用雙手使勁兒推我，用牙齒在我胸脯上狠狠地咬，我依然沒有停下來。瞿姐呻吟了一聲，癱軟在了床上。

夜間不知什麼時候，天下起了大雪，至凌晨，已厚厚堆了一層。我知道司機馬上會過來接我，就踉踉蹌蹌下了樓。瞿姐似乎追過來，幫我披上大衣，又把包遞到我手裡。

之後我什麼記憶也沒有了，腦海裡全是她雪白的身體和流在床上的殷紅的血。我突然覺得很崩潰。我太莽撞了。酒精和荷爾蒙讓我變得醜陋、無恥、不可理喻。

雪下得更大了，車軲轆壓在雪上，發出咕咕的響聲，我感覺到好像是輾壓在了我的身上。瞿姐儘管與我沒有血緣關係，可自認識以來，我一直把她當妹妹看待。她事實上長大了，但她要談戀愛，要去尋找心上人，要過日子。你說我這是幹什麼呀？我這種行徑，不正毀了她一生嗎？

自那以後很長時間，我都不敢正眼看瞿姐。即使看，眼睛裡也會游移著畏怯的光芒。我知道自己罪不可赦，不要說做個老大哥，簡直就是畜生一般了。

好在瞿姐沒有我想像的那麼嚴重。我下班回家後，她除了眼睛略有腫脹外，其餘的都沒有變化，照常做好晚餐在靜靜地等著我。我低著頭吃完飯，一句話沒說就去了書房。我想找個合適的時間，與她聊聊，真誠地道個歉。

幾天後的一個晚上，我看沒有任何應酬，就給瞿姐打了個電話，告訴她我晚上回家吃飯。

瞿姐宛若猜到了我有話要說，就早早炒了幾個菜，開了瓶紅酒，款款地坐在對面看著我。

我向她道歉，解釋了衝動的原因，並吞吞吐吐說出了內心的喜歡。我從西雙版納學習說起，一直說到她來古卯住在家中的日子。我說，你的美就像石榴一樣，擠滿了密密的細節。想到任何一處，都會讓我充滿感動。這種情感在心裡貯藏久了，會像酒一樣，味道愈來愈醇厚，那天終於忍不住……

我做賊心虛，語無倫次。心想，甜蜜的話總會消解憤怒；當然我也做好了準備，隨時迎接她對我的疾言厲色或絕情別離。

誰知瞿姐聽完我的表白，並未大為光火，而是拿起醒好的紅酒為我倆各斟一杯，然後舉起酒杯平靜地說：「被人愛總是件愉快的事。我吃住在這裡，早不見晚見，孤男寡女，這樣的事我是有顧慮的。您和宋薇還沒離婚，任何節外生枝的事情，都會給您造成不利的影響。所以，在和您的關係上，我不敢有太多奢望。在外，做好一個圖書管理員，在家，當好自己的保姆。

「那晚上的事，雖然來得突然，令人猝不及防，但那也是我所渴望的。或許還有更好的方式，能讓我不感到驚詫和突兀，但幸福的事情降臨，又何必要苛求它的方式呢？您那天上班後，我第一次睡了個回籠覺，然後懶到晌午才起床。我已經說服自己：將來能結婚更好，不能結婚也不會逼著您給名分。有工作，有住處，有您相伴，足矣。」

聽完瞿姐的表白，我著實被感動了，就發誓般地說：「只要宋薇一提出離婚，我立馬離。離了後就與你結婚。反正人們都在猜你為什麼不結婚？我們的事情一攤開，一切雜音便會煙消雲散。」

「我結婚不結婚與您沒關係，讓他們去嚼舌頭吧。我不怕的。我不結婚，是沒有遇到合適的。您儘管放心。今天既然說到這兒了，就不妨多說點兒。我如果有了合適的，我還會去見面，去談；找到感覺了，也會結婚。您也同樣是自由的。不要為我海誓山盟。想接觸誰就接觸誰，想愛誰就愛誰。我不能因為與您有了肌膚之親，就把您箍住。我雖然從山裡出來，文化程度也不高，但我心不狹隘。」

那天晚餐，我倆喝了整整一瓶紅酒，都有些高了。臨睡前，我要回房間，瞿姐過來擁著我，深情地說：「想不想住我那兒？」

從容的愛，畢竟比唐突莽撞更令人銷魂。擯棄焦渴的心情，細細品味她的玉體，我禁不住顫慄起來。身下的她，肌膚如雪，胸脯聳挺，臉上彌漫著朵朵紅雲。能感覺出來，她也是十分陶醉，微閉的雙眼掩不住欣悅和甜蜜。那晚，我們忘情地折騰著，直到累得昏睡過去。

這樣的日子，是令人沉浸和嚮往的。我每天晚上不再加班，應酬也儘量縮短時間，回家的腳步空前輕盈急促。

我發現我愛上了瞿姐，甚至感到驚訝。在這之前，我可是有許多女人的啊。怎麼就一下子把她們都忘記了呢？我已經習慣了在賓館偷情，習慣了幾個女人陪著吃飯，一起逗樂。忽然之間，我開始用情專一，心思全在一個女人身上，渴望吃她做的飯，渴望摟著她睡覺，渴望與她黏在一起。

可惜這樣的日子沒有維持多久。我可以拒絕加班，拒絕應酬，但我拒絕不了過去的那些女人。邀請的次數多了，總得去應酬一下，然而一旦去應酬了，憐香惜玉之事就難以避免。這種無法控制別的女人佔有的欲望，曾令我苦惱了很長時間。每次在外與其他女人做愛時，腦海中都會浮現出瞿姐那焦灼的眼神。一次，我又是這樣心有旁騖，結果被身底下的女人，在肩膀上狠狠咬下一個牙印。

有了這樣的教訓，我終於決定，一周在外頂多約會一次，回家後也住在自己的房間，高興了，再去瞿姐房間。我私下裡告誡自己，如果不能做到專一，就要降低愛的溫度，因為愛的傷害與愛的熱度是成正比的。我對瞿姐說：「我還是睡我房間吧？我半夜會醒來，甚至會有緊急電話，那樣會影響你休息的。」

瞿姐說：「您隨便。怎麼舒服怎麼來。過去沒強迫過您，現在也不會強迫，將來也不會。我說過，您永遠是自由的。」

不過，瞿姐這種在語言和行為上的大度，給我形成了一個錯覺，以為她在心理上也是強大的、坦蕩的，故沒有過多地考慮我的放縱帶給她的傷害。但她畢竟是人啊，她已被愛情綁架：深愛著又不能獨佔獨享。我的那些藉口工作而在外面留宿的謊言，她其實都能感覺得來。她後來甚至說：「我在您身上能嗅出別的女人的味道。」我由此知道，一個不忠誠的男人，再精心遮掩自己的行為，終究會暴露出來。

強烈地嫉妒長久盤桓心中，鬱結成疾已無法避免。當然有個閨蜜，能訴訴私密也行，但她沒有；家人如果離得不遠，經常走動走動，或許也是一種慰藉。當這一切外在條件都失去了，剩下的苦痛就只能自己消化。想不開也得想開，消化不了也得忍著。女人心，海底針。其實她的那些「您是自由的」話，表達的恰恰就是「我是不自由的」啊。

她為我熬了多少個不眠之夜？為我流過多少苦痛的眼淚？她心中藏了多少秘密？我都不得而知。她把所有的憋屈都藏在心裡，表面上卻裝出一副無所謂的樣子。太陽照樣升起，日頭照樣落下，飯照樣做，湯照樣燒，每天精心打扮，換上喜歡的衣服上班去，然後再平靜地回家來。當然，她會讀書，看電影，散步……以此排遣心中的煩惱，但這都是極其有限的。

瞿姐性格總體是溫和的、恬靜的，但話不投機時，情緒也會變得激烈，言語溫度也會升高，有時會相當對立。記得一次聊到朝雲，我歎惋地說，可惜做了一輩子小妾，至死沒能轉正。誰知瞿姐說，一個人與一個人的情感品質，完全不在於所謂的身份。那個時代，朝雲能與蘇軾相遇、相知、相守，上蒼已經予以垂青，不能再苛求了。我們這個時代，仿佛是一個可以追求自由的時代，但有幾個人真正實現了尊嚴上的獨立和感情上的自由？您看看中國的現狀，有哪個階層的人士可以上升到貴族階段？貴族的兩個條件，財產上的安全與精神上的獨立，有哪個人能全都擁有？整個社會的富裕階層，無不散發出腐朽氣息。男人為金錢名利、面子地位而投機鑽營，卑躬屈膝；而女人呢，又有哪一個能完全擺脫物欲的桎梏、保持身體和意志的自由，成為獨立女性？

聽了她這番話，我第一次對她刮目，甚至有些震驚。能有這樣一番宏論，到大學去做個老師也綽綽有餘了。我悔恨我的過往。悔恨我東一口西一口，像偷吃的狗一樣，毫無廉恥。人不能重新生活，如果能，如果要我現在選擇，那我真的願意守著她一個人，專一、熱烈、堅定，與她結婚，白頭到老。

可人是個自私糊塗的動物，要明白點兒事理又是何等的不易。倒楣了，雙規了，才知道世界不是你一個人的。「國王」也會遭遇厄運。北京回來後住在鶩島，女人都離開我了，瞿姐才算真正過起了輕鬆舒心的日子。

瞿姐得病後，我曾問她怨恨我不？她說，病因很複雜，或許完全是遺傳，再說有您罩著，我心情一直好著呢。不存在鬱悶糾結之類的事，但在我一再追問下，她才說，來古卵不久，她就愛上了我；她說她知道這是一種沒有希望的事，可她沒辦法掙脫。當然可以離開古卵，到別的城市去，但又沒有那樣的勇氣。她說她當時唯一能做到的，就是對我好而讓我注意她。

後來有了肌膚之親，她也是讓著我，不敢有更多奢望，譬如按時回家，專一地愛她。她說，如果說傷害，應該是在有了肉體之後。這時的要求標準就不一樣了，就有了嫉妒。嫉妒使人痛苦，甚至發瘋。本來是可以發洩的，找個機會吵上一通，但她說她做不到。她擔心這樣做，會失去一切，包括她離開這個房子。

市長講到這兒，雙手一攤，哭喪著臉說，所有的事她都忍了，所有的話都藏在心裡，結果呢？把自己給打垮了。不僅憋出了病，而且是個要命的病。

對一個陪伴多年，又癡情著自己的女人，造成如此重大的傷害，內心世界自然是非常自責的。我曾陷入過長久的懊惱，覺得自己罪孽深重，欠瞿姐的太多。這件事，本可以處理得更好，譬如與瞿姐有了肌膚之親後，快刀斬亂麻，從此再不染指其他女人。可我沒能做到，甚至還有些變本加厲。

49 同時被幾個女人愛著

與秦雯相好那段時期，在公眾視野的活動中，她總會帶上她們處的栗潔，以防止人們說三道四。栗潔考入機關也有五年了吧。皮膚如同她的姓氏，黑亮光潔。眼睛也分外黝黑，眼睫毛一閃一閃。由於愛好運動，身段一直保持著青春狀態。走路腳底猶如踩了彈簧，表現出一種悠然與自信。我初次見她時，她輕輕地一句秘書長好，就把我俘虜了。我就覺得她聲音醇淨，雖然分貝低卻充滿著磁性。秦雯每次活動，都喜歡帶上她，而我又曾管轄過這個處的工作。遇到一起了，便喜歡問詢幾句。久之，秦雯看出了我醉翁之意不在酒，就將處理聯繫辦公廳的事，都交給了栗潔。

我愛上了栗潔。有一次出差，就我倆，我試圖拉她的手，她沒拒絕。此後，無論是在飛機上，汽車後排，還是飯後散步，我們的手始終在一起牽著，像度蜜月的小夫婦。然而一說到上床，她就迴避了。有一次我強行抱住她，想把她抱在床上，誰知她胳膊上的勁兒，竟是那樣的大，用力往外弓著，讓我使不上勁兒。我想，我這把年齡了，早已不再有把一個女人強行摁在床上的瘋狂，再說，如果使用農村勞動時練下的蠻力，把她的胳膊弄斷咋辦？於是，只好鬆開手，氣喘吁吁地問她：「為什麼？」她說：「找不到感覺。」我說：「你握我手時，明明能感到一種溫情呀？」

她認可說：「您的感覺是對的。自認識您之後，您對我的好，我都知道，而且作為我的領導，我也很榮幸。您是優秀的，有能力的，也是成功的。潛意識中，我對您也是懷有深深的愛慕。但我不想跟您上床，我不想褻瀆我對一個人的感情，更不想把我倆的事情弄得不倫不類。說實話，我是一個沒有非分之想的女人，努力工作，掙一份乾乾淨淨的工資就滿足了。」

應該說，我太愛這個栗潔了。我還不死心，也難以一下子撒手。我就開導她：「商品經濟時代，人們的一切關係都帶上了交換的色彩。所謂的愛情忠誠，也都是相對的。實際生活中的兩性關係，你中有我，我中有你，並不了了分明。你這樣恪守愛的忠誠，恐怕會令你失望的。」

「你中有我，我中有你，那是您的愛情觀。我還沒有那麼優裕的資源。我還是相信愛情的忠誠，寧願接受您所謂的那種失望。」

「其實忠誠也是一個相對的概念。今天要求的忠誠，明天會是什麼樣子？你對他的忠誠，是否又會換來他對你的忠誠呢？心理學家研究過，愛情的化學物質只能保持三年，你所追求的永久的忠誠是不存在的。婚姻是墳墓、空難，我是過來人，最有體會。你還是聽我一聲勸，不可太執著。」

那次出差回來，是瓔珞來接機。到機關門口時，瓔珞讓栗潔下了車，然後徑直把車開到了賓館。洗完澡，瓔珞從後面抱住我，而我卻一陣兒一陣兒心疼，滿腦子都是栗潔。我當市領導後，很少對女人苦口婆心做工作，而在栗潔面前，我像個大學輔導員，講了一籮筐大道理，還是沒把她勸到床上。投懷送抱，起初感覺挺好，可時間久了，就厭倦了，而栗潔的這種拒絕，卻令人有一種不肯甘休的挑戰。

分開半個多月，瓔珞急不可耐，她一把掀掉我的浴巾，就與我滾在了床上，可我卻遲遲進不了狀態。瓔珞只好輔助於手，結果也是不見動靜。我臉紅了，喃喃地說：「可能是旅途勞頓吧？先躺會兒，好不？」

瓔珞仄起身，穿上衣服說：「那您先睡會兒，我泡杯茶喝。」

「我也睡不著，不如先陪你喝會兒茶吧。」

「好啊。」瓔珞痲利地打開熱水器，又盥洗了茶具，剎那間，便將兩杯熱茶置上案頭。瓔珞坐在對面，一面用鼻子嗅著茶杯，一面把腳伸向我的兩腿之間。熱度像電一樣地傳過來。桌子旁邊有盆滴水觀音，莖杆直挺，碩大的葉子翠綠彌漫。

我終於按捺不住了，脫去睡衣，把她扔在了床上。她用被子蓋住我的臀部，然後緊緊地抱住我。我向她探尋，慌亂地在四周碰撞，兇狠而猛烈；而她也全然不顧，粉身碎骨般地向上迎合，近似瘋狂……

與瓔珞做愛，讓我懂得了做愛的真諦：要做，就必須有愛，只有深愛著對方，才能用心去做，一招一式也就會飽含愛意。如此，本能才會悠然勃發。朝三暮四，與這個人做，想著那個人，肯定是做不好的。久之，信息紊亂。性神經就會受到影響，要麼不能勃起，要麼勃而不堅，要麼不能持久。

瓔珞說得對，愛是一門藝術，是兩個人的事情，要默契就要時時溝通，徵詢感受，不斷調整節奏。男人尤其應該耐心，像充電一樣。引導、暗示、撫摸、揉搓、接吻，無一處不愛，無一處敷衍。深深的愛盡在不言之中。衝撞、搖擺、鼓蕩……全在恰到好處。

愛像選擇食品一樣，有愛吃的，有不愛吃的。遇到喜歡的，饕餮一般，會經常約見，不喜歡的，一次便打住了。頭髮、聲音、身體的曲線，衣著和言談舉止，以及性情的投機與否，譬如溫柔與暴烈，細膩與粗糙，活潑與死板，開放與內斂，老於床笫與不諳風情，主動出擊與被動委蛇，善於挑逗與矜持莊重，猛烈與徐緩，癡情與冷漠，直裸與靦腆。頭髮淡黃細密者，一定溫柔；胸突額仰者必然性感。性器緊而柔，溫而潤為上，反則下。嘴唇豐厚而富有彈性，接吻像海葵一樣覆蓋在唇上，一定是深情之人：緊緊地擁抱你，會巧妙地順著你說話的女人，從心底裡嚮往你喜歡她。

性愛經驗的豐富和各種優質壯陽藥的使用，性能力超乎想像的提升，又會讓你愛得異常自信。那些原本一次性交易的女人，也開始迷戀我了。回頭相約的次數多了起來。不為再有一次專案交易，而為再一次的美妙床笫。性成了黏合劑，成了肉體雜技。有些女人激動了，會喊我的名字；有些則會依偎在懷中，輕咬耳朵說，願意為您死噢。

權力的威力無邊無際。女人像過江之鯽般地湧來。皮膚白的玩膩了玩皮膚黑的。海灘色，小麥色，高個子的，小巧玲瓏的，性情溫柔的，性格暴戾的，變著花樣尋找刺激，不斷地換人換環境，換做愛姿勢。呼叫的聲音，忽發奇想，每一次都要新鮮，奇妙……人的欲望就像大海，過著皇帝般的生活，也會常常發出歎息。人一旦貪婪起來，怎麼想像都不會過分。

這期間，我還認識了個電視臺主持人。中等個，白皮膚，微胖。裸露出的身體，能看見淡淡的血管。我戲稱她為「藍色的多瑙河」。曾迷戀了很長時間。她所喜歡的，我都會不打折扣地予以滿足。她來找我，說電視臺辦公地點狹隘簡陋，簡直與一個國際大都市形象不符。我便為此專門召開市委辦公會，讓財政局、城建局、市政規劃委員會拿個方案，最終劃撥四個億，為她們在市政府旁邊蓋了一座新的電視塔。

女人多了，我突然覺得，沒有人愛是不幸，愛上一個人也是不幸，而同時被兩個人愛或者說被幾個人愛，簡直就成了災難。很長一段時間，我都糾結於這種狀態之中，心情時好時壞。每當夜深人靜，我都會堅持說服自己，必須有所割捨與側重了。再這樣下去，不但肉體不能應付，精神上也會崩潰。弄不好，幾邊不討好，恩怨情仇，狼煙四起。人常說，坐司機後面那個座最安全，因為司機在避險時，會本能地保護自己。我當時也應該是這樣，只知道女人多會傷害自己，而壓根沒想到會傷害別人。然而即使這樣，自覺的避險能力仍然有限，擺脫財富的傷害不易，人為財死嘛；而擺脫美色的傷害則更不易，樹欲靜而風不止。活色生香的日子過慣了，又豈能靠一時的激昂就能了斷。我掙扎在各種誘惑中，有些是我心甘情願，積極主動，更多則是被動應對，不知如何是好。

雙規不是件好事，談虎色變，但對我來說，客觀上又何嘗不是件好事，它使那些纏著我的女人和還想纏我的女人瞬間鳥獸散了。我一下子變成廢銅爛鐵，被棄于荒野，也由風暴中心回歸風平浪靜。

你問我什麼樣的女人最好？其實我也沒有做細緻比較。冷靜下來想，當然是得不到的最好。

譬如說栗潔吧，她後來接秦雯的班，當了後勤處處長。幹了兩年，因為英語好，就去瑞士留學，畢業後再沒有回來。這是我的優點，我不會為私情報復一個女人。她是我所愛的人，也是一個活得比較純粹的人。所以走的時候，我沒有阻攔，還為她隆重地開了一個歡送會。說實話，我還真有幾分佩服她，在這樣一個勢利的時代，她能堅守住一份堅貞，不管是為了誰，都是了不起的。我有時候想起她，心裡常犯嘀咕，真是一個奇怪的女子：每次拉她的手，她都出奇地乖順，手心中總有一團溫熱，可一談到上床，卻又是那樣的決絕。她怎麼能把精神的相處和肉體的相處分得那麼清楚呢？

我現在回想那會兒的許多事情，常常會羞愧難當，譬如攜帶自己心愛的女人參加飯局，酒喝高了，那種急切地想去開房的心情毫無遮掩，想必同僚與部下一定都能感覺來。可我那會兒，對自己幾近失態的舉止，完全罔顧左右。

那些年他還會做大量的春夢，凡未能實現肉體關係的，譬如栗潔，便是夢中常客。儘管每次都是在眾目睽睽之下，難以找到一個屬於他們的空間，但渴望的幸福感卻溢滿著心頭。越是不能實現越會夢到，每次醒來都會回味惆悵中的那份甜蜜……

身體像懸浮在空中，呼吸急促聲音遙遠，極度狂喜，時間空間都停滯了。

像浮在大海，一波一波襲來，像海水淹沒身體，然後慢慢沉了下去……

得不到的永遠最好。栗潔拒絕他之後，他失魂落魄，常常一個人去酒吧，喝得酩酊大醉，然後搖搖晃晃地走回家。瞿姐問他怎麼了？他說上面來了人，陪酒喝高了。有時他會夢到她。黑黑的皮膚，光亮的眼睛，十分的溫順，摟在懷裡仿佛可以融化似的。

他脫光她的衣服，擁抱、接吻……一切都是那麼的真切，然而卻無法與她進行一次成功的媾和，不是周圍有人，就是她忽然不見了。有一次他夢見她像一縷輕煙從他懷中溜走，他竟然追出門外，向曠野奔跑，她居然也裸著身子，與他一起嬉戲，追逐。

夢幻中的性愛比現實中的似乎更好。她喜歡讓他在她兩腿之間像小鹿一樣衝撞。她說：「撞進去的那一瞬間感覺特好，像初夜似的。」

他就耐心地配合她，憑直覺努力尋找入口。時間久了，他竟然每次都能準確地刺入。她那裡緊緻，溫柔，濕滑，高潮來時，仿佛無數條小魚在用嘴咬齧他。這時她眼睛緊閉，雙腿緊緊地勾在他的背上，仿佛他會騰雲駕霧飛走似的。

他把她扔在床上，用嘴吻在她那厚厚的唇上；她不掙扎了，用手抱住他的後背。他緩緩脫去她的睡衣，並將她擁在懷裡；她恐懼地把背部給他。他試圖從後面進去，但被她變緊的雙腿拒絕了。他只好輕輕地撫摩她，在背上親吻她。過了一會兒，她轉過身來吻住他，嘴裡喃喃著說：「給您，但您不要急噢。」

他翻身上去。用腿分開她的腿，儘管他耐住性子慢慢地進入，但她仍然叫出聲來。他禁不住被嚇了一跳，停住不再動了，而她卻用手指摁他的背，示意他繼續。他鼓著勁兒朝前頂去，搖動著，猛的向前，她忽然驚叫一句，接下來便沒有了聲息，而他呢，則像掉進了深淵，徑直朝下墮去。

人是自私的動物，只要喜歡便會產生佔有的欲望。何況愛可以讓人瘋狂，失去理性。處在愛情中人，看似瘋瘋顛顛，人倫道德全然不顧。然而錯並不在肉體，而在靈魂。愛如魔鬼，如同中邪。

他從北京回來，級別降到了副處，過去的女朋友挖苦他說：「如果沒有這樣的變故，你可能還會玩十個八個的，不要看你到了這把年齡。」他苦笑著對她說：「其實我早有悔意了。」

50 靈魂上的死亡

「北京回來？」

是的。幾年前的一天，我被北京叫去，說是要傳達什麼重要精神。誰知一報到就把我轉到了青島。

我實在搞不明白，他們為什麼不把我直接叫到青島，而非要在京西賓館轉上一遭？或許這是他們的一種雙規程序？履行完各種手續，才能交給地方調查審訊？當然這都是我的疑問。後來結案了，也就沒有興趣再去釐清了。有時候怕犯病，還故意迴避此類相關的事情。

「噢，那真有點兒對不住了。又在揭您傷疤。」

現在沒事了，皮了，我在心裡曾無數次盤點過這件事情，因為我也要說服自己，正如俗語所說，死也要死個明白。

去了青島，就住進了他們改造過的專用房間。所有能碰破腦袋的地方，都做了軟包處理。窗戶是畫出來的。剛住進去，看見窗外藍天白雲，還想打開窗戶換換空氣，碰壁後，方知那是營造的心理安慰。洗手間沒有鏡子，沒有可供懸掛的水管、房梁、釘子等。你身上的所有東西，褲帶、手機都要被截留，如果是女的，高跟鞋、髮卡、小鏡子等也不允許帶入。

室內空空如也。一個人躺在床上，思考著他們會怎樣審問。對策在來青島的途中就已廓清：問什麼說什麼，不問的堅決不說。關鍵問題問到也不說，能繞開儘量繞開，繞不開就避重就輕。既要尊重辦案人員，本著真誠配合的態度，又不能口袋裡倒核桃，全盤端出。審訊人那一套，我再熟悉不過，所謂坦白從寬，抗拒從嚴，純粹是一種攻心戰。老實人被感召，如實交待，結果都獲了重刑。

不過，紀委的辦案人員也不好對付。雙規之後，你的家已經被他們抄了。有多少家當，人家一清二楚，何況抄家之前，已經掌握了你大量罪證。在你不知不覺之時，你身邊的人已經被叫去多次詢問；與案件有關的人，也都予以仔細盤查，等把你叫到一個地方問話時，事實已經大致清楚。

這時，你不想說也由不得你了。讓你說，只是看你的態度，或者說，你交待得清楚，也可以減輕他們的工作量。因為經你一證實，核查的路徑就簡單多了，就會省去大量的人力物力。你起初抱著問到什麼說什麼，其實很多事情問到了，也未必能說出個一二三，譬如受賄數字。他們在我家地下室，找到了山一樣的現金，據說是燒壞了幾台點鈔機。這會兒，我就不如他們清楚。他們讓我交待，我只能往少說。譬如對一件古玩的估價。三百萬？不對。再仔細想想。五百萬？仍然差得遠，那就五千萬吧？仍然不對。那又是多少呢？我真的是糊塗了。

當領導二十多年，從副秘書長開始，到市長、書記，每年都有人送東西，我也不知道那些東西裡夾帶著現金？剛開始還清理、剝離，現金存一處，實物存一處，後來量大了，沒精力分理了，就交給瞿姐。瞿姐分理時只做一件事，就是把金條、現金等貴重物品放一塊，茶葉、普通酒、點心和不值錢的首飾、化妝品……放一塊。瞿姐比我仔細，後面這一塊，她都作為回禮又給了別的人家。

大量的現金存放在家裡，紀委的人問到數字時，我說我不知道，他們認為我裝糊塗，避重就輕。我說我真的不知道，他們還是不相信。我沒辦法了，就瞎說了一個數字，仍然對不上。我最後實話實說。現金是從來不清點的。沒時間清點，也清點不過來。

過生日，有病住院，節假日，母親來家居住……全都是紅包的由來。你沒辦法拒絕，也拒絕不了。瞿姐起初還提醒我，勸我不要收禮，尤其是現金和貴重禮品。後來她發現提醒沒用，整天為送禮拒禮推來搡去，實在是一項大工程。不得已也就聽之任之，不再說了。

任何事情，害怕積累。當紀委的人說我貪污受賄共計人民幣四點八億時，我幾乎要癱軟在椅子上。這真是一個要命的數字啊。做夢都沒想過，我會摘下這麼大的婁子？這豈是集腋成裘？這是粒沙泰山呀。我不說話了，不再存任何僥倖心理。我在思考死亡來臨之前，我還有什麼事情要交待和處理？

但事情遠沒有這麼簡單，死了似乎太便宜你了。他們要你寫剖析材料，要從政治高度認識問題，要從靈魂深處進行反省。我起初並不諳熟其中機關，只是以自己理解的角度去寫。什麼溫水蛤蟆呀，模仿效應呀，大家都拿我不拿，則會成眾矢之的呀，放縱人的貪婪本性呀等等。心想，橫豎都是個死，搜腸刮肚說嚴厲點兒也無所謂。沒想到我寫的這些，工作人員並不認可。幾次三番駁回不說，還認為我有抵觸心理。

這真是又一件要命的事情。幾十年來，我的所謂講話稿，都是秘書寫的。我照本宣科慣了，離開稿子基本不會說話。兩面人做慣了，台下說人話，臺上說鬼話；熟人說人話，生人說鬼話。現在離開了秘書，連鬼話也說不出了。最後我實在沉不住氣了，抱怨說：「死到臨頭就不要折磨我了，我真的不知道該怎麼寫。幾十年不動筆了。起承轉合，遣詞造句，都成了困難的事情。」

工作人員倒是十分耐心，誠懇地說：「還沒有結案，你怎麼知道死到臨頭了？再一次告訴你，政策的大門依然為你敞開。認真配合，深刻檢查，或許對寬大處理有所裨益。」

我看著工作人員的眼睛，覺得倒也充滿了信任。他們進一步啟發說：「你再想想，往政策上靠，不光要找客觀原因，更重要的是從自身挖掘。比如這些年來，辜負了什麼？忘記了什麼？是什麼原因使自己越陷越深？教訓是什麼，如何痛改前非？」

噢。原來如此，我立馬反應過來。在檢查中寫上了辜負了黨的多年培養，忘記了入黨的初心，淡漠了為人民服務的宗旨，在自私貪婪的路上愈走愈遠。至於教訓是什麼我沒寫，如何痛改前非也沒寫。教訓對我已經沒有任何意義，痛改前非、重新做人也是枉然。沒有機會和時間了。我抱著必死的信念，將所有的事情都扛在肩上。什麼時候受賄記不清了，受賄多少也記不清了。當初來找自己辦事的人，要麼是朋友，要麼是朋友的朋友，要麼就是拿了人家的錢，總之，不能再連累更多的人了。

不過，決心下了，要熬過一個個關卡還是要有點兒毅力和韌性。二十年為官，把我徹頭徹尾變成了一個廢人。忍不了餓，受不了凍。過去茶杯不離手，現在則一天兩小杯——上午一杯，下午一杯。前列腺腫大，喝水少了尿不出來。審訊室又沒暖氣，被子也不夠厚，半夜常常被凍醒。過去在位時，備受尊敬。下級彙報，口氣極講究，謙恭溫順；同僚之間，也多用商討的口吻；即使政敵，陽奉陰違，但在表面上也會客客氣氣。而審問的人員，則不會在乎你的感受，疾言厲色，恫嚇、引誘、紅臉尚可忍受，白臉則像受了莫大的屈辱。工作人員辦案富有經驗，見過太多的所謂硬漢，但最終都被降服。

沒有人能熬得住這種馬拉松式的審問。時間，不僅會耗盡你的體力，也會使心理防線崩潰。當然，你抱有必死的決心可以，但必須配合組織說清楚。一樁樁一件件，說清楚了才能死。可全都說清楚了，死的勁頭也就沒有了。無數次的交待、檢舉揭發、寫剖析材料，簽名、摁手印，在電視上當著十四億人懺悔……到了這種地步，尊嚴蕩然無存，死便沒有了意義。一死了之，主要是為了尊嚴；連死都不允許，便只能活著。活著又沒有尊嚴，豈不是行屍走肉？

為什麼而死，始終是一個問題。為幾千萬？幾個億？為保住同僚或家人？初聽可以，豪氣還在；但久了，就難說了。在反復揉搓、鞭撻的過程中，挺直的腰桿被折斷後，死就成了一種可有可無的存在了。尊嚴喪盡，再說死就成了笑話。因為這時候的活，不正是一種死嗎？

審查組的女人，咄咄相逼。三角眼裡的凶光直視著你，時而狂躁，歇斯底里，時而溫和，春風細雨。總之，是要你開口，或逼你開口。不說，顯然不會輕易饒你。他們有時也放狠話，再不配合，就弄死你。怎麼弄死？他們心裡非常清楚。到了我們這個年齡，誰能沒有基礎病？高血壓、糖尿病、冠心病、胃潰瘍、腸息肉、前列腺肥大……辦案過程中，只要不是被他們打死的，都可以不擔責任。

你原先想好的對策，一點兒都用不上。你不開口，他們有的是辦法。你是業餘的，他們是專業的。你只是個人經歷中的一個案例，而他們則是經歷了無數個這樣的案例。你是一個人的智慧，而他們則是一個團隊。你睡著了，他們還在琢磨著如何對付你。人人都有軟肋，從哪裡入手，他們早已清楚。要你配合，只是為了早點結案。不配合咱們就熬著，看誰有耐力。人家知道你養尊處優慣了，堅持幾天尚可，幾個月呢？幾年呢？

想著既然死定了，就不再連累任何人，問什麼都可以沉默。其實也是一種幼稚病。你不怕死，可以，但你的家人呢？妻子、兒子、孫子……當然這些對我都沒用。妻子與我分居多年，兩袖清風，一心向善，在兒童村工作，盡心竭力。她于錢，也沒有概念；如果喜歡錢，她就會熱衷於當市長夫人，哪裡也不會去的。兒童村多辛苦啊，起早貪黑……

我沒有兒子，自然不會有孫子，這一點，也不會對我構成威脅。據說有個什麼檢察長，剛進來時十分囂張，自稱辦案無數，一口一聲「我有權利沉默」。然而當得知把兒子和孫子也抓進來以後，立馬㞞了，叫說什麼就說什麼，條件只有一個：請不要連累家人。

總是自以為計，覺得自己裸身一個，沒有任何軟肋，可辦案人員說，據我們掌握的資訊，你曾經擁有過不少女人。我們打算讓她們進來問話，想必比你要主動得多。她們都年輕，記憶力也好，肯定不會一問三不知，或者這也記不得那也記不得。

他頓時傻了。他事實上擁有過不少女人。可這些女人都是他愛過的啊。即使沒有愛，她們為人妻、為人母，也都是有尊嚴、有臉面的人。把她們叫進來走一遭，會蒙受多大的屈辱啊。甚至會有多少個家庭為之而解體？殺人不過頭點地。傷害這麼多的無辜的女人，是他最不願意看到和接受的。

至此你才明白，如來佛的手掌有多大。不交待是不可能的。你前列腺不好，一受涼幾天幾夜睡不著，但扛過來了；你胃不好，怕吃冷飯，而「雙規」期間的飯，每頓都是涼的，但你咬緊牙關還是吃了下去。有一次半夜胃病犯了，你向工作人員求救，要幾粒奧美拉唑，工作人員說，等天亮吧。你疼得在床上直打滾，但也挺過來了。你愛喝水，在崗時，秘書定點為你倒水，現在則是審問半天，喝不上一口水……但你也扛住了。然而連累他人代自己受過，尤其是女人，你便全線崩潰，一敗塗地了。

如此境況，讀書沒用，懂史沒用。過去愛說「歷史的教訓不可忘記」。其實人在遇到具體事情的時候，並不會想到「歷史的教訓」。為什麼？因為人能汲取的教訓，多是自身經驗過的「教訓」，或者是自身經驗過了，才能想起歷史上曾有過類似的事件。茨威格在給法國斷頭王后瑪麗·安托瓦內特寫的傳記中，提到她早年的奢侈生活時，曾無比感慨地說：「她那時候還太年輕，不知道所有命運贈送的禮物，早已在暗中標好了價格。」

當然，案結了並不是劇終，釋放回家前，還得錄一段視頻。名曰《貪官懺悔錄》。至此，你在靈魂上就算死掉了。十四億人看著你，議論你，唾棄你，鄙夷你，有的人會戳你脊梁骨，有些人則會見你繞道走，……此後，也意味著你在熟人圈兒再也無法生活了。不管人家怎麼看你，但作為一個人，你必須懂得你已眾叛親離，行屍走肉了。

你現在已經知道，我是因為有人保護，程序走完後，才保留了一個退休待遇，遣回家養老。而同類的人，差不多都判了死緩。伍子胥過昭關，一夜白頭，而我則是一年零三個月。等案子完全說清楚時，業已滿頭白髮。從北京回來那天，瞿姐來機場接我，見到後怔了半天，竟然不敢相認。

51 市長與舅舅

你一直在問我那個人是不是伽琳的舅舅？市長說，我現在可以告訴你了，你猜對了。他畢業于蘭州大學歷史系，後分配在古卯歷史博物館當講解員。比我大兩歲。我來古卯當副秘書長時，他已經調趵突市當了秘書長。我升任市長時，他調古卯當書記，和我成了搭檔。

一個好官，不僅會經營關係，尋找靠山，而且也要有與同僚相處的高超藝術，尤其是從北京派來的，所謂的空降部隊，則更要小心伺候，頂禮膜拜。當年舅舅任古卯市委書記時，市長便是這樣。言聽計從，百依百順。反正你是來鍍金的，過渡兩年就走了，我何必與你較勁兒，兩敗俱傷呢？

市委書記喜歡做面上的工作，凡能上新聞的，能四處炒作的，譬如上街揀煙頭之類的事，都會大張旗鼓地部署安排。市長心裡自然十分清楚，這些花架子套路，對改善民生沒有半毛錢的關係，但在行動上，市長絕不會反對。不僅動員各區積極配合，而且自己也背了個背簍，拿個長臂夾子，煞有介事一般。你想想，市長帶頭揀煙頭，各區區長又豈能怠慢？一時間，市政府機關、各區機關，除了值班人員外，全部都上了街。滿大街的背簍，令市委書記十分感動，專程過市政府大院視察，開總結表彰會。書記講，一個文明城市的形成，要從細節抓起。衛生是個門面。別的城市的人來了，看什麼？除了高樓大廈，就是市容衛生嘛。衛生好，一好遮百醜。我到一個城市，就是看衛生。這和一個家庭一樣，再有錢，一進門髒里吧唧，會給人家什麼印象？一個城市，GDP再增長，人的素質不提高，亂扔煙頭，隨地吐痰，說髒話，等公車不排隊，汽車與人爭道，到處可見打架鬥毆，這個城市還有可驕傲的地方嗎？沒有。用俗話說，髒得就剩下錢了。

書記來古卯的第二個形象工程，就是燈光秀。市長當時從節約的角度提醒他，用燈光裝扮城市，得不償失。過去也有人提議過，但經過計算，差不多得一百個億，最終還是放下了。書記說：「舊觀念了。一百個億怕什麼？城市漂亮了，招商引資會帶來多少個億呢？」市長一想，也對，就又動員市政府的所有資源，在古玩一條街，在遺址公園，在曲江流水等地，用各種現代化手段，將燈光與燈籠結合、詩詞結合、書法結合、樓房結合、戲劇投影結合、招商專案結合……你不要說，秋高氣爽的夜晚，人們倘佯在燈海之中，不是過年，勝似過年。

書記又來政府視察了，並將市委市政府機關的幹部帶上，去燈光現場開了個經驗交流會。在會上，他作了一個即興演講。他說：「我們古卯，有那麼多的文化古跡，又建了那麼多的高樓大廈和遺址公園，但外地人來，卻引不起什麼反響。為什麼？白天看廟，晚上睡覺嘛。現在有了燈光，城市變得漂亮了，人們便可以在看完古跡，談完合同，再去流覽流覽城市的美麗。燈光是一個城市的錦衣。錦衣夜行的成語大家都知道。這麼好的城市，沒有燈光，不就等於一個漂亮的女人著了素裝，不就等於成功人士依然是布衣？時代不同了，奢華低調是一種處世姿態，但不是一個城市和團隊的選擇。你看我們只打造了幾處，就引起了全國各大媒體的注意，驚呼古卯淡妝變濃抹，無鹽成西施。如此鏡象，不要說招商，就僅旅遊這一項指標效益，也會直線上升。燈光不僅能使城市漂亮，它還有一個好處，能使我們的廣告效應得以延伸。過去是十個小時，或十二個小時，現在則是二十四個小時，每時每刻都在起著效應，這就是燈光城市的獨特魅力啊。」

那年的古卯，大街小巷，佈滿了燈光，全是立體的。從地面到空中，無處不在。燈光組成的麥田，綠色林帶，藍天白雲，山川河流……商機讓商人的腦洞大開：大自然中有什麼，燈光就能模仿出什麼。無奇不有，無之不奇。當然，也不是完全沒有不同聲音，有些自媒體就在唱反調，譏其勞民傷財，花納稅人的錢不商量。

但這一切都沒關係。市長知道，書記來過渡兩年，要的是政績，而且要刀下見菜的政績。所以，不搞這些揀煙頭燈光秀之類的事，還能搞什麼？不過，表面工程也不完全是勞民傷財。譬如廁所工程，就得到了市民的讚譽。儘管也有形式主義的成分，有浪費的地方，但二百米一個廁所，還是大大方便了市民，緩解了部分地方如廁難的問題，尿尿找建國（書記叫祁建國），尿完幹什麼？公園看燈火。行走車讓人，煙頭放鳥窩（每一根電線杆上都綁上了像鳥窩一樣的煙灰缸）。

書記臨走時，市委設了歡送宴；市長升任書記的消息，也從北京傳來，歡送中又多了一點報喜的意味兒。因為高興，大夥兒你一杯，我一杯，相互轉來轉去，其間不乏頌揚之詞。書記酒未醉人人先醉，一直喝到搖搖晃晃才離場。市長自然要送他回住處，同時去的還有市委市政府的主要領導。一路上，車燈閃爍，浩浩蕩蕩。到別墅後（專為掛職幹部購買的），其他領導都停在了門外，市長扶著書記進了房間。書記拉著市長的手不鬆開，舌頭硬硬地說：「兄弟，謝謝你。我來這兩年，市政府密切配合市委，指哪兒打哪兒，雷厲風行。落實市委指示不過夜，令市委工作風生水起。這一切，群眾有目共睹，新聞界有目共睹，中央有目共睹。今天高興，喝多了，說幾句心裡話。我們這些掛職的，就是鍍個金嘛。沒這兩年的履歷，無法進入下一個循環。但鍍金也不能僅僅走個過場。從理論上說，必須有點兒政績。可做什麼好呢？這是個難題。高樓你們蓋了，地鐵你們修了，大型公園你們建了，環城路你們通了，高新區、高鐵、高架橋，一言以蔽之，該修的你們都修了，該建的你們都建了。我們來做什麼？慢的長的，十年八年做不來的，肯定不願意上馬，那就只好做做這些能出彩的，有場面的，可以在電視上晃來晃去的。這不是我的發明，許多人都是這麼幹。今天酒大了，實話實說，你可能覺得這兩年花了古卯不少錢，可沒辦法呀。中國城市為什麼有那麼多的大廣場？政績工程嘛。幹這些事，見效快，百姓擁護，媒體一炒作，上面就看到了。當然這一切，與你們當初一分錢沒有，東挪西借，靠膽略，靠智慧，白天黑夜，篳路藍縷，不僅吃苦，還要擔風險那會兒相比，差遠了。你們那是前人栽樹，我們這是後人乘涼，不可同日而語啊。」

「哪裡呀，」市長沒有接他的話頭。這些話書記說可以，酒後袒露心腹，算是對市長放下身段、順從他的意圖、全力支持他決定的一種感激吧。其實他內心世界還是希望市長能肯定他的這些舉動，而不是陽奉陰違，人走茶涼。市長自然不是官場新兵，前恭後倨，轉身便拆他的台。為人留一線，日後好相見。市長鬆開書記的手，把他扶坐在床邊，然後俯在他耳朵上說：「東西南北中，黨領導一切。沒有市委的正確領導，哪有古卯今天的輝耀？不怕做不到，只怕想不到。您大智慧，這兩年的戮力推送，一年頂二十年。其影響力將會隨時間的推移，愈來愈彰顯。無論是對內鼓舞，還是對外張揚，其功德都不可估量。時間不早了，上床休息吧。我明天過來，送您去機場。」

「好，好。」書記說完，還想站起來送市長，結果卻仰面倒在了床上。市長幫他脫掉外衣與鞋襪，蓋好被子，接了一杯純淨水放床頭，才輕手輕腳離開。

從別墅出來，司機把市長扶上車，市長也覺得到了極限，昏昏沉沉。書記在關鍵時候，借著酒勁兒向市長交了心，市長還是滿舒心的。是啊，這兩年，他的那些事，要不是市長旗幟鮮明，堅定不移地支持他，效果必會大打折扣。「兄弟，以後北京有啥事，來找我。」書記上飛機這句話，市長並沒有當回事兒。沒想到後來還真的被他說中。不但有事兒，而且還攤上了大事兒。

上次說過，市長本來是可以回北京當個部長什麼的。高高在上，悠然自在。但市長最終沒去。地方官做久了，大權在握的感覺真好。一方諸侯，要人有人，要錢有錢。與歐州一些國家比，就是個國王嘛。「國王」當慣了，連一人之下，萬人之上的總理都不想做，更何況是個部長呢。人生如夢，轉眼就是百年，該享的福享了就行。不要貪圖虛名。高處不勝寒呀。

但任何事情都是雙刃劍。人也不可能窮盡所有智慧。精明一世，糊塗一時是也。年輕時是清醒的、向上的、自律的，可到一定階段，昏頭是必然的，尤其是處在這種某些監督缺失的機制下。上面被你的政績所迷惑，同僚與你沆瀣一氣，下級懾于你的權威，群眾當然是清醒的，但他們既沒有監督的權利，又沒有反映問題的管道。一直到雙規了，失落了，被扔到了社會底層，才像醉漢被冷風吹醒了一樣。

市長出事後，曾經有過無數個不眠之夜，捫心自問最多的就是，他無兒無女，每月有上萬元的工資，即使退休了，還有專車、秘書、保姆和各種補貼，看病也百分之百報銷，而他為什麼要貪污四點八個億呢？他最後的結論是，只要制度還有放縱人的貪婪性的漏洞，那麼，一些官員在誘惑面前，就無法潔身自好。

舅舅慷慨挺身，市長也是後來得知。犯事了，立案了，舅舅才知道市長闖了大禍。以舅舅的性格，出手相救是不會有問題的。但怎麼救？舅舅還是頗費了一番心思。一，他必須耐心等待市長走完每一個程序；二，他必須最大限度地保護市長，而這個「限度」應該處在什麼狀況？當他得知市長的贓款完好無損地保存在地下室時，便知道第一步該怎麼做了。因為全部退贓就意味著沒有給國家造成重大損失，這是量刑的首要依據；其次就是認罪態度。辦案人員後來曉之以情，動之以理，循循誘導，和風細雨，許之不死之承諾，以攫取市長的配合，均與舅舅的叮囑有關。包括後來電視懺悔，全是舅舅的主意。當然他也可以撇開這些伎倆，直接出面保護市長，但依他在官場的人脈，此種情況絕非市長一人。故須做得有理有據，無論什麼人，在法律面前一律平等，同時還要體現出法律的寬嚴有度。

市長結案後，從青島轉道北京，專門去拜會了舅舅。舅舅單位的辦公大樓，外層全是花崗岩石頭砌成，類一九五〇年代蘇式大樓。然樓層之高，用料之講究，則是蘇式大樓所不能相比。舅舅穿一身灰色中山裝，面料挺括，平整厚實，顯得莊重而威嚴。他款款走來，把市長引進他的辦公室，噓長問短，語氣溫和而嚴謹。舅舅說：「只能這樣了。退賠是為了免你受牢獄之苦，認罪是為了能保住一點俸祿。人還是要生活的嘛。工作了一輩子，老了，還要去打工，討飯吃，太不人性了。工資比你過去少多了，但有點兒總比沒有強。你沒兒沒女，也不要買房。節省著花，夠了。原想著你退休後來北京住，我們還能走動走動，沒承想卻以這種方式見面。不說了，三災六難，人這一生，什麼事都可能遇到。想開點兒，好不好？」

舅舅說完，站起身，把手伸過來。市長知道得告辭了，也明白這可能是與舅舅的最後一面。他們已不屬一類人，思考問題的角度也會大相徑庭。他春風得意，他喪家之犬。時至今日，市長突然覺得，連謝謝兩字也難以出口。他握住他的手，稍做用力狀便鬆開了。他讓秘書送他進電梯，他回過頭想向他招手，他已轉身進了辦公室，只留給他一個微駝的背影。

52 父親的遊記

朋友在泗海有房子，邀我去小住，我說好與花一起去。臨行前，花突然接到夏鷹父親病危的通知，在夏鷹與花的事情上，夏鷹父親是站在花一邊的，曾勸過畫家，但他癡心不改，畫家父親無奈，只能以「英雄難過美人關」來安慰花。之後，凡有家庭重大活動，仍然會邀花參加。

老爺子去世正是時候，畫家名滿天下，腰包鼓得老高。老爺子一生夾著尾巴做人，老了，才因兒子的輝煌展開了眉頭。彌留之時，對畫家說，「看到你的成就，我死而無憾。唯一不滿足的，就是沒看到你給夏家生個兒子。」人之將死，其願也殷。夏鷹見父親沒提為家中兄妹接濟錢財之事，悉心照顧老娘之事，與前妻重歸於好之事，而僅僅有這樣一個小小願望，實在是對他太寬宥了。於是，淚流滿面之際不禁豪情盈懷，拍胸脯許願說：「您看我現在的樣子，生幾個孩子一定不會有什麼問題，關鍵是看與哪個女人生了。」

這話當著家人的面，朋友的面，北京、上海各地趕來探望的親友的面，一句話，當著任何人的面說，都沒事兒，但夏鷹一激動，竟沒有想到花也在病床前立著，「關鍵是看與哪個女人生了」，其中肯定不會是花。花這時早已心灰意冷，不再抱重婚之類的夢想。但當著她的面撂出這樣的話，還是刺痛了她的心。喪禮一完，她就馬不停蹄地趕到了泗海。

得知花第二天要來。我大半夜都沒有睡著。翌日一大早便起床。將三間房中靠海的一間清掃出來，又將被子曬在陽臺上。泗海整體溫度不低，五到九度左右，但比較潮濕，故每天早上要將窗戶打開，讓房間通通風。下來就是拖地、擦桌子、倒垃圾、清除廁所異味等。總之，忙碌了一上午才消停下來。

花是午後兩點從古卵起飛，到泗海差不多五點。我說去機場接她，她堅決不允。她說，你在房子等我，如果有可能，熬點兒稀飯，調個素菜，再買個饅頭，我忙於喪事，可能有點上火，吃清淡些或許會好點兒。我說，那你下了飛機打的過來吧。

離花到的時間還有四個小時。惶惶然不知所從，只好倚在沙發上讀書。海風從遙遠處刮來，吹在窗戶上啪啪作響，顯得分外聒耳。無奈，放下書，向紅樹林走去。漫步至六點，估計花快要到了，就往院子西門走。

穿過高大的門洞，來到別墅區。草坪綠油油的，在陽光的照耀下，有的地方泛著桔紅色的光。別墅的玻璃上也閃著夕陽的餘輝，無數條光線旋轉著，分外耀眼。

手機上顯示出了花的短信，表明她已下了出租。我緊趨幾步到門口，見她已推著行李箱進了院子。她的著裝與古卵時大不一樣。白色的褲子，白色的軟底皮鞋。藏藍色的薄毛衣寬寬的，可以看見白淨豐腴的雙肩。我迎上去，接過她的行李箱說：「你還知道從哪個門洞進來？」

「門口有位大姐告訴我的。她說她也住這個院子。」我停下腳，細細地打量著她。她顯然很興奮，紅彤彤的臉上溢滿了快樂。我拉住她的手，熱乎乎的，一定是剛才下車走得急了。

進房間後，花扔下行李箱，直奔陽臺。望著眼前的大海和紅樹林，半天沒說話。分開幾天了，見面的心情自然十分快樂。我拉著花的手說：「吃飯吧？」

「好的，」從陽臺走到客廳，花說，「讓我先收拾收拾。飛機上眯了一會兒，頭髮亂蓬蓬的。」

「好啊。我正好把飯熱一下。」

稀飯剛熬好，還熱著；我把灶上買回來的熱菜和饅頭熥上，又調了兩個涼菜。儘管花說她上火了，但我仍然開了瓶紅酒，一是可以消除花的旅途疲勞，一是能使我們的出行更加愉快。

飯後，花說：「下樓走走吧？吃得有點多了。」

「那當然好。」我回應著說。

下樓後，我倆沿著海岸線向東走了很遠，一個燈塔式的建築物矗立在山丘上，黑黢黢的，塔頂有盞燈，光線式微。山崖下的海宛若要衝上來似的，發出「噗噗」的聲音。花說：「回去吧。我感覺到海要漫過來。」

我摟著花的肩膀，慢慢朝回走去。快到院子門口時，我問花：「喪事辦得怎麼樣？」

「挺好的。不過，也似乎為我和他劃上了句號。」

「為什麼？」

花複述了夏鷹在父親彌留之際的話。然後說：「他的這番話，算是徹底斷送了我對他的最後一點兒念想。」

翌日清晨，用過早餐，我倆便去了紅葉島。輪船行走間，我倆站在船頭上，倚著欄杆。太陽剛剛升起，海水閃著亮光。船一顛一顛的。花悠閒地四處張望，風吹過來，頭髮散在前額上，又翻卷在頭頂，狂亂的飛舞中有一種不規則的美。

輪船在島的東碼頭停下了。兩個小時後返航。我倆從船上下來，慢慢朝島上走去。霞光正好照在花的背上，染紅了她的白色上衣，頭髮也灑滿了金粉。我蹲下身子，為她攝了一張背影。花的背影永遠都是驚鴻姿態。「縹緲孤鴻影。」我隨口吟出。她則說：「唯背影可以驕人。」

島上可覽之地俯拾皆是。我們走在被海水沖刷到岸邊的沙子上，為變幻著的岸邊景色感歎。有高高的紅色石崖，有彎彎曲曲的松樹，也有用木頭搭建起來的亭子。本來就沒有幾個遊人的島上，一大早便更顯靜寂空曠。呼吸著帶有海的特有味道的空氣，我倆的腳步不由輕盈起來。

中午在島上吃螺螄粉，當地風味，酸酸的爽；還有熬得黏黏的蟹粥，與過往比，也是別樣的感覺。海鮮應該是海島的優勢，現撈現煮，味道自然與內地空運「海鮮」不同。

午飯後去天主教堂。教堂始建於一八六九年，由法國巴黎傳教士主持修建，歷時十一年。是島上最古老的建築。哥德式造型，材質為島上特有的珊瑚石，因此又別有風致。教堂高二十一米，周邊有芭蕉林和菠蘿蜜林。總面積達兩千多平米。藍色的海，白色的尖塔，綠影婆娑的樹，遠遠望去，似乎有奔向天國的神秘衝動。

邁進教堂，眼睛仿佛晃動起來。其靜穆與平和，令人分不清是人間還是天堂？真是世所罕見。宗教的氣息是那麼誘人，任何語言都無法狀述，靜立此間，仿佛神明就在身邊。

遊完教堂，再去五彩石海灘，揀幾塊喜歡的石頭，照幾張相。懸崖下的紅色石壁正是絕妙的天然背景。花往崖下一立，宛若白色的海鷗，隨便一個姿勢，就足以令人欣悅。崖壁下的松樹根，從壁上垂下，一根一根頑強地緊貼著崖壁，粗粗細細，自然伸展；海浪拍著遠處的石崖，陶醉而繾綣。

我提醒花說：「該回碼頭了。好像是最後一班船了。」花好像沒聽見，繼續往佈滿樹根的崖壁下走去。我只好跟在後面，等花選好了背景，一直拍到了滿意的照片，才姍姍離開。

快到碼頭時，輪船開始鳴笛，提示要起錨了。我雙手一攤，對花說：「誤船了。」

「您急著想回嗎？」

「不啊。問題是島上只有民居。我擔心找不到合適的住處，會讓你委屈。」

「那我們就去找找吧。我出來不講究住的條件，這您是知道的。」

「那就往前走吧。」

「我好像有點冷。」花說。

「沒事。我包裡正好帶了一件外套。」我拉開背包的拉鍊，把外套取了出來。

花顯然玩累了，腳步有些遲滯。

外套在包裡背了一天，還留著主人身上的溫度。我為花披在肩上，她笑了。「一會兒您不會冷吧？」

「應該不會。我在這個地方住過一個冬天，已經適應了。」

遠處閃著燈光，隱隱約約可見附近的漁村。

在樹林的沙地上走著，花越走越慢，不過，總算走到了漁村。簡陋低矮的二層樓房，建在離海較遠的山坡上，屋後是一座高高的山崖，山崖上面是一片藍色的星空。

我敲開了一家農舍，主人打量了我們半天，問有什麼事？

我說：「想找個地方過夜。」

「你們吃飯沒有？」

「沒有。」我倆異口同聲說。

「那好。住宿與用餐每人伍拾元。能接受不？」

「可以的。能不能看看房間？」

主人點點頭，把我們領到後院的兩層樓上。然後嘩地推開一扇木門，揿亮燈，讓我倆進去仔細察看。

房間是閣樓式的。一邊斜傾，一邊直立。牆的一邊，可以直起腰伸手摸到屋頂，但睡覺必須弓著背爬上床去。窗戶一米高低。被褥還算乾淨。室內有衛生間。

我對花眨巴眨巴眼睛，意思是在徵詢她的感受。

「我覺得還行。」

兒，腰好像要斷了。」

「那就住這裡吧。」

花脫下外套，弓著腰爬上了床。躺平後對我說：「您先下樓吃飯吧，我休息一會

我知道她這幾天跑累了，便獨自一個人下了樓。等我吃完飯上去，花已經睡著了。

我睡在地板上，心想凌晨四點去看日出。誰知花睡得早，也起得早。她穿了一身牛仔，腳蹬運動鞋，興致勃勃，已經看完日出折轉回來。她說：海上日出與山上日出還是不同的。山上看日出，太陽在山巔上跳動，有霞光鋪陳，有黛色的山嵐托扶，而海上日出，則無一絲遮攔。深藍色的海與淺藍色的天空中間，躍動著一輪火球，美豔極了。

「看把你陶醉的。」我走到陽臺上，伸了伸懶腰，酸葡萄般地說。

小屋雖小，卻是背山面海。花也來到陽臺。我倆向遠處望去。海中波濤滾滾，太陽已經躍上天空一大截了。

我抱了抱花，在她耳邊說：「下樓吃早餐吧。」

院子的圍牆用矮石板圍起。在餐桌上用餐，可以看到遠處的海。海風吹過，帶著絲絲涼意。圍牆裡外全是花，一簇一簇，飄散著嫋嫋香氣。

那應該是我倆吃過的最舒心、最休閒的一次早餐了。漁村的米粉、蟹粥，新鮮而味美。蝦包也是海邊的特色，餡子是一整條蝦，淡淡的味道，嫩滑嫩滑的，嚼起來有一種脆香。海菜是用醋醃過的，和著蟹粥喝，口感別致，與以往喝過的粥，迴然不同。

吃完早餐，上樓，漱口，洗手，收拾行李，付飯費，主人竟少收二十五元。他們說，昨晚花沒吃，我不禁有幾分感動：漁民竟然如此誠厚。

53 我就要你好好的

五星級涉外遊輪維多利亞號，已停在了岸邊。服務員忙碌著清掃船上的房間。我倆吃過午飯，躺在江邊的草地上，一片樹蔭正好斜伸過來，遮在了頭頂，我不禁想起蘇軾「殷勤昨夜三更雨，又得浮生一日涼」的詩句。

六月的青江，應屬旅遊的黃金季節。我們帶了日式便攜毛筆，袖珍硯臺與小塊徽墨，當然也有各自喜歡讀的書籍。

下午四點鐘開始上船。晚餐是船長的招待宴，遊客們可以自我介紹，或者為大夥兒獻上一首歌。我與花喜歡觀景，晚宴一結束便登上了船頂。花百度了一下所在位置，笑著說：「明天我們可以去看看青江人家，也算不虛此行。那裡最為奇幻。依山傍水，風景如畫，為國家5A景區。吊腳樓是其建築的主要特色。依山而建，一半著陸，一半入水。」

「好像明天第一站就是這裡？」我問。

「是的，」花說，「看照片景色真是不錯。在這裡弄個書法工作室吧？」

自退休以後，辦公室還給了公家，他最大的夢想就是有一個自己的工作室，而工作室的理想位置就是與自然融為一體。

「好啊。明天看上了，就租一間，長久住下去。」

第二天上午十點，遊輪便到了景區。所謂5A，名不虛傳。一肩挑兩壩，一江攜兩溪。有石，有瀑，有洞，有泉。極致天公造化，盡顯洪荒之美。

下船伊始，便有小船蕩來。只見一個戴著蓑笠的撐篙人，將一位身著紅色襟褂的女子，送至溪水中央。那女子撐著傘，向遠處眺望。原以為是遊客，細思方知景區道具。彎曲的柳樹將枝條垂向水面，風吹過來，搖動著，像在戲弄遊魚，背後是簑笠翁與美豔女子，還真是一幅青江美圖。

吊腳樓一如花所狀述。樓前吊有大蒜、包穀、紅辣椒，屋頂飄出嫋嫋炊煙。

步入山上人家，有獨上高樓之感。我說：「這裡還真是仙氣繚繞，羽化登仙之地啊。不過，做工作室美則美矣，只怕只有我們兩人能來；那些學生們，都有工作，來不了呀。」

「那就關了書館，不教了，來這裡獨善其身吧？」花說。

「可以呀。智永就是居樓十年，抄《千字文》八百。修行先得靜心，靜心方能生慧。」

「境界高啊。您或許還行，我嘛，期待來生吧。今生只能是心嚮往之了。」

「人皆可為堯舜。心向已經不易。」我拉起花的手，朝山上走去。

居高臨下，路轉峰回，豁然開朗。一片竹林臨水而生，猶如屏障。花坐在欄杆上說：「我假裝小憩，您為我拍一張，背景儘量大點兒。」

我踮起腳跟，企圖將翠竹與江水攬入鏡頭。不料山上下來一隻猴子，往花跟前一蹲。我連忙按下快門，搶拍了一張「猴子與人」。

花高興極了，站起來，退後一步，向猴子鞠了一躬說：「謝謝你的合作。」

我被逗笑了，勸花說：「猴子找你，敬而遠之。千萬不可摸它。你一向它伸手，它以為你要攻擊它。我在鶩島猴山，就被猴子拓了一掌。幸好在胳膊上，要是在臉部，恐怕就會留下永久的印記。」

「還真是懸啊。多虧我本能地後退了一步，沒有與它套近乎。」花驚訝地說。

好多年都不看電視了，除了臨帖，就是讀書。到了船上，花開始讀她帶來的書，

《我就要你好好的》。我拿出硯臺，開始磨墨。

花說：「研磨還得一會兒，我讀書給您吧？」

「好啊。既可以欣賞佳作，又可以悅耳。」

花開始讀了起來。讀完一章，我的墨也研好了。我說：「這個美國作家喬喬．莫伊斯還有一本佳作，叫《長恨書》，也很好。」

「您看過？」

「沒有。我看你帶了她的書，便百度了她的名字，才知道的。」

「《長恨書》我也帶了。這本讀完讀那本。」

「可以的。你先歇歇嗓子，我臨會兒帖。」

時間在一秒一秒地流逝。水聲從船底傳來，深邃而神秘。花是一個喜歡觀察的人。如果在白天，哪座山的形狀，哪棵樹的顏色，哪枝花的品種，她都會描摹出來。我曾誇她，認為生活的構成不僅僅是油鹽醬醋，而且還有詩書、大自然和人的思考。不停地變換時空，不停地變換話題，生活才顯得豐富有趣。

行走的輪船正如生活一樣。船上的設施是固定的，但兩岸的風景是移動的。江面一會兒變寬，一會兒變窄；一會兒是高聳入雲的山峰，一會兒又是連綿不斷的峭壁；連雲彩都是夢幻一般，遠處、近處、深色、淺色、白的、紫的。如果站在欄杆前，細緻地觀察，你會發現，樹木也是奇妙的，不同的緯度，高度，會長出另樣的樹木，直挺的，彎曲的，蓬勃向上的，四處散開的。一簇一簇，一根一根，枝枝丫丫，變幻無窮。還有花，粉的、紅的、桔色的、藍色的，如果你攜帶了望遠鏡，攬入眼底的又是另外一番景象。

坐遊輪看雨，也另有情趣。雨來了，清涼的空氣撲面而來，沁人心脾；被雨沖刷著的群山，映入眼簾，一派潤綠。如果你興致勃發，還可以撐著傘走上船頂，在緩緩行進的船上，看雨打在江面上、甲板上，更為出沒在風雨中的小舢板擔憂：蒼茫中上下顛簸，時隱時現。

船上的時間是緊張的。清晨要看日出，要觀雲海，黃昏又是落日、晚霞，不願錯過一處景點，讀書就成了相機而行的事。喬喬．莫伊斯是個寫作高手。《我就要你好好的》和《長恨書》，都是悲劇結構，但在收尾時，卻露出一抹亮光，讓人在哀歎淒涼中，體會出生活的不確定性，鼓起追求新生活的勇氣。悲而不傷，哀而不靡。沒有讀完的時候，你會跟著作者歎息流淚；讀完了，放下書，你的心情又會釋然、欣悅。

讀書的時候，花喜歡把腳放在欄杆上。我也學她的樣子，果然十分自在。水聲、讀書聲、鳥聲……離開現實世界，總是那麼美好愜意。這些天，是完全放鬆的，遠離塵俗的。時空的短暫寄存，恍如隔世。

花在讀「我看著你的裸體我會痛苦」，那是主人公與女傭在海邊房間裡的一段對話。她摟著他的脖子，希望用她的愛改變他一死了之的決定。但他沒有接受。他說：「我不能這樣活著。不能看到你穿著漂亮的裙子，在我的屋裡走來走去；不能撫摩著你美麗的裸體，而讓你持久地失望焦灼……你不知道我健康時是個什麼樣子？而現在……所以，我希望你能支持我，陪我去瑞士……」

她穿著白底紅點的裙子，偶爾還可以看見像樹葉一樣的淺色圖案。他坐在輪椅上看著她，誠懇而動情地說。

海邊霧氣茫茫。

她說：「我為你跳支舞吧？」

他點了一下頭。

海風、裙擺、輪椅、微笑……

「克拉拉，下雨了，回房間吧？」

暴雨如注。她將他用輪椅推回房間，又小心翼翼地將他扶在床上。

她依偎在他的身邊。他說：「克拉拉，今晚別回自己的房間了。」

她親吻他，一個長長的吻。

……

我問花：「你如果是男主角，你會怎樣選擇？」

「小說裡不是說清楚了嗎？」花說，「因為不想拖累別人，或者說不願意這樣活著。有一種死亡叫愛你。這部小說講的就是這個主題。」

「是的。我看到了男主人公內心的掙扎。他愛她，但作為高位截癱的病人，愛上一個健康美麗的女子，無異於痛上加痛。你看他對女主人公怎麼講，他說：『你是我每天早上醒來的唯一理由。』這句話雖然簡短，卻十分令人悲傷，它表露了男主人公在絕望與希望之間的痛苦掙扎。」

「我感覺到了。他們去海邊度假時的對白，即已讓人心碎。我剛才聽你讀到那裡，停了下來，顯然是想平抑一下內心的激動。」

「是的。這本書風靡世界，名至實歸。作者的文字非常細膩，感情含蓄內斂。像一個賽馬高手，直到最後才揚鞭催馬，將故事推向高潮。之前男主人公並不能接受這個毫無護理經驗的、像個村姑一樣的保姆，但就是這個村姑，抱有足夠的耐心和真誠，感動了男主人公，讓威爾不僅接受了她，而且深陷情網不能自拔。」

「這正是作者的本意，不停地賣關、設卡、鋪墊，用大量的故事敘述了一個簡單的事實：不是因為美麗而可愛，而是因為可愛而美麗。」

「是這樣的。保姆露露沒出現之前，他做出了去瑞士安樂死的決定，早點解脫是他每天醒來的唯一理由，而愛上露露之後，他還堅持這個決定，便是完全相反的意思了。他不想拖累所愛的人，儘管露露六個月來，努力的唯一理由，就是希望他改變這個決定。」

「露露的善良最終還是有了回報。那就是男主人公臨終前送露露的那筆可觀的生活費。他要她去讀想讀而未讀的大學，去尋找自己喜歡的男朋友……愛在這裡得到了轉換與提升。愛的真諦不就是這樣嗎？愛一個人就應該讓她得到幸福。在這裡，男主人公雖然離開了這個世界，但他的愛卻得到了延續。我常常對外國小說譯成中文的書名詬病，但對這本書的書名卻極為欣賞。《我就要你好好的》，在這裡成了雙關語，本來是女主人公要求男主人公好好活下去，結果卻是男主人公要求女主人公好好活下去。」

「您可以呀。耳朵比我眼睛還厲害。我一個字一個字用眼睛看著讀，還沒有您用耳朵聽來的記得準確。」

「肯定是呀。你是看、讀、記，一心三用，而我則是聽和記，一心兩用，所以要更集中一些。要不人家怎麼說盲人記憶力好呢？」

「您對小說如此癡愛，為什麼不動手寫寫呢？」

「我被書法害了。它占盡了我的全部時間。另外，文學憑感性，我大學裡學邏輯，文字飛揚不起來。你看我寫字，也只停留在楷書階段。為什麼？性格中理智的成分太多，不能放浪形骸，縱橫無我。」

「我覺得您真草隸篆，無一不精。」

「我之所以說，我還停留在楷書階段，指的就是篆隸。其實篆隸雖是另外一種結體，但仍然屬於正書系列，與草書不同。草書是書法中最高境界，草書至頂峰者，稱草聖，篆隸則不能。所謂聖，含有天縱之意。書寫時的顛狂狀態，如無神助，不可思議。」

「這倒也是。不過古人所謂四體皆擅，是指基礎階段。真正要登堂入室，恐怕非精一體不可。所以我還是贊同您的選擇，終生傾情隸書，獨擅一體以至絕倫。」

「謝謝你的欣賞與明察。其實你的獨特經歷倒真可以寫本小說。」

「剛離婚時衝動過，現在平靜下來，覺得還需要沉澱。如果要寫，等老了再寫。寫一本《六十年往事從頭說起》。不過，重點不在前三十年，而在後三十年。跟您學書法之後，我才真正找到了自己的價值和人生意義。年輕時只是活過，愛過，物質的東西多一些，而現在才知道精神追求的境界。比如宗教生活，就更能使人認識自己以及存在的這個世界。」

花說到這裡，用詢商的目光看著我說：「上船頂去？月亮快要升起來了。」

「好啊。」我應允地點點頭，放下毛筆，同花一起登上了船頂的甲板。東方的天際發出蒼白的星光，世界像睡著的少女，恬靜而柔美。

54 準備住東湖賓館

因為晚上要換酒店，我們便把行李拿到前臺寄存。離開布丁酒店時，我和花打了一把傘，雨忽然大了起來。這時再回去拿傘，一定會淋個透濕。錢塘是出傘的地方，我買了一把自動傘，撳開試試，果然順手。

我倆向西湖走去。雨更大了，我建議在亭子躲避。花說：「您新買的傘如何？」我說：「挺好。」「那我們上蘇堤吧？雨中漫步蘇堤，想必另有風景。」「那當然好。我是擔心你淋雨後生病。」

「沒您想像的柔弱。」花瞪了我一眼。

「那就好。」我拉著花向蘇堤走去。

雨越來越大。傘上發出「嘭嘭嘭」的響聲，像敲鼓似的。腳底下也泛起厚厚一層水，向堤兩邊湧流。

我向遠處望去，西湖已籠罩在煙雨迷濛之中。我對花說：「回去還是向前？」花把傘向上舉了舉，又抖了抖被雨淋濕的雙肩說：「向前。」

雲層很低，像要塌下來似的。雨和著風，在堤上漫捲。我與花並肩走著，堤上居然有一個人從對面跑來，赤裸著上身和雙腳。所經之地，水花濺起，發出劈劈啪啪的聲音。花向我擠了擠，為奔跑者讓出半邊道。等那人跑過去後，對我說：「看看人家。」

「我也可以的。」我望望消失在滂沱大雨中的跑步者說，「年輕時一直堅持冷水澡。想必這樣的雨天是可以對付的。要不然，我也跑一下？反正已經濕了大半。」

「不可的。現在只是濕了肩膀和腿，一會兒到亭子了，擰擰褲角兒上的水，我們還可以去雲林寺。如果真想秀肌肉，那得掉頭往回跑，跑回去了有衣服換。」

「那我們一起跑吧？跑回去換了衣服再去雲林寺。」

「好啊。」花伸出一個小手指，要與我勾手。

我把花的小手指屈了回去，收起傘交給她說：「還是我一個人跑吧。跑回去洗個澡，衣服換好了等你。你可以邊看景邊往回走。省點氣力。下午飛來峰還要爬山的。」

「那也好。」花說。

我一口氣從蘇堤上跑回，渾身上下淋了個透濕，進酒店電梯時，被服務員攔到一邊，讓我爬樓梯。原來我走過的地方，居然像下了雨一樣，滿是水滴。

進房間後，洗澡、換衣服，然後去燒開水。我想給花泡一杯咖啡，等她一進門，就讓她先喝，暖暖身子。花到酒店後，看見我雙手捧著一杯熱咖啡在等她，臉上頓時飛起一層紅暈，低聲說：「本來應該是我為您煮咖啡呢，沒想到被這不爭氣的雙腿拖累了。」

「沒事的，」我豎起拇指說，「這麼大的雨，一手拎包一手撐傘，能走回來就不錯了。」

花把手中的咖啡又遞給我，「還是您先喝，凍美了吧？」

「還好。五月的錢塘，天氣已經暖和了，快趕上我們那裡的初夏了。」

花坐在椅子上，對我詭譎地笑著，似乎有話要說，但又好像說不出口。

我把茶葉放進茶杯。昨天才買的明前龍井，今天可謂嘗鮮。茶葉像麻雀的舌頭一樣，一根一根豎起來，綠得爽心。

花對我說：「剛才真是想和您一起跑呢，但我不敢，我們女人有難處。」

「什麼難處？」

「我插隊時被暴雨淋過，險些鬧出笑話。那天的雨比今天還大。我們的隊長懂天氣，他見暴雨要來，就讓我們扔下鋤頭往避雨窯裡跑。誰知沒跑幾步，雨就劈哩啪啦下了起來，待跑到避雨窯，渾身已經濕透。」

「那有什麼，背靠背把衣服擰乾，再穿上。我們那會兒都是這樣。」

「一群男的可以，有個女的就複雜了。我跑得慢，最後一個進避雨窯。大夥見我進來，都往後擠，給我留出一塊空地。我就傻傻地站在那裡。」

「怎麼是傻傻的呢？」

「因為站了一會兒，發現大夥兒都用餘光看我的腰，便也下意識地看了一眼。居然發現海綿乳罩浸滿了水，滑到了腰部。」

「做人難，做女人更難。」我感歎道。

「吸取教訓就可以了。」花把空咖啡杯放在桌上，又為自己斟了一杯清茶說，「自那次之後，我每次出工都要帶上雨衣。」

「一次被蛇咬，十年怕井繩？」

「有點兒。」花不好意思地笑了。

雲林寺建於東晉咸和元年。背靠北高峰。開山祖師為西印度僧人慧理和尚。其規模居東南之冠。

雨繼續下著。儘管我們換了乾衣服，但身上仍然感覺到濕冷濕冷。好在下車走了一會兒，體內溫度漸漸回升，才覺得舒服了許多。

寺內遊人若織，傘蓋如雲。我和花在大雄寶殿前站定。花說：「這大雄寶殿四字何人書寫？」「沙孟海。」「噢，我說怎麼如此恢弘。我在您書櫥裡見過他的書法集。錢塘人，行草大家。巨筆如椽，橫掃千軍。」

「所謂古寺名剎，書法繪畫不可或缺。這是裝點寺院氣質最好的元素。雲林寺因年代久遠，代代翻修，積累的文物也是東南之冠。其中書法輝耀金壁，成重要門面。明董其昌的《金剛經》、康熙的『雲林禪寺』、乾隆的『雅宜清致』、黃元秀的『靈鷲飛來』，都是絕妙好字。另外，康有為、吳昌碩、馬一浮、李叔同、章太炎、潘天壽、謝稚柳等人，也有墨蹟和繪畫為寺院增色。」

「我們喜歡書法，映入眼簾的首先是這些題字。那其他香客呢？」花把傘舉高了一點兒，歪著頭問我。

「旅遊如讀書，關注點不同。其他香客可能看山，也可能看水，也可能看寺院建築，也可能來求籤問卦、上佈施等。總之，天下之心，各各不同。」

「您說，我要不要去上點兒佈施，保佑此次出行的平安？」花眨眨眼睛，虔誠地問。

「佈施也行，不佈施也行。你不是喜歡抄經嗎？佛經認為，所有功德中，傳經是最大的功德。所以，你平時抄經即是最好的佈施。至於佈施保平安一說，我不敢苟同。你看來這裡佈施的人，都懷著一個目的，或求財，或求子，或求福壽，這是把佛教世俗化了。我們這個民族，是個物質民族，凡事都要有個具體回報。信仰其實是一種精神活動，是靈魂的昇華，非要把信仰轉化為物質，那不僅使佛理受到了歪曲，也會玷污自己信仰的聖像。通過內心向佛而達到行為不違天理，悲憫慧慈眾生，才是佛法的教旨。民間所傳『福往福來』即是最通俗的解釋。並非指今天在這裡佈施，明天便可以做成一單生意，或者是讓高僧加持某生的考號，某生便能靈光閃爍，醍醐灌頂。」

「那許願又是怎麼回事？」

「許願也是精神活動，轉化不了物質。譬如病人家屬許願，希望家人儘快康復，但他回去後，仍要勸病人去醫院積極治療。還有莘莘學子，如果想考上名校，仍然要刻苦學習，頭懸梁錐刺股。不下功夫，傾家蕩產佈施也沒用。這方面最有說服力的例子，就是那些貪官們。他們中許多人，在雙規之前，都曾去廟裡重金佈施。結果呢？」

花頷首垂眸，有幾分不好意思：「不過，我還是想去上點兒佈施。這麼大的寺院，維護費也得不少錢吧？」

「他們有門票收入啊。」

「那倒也是。」花有些踟躕。

「去吧。心裡動了善因，就去延伸它，餵養它，不要管別人的看法。」
花受到了嘉許，從包裡掏出一百元錢，小步穿過人群，投進了功德箱。然後三叩九拜。
在五百羅漢堂，花目不轉睛地一個一個往過瞅，瞅了一圈兒後，俯我耳畔低聲說：「我咋感覺這些人好面熟啊。」
「是呀。這些人和咱們一樣，都是凡胎肉身，因為修行而成菩薩。佛即人，人即佛。求佛不如求己，即是這個道理。」
「那慧根怎麼講？」
「佛渡眾生，首先講慧根。但有些佛就沒有分別心。認為地獄未空，誓不成佛。依這個目標，那就不存在慧根一說。只要你鐵了心渡他，他依然可以到達彼岸。」
「噢。原來還有這麼多的說法。我原以為每天吃素，不做壞事就是信佛了。看來還得讀些佛理方面的書。凡事知其然不行，還得知其所以然。」
「又開悟了。」我開花的玩笑。
「哪裡。在您面前，我就像個白癡。」
「在知識的海洋中，我們都是白癡。」
花收起了傘，甩了甩上面的水說：「不下了。」
我仰面望望天空，見雲影在飛快地流動。大氣層重新組合，說不定瞬間又會有雨。
我對花說：「走，趁這會兒沒雨，我們先去飛來峰。」
「好的，您以前來過，就當免費導遊吧。」

上山的路上，我為花講了飛來峰的故事——

相傳有一天，雲林寺的濟公和尚突然心血來潮，掐指一算，知道有一座山峰要飛來，就苦口相勸周圍的村民搬家。村民們平時看慣了濟公的瘋顛，以為他又在尋大夥兒開心，不但沒有人搬家，還嘲笑濟公想捉弄人。

濟公一看山峰要飛起來，就急得團團轉。正抓耳撓腮之時，見村裡有一戶人家在娶媳婦，便驀然沖進去，背起新娘就跑。村人見和尚搶新娘，都呼喊著追了出來。

這時，天空忽然變暗，風驟雨急。隨著一聲「轟隆」傳來，雲林寺對面兀地落下一座山峰，先前的村莊轉眼覆蓋得無影無蹤。跟著濟公看熱鬧的人、追新娘的人，這才清醒過來，原來濟公之言並非戲語，而搶新娘之荒唐行徑，亦完全是為了拯救村人啊。

「編出來的吧？」花似乎並不相信。

「肯定的了。江山要靠才人扶。每個地方都有這樣一些傳說，類似現在的廣告。名勝、古跡有了這些故事，便活了起來。尤其是那些導遊們，滿肚子這樣的傳說，比單純介紹景點要生動得多。」

「算你厲害。這個『廣告』還真的有趣。至少爬起山來不覺得累了。」

我牽起花的手，朝山下走去。到壑雷亭和冷泉亭，花建議歇歇腳，理由是亭柱上有幾副對聯不錯。

我走過去，立在花的身邊，與她一起端詳。壑雷亭對聯是：「雷不驚人在壑原非真霹靂，泉能擇物出山要有熱心腸。」取意東坡詩句：「不知水從何處來，跳波赴壑如奔雷。」冷泉亭對聯是：「泉自幾時冷起，峰從何處飛來？」一聯兩景，形象生動。是設問句，又是描寫句。平仄對仗都十分的好。我對花說：「剛才講，勝景要靠才人扶，信了吧？」

「噢。」花感歎道，「我們出來，大部分精力都用在了觀瞻書法上，真是三句話不離本行。」

「這就對了。我們與別的遊客的不同處，就是對書法的關注多一些。譬如名勝中的匾額、刻字、碑林等。儘管書法寶庫裡有大量的名帖，但總會因審美的不同有遺珠之憾。另外，時代審美觀念的變化，也決定著碑帖價值的變化。譬如清以前，魏碑就沒有受到足夠的重視。再譬如對磚瓦上的刻字，歷代的留意度都不及當代。這些變化，均說明審美觀因時而異，人們已不滿足於碑帖中的『李杜詩篇』，力求去尋找書法上的新大陸。這是由人性的喜新厭舊決定的，也是被古人逼出來的，不新則死。一切領域，變是絕對的，不變是相對的。每一次的標新立異，都可能成為當時的創新先鋒。如此，我們出來的訪碑意義就會凸顯出來。荒草野塚，頹垣破廟，都可能有意想不到的收穫。」

「學生受教了。」花向我行了個拱手禮。「不過，竊以為看景也很重要。二者之關係，應該是皮與毛的關係。皮之不存，毛將焉附？」

「景當然要看，甚至要比別人看得更細。留神書法就是細的組成部分。景不好，留不住人的腳步，文化因此而被忽略，然而只有景觀而沒有人文，景觀也會顯得蒼白。這就像一個漂亮女子，僅有漂亮是不夠的，她還必須有氣質，景觀上的人文裝點，正是為了增加其內涵，使其不僅好看，而且耐看。」

「說得好。老師還是淵博、敏銳，才高八斗啊。」花說完，驀地忍俊不禁。我也被逗樂了。花連忙擺手，掩飾說：「我說的全是真話喲。」

「我知道，但當面誇人，如果用詞過猛，也會陷入尬聊。不過這句話，其實是套用培根的句式。原話應該是這樣的：就形貌而言，自然之美要勝於服飾之美，而優雅行為之美，又勝於單純儀容之美。」

花伸了伸舌頭，欲言又止。我本來還想說培根此論正適合她，然猛地反應過來，那樣不就重蹈了花的覆轍嗎？

為了彌補住布丁酒店促狹的過失，我決定今晚住東湖賓館。民國時期，那裡曾住過一個人。傳說他來了，杭城的美女就會被邀前往跳舞。如果有他喜歡的，會留下來過夜。

花說：「多少錢一晚？」

「兩千。」

「太貴了。咱們賣字畫得費多大勁兒啊。」

「錢花了才是自己的。偶爾奢侈一下不為過。」

「說是那樣說，我以為酒店乾淨即可，不必圖虛名。」

爭了半天，最後還是住在了布丁酒店。不過晚上我請花吃「樓外樓」。座位訂在三樓陽臺。

「樓外樓」位於西子湖畔，景色美不勝收。我倆一邊喝著果酒，一邊觀景聊天，竟有做了一回神仙的感覺。

55 兩個人的老街

接下來是去老街。因為頭一天下雨，沒能在西湖留影，我倆便早早向西湖趕去。太陽還沒有從山後升起，西湖已經雲霞滿天。花把行李放在石階上，沿湖畔走了幾步，停下來眺望遠處。我不失時機地抓拍了幾張。背景是西湖、寶石山和保俶塔。每次拍照，都似乎有約定似的。我不為她設定姿勢，也不為她選景，她在哪裡佇候，我就在哪裡抓拍。

從西湖到地鐵，要穿過一條馬路。馬路名「鳳起」。我與花開玩笑：「你的運氣來了。」花說：「不飛則已，一飛沖天。」我說：「是也。」花又說：「可惜我的性格與鳳凰相去甚遠。我只想做一隻小鳥，自由快樂地四處飛翔。」

錢塘到老街，坐汽車大約一個小時。十點左右，我們到達老街。

沒來之前，以為老街就是小橋流水。到了才知道，小橋流水只是表相，而富有文化內涵的手工業、紡織品、地方戲曲、風味小吃，才令人大開眼界。

清晨醒來，沿著河邊碼頭散步，可見河道密佈，行船往復，搖擼的，漿洗衣服的，散落河道兩邊，熱鬧而溫暖。江南水鄉厚厚實實的氣韻，全藏在這磚石鋪就的街道和木頭構建的房屋。

選個靠窗的位置坐下，要幾個麻團燒餅、大肉包子，來一碗豆汁，邊吃早點邊聽評書。一縷清煙，一聲吆喝，無不令人愜意忘懷。如果再有個姑娘，撐著油紙傘，從遠處小巷走來，你便又會想起戴望舒的詩句。

老街的主要景點是東頭和西頭，而精彩處應該在西頭。夜晚的西頭，燈火璀璨，遊人如織，船上的、岸上的、吃夜宵的、看節目的，應有盡有。我上次來，是別人相邀，沒有辨清東西區別，便以為那熱鬧的景象在東頭。

我倆將行李放好後，便去外面玩耍，到五點多鐘，發覺東頭靜了下來，居然不見一人走動。問店家，店家告知，人們都去看西頭夜景了。花這才查百度做功課，片刻便蹙縮著眉頭說：「來老街的人，主要是看西頭。」我說：「那咱們把房間退了，去西頭吧。」花說：「西頭已經沒有住宿的地方了，不過，我覺得東頭也很好哎。安靜。晚上正好飲茶聊天，過一晚慢生活。」

「那我們明晚去西頭玩。」我說。

「不了，留下念想，下次再來。」花說。

「那也好。這種地方宛若好書，可以常讀的。」

花從沙發上一躍而起，在鏡子前瞭了一眼說，「我們吃飯去。」

出房門下二樓，走了半天，竟無一家飯館開門。回來問店家，店家說：「你們要外賣吧。這裡的飯館晚上是不賣飯的。」我這才恍然大悟，知道店家剛才為什麼要優惠我們住房。一般人來老街，是鮮少住東頭的。

花見我有些落寞，就勸我說：「那就要個外賣吧，正好我們可以在房間喝點兒紅酒。用完餐還可以再去陽臺品茶聊天。」

花飲茶十分講究，飯後專門回房間換了旗袍軟鞋，又隨手拎出一個布袋，裡面是茶葉、茶巾、茶壺和茶杯。花用茶巾將茶杯擦拭後，又用沸水沖燙了一遍。沖燙茶壺時，花說：「好壺看內壁。內壁圓融光滑，出水速度就快，聲音也渾圓。當然，外壁也要講究。好壺用開水澆，壺上面會掛滿水珠。活活的。」

為人寫書法作品，會經常收到好茶，然我不研究茶道。花對茶的講述，正好補上這一課。

喝茶前要吃點心，花下午逛街時已經買好。幾種精緻糕點兒擺放在茶海周邊，飲者可以根據喜好適當挑選。飲茶前吃點兒點心，據說可以防暈茶和空腹鬧心。我調侃說：「其實帶點兒石頭饃便可以了，不需要這麼複雜的。」花瞅了我一眼，嗔道：「你完全可以不吃。」我連忙賠笑說：「鮮花餅色味香形俱備，一定要吃的。」

「知道就好，」花被我逗笑了。這時，水開了，水晶壺蓋跳躍著，發出悅耳的碰撞聲。花將茶杯沖燙後，又將開水壺放上去，待再一次開了，才用來泡茶。擦拭，沖燙，再搽拭，一個茶杯經過這種反復處理後，方能斟入茶水，我對花說：

「茶道這麼深湛，有年頭了呀。」

「年頭是有點兒了，但功夫比較差。當初與他分手時，我一度曾想開個茶館，便去茶藝學習班學茶藝。學完後又去茶館實習，前前後後將近一年。在北方，您知道，大多時侯是喝紅茶。今天我們泡的是明前綠茶，所以沖泡需要格外精心。綠茶與紅茶不同，紅茶要用沸水，綠茶用次沸水。綠茶雖然不用洗，但要煮。所謂煮，即先用少量百分百的沸水倒入茶杯，約兩釐米左右，待茶香撲面而來時，再沏茶。這時候，即二次倒入的開水，應該是七十度左右。水溫太高，容易把茶燙死。燙死後的茶葉呈黃色，新鮮勁兒大打折扣。」

「這麼複雜？」

「也有不複雜的。譬如『上投法』，將水燒開後，先倒入茶杯，然後再將茶葉徐徐傾入。片刻，可見茶葉從水平面一片一片飄下。此種泡法，可聞香，觀色，賞形。有人說，喝綠茶就是喝春天的滋味。」

「說的真好。此刻雖是夜晚，卻讓我有環山皆綠之感。過去只知道喝茶，卻從沒有如此仔細的關注過茶藝。」

「過去您也沒有這樣的閒適時間啊。所謂閒情逸致，首先得有閒，才能有情致。綠茶還有個功能，可以熏眼睛。煮茶時，先聞茶香。新茶自有一股清香，沁人心脾，聞之頓覺神爽，所以有嫩芽如處子之說。煮茶之後，再加水沏茶，此時直接飲用可能會燙口，不妨先熏熏眼睛。待茶水稍涼再飲，潤目開喉，一舉兩得。」

「好像還可以嚼著吃。嫩芽是茶樹上最頂端的毛尖，當菜吃應該也是不錯的。」

「有人有這樣的主張，不過，我總覺得聞香、觀色、賞形之後再嚼著吃掉，很煞風景噢。」

「那倒也是。」我不好意思地扮了個鬼臉。

月亮上來了，陽臺上灑上一層白光，如同冷天的霧氣。花說：「掬水月在手。您看，茶杯裡是不是有個月亮？」

我低頭看看，果真有個月亮，這就是南方的味道。空氣清澈，月色初上，又一個人間仙境。

「這有一句話，飲茶月在杯，行船水中天，聽說過沒有？」

「類似的句子聽過，譬如舟行碧波上，人在畫中游。但飲茶行船這兩句沒有記憶。」

「這就是您不關心茶道。您看到樓下的河了吧？「

「看到了。」

「我們住的房子像不像行走的船？房子不動月在動，行走的感覺找到了嗎？」

「找到了。原來你竟然也有這麼豐濃的情趣啊。」

「托您的福。剛才說了，閒情逸致的前提是閒，而這閒情是您給我的呀。來，以茶代酒，碰一下。」

我把手中茶杯伸了過去。手腕上的鐲子在月光下閃亮。花碰了茶杯後說：「一直想問您個問題，那就是為什麼一直戴著這個銀手鐲呢？經常見您在寫字的毛氈上擦拭它，有什麼講究嗎？」

「沒有。這是母親的手鐲，傳給了我的妻子。妻子去世後，我就戴在了手上。母親過去戴的時候，經常在圍裙上擦，有時閒下來了，也在炕上鋪的毛氈上擦。那時候不懂，自己戴手上了，才知道銀器愈擦愈亮。」

「是這樣的。可是您的手這麼大，戴上去會很緊吧？」

「銀手鐲柔軟。可根據手腕的粗細調整大小。」

「哦。我看看。」

我把手鐲抹下遞給花。花用手輕輕捏了捏，果然可大可小。

「我第一次見您寫字時，什麼印象也沒有，只記住了這只銀手鐲。」

「也有人這樣說過，我沒有回答原委，只是說我喜歡。」

「冒昧地問一下，您愛您逝去的妻子嗎？」

「當時談不上愛。我那會兒從農村來，到結婚的年齡了，別人介紹一個，感覺差不多就走在了一起。有了小孩兒，就一心一意養孩子。有一天突然覺醒了，發現愛居然能讓人臉紅心跳，心心念念，然而當你想離婚，想去愛另一個人時，她卻遽然離世。這時，你心裡便別有一番滋味。如果她活著，你把不愛她的心事告訴她，那麼，她死了，你也不會懊悔；而她死了，你給她的印象是愛著她，而你很快又去愛了另一個人，這情形好像很不對勁兒。冥冥之中你會覺得，上帝決不會以這樣的方式成全你。」

花不言語，輕輕頷首。月亮默默向西轉去，快要在陽臺上投下屋簷的影子了，而我們的船居然沒有動的意思。

我繼續說：「記得看過一則消息，說的是日本地震時，有一對偷情的人，因在外面約會而倖免，然而當他們得知自己的另一半都遇難後，這兩人便從此再未見面。」

「這就是您所謂的，上帝不會以這樣的方式成全人？」

「她突遭車禍離世，我就好像黑夜裡被人打了一悶棍。找不到施暴的人，也不知為什麼挨打？哪怕是被誤打了也行，但沒有任何人給你理由。她從馬路上走過。他橫衝直撞，不開燈不摁喇叭，開夜車久了，正好在這一會兒打瞌睡……你說咋辦？你一輩子都在叩問命運，我這是怎麼了？不喜歡可以離婚；特別愛也行，放聲哭上一鼻子，但傷口總會有一天癒合，唯有這種離世，最難讓人接受。」

「我能想像來您的這種感受。弋鳶上小學時，我經常出入您家，她那時不擔心您愛上我？」

「那陣兒不會。她知道你的丈夫是名畫家，所以她不嫉妒，能讓我們平安相處那麼久。如果你那時就被夏鷹遺棄了，而我們又走得那麼近，她可能就會猜疑、憤怒、干涉和抵制我們的往來，甚至會使我們的婚姻發生變故。」

「您多大年齡結的婚？」

「三十歲。」

「為什麼這麼晚？」

「我那會兒正在讀成人大學。」

「天涼了。我們回去休息吧？」花說。

「好的。」我們收拾茶具，各自回了房間。

56 臺灣

臺灣花蓮，東向太平洋，古稱「奇萊」，是臺灣面積第一大縣，也是原住民阿美族分佈最廣的地方。舉世聞名的「清水斷崖」，就位於蘇花公路北端。海崖呈九十度直角從太平洋拔地而起。蘇花公路長達二十多公里，穿行在懸崖與峭壁之間。向上仰望，是兩千米高的清水山，向下遠眺，是幾千米深的太平洋。行走在蘇花公路，雖驚心動魄，卻令人神曠心怡：滿眼的碧波、海浪和望不到邊際的白雲藍天。

公路的前身是羊腸小徑。真正成為今天世界上最美的公路之一，功勞當屬蔣經國先生。當年就是他親帶退役老兵，在崇山峻嶺中鏖戰數年修建而成。在公路紀念館中，我看到一張蔣經國先生頭戴草帽，肩搭毛巾，褲角挽在小腿上席地而坐的照片。照片上的蔣經國先生，正在與修路工人攀談，那誠懇勁兒，看不出半點總統之子的樣子。我和花以此背景拍了一張留影：蔣經國那笑咪咪的臉，便永遠定格在了我和花的背後。

七星潭與我們常見的沙灘不同，一粒一粒的被海浪沖刷出來的，有著天然奇妙圖案的鵝卵石，鋪滿了海灘。花蹲下身子，把自己喜愛的石頭揀起來放在手心，堆成一個小小的石塔，在陽光的照耀下斑斕炫目。我不失時機地抓拍了一張：深藍色的海，朦朦朧朧的清水崖，流動的雲，頓成了花玉手托塔的背景。花說，相愛的人面對石塔可以許願，真正的海誓山盟。

我說：「喜歡了帶上幾粒吧？」花說：「海關出不去，會罰鉅款，不過，不罰款也不能帶的。遊客這麼多，你帶幾粒他帶幾粒，不就帶光了？」

「那是。美屬於這個世界，心裡有即可，何必非要攫為己有呢？」我不自然地說。

七星潭是一個新月似的海灣，綿延二十多公里，有「東方夏威夷」之稱。夜晚行走在海灘上，面對舒展平和的大海，觀星望月，沒有人潮湧動、喧囂吵雜，無窮無盡的海浪，卷著翡翠般的綠色，一波一波地湧來。對於我和花來說，陶醉在這海天一色的美景中，真有點兒不知是客的感覺。

到臺北城隍廟第一件事是先買香。花喜歡寫字時焚一枝香。臺灣最正宗的盤香當屬老山牌的，六十九元一盒。花說：「買五盒優惠不？」

「純手工盤香，製作精良，沒幾個錢的利潤，六十元吧。」

「五十元吧？」

「那個數字不好聽啊。」

「臺灣也講究這個？」

「一個祖宗嘛。」

花笑了：「那就伍拾吧，我買六盒。」
「那好吧。還是大陸人精明。」
「那說明我們窮嘛。」
「這些年不窮了。過來肯花錢的還是大陸人。」
「這不挺好嘛，活躍了臺灣的市場啊。」
「可也破壞了我們的安靜。在安靜與賺錢的選擇中，我們更喜歡安靜。」
「噢？」花說，「這還新鮮，錢都不願意賺了？」
「是的，政府正在擬定限制大陸自由行檔，估計取消了自由行能好點兒。」
花雙手一攤，聳聳肩：「還是滿趕巧的，差一點兒來不了了。」

夜市一條街，人來人往，熙熙攘攘。臺灣高樓極少，許多地方還是大陸二十世紀八十年代的感覺。小巷矮樓，甚至還有些簡陋，但整潔衛生；行人也從容安靜，偶爾與你相撞了，會主動表示歉意。

臺北城隍廟夜市離住處兩站路，去時為了找感覺，我倆坐了地鐵，回來時步行，邊走邊聊，快到賓館時，我對花說：
「好像肚子又空了？」
花說：「要不要再走回去吃點兒？」
「算了吧？如果走回去，不是吃一點兒，而是又吃一頓。」
「那如果回去再吃，您想吃什麼？」

「肉燥飯。」

「忍一忍，不要吃了吧。天天美食，衣服腰圍都小了。」

「那也行。」我吸了吸肚子對花說。「還有一種辦法。買兩個火龍果，回去吃了，估計就不會餓了。」

「這個主意好。」花微笑著。

去臺灣，一〇一大樓是必看的景點兒。在頂層觀光時，我為花拍了幾張立在玻璃窗前的照片。我忽然發現，臺北市的許多建築都延伸到山坡上，有的甚至建在了靠近山頂的山坳上。花問我：「看到什麼了，眼睛瞪那麼大？」我指著窗外的樓群說：「你看到了嗎？遠處的建築一直延伸到了山裡。在我們那裡可是不允許的。」

「您是說這些年大陸為了環境保護而拆除山根底、湖海邊的一些建築嗎？」

「是的。」

「在這個問題上，各國有不同的規定。但在政體成熟的西方，土地買賣一直是自由的。政府也可以禁止某些地區的土地買賣，但它必須通過立法的形式來實現。這方面，我倒不陌生。有一年夏鷹去美國，我幫他做功課，看了一些資料，其中有一段話記得十分清楚。公民在法律之外的事情上都是自由的，當然包括土地買賣。法律沒有限購的土地，只要有錢就可以購置。政府也是，沒有權力隨便將某塊土地收歸國有，更不會因為總統或州長一句話，就把建築成形的大批樓房、公園、遊樂設施拆除。前些年，美國林務局因保護生態環境，買下了加州大約有一千多英畝的林地。這片位於內華達山裡、風景優美、有草原和瀑布的土地，在休閒與動植物保護上具有很高的價值，是美國林務局打造『太浩國家森林』計畫中的一部分，整個計畫打算收購三十五萬英畝私有土地。」

「真還是讓人刮目相看啊，」我擁著花站在一〇一那寬敞明亮的玻璃窗前，對花說，「你這番話解決了我這些年來的一個困惑，那就是土地的公有與私有的問題，究竟誰更有優勢。從你提供的資料來看，土地法制化更好一點兒。至少立法有一定程序保障，實行起來相對穩定。而個人說了算便會因為認知而產生偏頗。今天你看見這裡不順眼，拆了，明天他看見那裡彆扭或不符合自己的審美理念，也拆了；今天你執政因你的觀念而拆這兒拆那兒，明天他當政，又因他的理念拆這兒拆那兒，推而廣之在各個方面，那會是一種多麼恐怖的景象啊。」

「你又沒有土地和私人建築，操心這些幹嘛呀？」花後退了一步，從我的胳膊中脫出，好奇地眨動著眼睫毛問我。

「這不朋友有畫室被拆了嘛。他畫了幾十年的畫，所賣的錢，全用來打造這個畫室。我在那莊園吃過住過，心儀許久，曾夢想自己能擁有那樣一處院子。誰知竟遭如此橫禍。拆了後，我見到他，他說：『半條命沒了。』」

在誠品書店前的長凳上，花坐下歇腳，我為她拍了一張側身照，臉的輪廓較之往常，顯得分外清晰，腰身和腿也長了許多。花說我照相能放下身段，所以使她顯個子。她說她的五官還能看，就是個子低了點兒。鏡頭裡的她是她的理想身材。我說，俯首甘為，願意為你屈尊。個子挺拔了，便會有一種蓬勃向上、充滿青春氣息的感覺。花嘴角一咧，調皮地說，謝謝您，老了就靠看這些照片活著了。

在文化界，誠品書店聲名顯赫，獨創「二十四小時營業」機制，被CNN評為「全球最酷的書店」，一度曾衝破實體書店經營範圍，成為臺灣文化地標。書店創始人吳清友曾說：「沒有商業，誠品是活不下去的；沒有文化，誠品是不想活的。」

鮮為人知的是，吳清友創辦誠品的契機，並非為財富，而是源於一場疾病。一九八八年，三十八歲的吳清友因患先天性心臟擴大症，經歷了三次開胸手術，差一點被死神叫走。大難不死的他，開始反觀自己的人生。他覺得自己通過房地產在極短時間內，賺到了之前想都不敢想的財富，的確有命運眷顧的成分。傳統中捨財保命的觀念提醒了他。取之於物質，用之於靈魂，誠品書店因之而誕生。中途雖經歷過虧損、股東撤資、家人反對、不惜變賣家產而貼補書店的艱難困苦階段，但他沒有氣餒，一堅持就是三十年。

坊間傳言，一九八五年，吳清友賺到第一桶金後，在臺灣陽明山買了一塊地準備蓋房子。一位風水先生告訴他說，吳先生，你要賺錢，那房子就要朝南；你要健康，那房子就要朝北；但如果你希望讓生命積累一點兒智慧，那你的房子就要朝東。吳清友此後一生，都堅持房子朝東。在他看來，財富、健康，都不如智慧。這個理念後來也成為誠品書店之魂。

在誠品書店，我們買了一本某醫生的回憶錄，然後就離開了。在去臺北市政府的路上，花問我：「吳清友的故事您是怎麼知道的？」我說：「我是個書生，逛書店幾成癖好。二十多歲進城到現在，一直堅持著這個習慣。需要買書了，去逛書店；心情煩惱了，去逛書店；有好友久未謀面，也相約在書店見面。當工人時，月薪十幾元人民幣，進城的午飯喜歡吃餃子。吃飽飯是六兩餃子，但只吃三兩，剩下那買三兩餃子的錢，用來買書。你想，關於書店的故事，我一定知道的很多。過去讀書還做筆記，也一直想出版一本《讀書筆記》，但被書法害了，沒有精力再去整理。」

「我幫您整理吧。出版出來還是有人讀的。」

「我的字可不好辨認啊。」

「那沒關係，我們搞書法的，不是要研究甲骨文嘛？我就全當搞研究了。」

「研究我倒大可不必，但學學草書很有價值。將來出版了，稿費都歸你。」

「那就說定了。萬一成了暢銷書，我可就賺大了。」花踮著腳尖轉了個身，興奮地說。

十二月的臺北，溫度在十七至二十度左右。乍冷還暖的時分，到處可見鳶尾花在開放，白的黃的藍的。在毗鄰中視的一個小小的院落外，我倆不約而同地站住了。院子的門敞開著，院內有一叢茂盛的藍色鳶尾花，風吹過來，能聞見淡淡的清香。

駐目之間，一位老太太走了出來，柱著拐杖，大約有九十歲左右。她看見我倆後，溫和地招手讓我們進去。我們覺得，陌生人站在人家門口張望，已經突兀了，再貿然進去，會不會讓人家緊張呢？於是揮揮手表示再見。現在想起來，覺得還是應該進去：在藍色的鳶尾花前，與老太太合個影，多好。

花領我走進了一條小巷，闃寂無人，靜悄悄的，這似乎構成了臺灣人的心緒。能安靜是一種何等的境界啊。它不僅需要物阜民豐，還需要氣定神閒。前者屬於生產力，這個問題顯然是解決了，後者屬於生產關係，其核心則是公平。據相關資料可知，蔣經國時代，就已經開始關注公平的問題了，經過繼任者三十多年的努力，公平已成了不爭的事實。

這張照片應該在安平古堡拍攝。在高高的紅色磚牆下面，花悠閒的走著，時而仰望藍天，時而凝視紅牆，腰姿輕盈，神情欣喜，我步其後塵，心情則略顯陰晦。來之前我曾認真地做過功課，知道古堡曾數度易主，幾經毀建。其中不乏血雨腥風的爭奪。古堡其實就是臺灣血淚史的見證。

古堡現存遺跡，有內城殘存之半圓堡和外城角的西南稜堡。其中高三丈餘、長約三十公尺的南城牆遺跡，已成為古堡史跡公園的標誌。牆上榕根盤踞，長鬚虬髯，園內斑斑駁駁，古意盎然。

登上紅磚石階，鄭成功銅像赫然撲面，昂揚偉岸。一九七五年增建的高塔，是眺望大海的極佳之地。萬頃波濤，一望無際，駐足之餘，仿佛能看見千帆點點，戰艦如雲。想想當年鄭氏浴血開道，海面上又會是一種什麼樣的慘烈？

花問：「您如何看待鄭成功這個人？」

「從個人成就看，自然是一位英雄了。從明統治者來看，也不失為一位點綴江山的壯舉人物。但從臺灣人的角度看，就未必是這樣了。」

「作何解？」

「歷史上有過四次大的收復臺灣的軍事行動。每一次都會血流成河，屍骨遍野。而收復後，又因為水土原因，即大陸官員不適應臺灣氣候，或不習慣在那裡生活，或者覺得其貧瘠荒蕪，毫無油水可揩，便又打道回府，棄如敝屣。」

「這麼一說，臺灣還真是可憐噢。您剛說四次收復，我只知道鄭成功這次。另外三次呢？」

「三國時期吳國一次，南宋時期一次，清康熙年一次。這期間，比較激烈的有鄭成功與荷蘭人爭奪臺灣的戰爭，清政府與鄭成功爭奪臺灣的戰爭，國民政府與日本人爭奪臺灣的戰爭。」

「與日本人？」

「是的。一八八四年甲午戰爭清政府失敗，將臺灣割讓給日本，一九四五年日本投降後，國民政府于當年九月收復臺灣。」

「真是人為刀俎，我為魚肉啊。」

「是啊。歷史是個任人打扮的小姑娘。其波譎雲詭的發展軌跡，真是令人感歎。」

花表情沉下來，不再言語了。

57 西藏

去西藏在布達拉宮前留影，應該是每一個遊客的心願。花站在廣場，叮囑我說，除了她和布達拉宮，其它的都不要進框。不過，在我即將拍攝前，她又指著天空說，還有這藍天白雲。結果照出來後，有一張是她手指藍天的照片。我說這張要不要？她說：「要啊，指天為誓，我們是愛西藏的。」昨晚上我看布達拉宮資料，忽發奇想。世界能有西藏是個奇跡。西藏能有藏傳佛教也是個奇跡。依藏傳佛教的理念建築起來的布達拉宮，則更是奇跡中的奇跡。」

「噢？又是士別三日啊。」

「您不要大驚小怪的，我說的全是心裡話。首先看這構想。宮殿建在山上，沒有一點突兀和彆扭，簡直是天衣無縫，像鑲嵌進去似的。再看這色彩，紅、白、黃，與高原氣質是不是特別和諧？宗教黃與袈裟紅，又是佛教的主色板。如果不是有藏傳佛教的理念指導，能出來這樣美麗聖潔的顏色嗎？我想，在世界建築史上，其構想、其規模、其色彩和文化內涵，應該穩居前十名吧？與米特奧拉修道院相比，規模和文化內涵甚至更勝一籌。您喜歡說，一切偉大的藝術品皆是天作之合。布達拉宮算一個吧？」

「布達拉宮是我較早關注過的一個地方。它是數以千計的藏傳佛教寺廟與宮殿相結合的產物。宗教藝術元素占了絕對的比率。布達拉宮所依據的紅山，在當地人心中就是一座神化了的佛山。布達拉宮依山而建，蜿蜒成今天的規模，正如你所說，與佛理的指導不無關係。如果失去佛理指導，其色彩的獨特性，紅、白、黃就會不復存在，或者會變成完全相反的另一種味道。所以它的誕生、建築佈局的完美，均體現出宗教智慧的偉大和中國建築藝術的偉大。沒有宗教理念，它就是一座普通的中國建築，但如果沒有中國建築藝術的元素，它可能就是一處印度佛教聖地的克隆。」

「還是老師有學問。我剛才只是一番即興感歎。完全是憑感覺而妄論。老師則言之有據、有序，真是令人佩服啊。」

「哪裡啊。我是因你感慨才腦洞大開。你講的佛教理念在布達拉宮的體現或佛教理念所指導下的設計理念，是多麼令人驚奇的妙論呀。許多人來就是照相，姿勢一擺就翻篇了。而你卻能有那樣一番感歎，把布達拉宮與世界屋脊、宗教理念、中國宮殿建築藝術連在一起，並用我的一切偉大的藝術品都是天作之合的觀點做結論，可謂是搔到了我的癢處，撩撥起我說話的興趣。」

「我沒有覺得，只是憑感覺瞎說。如果說還有點兒作用，那就是拋磚引玉。」花向來不願意順從，總會說出一些看似調皮，實則是引發下一次談話的由頭。

「其實，布達拉宮的外形只是它的一部分，其內在的裝飾與寶藏更是豐厚神秘，是集西藏宗教、政治、歷史和藝術於一身的地方。可以說，布達拉宮既是西藏的政治中心，也是西藏歷史與藝術的博物館，藏有近千座佛塔、上萬座塑像、上萬幅唐卡、兩千多平方米的壁畫，及貝葉經、丹珠耳經和大量的金印、玉印、器皿和錦緞織品等。在豐厚的藏品中，最重要的是安放歷代達賴喇嘛遺體的靈塔。其中五世達賴的靈塔高達十四點八五米。當時為建造它，共花費白銀一百零四萬兩，黃金十一萬兩，珍珠、瑪瑙、寶石則不計其數，最神奇的是藏在靈塔中的一顆在大象腦內生成的珍珠，其形狀與大小竟然像真人的大拇指。」

「哇塞。還有這麼奇特的稀世珍寶？」

「你以為呢？」我為了吊花的胃口，停了下來。「好，一會兒我們要去參觀，就不細說了。」

「自古看景不如聽景。我常常被您口吐蓮花而誤導，許多地方其實並不像您說得那麼精彩。」

「這裡可是實至名歸。」

花在西藏也照了一大堆精彩照片。譬如與牛犢嬉戲，與藏民攀談，在聖湖羊卓雍措巧遇盤旋在頭頂的天鵝。巴松措掠水，雅魯藏布大峽谷徒步，岷山措高民宿牆上神秘圖案等。其中南迦巴瓦峰前的留影，讓我倆感慨最多。

南迦巴瓦峰屬喜馬拉雅山系，在高度上遠不及珠峰，只有七千七百八十二米，但影響力與人們嚮往的熱度卻遠遠超越珠峰。首先是它的位置優越，處於喜馬拉雅最東端，因而被稱為「眾山之父」；又因其形狀獨特，在無雲少雨的季節觀看，像一團熊熊燃燒的火焰，極為壯美。地理雜誌評十大最美山峰時，竟將其冠以首美。它還是造成世界第一大峽谷雅魯藏布江峽谷的主要山脈，落差高達五千五百多米，迄今為止，仍無一人登其頂峰。據說一日本登山健將不信邪，結果登至半山便無了蹤影，故其又被稱為最純淨的山。

南迦巴瓦峰常年雲遮霧罩，一年三百六十天，只有秋冬雨季偶露崢嶸，細算僅有二十多天。當地人又稱其為「羞女峰」，意為輕易不露真容。南迦巴瓦峰山形奇美。主峰如一把利劍刺向藍天，晶瑩如玉，亮光閃閃。花在照相時說：「原來一種高潔，竟然要獨守幾億萬年？」

我說：「視其潔淨剔透的品質，恐怕不僅要忍受內心的孤獨，而且還得忍受外部的侵襲，所謂風刀雪劍，用來形容對南迦巴瓦峰的擊打，特別準確。」

「看來聖潔二字說起來容易，做起來則是十分的困難。」

「我覺得聖潔兩字應該送羊卓雍措，南迦巴瓦峰用堅貞來形容似乎更貼切點兒。數億年的寒風勁吹，冰雪蝕磨，一層一層的堆積，一天一天的擠壓，才有今天呈現在你面前的不同。它在初露端倪時，我當時的感覺，就是一種刺心的疼痛，那是一種罕見的美在刺痛著你的內心，從來沒有過的感覺：你渴望它一展身姿，它果然勇敢開脫，一件一件外衣隨風飄逝，裸露在你面前的，便是它為你守身的玉體。不知道你注意了沒有？有些雲是不願離去的，像絲綢一樣纏繞在峰頂，剪不斷，理還亂。」

「我也有同樣的感覺，但我不會形容。一經您說出來，便心有靈犀。過去也看過不少雪山，包括玉龍雪山，但令人心悸的，當屬羞女峰。」

「是的，高度不一樣，品質就不一樣。南迦巴瓦峰，我們是行走在海拔五千米的山脊上眺看，它離天更近了，潔淨的空氣中的南迦巴瓦峰，尤其不同，儘管我們很難用語言來描述它品質的構成，但它的確不同凡響。」

「我明白了，這就是您所說的弘一書法的高度，一絲不苟，一塵不染。」

「形容得好。」

「瞎說呢，」花的臉被風吹出一層高原紅，更顯出了她的虔誠，「過去對宗教理解的膚淺，只是停留在嚮往的階段。到西藏，才知道功利境界、道德境界、宗教境界，是多麼的不同。地理的西藏與精神的西藏是一致的。想想生活在這裡的人，如果沒有宗教的支撐，其內心世界會是多麼的迷茫與苦痛。對於我們來說，克服自然帶來的困難就已經相當艱巨，譬如缺氧和紫外線灼傷這樣的問題，而於他們，則不僅要適應自然條件，而且還要在這種環境中創造發展，尋求心靈上的安寧。」

「愈來愈接近哲學核心了。藏傳佛教、南迦巴瓦峰、羊卓雍措、布達拉宮，以及與此聯繫的其它地理環境、建築和習俗，都是一個互為因果的有機整體。藏傳佛教是天人合一、環保的，羊卓雍錯是天人合一、環保的，天葬也是天人合一、環保的。人來自於大自然，再回歸大自然，多美的一幅畫圖。極樂世界、天國、永生等等，都在呼喚天人合一，回歸自然。來西藏，讓我們知道，靈魂與肉體是可以分離的，欲望是可以控制的。憨憨的犛牛，樸實的藏民，一步一叩的朝拜，都會使人頓悟：地理環境的純淨與靈魂的純淨是一致的。只有聖潔的環境才能產生聖潔的靈魂。從哲學的角度看。世間一切藝術都帶有哲理。這既是哲學的出發點，也是哲學的養料來源。」

「我倆今天都成了文藝青年，在一個不需要顧慮衣食的地方，大談開了哲學。」花不好意思地說。

「文藝青年也沒什麼不好。我們這個年齡，能有如此狀態，我覺得挺好。說明我們的心理還年輕。」花向羞女峰轉身致意，戀戀不捨地又多看了幾眼。然後轉身對我說：「世間有許多奇妙之地，大多一奇或兩奇，而西藏則有幾奇，而又無之不奇。」

「可惜現在開發得太快了。火車一開，污染的速度大大加快，令人擔憂啊。人這種動物是最骯髒的，走到哪裡垃圾產生到哪裡。」

「依您的意見，保護環境的最有效的辦法就是封閉它。」

「絕對的隔絕不可能，但對於少數一些地區，發狠心保護它的純潔性、原始性和民族特色還是必要的。建築的漢化、語言的漢化、服飾的漢化……都會令人憂慮。長此以往，許多民族都將不復存在。譬如書法，今人為什麼學不過古人，為什麼會逐漸消亡？就是沒有了它的存在環境。古代文人的一生，日出而作，日落而息，讀書、寫字、作文，再加上旅行，大約就這麼幾件事，所以他們的字裡所透出的那種寧靜淡泊的氣質，今人是無論如何難以企及。西藏也是這樣，火車進去了，飛機進去了，高速公路進去了，它的純潔性、原始性肯定會受到傷害。過去為了保護民歌，民歌手上街買東西都有人陪著。他們需要什麼東西，拿手指頭指一下即可，不能與售貨員交談，如此，才能保證它們發音吐字的純正。不下這樣的狠心，許多東西都會消亡的。」

在雅魯藏布江左岸，有一座沙山，很特別，它是被旋風卷起來的。風從河對岸吹來，遇到河灣處的沙子，順便攜帶著一起飛舞，至山坡底遇阻力，停滯不前，沙子便從空中落下。日復一日，年復一年，沙子愈積愈多，就變成了小山。由於地質的特殊，此地之沙，竟然潔白如玉，遠望宛若雪山。花那天穿了一身黑衣服，為防紫外線，還帶了面巾，不知是為了色彩和諧，還是為了玩酷，面巾居然也是黑色，再加上黑色及膝皮鞋，往沙山前一站，居然有佐羅飄然而至的感覺。

這張照片，徹底顛覆了我對花的固定思維。我以為，花此生都不會擺脫那個時代的窠臼，放浪形骸一次。然而今天，她突破了自己，完全變成了一個與她女兒一樣，時尚勇敢、不墨守成規、喜歡便會追求的女生。

照完相，我對花說：「這身衣服怎麼從來沒見你穿過？」

「這是夏鷹當年畫作獲獎後，在北京領獎時為我買的。他喜歡黑色，他畫作中的女主都喜歡穿黑衣服，其次是紅色和白色。認識您之後，我把他為我買的衣服都壓在了箱底。這次到西藏來，擔心有風沙，就帶上了。沒想到來西藏十幾天，天天風和日麗，除了紫外線強之外，氣候比咱們那兒還溫和。這不馬上要離開了，所以就穿出來了。」

「你還記得臺灣那張照片吧？你當時穿的是白裙子，有一個落地窗看板撤掉了，正好空餘黑色底子，我讓你站過去，充當了一次模特。那張照片也有這種效果。」

「當然記得，那個商場在一〇一附近。您照完相後還說一句，踏破鐵鞋無覓處，得來全不費功夫。」

「許多事情都是天成。你在鶯島的一張照片也極奇妙。」

「哪張？」

「舉頭望明月，低頭思故鄉。」

「哦，您是說低頭看椰子那張？」

「對啊。當時我是讓你手扶椰子樹，仰望藍天；而你卻低下了頭，正在看腳尖。」

「不是看腳尖，是看堆在樹根部椰子上的嫩芽，好奇它們被遺棄在這裡，居然還能生根發芽？生命真是不可理喻。」

「是的，高高的椰子樹，曲婉的身材，極其自然地一低頭，若有所思的瞬間。」

「說得對，那張是真正的妙手偶得。綠色裙子上的白色小花，海浪、藍天、鳥鳴聲，雖然只是靜止不動的照片，卻讓人能聽到海浪和鳥鳴的聲音。」

「這就是想像力的延伸。讀者作者互為一體。許多藝術品成為經久不衰的名作，就是巧妙地找到了撥動讀者再想像的琴弦，像撲在岸邊的浪花，飛濺出無數個意想不到的境像。」

58 與市長告別

秋長氣爽，天高雲淡，正是鷺島休閒的好季節。我給父親去電話，邀請他過來住幾天，說說我對他遊記的讀後感。父親說：「這些天不行，你阿姨正在醫院查體。」我驚愕地問：「怎麼啦？」父親說：「近來老丟三落四的。剛說過的事轉身就忘。」我說：「那是得檢查檢查。您不急，我這就回去，替您騰個手。」

「沒事。」父親說：「她其他方面都好著呢。自己能照顧自己。」

「那我也得回去看看。」

「也好，」父親說，「你阿姨前些日子狀態好時還問過你呢。」

臨行前，我去和市長道別。一踏進院子，瞿姐正在澆花。院子裡的西牆上，有一株多年的三角梅，淡黃色，長得很茂盛，枒杈向四處彌漫，赫然成了一堵花牆。我問瞿姐，市長呢？「在房間裡呢。」瞿姐把水管指向西牆，滋出一片水霧，斜睨著我說，「許久沒過來下棋了。」

「我在寫劇本。熬到半夜，早上起不來。」
「噢。期待能早日看到大作。不要太累了啊。」
「好的。謝謝瞿姐關心，您先忙。」我繞過花壇，徑直推門進去。
市長正手持毛筆伏案寫作，並未發現我進來，我湊近一看，是在抄寫弘一先生的《斷食日誌》。市長的小楷學明朝王寵，簡淡空靈，靜穆高古，結體用筆堪稱一流。我想起父親的一段話，「這世上有許多人都能把字寫好，然而他們做了其他事情。如此，才能使我們這些所謂的書法家，有一口飯吃。」
市長一筆一畫抄著，結束一段後，瞥見我站在一旁，就放下毛筆讓了座問我：「最近沒見人，忙什麼了？」
「動手寫劇本了，已經將構思逐條寫在紙上，也將人物關係和行走的城市路線畫成了圖，許多日記做了整理，重新編上號，大致有了一個時間順序。這次人物場面相對複雜，前期準備需要充分一些。您怎麼想起抄寫弘一的《斷食日誌》了？」
今天是母親的忌日，回憶老人家去世時的情景，不禁感慨萬千，並由此想到了生死。生死是個大話題，西藏流亡僧人索甲仁波切的《西藏生死書》，四十萬字，通篇論述了這個話題。過去閱讀只是知道了一些有關死亡的理論，但如何接受死亡，並能死得安詳、慈悲、澄明，是母親為我提供了範本。她用行動告訴我，死到臨頭，應該持有一種什麼狀態。
母親是個堅強的人，也是個苦命的人。一九五〇年父親扛槍去了朝鮮，扔下母親一人在家。兩個月後，她發現自己懷了孩子。興奮之餘，每天就是做鞋做襪，期盼著早日降生。誰知卻趕上了大面積的自然災害。旱情蔓延至黃河流域，母親所在的村莊尤其嚴重。村裡人餓死的餓死，逃走的逃走，母親迫不得已，也背井離鄉，逃到了皓山。

在那裡，一個叫二柱的男人收留了她。她住在那男人的偏房裡，每天幫男人做家務，有時也去山上幫他種地。男人想娶她，她說她有男人，要等他回來。男人沒法子，就依了她。按現在的說法，她就是他的鐘點工或保姆。男人是個善良的人，見母親人長得好，家務活也樣樣在行，就對母親十分敬重。

幾個月後，母親生下了一個女孩兒，也就是我的姐姐。好心的男人把自己的母親接來，終日侍候我的母親。母親出月後，愈加感激男人，就盡心竭力地操持起了男人的家。相比以前，男人不僅衣服穿得乾淨周正，臉膛也紅亮起來。村上的人都說男人命好，遇上了個好女人。村支書就想成全母親，幾次上門要為男人做媒。母親對村支書說，不可那樣，我是有男人的。要娶，也得等抗美援朝結束。如果他死了，我就嫁二柱；如果他活著，我就離開。村支書無奈，就妥協說，你們同處一個屋簷下，又在一個鍋裡攪稠稀，二柱說想讓你給他生個孩子，以延嗣他家香火，不知可否？母親低頭沉思半天，回答支書說，讓我想想。

那天晚上，母親一眼未合。第二天早上，她去村裡找了個識字的人，為她寫了兩封信。一封是寫給家鄉民政局的，讓他們轉給父親，說她還活著，還在等他。如果他還活著，那麼希望戰爭結束後，他能來找她。一封信是寫給村上熟人的，問旱情結束了沒？能吃上飯不？村上的人回去了多少？

前一封信，肯定是轉給了父親，因為父親一回國，就來找她了；另一封信則石沉大海。三個月後，她見村上熟人沒回信，就認定家鄉的人都走散了，回去也活不成。既然回不去，就必須要在皓山繼續求命。可她如果不嫁人，身份問題解決不了，黑人黑戶是不能久留的。好在當地人並沒有馬上趕她走，二柱也沒強迫她結婚，只是想讓她生個孩子。何況二柱心也不壞，萬一父親客死他鄉，順勢嫁給二柱也是個歸宿。

沒有什麼指責和藐視的，母女倆活下去是當時的唯一選擇。母親從偏房搬到二柱房裡，與二柱開始同居。一年後，生下了哥哥；又一年，父親持信找到了她，母親就跟父親來到了夏州。因為哥哥太小，母親走時帶在了身邊，她對二柱說，養到三歲時給他送回來。到夏州的第二年，我出生了。父母因為朝鮮戰場被俘的問題受累，被趕出城市，下放到了皓山。當時父親問母親，到哪裡去？母親說，皓山。因為她答應二柱，哥哥三歲時會把他送回去。現在下放到皓山，正好可以將哥哥一同照看起來。

兩個男人一個村子。母親怎麼處理這種關係？在我看來，實在是個難題。但母親就是這麼一個性格，說成個什麼就是個什麼，不胡來。這也大概是父親戰後回國，看到信還能重新來找她的原因。也是父親平反後回城，二柱把哥哥交給母親帶回城市的原因。他們都知道，母親是一個了了分明，值得信賴的女人。當然，這也是母親看不起我的原因，認為我在女人問題上處理得一塌糊塗，實在是太沒出息。一次聊天，她惜婉地說，你咋就一點兒都沒像我呢？你不喜歡宋薇，離婚不就行了？離婚以後，找一個喜歡的女人守著，過個正常人的生活，多好？

母親臨終前，神仿佛要懲罰我似的，把她老人家最後一段時光留給了我。哥哥打電話說，母親不行了，儘快回來。我安排好手頭的事，急忙坐車回到家中。見到母親後，很是詫異。母親並沒有像哥哥說的那樣「快要不行了」，而是面色紅潤，行動自如，只是弱了許多。我號了一下脈搏，不疾不緩，穩健沉著，便對哥哥說：「送到市醫院吧，吊幾瓶營養液，體力很快就會恢復。再找個中醫調理調理，上一百歲沒一點兒問題。」哥哥說，「那你和姐姐商量。我聽你和姐姐的。」姐姐說：「還是直接跟母親商量，看她想不想去醫院？」

我便對母親說。母親說：「叫你回來，就是讓你陪陪我。我不給老大說我不行了，你可能還不會回來。我今天實話說，我活了九十多歲，養了你這麼個好兒子，當了大官，但我不高興。你父親去世後，丟下我一個人。老大守著，不愛說話，還特省儉，飯吃的好壞不說，就這從早到晚獨守到黑，你知道啥滋味不？腿腳硬朗的時候，還能在院子種種菜。番茄呀，豆角呀，南瓜呀，自己吃不了，送送鄰居，至少可以岔岔心慌。現在不得動了，拄根拐杖，只能在家裡走走。吃不動了，走不動了，一天不如一天，活著還有啥勁兒？趁現在頭腦還清楚，還能自我決斷。不要折騰了，兒子。」

母親活了九十七歲，經見的事情多了。她想斷食。依我們那裡的風俗，就是不吃不喝七天，乾乾淨淨地走人。我頓覺肝腸寸斷。我想勸母親，放棄這種絕情的訣別方式，但我深知母親的性格，她認定的事，別人是勸不回頭的。

第二天早晨，母親睜開眼後，就讓我拿一個碗扣在她枕頭下，然後平靜地躺在床上不吃不喝了。我守著母親，心如刀絞。母親本是個健談的人，過去回家來，總會說上半晚上的話，現在卻出奇的安靜，眼睛半閉著，過上一會兒，囑我為她用棉球蘸著水潤潤嘴唇，以保持嘴唇的紅潤。母親一輩子愛好，再窮，出門兒都要拾掇一番。頭梳得整整齊齊，衣服抻得平平展展。

有一年，她去集市上買了個穿衣鏡，坐車回家時，怕顛壞，始終抱在懷裡。誰知快到家門時，卻被一個冒冒失失的年輕人，在剎車時沒站穩，一膝蓋頂得粉碎。母親原諒了那個年輕人，含著眼淚將碎片一塊兒一塊兒撿起。回家後，她請匠人用膠黏好，又根據裂紋畫了一枝梅花。儘管照人斑斑駁駁了，但母親沒錢再買，一用就是幾十年。改革開放後，日子過好了，住上了大房子，但母親的舊穿衣鏡仍然在她房間的梳妝台上。

母親靜靜地躺在那裡，臉色紅潤，神態安詳，親切地看著我。那意思是說：「老娘不會再麻煩你了。你去忙吧。你總是在忙。開不完的會，看不完的文件。每次回來帶一大堆人，連說個貼心話兒的空間都沒有。隨行的人中，總會有不同面孔的漂亮女人，你和她們也不說話嗎？和她們說，為什麼不和老娘說呢？工作就那麼打緊？毛主席死的時候，村上的人都說，看來這地球離開誰都能轉。連毛主席都能離開，你就離不開了？我原來說，我好好活，等你退休了，不忙了，咱娘兒倆好好待上一段日子。可我還是打錯了算盤，以你這樣子，退休了也閒不下來。一會兒人大，一會兒政協，一會兒慈善協會，還有什麼關愛下一代委員會……你有多少個頭銜兒啊？我算是看清了。我這輩子這兒子不是給我養的，是給黨養的，是給那些俊婆姨養的。」

母親斷食的時候是陰曆的初十。整整六天，她一句話也沒說。等到月亮圓了，月光像水一樣傾瀉了她半個身子，她突然開口說話，聲音平靜而低柔：「月亮上來了。」我見狀，喜出望外，立刻起身熱了一袋牛奶，試圖喂她喝，卻被她用嚴厲的目光制止；我強行把管子插進她的嘴裡，想給她增加一點兒體能，卻被她用牙齒緊緊地咬住了。我只好握住她的手，淚水流個不停。咽氣的時候，她猛地把手從我手中抽出，用盡最後一點兒氣力，狠狠地扇了我一個耳光。我知道，這是生死訣別的信號，是讓我恨她。她擔心我傷心過度，影響了健康。

沒有再比看著一個人一天天地衰弱，憔悴，枯乾，漸漸熄滅生命之火更讓人悲傷的了。她是養你的人，用母親的話說，你是她身上掉下來的一個血疙瘩；然而現在，她躺在你臂彎裡，你還能感受到她的體溫，但她卻永遠離你而去。村上的人說，我剛當市長回來時，母親總會對人家說，是孟娃回來了。咱村上出去的人，只有孟娃的車是這種聲音。但漸漸地，母親不說了。母親已經覺得，我的心不在她的身上，回來也只是個過場。

母親斷食前，曾經想吃點兒老鹹菜就稀飯，我發了瘋似的在村上到處找，但最終沒有找到。老鹹菜是那些年防止過季沒有菜吃，用白蘿蔔醃製而成。現在村上都種上了大棚菜，一年四季不缺菜吃，沒有人再醃鹹蘿蔔了。

「月亮上來了。」這句像刀子般刻在我心頭的話，時常在刺痛著我。母親去世很長時間，我都不願面對月光。她活著的時候，我本可以用更多的時間陪她的，但我沒有。我以為錢可以代替一切，可清醒之後才知道，錢有許多東西不能購買，譬如親情，譬如陪伴，譬如悔恨。

市長講完，眼角已盈滿了淚水。我的情緒也仿佛受到了感染，半天沒有說話。瞿姐已將晚飯做好，過來招呼我倆上桌，見此狀說：「講什麼事情了，如此悽惶？」

「市長回憶起了與母親訣別的時刻。」

「那真是個好老太太，」瞿姐接過話頭，語氣沉緩地說，「老人家每次來古卯，都是我陪著。還問過我為什麼不結婚？我說沒有合適的。她就說，差不多就行了，十分合適的，永遠沒有。」

「謝謝你。老母親每次來都是你陪著。」市長感激地看了瞿姐一眼。

「要能陪住就好了。但只有我一個人陪著，不行。她千里迢迢來古卯，是奔著您來的。她想和您在一起待，想和您說話，可您每天早出晚歸，不見個人影。有時候開會、學習、出差，一去就是半月二十天。她一個人在家裡，這個窗戶走到那個窗戶，非常無聊。我曾試圖帶她到樓下，和院子的老太太聊天，但不好融合。她的皓山話人家聽不懂，人家的普通話她也聽不懂。時間久了，她就覺得沒意思，就想起了她那些皓山的鄰居，就生出了回老家的念頭。」

市長聽瞿姐說話，不覺又悲從中來。憂鬱地說：「那時候一點兒都不懂老人家的心情，只想著人年齡大了，一個人靜悄悄地待著滿好，從沒想過老人家的寂寞。我現在到了這個年齡，才知道被寂寞齧心的味道。古人講，事非經過不知難，真是追悔莫及啊。」

「吃飯吧？」瞿姐讓我倆過餐桌上去。坐定後，她開始倒酒。我一看是「茅臺」，就說：「留給市長喝吧。我對酒外行，喝了糟蹋了。」

「這是哪裡話，」市長說，「好朋友在一起才要喝好酒。」瞿姐也說：「你明天要回古卵，算是錢行，不要客氣。我今天也要多喝點兒。謝謝市長和介一在我生病時日夜奉陪。人遇到大病了，才知道什麼叫患難知己。」

「那都是市長的功勞，我只是打個下手罷了。」

「我是責無旁貸。做得還遠遠不夠。」市長說。

「誰對誰都沒有責任。」瞿姐搶著說，「也沒有義務，有的只是愛心。我這次生病，老孟能如此悉心耐心，我是真被感動了的。今天的主題是為介一餞行，所以我先敬介一。順便道個謝。」

我站起來說，「如果要說謝謝，那得我先說。蹭了不少瞿姐的飯，令人感到了親姐般的溫暖。還有市長，不吝賜教，問到什麼講什麼。那得要有多大的勇氣啊。來，我先乾了。」

「哎，介一居然反客為主了，居然先喝了。我也乾了。我一個衰人，能為你幫點兒忙，也算是盡棋友之情吧。其實我那些故事天下人都知道了，網上也鋪天蓋地的，不值得一提。」市長說完，張開嘴，一仰脖子，直接將酒倒進了喉嚨。

「千萬不要這樣說，」我站起來向市長鞠了一躬。「故事都一樣，細節分你我。一個好作品，重要的是細節，這一個不同於那一個的細節。這些天，我寫劇本時，常常為您的經歷感歎。改革初期，你們只想著做事，沒有一點兒風險意識，或者說完全不懼風險。就像一隻撲火的飛蛾，勇敢、執著，專心致志，奮不顧身。應該說，當時中國有成千上萬的人，都是您這種類型。」

「現在想起來，宛若一場噩夢。」市長眼眶裡又湧出了淚花。

「好在醒了。常言道，噩夢醒來是早晨。我在寫作時，會盡最大能力細隱原形，不至於給您帶來麻煩或傷害。」

市長舉起了酒杯，一飲而盡，然後搖搖頭說：「沒事的。這個時代所發生的一切，比魔幻小說要魔幻得多，所以，如實寫來就勝過絞盡腦汁的虛構。我以為，除了姓名模糊之外，其他完全可以照實寫來。」

「介一已經動筆了，您就不要再操心了。四十不惑，我相信介一能寫好的。祝福介一大作早日竣工。」瞿姐舉起酒杯說，「這一杯乾了。下來，我酌飲，您二位盡情喝。」

「好。」市長一消剛才的愁戚，舉杯將酒倒進喉嚨。

至此，我與市長喝酒，完全摒棄了客套，你一杯，我一杯，兩瓶見底後，都倒在了地毯上。好在瞿姐還清醒，臨睡前，給我倆身上蓋上了薄被，脖子下墊上了枕頭。

59 太陽時代

我回到了古卯。阿姨見我分外高興，急切地問：「聽老師說，你的劇本動工了？」

我見阿姨神采飛揚，談笑風生，心裡的石頭落了地。應承道，「動工了，不過，只是擬了個框架。素材收集階段完畢，人物關係基本理清。」我開玩笑說，「現在是磚瓦泥沙齊備，就看是蓋一院什麼樣的房子了。」

「那就住阿姨這兒寫。我白天要去打理書法班，晚上才回來，沒有人打擾你。」

我用目光徵詢父親。父親說：「我同意。阿姨的飯做得比我好。早上你起不來，早餐就可以免了；午飯在附近湊合著吃上一頓；晚飯我給阿姨當下手，做豐盛些，你可以解解饞。」

「那就這麼定了。」阿姨說。

在古卯頭懸梁錐刺股三個月，劇本初稿終於有了模樣。我知道夏鷹過去畫連環畫時，阿姨經常為他選文學腳本。操千器而後識器，故讓她當第一個讀者。

阿姨戴個老花鏡，看得十分仔細，除了在劇本上勾勾畫畫之外，還拿了個筆記本，有什麼想法了，都認真地記下來。她看書與我完全不同。我看書喜歡躺在沙發上或斜靠在床頭上，即使是出差在外地，也保持著這樣的惡習。而阿姨每次閱讀，必須理清案頭，泡上一杯好茶，然後正襟危坐，恭恭敬敬一個字一個字地往過看。她大約花了五個下班時間和兩個雙休日，才算正式看完。說正式是指她中途已經看完一遍，後面幾天，是揀自己不太清楚的地方又重複看了看。總之，她的閱讀是令人感動的。

原想她記下了好幾頁紙的文字，一定會給我事無巨細地指出一些問題，沒想到她看完竟然只說了一句話：「寫得真是太好了。情節引人，細節飽滿。許多處我都情不自禁抹過眼淚。可以說，你這是用散文筆法寫劇本，既有極強的畫面感，又有極美的文字享受。趕快拿去讓伽琳看，讓她親自執導，拍成一部獲獎片兒。」

「您寫了那麼多筆記，就說這麼點兒？」我聽了阿姨的話，心裡美滋滋的，仿佛還沒聽夠，便又故意發問。

「我寫筆記，是因為記不住故事情節，有些對話也是過目即忘，所以，精彩的段落、對話，我記下來，回過頭再看，就不一定老翻劇本了。」

「有沒有需要修改的？」我問。

「非常具體的意見倒沒有，但幾個人物的愛情似乎都沒有結局，或者說都沒有進入婚姻。你說你這是愛情小說，難道進入婚姻就沒有愛情了？」

「那倒不一定。」我對阿姨眨眨眼，調皮地說，「按傳統觀念講是那樣，婚姻是愛情的墳墓嘛。但以我之理解，應該改兩個字，將婚姻改成肉體，即肉體是愛情的墳墓。具體地說，愛情一有肉體就開始折舊。現代心理學證明，愛情的保鮮期只有一千天，過了這個階段，愛情元素便消耗殆盡。兩個人即使還在維繫著關係，但當初那種要死要活，顛三倒四，非此即彼，完全以對方存在為自己幸福快樂的前提，便不復存在。當然還會有恩愛，可性質大不相同。親情友情也有愛，但本質上有明顯的區分，是人都能感覺到，親情友情之間不存在無時無刻地思念，也鮮有瘋狂與不顧一切的依靠。」

「你進步了，」阿姨指著案頭的劇本說，「儘快發給伽琳，她在電腦上就可以看，不需要列印出來。」

「遵旨。」我用右手壓住左手，放在身體的右側，對阿姨做了一個叩拜手勢。阿姨一把推開我，嗔笑道，「滾一邊去。我要做飯了。今天喝點兒酒慶祝一下。」

父親在阿姨閱讀的間隙，也仔細地看了一遍。因為平時不習慣寫虛構的故事，所以在劇本的內容上沒有過多發表意見，只是對文字做了比較詳細的潤色和校正。臨了對我說，「我於電影劇本外行，說不上個子丑寅卯。如果想讓弋鳶拍，早點把劇本寄過去。」

「謝謝老爸的文字把關。至於讓誰拍，您就不要管了，我有我的圈子。曹操老道，但東吳雄才雲集。相信我，老爸，我知道應該咋整。」

吃完阿姨的慶功飯，我飛回了北京。

伽琳在電腦上已大致流覽了一遍。見我帶回了紙質本，又花了半個晚上的時間，細細琢磨了一番才說，「我還是喜歡看紙質書籍，省眼睛。著急了，還可以勾勾畫畫。這個本子怎麼說呢？電腦上看的時候，我就有一種震撼，尤其是市長的刻畫，立體、豐滿，大量的細節是獨特的。再看紙質本，更是加強了這方面的印象。你的劇本怎麼還沒有名字？」

「初步擬定《憶海茫茫》，你也可以重新命名。」

「《憶海茫茫》？挺好的。劇本大量的是回憶，而且不少是陳年舊事，說茫茫也不是不可以。兩代人的命運，截然不同又緊密相連。互相映襯，悲欣交集。有光明也有陰影。什麼情況下才能有陰影呢？肯定是有光的地方。叫《光與影》如何？」

「這個理解準確。我是寫出了這種感覺，但還沒有明確地悟出。到底是名導，一眼就洞穿實質。由此我也想到了另一個題目，應該比《憶海茫茫》更大氣。」

「你說，」伽琳急不可待。

「《太陽時代》。」

「《太陽時代》？」伽琳略顯躊躇，然後打了一個響指說，「這個題目好。什麼含義也沒有，但什麼都有了。簡直可以與《意志的勝利》相媲美了。」

那晚上真可謂疾風暴雨，一番過後又是一番，一直累到不能動了，我們才橫陳床上，呼呼睡去。

第二天清晨醒來，伽琳已將早餐擺在了桌上。煎雞蛋，烤麵包夾香腸，青菜焯了一過，不放任何佐料，牛奶與咖啡各自一杯。一邊吃著一邊聊著，話題仍然是劇本。伽琳說：「昨晚我興奮得半天睡不著。好不容易睡著了，又猛地醒來，跑到客廳去翻你的劇本，發現這本子得修改，現在這模樣，即使有人投資，拍出來了，也無法通過審查。」

「改哪裡？」我放下筷子，連食欲都差點兒被影響了。伽琳一看我表情，先一怔，然後說，「不要緊張。首先還是要祝賀你。本劇本情感飽滿，素材豐沛，海景海風，如詩如畫，堪稱一部文藝抒情大片。真乃士別三日，當刮目相看。」

「豈止三日？懷胎十個月，養育成人二十年。從認識你到現在，我無日不在用心，只不過是沒有成規模而已。」

「這個我知道，」伽琳溫存地說，「市長被北京叫去後的那些描寫，很難放開手腳拍。但如果不忠實劇本，點到為止，其震撼力就會大大減弱。這是一個兩難選擇。當下劇本的最大問題，是缺少現實感，缺少鮮活而豐富的細節。我的想法與你一致，常常期盼能有一部流淌著生活汁液、通體氤氳著濃郁生活氣息的電影劇本，是地地道道的『這一個』；不是似曾相識，東拼西湊，完全迎合大眾品位，以故事情節取勝的那種。你的劇本出現，我興奮了半天，說實在的，大多數劇本，我們都是翻看幾頁，就扔到了一邊。而你的這個本子，我們暫且叫它《太陽時代》吧，我是認真讀了的，有些地方是反復讀了的。這除了我們之間的關係外，更多的是你的劇本吸引了我。以情取勝，以獨特的細節支撐，淡淡的詩意，緩緩的流動，在漫不經意之間寫出了生活的本質。尤其是在組織情節時，忠實生活，坦率敘事，像新聞紀實似的。這樣的手法，看似簡單，實則不易，它需要作者真心深入到生活中去，掌握大量的素材，又精心的過濾選擇，方能做到。但這樣的作品，太過於紀實，如果不細加打磨，很難通過審查。別的作家為什麼不這樣寫？是他們聰明，擔心費了九牛二虎之力，最後卻被打入冷宮。」

「可我要不這樣寫，市長這個人物立不起來呀。他被北京叫去，正是他不同于普通退休職工之處。沒有這個人物，這個劇本就徹底坍塌，甚至連寫的必要都沒有了。」

「刪去他被雙規的那幾章，他的過往，他的退休也很精彩呀。」

「而實際生活中，貪官也屬於退休老人的一部分呀。要忠實於生活，就必須寫這一部分人，譬如老孟。你想想，像他這樣的人，工作了一輩子，臨退休了，生活驟變，禍從天降，人生由此成爛尾工程。說得好聽點兒，成了一地雞毛；說得不好聽，生命之意義蕩然無存。他們或判死緩，或永生不得假釋，或因雙開從此淪落為衣食無著之人。難道這不屬於中國的退休老人嗎？如果不寫他們，中國退休老人的生活完整嗎？」

我顯然是愈說愈激動，伽琳用手拍拍餐桌說：「冷靜點兒，冷靜點兒。我們是在討論劇本，而不是討論中國的現實。」

「劇本也是從現實中來啊。」我從餐桌旁站起，大著嗓門說。

伽琳經見的事情畢竟比我多，凡事比我能沉得住氣，她仍舊不動聲色地說：「電影審查制度你是知道的，我們還是要尊重現實啊。」

我不吭氣了，端起咖啡喝了兩口，然後悻悻離去：還沒開拍，就要求刪這兒刪那兒，真是讓人受不了。

伽琳收拾完餐具，也過到了客廳，她從後面抱住我，臉貼在我背上說：「我們折中一下可以不？我知道你與市長他們的感情，也知道你對這些人的同情心，更懂得劇本的深層含義。」

「折中？怎麼折中？」我的火氣被伽琳溫暖的身體消融了不少，轉過身問她。

伽琳牽著我的手來到陽臺，讓我坐在茶桌前的籐椅上，一邊沏茶一邊說：「為了完整地表現你的劇本意蘊，我建議將本子寄給弋鳶，看她願意拍不？」

我端起伽琳剛沏好的茶，放在鼻子上嗅了嗅，似有所悟。是呀，與其被伽琳改得面目全非，不如交給弋鳶求個完整。以我對弋鳶的瞭解，說不定真能拍出一部好片子來。

好。聽伽琳的，寄給弋鳶。弋鳶不願拍，再做妥協亦不晚。

伽琳知道我的性子，脾氣過後說什麼都可以。她是導演，不僅懂劇本，亦懂人才，自然也希望我能脫穎而出。

火氣消了，反倒心虛起來。我問伽琳：「劇本紀實性是不是太強了？會不會影響到它的藝術性？是不是沒有飛揚起來？」

「一點兒問題都沒有。許多名電影都是改編於傳記。藝術的好不只有一個標準。根據神話撰寫的《西遊記》成了名著，根據史實撰寫的《三國演義》也成了名著。不要懷疑自己。繼續寫，相信會越來越好。」

導演大概都有說服人的本領。我被伽琳誇高興了，站起來說：「北京公園走走？」

「可以啊。讓我去換身兒衣服。」

伽琳所謂換衣服，只是在緊身的奶油色的無袖長裙外面，套了件米黃色外套，頭髮用白絲巾簡單地紮著，鞋永遠沒有後跟，吊在腳上，發出啪啪的響聲。

在公園裡，我們又聊到了劇本。伽琳鼓勵我說，「其實你這種寫法沒錯。藝術來源生活，這話亙古不變。但管理藝術的那些人，他們不管這些。他們要藝術作品永遠反映正面的東西，那怎麼能行？如果國家出資投拍，那你讓我拍成什麼我就拍成什麼，可如果是私人投資，那就不一樣了，他們得考慮市場。所以國內賺錢的製片人，都在尋找平衡。要麼在上層尋找代理人，通過利益均沾而網開一面。國內已有不少影片製作團隊，號準了審查的脈搏，既能精準把握尺寸，又有穩固的審查人脈。名演員名導演們大致如此。這也是現實。你自然不懂這些，而且也不願意妥協。想一根筋走到底，那就只有等著碰壁了。」

那天上午，我和伽琳在公園溜了幾圈兒。一邊走一邊兒說，盡是文藝的事情，有軼事八卦的逗樂，也有潛規則的直接點化。能聽得出來，她說的都是肺腑之言，也是對我的坦誠相告。快中午了，公園裡遛彎的人漸漸稀少，伽琳朝四周瞅瞅說，「我也懶得做午飯了，出去吃？」

「好啊。你在公園門口等著，我去開車。」

「不用了。我們搭個車，直奔朝陽道千匯。屆時喝瓶兒洋酒，我請客。為你劇本慶賀，好不？」

「那當然好了。」我抱住伽琳，在額頭上親了一口，三蹦兩跳地跑去攔了一輛出租。親自開門，用手攔在車門上框，做了個標準的秘書動作。伽琳一把將我推進車裡，「什麼時候變得鬼眉怪眼，越來越討厭了。」

道千匯是北京排前十的餐飲店，以粵菜海鮮姿造聞名，花樣繁多，製作精美，每道菜都是一件藝術品。而且環境優雅，私密性好。我和伽琳將一瓶XO喝了個精光，搖搖晃晃搭了個車回來，銷魂纏綿至黃昏，才沉沉睡去。

清晨醒來，我做的第一件事，就是打開電腦，將《太陽時代》發往美國。

60 秦雯說市長

撰寫《太陽時代》時，我抽身去會了一下秦雯。秦雯住市政府家屬院，在蚌河的左岸。我去的時候，她正在二樓健身機上跑步。聽傭人說有人來了，一邊下樓一邊擦汗說，夢也不夢你能來。

她穿著一身藏藍色的緊身運動衣，身材修長，動作幹練而勁放。雖然眼角周圍已有細細的皺紋，但並不像個要退休的人。傭人已將茶斟好，放在了我的面前，她指著茶杯說，「您先喝口茶，讓我去沖個澡，馬上就好。」

「不急的，我今天休息，專門跑出來換個腦筋。」

「那就好。」她說完，徑直上樓去沖澡了。

我細細地端詳了一下客廳的裝飾。名人字畫，紅木傢俱，全毛地毯。她年輕時的照片，點綴在牆上，使屋子也顯得青春燦爛了許多。怪不得市長曾對她情有獨鍾，當年真是個大美人啊。皮膚雪白，眼睛清亮。好看的鼻梁不僅挺直，而且還散發出一縷柔潤的光澤。嘴唇不太厚，微抿著，充滿了誘人的氣息。

樓上傳來了吹風機的聲音。我正了正身子。她果然很快出現在樓梯上，一身白色的絲綢長裙，在款款碎步的搖動下，散發出一種鬆長與柔軟。許多白皮膚女人是不敢穿白衣服的，害怕襯的發胖，但她不怕。上次來鷲島也是穿的白衣服。記得在海邊散步，她居然穿著一身白色網球服。

她坐在了我的對面，臉上泛著紅暈。美人遲暮，她看起來像四十出頭。是不是與她單身有關？我禁不住問她：「您一直一個人嗎？」

她可能是剛運動完，身體缺水的緣故，拿起桌子上放的「百歲山」礦泉水，一口氣喝了少半瓶。然後用紙黏了黏剛上過口紅的嘴唇，平靜的說：「沒有一種絕對好的生活方式。成家有成家的難處，單身有單身的難處。但總體上來說，單身還是好點兒，不要看另一個人的臉色，也不需要對方容忍自己的缺點兒，也不為孩子上學、就業、結婚發愁，當然也不用抱孫子。」

她說到這裡，突然被自己的話逗笑了，「是不是有點兒美化單身生活？」

「是自覺選擇還是迫不得已？」我又刨根問底。

「我這是小孩子貪玩兒，最後玩得找不上回家的路了。」

「哦？」我有點兒一頭霧水。

「不明白吧？」她說，「年輕的時候，有幾分姿色，追求的人多，我就遍地開花。感覺好的保持下來，或吃飯或逛公園，或出去旅遊，一個星期忙忙的。總以為有比較才能鑒別，大概率也會高點兒。誰知道大家都喜歡我，寵著我，只要我沒有明確的拒絕信號，人家便十分耐心地與我往來。原以為自己很清醒，會在眾多的追求者中選一個中意的白馬王子。然而，久處之後，發現人都是不完美的，這個人的優點恰是那個人的缺點，而那個人的缺點又恰是這個人的優點。你看過雨果的《巴黎聖母院》吧？」

「看過。」

「那裡面有一句話，你的這顆心如果能跳動在菲比斯的胸膛該有多好。我那會兒對我的戀愛對象就是這樣的期望。」

「這是艾斯美拉達說給凱西莫多的。」

「對。什麼叫瓜地挑瓜，我那會兒便是。哪個也不想進入婚姻，哪個也不想捨棄，所以，一直拖著。誰拖不起，誰離開算了。結果是，相對滿意的都漸漸離開，而剩下的又都比離開的差一些，選擇起來就更躊躇了。沒有辦法，就再去開闢新的資源，見得越多，越不知該如何選擇？最要命的是，我已經得了戀愛病。這當然是後來才知道的。」

「戀愛病？」

「你不懂吧？隨著年齡增長，我慢慢悟出，男女之間相處，最美好的階段，就是戀愛階段。大家都小心翼翼，彼此關愛對方，用盡心思討好對方，容忍對方，你便誤以為人都是那樣的美好，其實日子久了，都知道這是假像。但年輕時不知道，就覺得很享受。等你覺醒了，已經把年齡混大了。關鍵的是，我已經習慣了這種單身生活。也曾有人試圖進入我的生活，這時我發現，房子裡再進來一個人，我已完全不適應了。你看，連傭人都是鐘點工，幹完活兒就離開了。」

「嘿嘿，」我驀然發現，這倒是一塊兒新大陸，不過應該是另外一個劇本的話題。「真有趣。是有點兒玩得忘了回家的感覺。」

「還是說說市長吧？」她岔開了話題，「市長在那邊還都好吧？」

「挺好。市長活到了通達的地步，一切事情仿佛都不會糾結，都能找到放下的理由。曾經滄海，放市長身上是再貼切不過了。」我說。

「他經歷豐富，讀書多，融會貫通後，便沒有什麼可以令他困惑的。」秦雯贊同地說，「像他這類的人實在太少。絢爛之後歸於平淡，是大境界。我讀書少，但喜歡讀書人，過去他當市長時，常常為他的講話傾倒。有一年，為市政飲水建水庫，需要二十個村子搬遷，結果引來了數萬人圍坐市政府的重大事件。公安局長都沒有了辦法，抓誰？幾萬人，抓起來關在哪裡？不抓，政府還工作不？交通堵塞，民心不穩，人人都為市政府捏一把汗。這時，老孟出面了，站在公車頂上，拿著話筒，對市民進行了一番說服演講。沒想到，市民竟然能被他感動，竟能有秩序地配合政府，乘坐備好的公車離開。」

「這還真是個大手筆，市長從來沒講過。您不妨慢慢說。」我用餘光看著她剛剛沖洗過的皮膚，心裡想，多像絲綢啊：白淨、柔滑、光潔。

上世紀九十年代，古卯持續水荒，每到夏季，大街小巷都是提桶端盆找水的人。男女老少，蔚為壯觀。此事驚動了中央，指令水利部與古卯市共同擬定計劃，儘快落實資金與解決問題的措施。市委書記慷慨陳詞：如果解決不了古卯的水荒，他就辭職下臺。

古卯這塊地方，曾是數一數二的風水寶地。所謂的水荒基本上沒有發生過，即使遇到了罕見的乾旱，因為南面有蕞嶺，從峪裡汩汩流淌出的水四通八達，遍佈溝壑。可今天卻要鬧水荒了。原因是什麼呢？就是過度砍伐了周邊山嶺的樹木。樹少了，蓄不住水，一遇乾旱，河流的水就時斷時續，市民不得不轉向打井汲水。但淺層地下水容易受氣候的影響，雨多了則豐沛，乾旱了則貧枯。過去人口相對少的時候，這樣的水資源尚可維持，現在人口翻了數十番，水資源便捉襟見肘。專家們建議，傳統以地下水為水源的模式，已不能適應飛速發展的城市需求，必須重新開拓水源，譬如引熊河水進古卯。

方案確立後，市委書記親自掛帥，任引水工程總指揮。辦公室裡懸掛的最醒目的一張圖，就是「熊水工程規劃圖」。工程分三期進行。第一期先在熊河上修一座水庫，第二期開挖熊河至市區的水渠，第三期則是埋壓市內各區的輸送管道。工期暫定三年，當然愈快愈好，面對八百萬市民嗷嗷待水的情境，市委書記恨不得一夜將熊河水引入市區。

規劃是動腦筋的事，古卯有的是專家。施工是出力活，民工也可以臨時組織起來。唯有設備材料不能偷，不能搶，需要實實在在的錢來購買。北京規定，此項費用，省上出一部分，市上出一部分，少量缺口由中央補齊。少量是多少，誰也不知道。市委擴大會上，大家一致認為，地方上只能出工出力，出錢幾乎沒有可能。現有財政維持日常建設和市民生活已經緊緊巴巴，哪兒來的那「一部分」呢？按照老辦法，只能向中央伸手。

這項任務自然落在了老孟身上。老孟從北京來，做過某副總理的秘書。通過副總理要錢，可能性極大。

老孟於是上了北京，帶了幾箱土特產，有當地名酒「飛鳳山」，有壯身健體的「三寶丸」，以及名畫古字和皮影剪紙等。做事有辦法有韌性是老孟的特點兒。民政部、水利部、財政部……幾個部打點下來，他跑門子跑得腳上盡是老繭。好在老首長很給力，在各部協調好的資金上又加了一筆生態保護費。

經費下來，問題解決了一大半，市委書記開始器重老孟，委他熊水工程常務副總指揮。老孟從此奔走在古卯與熊河之間，因為他那時還是市委副秘書長，所分管的後勤事務也一大堆呢。幸好他在基層待過，善於處理各種棘手問題。所以這一時期，他表現出的卓越執行能力，不僅受到了書記賞識，也深得市長信任。熊河工程第一階段完成後，老孟調到了市政府任辦公廳主任。

他到辦公廳主任位上，第一件事就是抽調消防車為市民送水。熊河水庫在建，三班倒，日以繼夜，但遠水不解近渴，市民吃水難的狀況仍然存在。怎麼辦？他與市長商量，在市區的十個消防隊中，抽調一部分消防車為市民送水。每天天黑進山，到熊河裝滿水後，趕天亮前將水送到市民家中。

當然，每一件事情都不會一帆風順。政府辦公廳會上，有人就反對這種做法，認為每家少用點兒水，至少不會死人，而挪用消防車，則可能因救火不力而導致市民傷亡。老孟奮力反駁，並提出聯防聯消的辦法，即一個隊與臨近一個隊聯合起來，隨時互相救急。

他在辦公廳主任位上，做的第二件有影響的事情，就是通過一次卓有成效的演講，遣散了在市府門口的請願活動。也就是我剛說的，用三寸不爛之舌，驅散萬人靜坐威脅。

鬥爭仍然激烈。有人主張動用全市警力，兩個人架一個人，塞進備好的公車內，然後送到一所大學關起來。另一種意見是每天只供應一頓飯，餓上幾天就鳥獸散了。還有一種意見是先答應全部條件，等村民們回去了，再將帶頭鬧事的抓起來，判上幾個人就消停了。

鬧事的人的條件是，將因修熊河水庫而淹沒的十七個村莊的八萬人，全部納入城市管理體系。第一步解決所有人的城市戶口，第二步是每戶解決一個小孩兒的工作，第三步是為每戶提供一套一百平方米以上的市區住房。這所謂的新條件與原來拆遷時的條件大相徑庭。初拆遷時，每戶的要求只是一個二百平方米的獨家小院。待「熊河新村」蓋起了，住下了，村民們又得寸進尺，變本加利。

老孟的意見是，解鈴還需繫鈴人。當初是他與村民談判的，現在出爾反爾打上門來了，可以妥協，但不能沒有原則。他認為，沒考上大學的小孩兒可以按照要求參加政府每年的招聘，考試過了，面試過了，同等條件下可以優先，但此政策每家每戶只能享受一次。二胎三胎的不管，孫子輩的不管。解決城市戶口容易，但得收回所分土地。大家細想一下，不種地了住城裡幹什麼？沒工作吃什麼？物業費從哪裡來？城市就業難大家都知道，兩相比較，真不如守著幾畝薄地好點兒。

另外，在城市擁有一套一百平方的住房可以，但同時得交回「熊河新村」的獨家小院兒。希望大家想好。過去搬進「熊河新村」時，都為大家頒發過榮譽市民證書，當時的口號是，為古卯市民的飲水犧牲了您的故居，古卯人感謝您。離開「熊水新村」的人，同時也將交出榮譽證書，因為您認為您的犧牲不值得。從現在開始，願意回「熊水新村」的可以先上公交，我們負責送回。不願意回「熊水新村」的，留下來簽合同，農村戶口改城市戶口，獨家小院兒換一百平方米城市住宅，子女就業不優先，與城市其他居民享同等待遇。

農民不傻，固有的精明在這裡起了作用。新的政策可以解決城市戶口，但沒有了土地一切都將飄忽不定。是的，物業費從哪兒來？生活費從哪兒來？這對於剛剛住進「熊河新村」，生活已有了穩定秩序的村民來說，的確是個問題。算了，還是回去吧。回去了，孩子考公務員或事業單位，同等條件下可以優先。就業這麼難，「優先」相當花錢走後門，這不等於一戶又補助了二十幾萬。

老孟在拆遷中，已與這些農民混熟了。他往公車頂一站，拿著高音喇叭，詳詳細細逐條比較、算賬後，曉之以理，動之於情。最後又滿懷深情的說：「我代表八百萬市民向你們鞠躬，代表古卯這座城市向你們鞠躬，代表古卯市世世代代的居民向你們鞠躬。吃水不忘挖井人。你們就是古卯市民的挖井人啊。」說完，面向東南西北，轉著身子深深地鞠了個躬。

靜坐的人慢慢地站了起來，有秩序地向公車走去，年輕一點兒的村民，還向老孟伸出V字形手勢，誇讚他的勝利。我那會兒屬市政府辦公廳新人，待在他演講的公車下隨時聽候差遣。他講完，我仰頭看去，見他那被太陽曬紅的臉上，流下了清晰的兩行熱淚。

為熊河引水工程，老孟可謂費盡心機。有一年的冬天，工程還在勘查規劃階段，他與幾個專家進蕞嶺走錯了方向，居然失聯了三天兩夜。市公安局出動了幾百警力，在當地老鄉的帶領下，搜遍了附近的溝溝壑壑，才找到了他們。幾個人已到了極限，再晚上幾個小時，可能都要餓昏過去。老孟說，他們是靠吃松籽，喝雪水才熬過來的。還有一次，也是考察熊水工程，汽車在翻山梁時忽然滑下了崖畔。那次車上只有他和司機秘書。司機斷了兩根肋條，秘書胳膊肘滑脫，他坐在副駕，傷得最厲害，額頭上碰了個口子，縫了十幾針；髖骨骨裂，在床上躺了半個月。

秦雯講到這裡，忽然說，「快要到中午了，留下來吃飯吧。我給咱倆要份兒外賣，這裡有上好的紅葡萄酒，一起喝點兒？」

「不了，」我站起身來，「秘書長中午設了飯局，約我去，我正好再與他聊聊。您也一起去？」

「不了，」秦雯也站了起來，健美的身軀立在我的對面，陽光從背後的窗戶照進來，像剪影。

「為什麼？」我問。

「你們喝酒太厲害了。」

「您當後勤局局長的時候，聽說也挺能喝的。怎麼突然不想喝了？」

「喝傷了。」

61 一個人與一座城市

秘書長是個見過世面的人，處事周到且注重禮節。飯局設在大宋南市中餐廳，有仿宋樂舞，但我們要聊天，怕吵，便在酒店的另一端訂了個包間。

我穿過古玩市場時，在一家攤點駐步，見一枚沙孟海篆刻，白芙蓉石，雙蟠螭鈕，便不禁心生喜歡。要兩千，我還價八百，不料竟然成交。本想拿回家送父親，給他一個驚喜，可沒等送到父親手裡，秘書長瞭了一眼便說：「假的。」我頓覺驚愕：「這麼古舊，竟然是假的？」

「做假，肯定要逼真喲，不然，誰上當？」

「噢。真是不得了，做假居然能做到這種地步？」我心有不甘地說。

「是的。有不少地方，專門做這種假印章。但你想想，經年累月形成的成分複雜的包漿，豈一個『做』字了得？汗漬、油漬、煙漬、塵漬、光漬、水漬……可以說大自然的一切，都可以直接或間接的影響到包漿。它幽光沉靜，滑熟細膩，像上了年頭的長者，顯露出一種溫存的和氣。年代愈久遠，成分愈豐富，痕跡便愈複雜。舉個簡單的例子，新買來的竹席，不論打磨得多麼光滑，都不算是包漿，但老祖母睡了五十年的竹床，紅紅亮亮，一看就是難得的包漿。還有老農民的鋤柄，你即使沒有勞動過一天，但一把攥上去，手掌上便會佈滿歲月的感覺。」

秘書長在古卯是老資格，叫來的朋友也都是逐年淘汰出來的。他的一番關於「包漿」的開場白，令我長了知識，也令在場的肅然。其中一位朋友說，「秘書長讀書，總要讀出不同來。從不喜歡沿襲現成答案。」秘書長會心一笑，端起酒杯看著我說，「這一杯，是敬北京來的客人。他雖然年輕，卻與我性格相仿。凡事喜歡刨根問底。」

我不好意思地笑了，舉起酒杯一飲而盡。

秘書長一旦開喝，基本上就不再停歇。誰敬都喝，誰為他斟酒他都不會阻攔。於他而言，酒是飯，言談是菜；喝了酒不再吃飯，飲酒時從不夾菜；別人夾在他碟子裡的菜，他從不碰一筷子，誰給他夾菜他與誰碰杯，弄得周圍人也不敢給他夾菜了。別人是一邊吃菜，一邊聽他講話；他是一邊喝酒，一邊說話，滔滔不絕，針插不進，水潑不進。

上次在鶩島，我曾好奇地問過他，如此海量，天生抑或後天？他說，替首長喝酒練下的。作為一個秘書，不能眼看著首長倒下，要挺身而出代酒。領導秘書，大多外放，有的做了北辦主任，有的到外省掛職，有的當了區長，唯我，跟了他二十年。喜歡讀書是我倆的共同點。他經常讓我為他推薦新書。他說，他年輕時讀過的都是經典，現在流行什麼書籍，他也想知道。出差到外地，經常會相跟著逛書店，他背抄著手，我左一捆右一捆幫他拎書。

當秘書是很苦的，年輕那會兒，首長家任何事你都得幹。換煤氣，送小孩去幼稚園，買糧買菜。有時候可以安排給司機，但你得把心操到。事無巨細，滴水不漏。混出資格了，煩惱的文字工作又壓到了你的頭上。簡潔、準確，切中要害，要適合首長斷句的節奏，讀起來朗朗上口。他平時講話喜歡什麼樣的語彙，他修改你的初稿時刪去或添加的地方，你都得記住。秘書與首長的關係，就是食客與廚師之關係。食客喜歡什麼味道，你就做什麼口味。我前後侍候過幾任首長，寫過幾種風格的講話稿，現在翻看，我都挺佩服自己的。

市長喜歡對我說，他有三個幸運：幸運地趕上了改革開放，幸運地碰到一個好領導，幸運地趕上了提拔年輕幹部。其實這並不是他一個人的感受，八十年代，問十個人，恐怕有九個人都會這樣回答。那時候的領導，對待年輕人，只要你正派、好學，努力工作，他就喜歡你。

那時候的市長，有一種整日騷動的野心。即使一無所有，赤手空拳，也不忘摩拳擦掌。他當了市長後，比過去有了更多的自信，突然發現自己能做很多事了，有機會改變很多局面了。他那個時候的狀態，在現在官場上的人眼裡，會被認為是幼稚迂腐：怎麼能死守一個城市，做長線謀劃，而連政治局委員都不想當呢？

其實市長心裡有自己的小祕密。所謂中國特色，地方權力獨大無處不在。因此，你主政哪個城市，哪個城市就是你的畫板，你的理想載體，可以盡情的想像，描繪出最美的圖畫。人過留名，雁過留聲。哪一個人沒有千秋之想啊？你看東坡先生，他在錢塘任上做官，不就搞了個蘇堤？你說，一千多年了，多少人在錢塘做過官，但誰能知道他們是誰呢？可蘇堤卻讓蘇軾的名字世代相傳。

在古卯，城牆內的仿古建築與步行街道，誰來了都會聞到古代的氣息。再看那東西南北幾大公園，都是事出有因，要麼建在漢遺址上，要麼建在唐遺址上，以此為理由，推而廣之，今後數百年內，誰敢推倒重來？一個人，不能只想著當多大的官，發多大的財。政聲人去後，要多想長遠的事。榮華富貴，身外之物，唯有你的名字和與名字連在一起的政績，才是你永久的榮光。

當然我誇市長，肯定也是在誇我，因為城市規劃方案裡，也有我的影子。十多年來，我兼政策研究室主任、城規院秘書長，每個重大方案和重要講話，差不多都要經我的手。那時候風氣比較好，雖然是市長負責制，但正副職之間基本上是平等的，各司其職，遇事互相通報，重大問題集體討論。各說各的理由，誰的理由充分，得到了大多數人的支援，就依誰的方案辦。

市長這個人，天生的當大領導的材料。他做市長十年，陪了三任書記，都是空降來的。花拳繡腿一番，就都升北京去了。市長不僅要做自己理想中的事，還要陪這些書記們玩花拳，做表面文章。我原以為他只能做一把手，沒想到他做副手也做得那麼得心應手。市長說，沒有任何一個人會直接當正職，做副職是做正職的必經之路。做不了副職，怎麼能做正職？其實當副手也不是壞事，可以鍛煉一個人的忍受能力。有些領導，一輩子都處在更年期。你遇上了，就得忍，忍別人所不能忍。熬鷹你知道不？作為獵人，可以千方百計地折磨老鷹，而作為老鷹，則須經得住千方百計的折磨。

秘書長鼻梁挺直，眉毛修長，近視鏡下的一雙眼睛炯炯有神。他講話時，會顧及在場的每一個人，並適時地與大家交換眼神。因長期做文字工作，腰椎間盤突出，故走路有點貓腰。令我奇怪的是，他酒前酒後居然判若兩人。酒前文質彬彬，矜持敦厚；酒後則江河直下，滔滔不絕，酒氣才氣一併迸發。每次說到市長，眼睛都會射出一束自豪與欽敬的光來。

古卯這個城市，你現在看，東西南北，四四方方，像棋盤一樣，馬路寬廣，高樓林立，但初期建設，那可是一窮二白呀。古城破破爛爛，環城河臭氣熏天。城市住房面積，人均二·七平方米。三代人同住一間房的，比比皆是。窮則思變，而變的最大困難就是沒錢。老百姓沒有錢，政府沒有錢。孟書記那會兒剛來，他去上海參觀，見人家發行「小飛樂」股票，回來就建議企業搞內部集資，給職工發股票，同時鼓勵私人辦企業。中國人真是窮怕了，一聽說允許私人辦企業，就爭先恐後，風起雲湧。當時每月發放的營業執照就高達兩百多個。頑強的中國人，在僵硬的計劃經濟與新興的市場經濟扭曲較勁中，愣是擠出一絲縫隙，使生產力要素逐步活躍起來。

當時的市委書記從軍工企業過來，不大懂宏觀經濟，但有膽略，敢用人。他讓老孟帶隊，領一幫人去上海學習參觀。回來後，老孟就上奏一本，前半部分是觀感隨想，後半部分是踐行建議，共十七條。市委書記圈閱後批示，召開市委擴大會議，逐條加以討論。有些建議，現在看來並不新鮮，但在當時卻是明顯違法。譬如允許企業內部集資，建立高新技術產業開發區吸引外資，舉債改造老舊住房，土地有償使用，組織高層人士出國考察等款項。市委擴大會議整整開了一個星期，爭吵得烏煙瘴氣，新舊觀點針鋒相對，互不相讓。市委書記在中間調停，亦顯得異常費力。無奈，只好再做決定，讓持反對意見的人組成學習考察團，仍由老孟帶隊，再赴上海。

此舉果然奏效。考察團上海回來後，市委常委會上，反對意見已所剩無幾。市委書記得寸進尺，又將大學校長、國企老總、研究院院長送出去學習。思想也是生產力，改革開放的先決條件是思想解放。思想不解放，何談改革開放？

市委書記的這兩句話，現在看來，只是兩句口號，但在當時，那可是石破天驚。中央雖然確定了改革開放的基本方針，但基層都在觀望。漫畫家廖冰兄畫了一幅漫畫，畫面上是一個被打碎的罎子，罎內是個罎形人。寓意是人在罎中久了，身體已經僵化，即使罎子被打破了，身體依然難以復原。三十年的計劃經濟，不僅計畫了經濟，也計畫了思想，「兩個凡是」是也。

你想想，國民經濟已經到了崩潰的邊緣，如果再堅持「兩個凡是」，其結果會是什麼？極可怕的。因此，突破「兩個凡是」，一切從實際出發，尋找一條發家致富的道路，是當時中央的英明之處，也是共產黨執政時期的壯舉。我那時剛從學校畢業，分配在市委秘書處工作。我記得市委大院正門照壁上，用紅漆寫著十個美術字，一個一尺左右：面向國際，學習、開創、突破。擱在十年前，哪個市委書記敢持這樣的觀念？

現在看，古卯東西南北幾大公園，有的亞洲第一，有的中國第一，有的西北第一，都是以保護遺址的名義建設起來的。再加上古城牆內以鐘樓為中心的古城公園，古卯簡直就是一個公園城市。可當初，有這樣一個想法都要經歷血雨腥風，付出慘痛代價。

改革初期，全國一片狼藉，各個城市都在拆老城，蓋新城。古卯何去何從，拆還是不拆？老孟在北京做秘書時跟首長去過美國，知道一點兒城市建設的知識。他首先說服市委書記，建議不僅不拆，還要維護、修補、加固，將其變成未來旅遊中的亮點。古城公園便是依此風標而設計。城外是新城，樓層高低一任自然，而城內建築則有嚴格限定，所有建築不能高過三層，全是仿古建築。沒有工業，只有住宅、飲食、古玩、字畫、花鳥等，是一個典型的旅遊、休閒、娛樂的場所。

一個美麗城市的建設，真是不容易啊。有美好的理念還要有足夠的資金。沒有引進外資前，僅靠自有資金滾動，搗騰一點兒，用一點兒，再搗騰一點兒，再用一點兒。記得初修二環時，土地開始有償使用。政府沒錢買土地，就把路面設計在廢水渠上。第一步，先加固加寬廢水渠，第二步再在水渠上面修馬路。整段路一時沒錢修，就先分段修。市長親自督工，戴個安全帽，跑前跑後。廢水渠散發著令人嘔吐的臭味，工人們都戴著口罩，而市長不戴，有時激動了，還會挽起袖子與工人一起幹活。

護城河去淤，每年一次。有一年市長參與了，他和武警戰士工間閒聊。武警戰士的父親是個水利專家。他對兒子說，年年清淤，勞民傷財。杜絕城內廢水流入，提高河渠坡度，才是真正的釜底抽薪。市長聽後，覺得蠻有道理，便把武警戰士的父親請進市政府，做環城公園河道改造總工程師。「坡底設計」由此產生。即每隔一段，安裝一個抽水泵，將最低水位的水抽到下一階段的最高水位，然後，根據落差設計每一階段的坡度。有了坡度，流速增快，淤泥便不會沉澱。方圓四五十公里的環城河由此變清。

62 老有所依

在我和弋鳶婚約破碎，她去美國留學之前，我倆曾有個約定，那就是為她寫一個劇本。她說她會為我支付一筆稿費，讓我用在支撐北京的花銷上。我知道她是在安慰我，並希望我能在北京堅持下去，實現我的電影夢。我問她：「你這筆錢從何而來？」她說：「我有三個籌措的方向，一是母親給的零花錢，二是我自己利用課餘時間打工掙的錢，再就是從父親給的生活費中省出一部分來。」

與伽琳相識後，我在經濟上得以全面自由，買了房買了車，還有相當的積蓄。這一切，我都在第一時間如實地告訴了弋鳶。她說，「那還是希望你遵守約定，能為我寫出一個好的劇本。」我這幾年奔走在鷺島、古卵、北京之間，寫得很辛苦，說心裡話，其實都是為了能寫出一個她滿意的本子，如此，也不枉與她青梅竹馬一場。

然而寫一個什麼樣的題材？在我心裡卻惆悵了很久。寫自己熟悉的，譬如多年在北京單打獨鬥的經歷，肯定能寫好，或許還很精彩，但此類題材寫的人太多，拍成影片的都好幾部了，即使是十分獨特的這一個，也難免不撞車。另外，此類題材反映的生活面也比較窄，所以，這方面的經歷只能留在大腦裡，以防備用。要想寫得寬博厚重，涵量充沛，必須從頭開始，另闢蹊徑。

中學時代曾有記日記的習慣，大學也還堅持著，這些年迫于生計，起早貪黑，基本上荒廢了。認識伽琳後，生活從容了許多，重拾老習慣，一頓飯，一次散步，一片雲彩，一朵浪花，一個雨後的黃昏……都記了下來。寫作老師說的好：當你有了一個構想時，這些雞零狗碎的片段，都會成為其中的血肉。

現在，本子總算出來了，也寄給了弋鳶。弋鳶接劇本後，只淡淡回了一句話：「容我細細讀來。」之後就沒有了下文。這些日子，我心裡七上八下，一頭霧水地等待著。她最近在忙什麼呢？劇本看了沒有？能拍攝不？她過美國後，我倆雖然勞燕分飛，天各一方，但郵箱中時不時會看到她發給我的一些資訊，有的是關於電影的，有的則是國內禁聞，在微信上，偶爾也會看到她發的近照和一些問候短信。有一次，還發過來她和男友的自拍照。小夥兒是她做實習導演時認識的，是劇組的助理攝影。小夥兒今後會不會是個大導演呢？說不來，你看他那眉宇之間，仿佛在飛揚著一種英氣，用中國的話說，就是青年才俊啊。

這次與她合作，起初是伽琳的意見，其實也是我心裡的願望。伽琳手頭正在籌拍一部片子，劇本業已選好，要拍《太陽時代》也得等個三年五載。我的劇本剛殺青，心裡熱著呢，哪能等得住？再說，伽琳是大牌導演，店大欺客。在她跟前，我時有仰人鼻息的自卑；但在弋鳶面前，卻是自然輕鬆的，沒有任何壓力。不過，也不是完全沒有擔心。她現在有了美國紐約大學電影學院編劇導演專業的文憑，又在幾個劇組做過助理導演、聯合導演，有了單獨執導電影的資格，會不會也拿架子呢？

人是會變化的，社會地位發生了變化，所接觸的人有了變化，認識問題的水準有了變化，都可能影響一個人的行為模式。好在目前還沒有見她對我有輕蔑的跡象，講話從不粗聲厲語，不太多的視頻通話也可以看出，她還是老樣子，和顏悅色，細聲慢語。她屬於那種慢熱型的女人，凡事以柔克剛，多以商量口吻切入，與他父親的桀驁、冷峻、果決，有時還面帶殺氣的性格相差甚遠，或許是遺傳了母親的脾性吧？

在學校時，我就常常與她探討，對她能否當導演表示懷疑。她總是笑著說：「西瓜殺開後才知甜不甜。我沒當導演你怎麼知道我不合適？」我說：「我只是懷疑嘛。又沒有一棒子打死。」不過，我把劇本寄給她後，心裡著實有幾分惶恐。與她相比，我似乎恰好背反。我是嘴上撐得硬，總是北望中原，可在心裡卻潛藏著一種深深的自卑：總對自己的才情有所懷疑。現在，她接到劇本後不予回復，又使我惴惴不安，連郵箱都不敢輕易打開。在阿姨、父親、伽琳他們那裡，我就是鄒忌與徐公比美。而弋鳶則不同，她要真槍實彈地玩兒，所以，她看完劇本，一定會說實話，好就是好，不好就是不好。

手機裡終於跳出了一行字，提示郵箱裡有郵件。我慌忙打開電腦，見弋鳶竟然回了滿滿的一屏文字：

介一：

劇本讀了。非常好。喜出望外。滿滿當當的細節讓我目不暇接。情感也十分真實，你是貼著生活寫來，一看就能感覺到。我始終認為，紀實文學比小說更有感染力。為什麼，因為它的情感是發自人物原型的內心，而不是作者通過自己的想像力創造渲染出來的。能看出，你為了寫這個劇本，還真是下了笨功夫。我記得你在學校是不喝酒的，要喝，也是喝點啤酒或紅酒。而你現在為了尋找素材，與市長交朋友，居然喝了那麼多次白酒，每次都是不醉不歸。不僅有心，還能捨下身子，這真是難能可貴了。

還有，在學校，你經常泡圖書館，不喜與人交往。從《太陽時代》中看出，你儼然成了個好記者，赴一線採訪，緩緩進入，讓現實人物成為劇本人物。這除了真誠外，還需要智慧。看來是我們的約定，把你逼上了梁山。劇本中的景色描寫也奇妙獨特，可以看出你內心的落寞。孤獨成全了你的眼睛，使你無法不去關注島上的一草一木、一山一石。我從沒有留神過，天空會有如此的瑰麗與奇幻。先透露一點兒，我想把它拍成一部自然、人性、生活，都美極了的抒情片。看到這裡，你可能會納悶，抒情只是劇本的一個元素，更多的應該是人物的命運啊。

對，劇本是這樣的，但我取其中一枝，把它拓展開，只表現中國退休老人的生活，其他的內容暫且放放。片名也有變動，改成了《老有所依》。中國現已進入老人社會，近三億老人中有三分之一的老人呈失能與半失能狀態。關注他們的生活、喜怒哀樂和未來，是個大話題。拍好了，幾方面歡迎。政府歡迎，市場歡迎。更重要的，它又是參加電影節的好題材。你看到這裡，可能會越來越糊塗，會在心裡想，我寫的本來就是老年題材啊？為什麼要在茂密的大樹上只取一枝？為什麼不原原本本按照劇本拍呢？而且說「其他的暫且放放」，這又是什麼意思呢？

我所說的「其他的暫且放放」，是從劇本的容量和密集度來看的。依我看，目前的這個規模，你完全可以把它擴展成，不對，應該是改造成一個長篇小說，把它寫得更細，更舒展，更從容。要慢慢寫，徐緩地寫，拿出名著的標準寫，如此，則會寫成品質上乘的作品。這叫未雨綢繆。頭腦中幻想著《太陽時代》作為長篇小說轟動一時，也是件快意的事情。想想都高興。

現在你不會為我只取一枝而驚慌了吧？我所謂的「只取一枝」，就是去掉伽琳這個人物，只保留你，然後由你口述阿姨和伯伯的故事、市長與瞿姐的故事。你的劇本，用心用力顯而易見，但細節太密集，就像姜文《陽光燦爛的日子》，看完覺得撐得慌。所有的藝術都講究留白。所以，將主題集中在市長、瞿姐、阿姨、伯伯這兩條線和四個人物上，主要反映他們的相親相愛、耳濡目染、相依為命的生活。切入的手法就是由你來口述，你也就是電影中的「我」，由我來講他們的故事。拍得細一點兒，溫情一點兒，但可以看出中國老人的晚景。這兩個家庭——阿姨與伯伯似乎不能算家庭，因為他們沒有住在一起，權且先這樣說吧；四個人，前兩個堅守著不進入婚姻，孩子又都不在身邊，看似有依實乃無依，後兩個雖然朝夕相處，貌似進入婚姻，但沒有孩子，仍然是老無所依，其晚年之情形可想而知。

當然這一點兒，我們不拍出來，讓觀眾去想。國內影片，能通過審查，大多點到為止，看破不說破。這是沒有辦法的事。有一句話叫什麼來著，噢，上有政策，下有對策。你可能說我這麼年輕，就學會了這麼多的俗套兒？其實都是迫于現實。電影這東西，是用錢堆出來的，來不得半點閃失。我為什麼遲遲沒有回復你，就是接到劇本後，經過反復思量，覺得修改後可以投拍，而且一定能拍好。於是，利用我在美國的關係，主要是我導師的關係，決定先找投資人。在與投資人洽談前，我又費了九牛二虎之力，幾易其稿，才把你的劇本搞成了分鏡頭劇本。滿意了，才給投資人看，才把人家的資金爭取過來。本來分鏡頭劇本應該由你執筆，我們共同寫，則會省勁兒得多。但我擔心一時半會兒說不服你，會誤事兒，故獨裁了一下，等投資人找到了，再告訴你。

現在我說說修改地方吧。刪去伽琳這個人物，前面已經說了。現在要說的，就是刪掉市長被叫到北京後的所有戲，一筆帶過即可。他的戲主要是落難後，瞿姐不離不棄，與他患難與共這些鏡頭。當然他的女人史也會保留，但仍然是點到為止，所有的床上戲都不會出現。不保留襯托不出瞿姐對他的愛，也無法反映他的荒唐對瞿姐造成的傷害，但過分細膩，又有渲染色情之嫌。總之，這是個奇特的人，經歷豐富的人，從他身上，可以看出生命的本能體驗。

當然，我們也可以拍些床上戲，留個原始本，等到實行電影分級制度，再來個足本放映。現在送審則會謹慎刪去，不能有任何違反國內政策的鏡頭。要保證投資人的利益，也要保證能在國內公開放映。電影也可以拍成有深度的，可意會而不可言傳的好片子，譬如《金色池塘》之類。

有點兒冒昧了，隔海相望，不能面晤細談，只能長信予以剖白。儘管在國外是劇本中心制度，但要在國內上映，我們不得不慎重對待。生活就是妥協的藝術，你懂得。

弋鳶於加州

有了劇本，又有人投資，下來就是選演員與外景地了。觀眾可能會問，鷲島在哪兒？這其實完全可以不必知道。臺灣、夏威夷、峇里島，任何一個風景優美的海邊都可能成為外景地，關鍵是看劇本的需要和導演的眼光，一千個讀者眼裡有一千個哈姆雷特，包括導演在內。或許我寫的是國內某個島嶼，但導演選在國外某個島嶼也未嘗不可。關於演員，也存在這樣的問題。我喜歡的未必導演喜歡，一切皆有可能。

因為是處女作，弋鳶拍得極其用心。女二號花是個花癡，見花必看，所以，弋鳶僅花就拍了一百多種。拍海雲亦是，黑色的，粉色的，紫色的，酡紅色的，……從南方到北方，從春天到夏天，幾乎沒有停歇。她也算是個公主啊，然而卻風塵僕僕，摸爬滾打，從開拍到停機，一身牛仔，一頭短髮，一雙馬刺靴，一個鏡頭，幾遍方才過手。攝影的美國小夥兒，也有一種肯下工夫的倔強性格。陪著弋鳶，一遍一遍，不厭其煩。圈內有傳說，好電影是膠片堆出來的，看來不謬。開拍前的頭天晚上，弋鳶都會和主創人員侃戲，一直侃到大夥兒撐不住了，方才甘休。後來才知道，準備工作愈充分，拍攝愈細緻入微，剪輯時的選擇餘地才會優裕不窘。

最艱苦的要數最後補拍床上戲的那段日子。導演的要求是，畫面不雷同，姿態有新鮮感，真實而不低俗，激情而不刺激感官。為了使演員的表演更自然，現場只留了導演和攝影。期間最讓弋鳶窘迫的是她和攝影大衛的關係。不讓大衛拍，讓別人拍，大衛不放心，她也不放心。而讓大衛拍，各種姿勢，各個角度，各種燈光下的赤裸裸的愛，全要在大衛鏡頭前顯現，作為女人的導演，心裡真是五味雜陳，但又得撐著。我作為編劇，知道這些戲的所有場面，但弋鳶有弋鳶的審美選擇。我是用文字表述，她是用電影語言表現。前者可以隱晦曲婉，可供選擇的漢字極多，而後者是用畫面，不暴露不足以傳達原著的意蘊，太暴露則會受到觀眾的詬病，當然還要照顧電影審查條例的尺度。

選演員會有同樣的遭際。導演欣賞的，演員可能不想脫。比如演瞿姐的A，就不願意補拍床上戲。經弋鳶再三請求，才勉強同意破例一次。另一個演瓔珞的演員，原定由B出鏡，但B不願脫，後又改為C。不少女公務員是兩面人，辦公室裡正襟危坐，嫣然一個淑女，而私下裡為了升遷，又風情萬種，花樣疊出，所以床上戲必須豐滿而出采。為了節省時間，床上戲都是事前反復設計過的。但在實鏡面前，又會與想像中有不同之處，於是還要調整。演員的激情不會是無限的。鏡頭一再改動，演員如果進不了戲，就必須挪到第二天，待身體與激情恢復了再拍。幾個場景，十幾二十分鐘的戲，竟然拍了一個多月，待殺青時，導演、演員、攝影竟抱成一團，失聲痛哭。

藝術是直面靈魂的活動。暴露身體的同時，欲望也在暴露。身體與身體的碰撞，靈魂必須緊緊跟上，否則，誰都能看出那是真戲假作。演員必須闖過這一關，激情發自內心，身體才能緊隨其後。所以，在傳達肉體的溫度時，鏡頭要比文字難得多。愛是一種不問值得不值得的忘我行為。一部電影中的床上戲，可能會使影片贏得很多，也可能適得其反，關鍵是看你的勇氣與判斷力。從這個角度來說，真的要切切實實感謝中國的電影審查制度，它說明，沒有床上戲，照樣可以成為好電影。國家制度不同，但人性是相通的。譬如伊朗電影，成功的訣竅就是關注人性。電影與所有藝術一樣，都是在極力探索人性，區別只是各自的角度和手法不同而已。

當然，我心裡明白，儘管弋鳶極力朝劇本靠攏，但在拍攝中，仍然能感受到她不時地投射來的壓力，這是由我們之間所使用的工具不同而造成的。影視有文字的不可替代性，它是訴諸視覺的空間藝術，來得比較直觀，但與文字比起來，又有致命的缺陷。文字可以通過耐心、細緻、生動、可信的敘述和描寫，以一種形象顯現的間接性，對讀者的想像力和理解力發生作用，從而引領讀者深入到作品的形象體系內部，含玩、體味豐富的情思和意蘊。由此可知，文學具有比影視藝術更大的想像空間和想像內涵。一切小說都是童話。這是鏡頭滑動與文字流動的不同，因此，你心中的那些魅力，存在文字中的那種感覺，是電影所無法反映的。

影片耗時將近一年，殺青後即送有關部門，在弋鳶父親和伽琳的斡旋下順利過審。國內院線排檔也很及時。之後，弋鳶帶著影片去美國角逐電影電視金球獎。實話講，片子拍得不錯，流暢、洗練、溫馨、向上，節奏舒緩和潤，鏡頭唯美深涵。令人喜出望外的是，影片順利入圍，並最終獲得了美國電影電視金球獎最佳導演，由此，弋鳶也成為該獎項中國女導演首位獲得者。

得知消息後，弋鳶第一時間告訴了我，說她為我已經買好了機票，讓我過去參加領獎儀式。七項最佳：攝影、編劇、導演、服裝、道具、化妝、燈光。

我坐了十七個小時的飛機，第一次到了美國。參觀了洛杉磯奧斯卡拍攝基地後，弋鳶還專門安排了派對，讓我與美國同行們認識。一切跡象表明，這是一個金色的開端。形勢大好，充滿陽光。然而正當我們準備打道回國，參加《老有所依》的院線首映儀式時，國內一些同行，人肉出弋鳶幾年前在美國接受採訪時的一段錄音。真要命，弋鳶說，她小時候的教育存在嚴重偏頗。整天刷考題、背答案，人都快成書櫥了。如果不來美國讀書，恐怕很難提升到現在這種高度。

國內有關部門隨即取消了《老有所依》的檔期。這對弋鳶來說，無疑是個重大打擊，把她原想猛賺一把的美夢擊得粉碎。大形勢如此，弋鳶決定暫時不回國了，她勸我也留下來，在她原來的紐約電影學院做一段時間訪問學者。我與伽琳電話商量，她說她舉雙手贊成。我於是在弋鳶導師的幫助下，與紐約電影學院簽訂了授課合同。誰知沒上幾天課，便遇到了疫情。所謂樂極生悲，屋漏偏遭連陰雨，此行美國正是。

前面說過，弋鳶的幾年積蓄基本上都用在了貼補電影上，雖然獲獎後國外拷貝賣得不錯，也只是收回了投資人的成本，她的導演分賬、我的劇本勞務，原都指望國內上映後實現，結果都落了空。為了不加重弋鳶的負擔，我們合租門面開了中國餐館。她負責調餡、端盤，我負責包餃子煮餃子，大衛負責採購和打掃衛生。辛苦經營一天，利潤卻剛夠我們的生活費。

避疫期間，弋鳶為我辦了個臨時低保，每月還能領到幾百美元。她建議我通過上網課選修她讀過的紐約大學電影學院編劇導演專業，我覺得閒著也是閒著，便利用業餘時間堅持聽課。美國大學是學分制，只要你肯下工夫讀，積攢夠學分即可畢業。疫情期間，飯館吃飯的人不是很多，我便發狠心把精力用在網課上。弋鳶捷足先登，既有實踐又有理論，有問題了求救她，她也不吝賜教，釋難解惑，分外耐心。之外，我還穿插著與大衛說說攝影，弋鳶空閒了，也會積極參與，湊成一個三人討論小組。一段時間說到《太陽時代》，我們三人竟分頭調侃設計結尾，竟然侃出十幾種模式來。我說，現在設個「介一獎」，獎金三千美元，等疫情結束回國後，誰的設想最接近現實，誰得獎，然後誰再請大餐，把國內的朋友都叫上，一塊慶賀《老有所依》得獎。弋鳶說，我得獎了我請客。我說，那當然。弋鳶說，不是你那個《太陽時代》結尾構想獎，而是我的金球獎。我說，那我們三人平攤費用，大衛不也獲了最佳攝影獎嗎？大衛說，嚴重贊同，我拿兩份，連弋鳶的那份也出了。

弋鳶租了一個獨院，上下樓，他倆住樓上，我住樓下保姆間。我們有時還邀伽琳一起參與，搞個雲討論。讀書，討論，賣中國餃子，弋鳶說，這經歷又可以寫個劇本了。我說，那得有情節，譬如三年以後，大衛成了我，我成了大衛。原先冷卻了的感情，又死灰復燃，大衛與我決鬥，我不幸中彈，死在了美國，伽琳過來奔喪，哭成了淚人。弋鳶說，不好，老套子，美國西部電影手法，我看你是讀網課讀壞了。我說應該是這樣一種東西一旦進入教科書，就死掉了。

63 市長的公寓

疫情二年春，伽琳忽發視頻，一副焦慮倉皇的樣子。我問怎麼啦？她說人家正在查她的賬務，是關於偷稅漏稅方面的。我說找舅舅沒？她說，舅舅也被牽連，說不上話了。萬般無奈之下，只好求助於我，讓我火速趕回，不惜一切代價斡旋。

我費了好大一番周折，才花高價買了一張機票，飛回中國又隔離了十四天。待我見到伽琳後，她已被關進北京某招待所。原來一年前有關部門就通過應聘，在伽琳公司安插了一名會計臥底，她的那些陰陽合同、內外兩本賬的事情，都被查得清清楚楚。將近二十年，逃稅十四個億。連補交帶罰款，伽琳公司也就等於破產了。而這還不是最壞的結果，據可靠消息，下一步還會進入刑事訴訟程序，判個十年八年也不是沒有可能。

我馬不停蹄地開始奔走。做不完的核酸，看不完的臉，花不完的錢。好在有高人指點與牽線，在大學同學中找了一個熟人，比我高一級，是表演系的，已小有名氣。據說她可以找到要緊人幫忙。不過，此人胃口大得不得了，開口就要一千萬美元。中間人說，只要錢及時送到，便可免於刑事訴訟。我去探望伽琳，避開監控人，將實情全部轉告了她。伽琳聽後，只說了一句話，答應他們的要求，拆房賣地也要出去。

我開始行動。先賣鶩島的海景房，再賣北京公園旁的豪宅，剩餘部分由賣掉日本的北海道溫泉旁的、也是伽琳最愛的一處房子補齊。一千萬美元，對方不要人民幣，也不允許留下任何痕跡，譬如轉賬或存在卡上等，只能通過現金過手，這又增加了工作的難度。換美元是一個相當複雜的過程，必須要找到有背景的人，給足了好處，才能通過幾個銀行湊齊。二百萬一箱，共五個箱子，裝在汽車裡，在說好的地方交貨。我、中間人、收貨人，全部戴著墨鏡，三張身份證擺在一起，摘下墨鏡證實後才將貨物交出。

這件事，其實在我走後不久便已發生。起初只是把伽琳叫去，做些詢問與核實，待事實大致清楚了，才把人收進招待所，開始一筆一筆地畫押簽字。二十年的賬務，大多已記不準確，經辦案人員詳細提醒後，伽琳才能模模糊糊回憶起一些。調查取證實在是件瑣碎與繁累的事情，伽琳過去哪經過這樣的折磨啊。當初的工作人員，都是親近的人，賬務做好了，她流覽一下便大筆一揮，簽字走賬了。而今從頭做起，又事無巨細的嚴謹。一年多光景，進來時體重九十公斤的伽琳，出去時只剩下六十公斤。伽琳說，靈魂上也瘦了三圈兒，萬念俱灰，滿腦子死字。

自由的那天晚上，我倆住我房間。我的房子基本上成了庫房。她的東西我全不熟悉，三處房子的東西合併放在一起，一股腦搬進來，也沒有來得及整理。伽琳見到堆積如山的舊物，知道她精心打造起來的「三窟」已無一窟，不禁悲從中來，抱住我嚎啕大哭。我撫摩著她的肩胛骨，也中心搖動。先前做完愛，她死過去時，我總喜歡撫摩她這個地方，滾圓滾圓的；肌膚滑膩，微涼濕潤，手摸上去，感覺分外踏實。因為胖，她也不怕冷，經常一絲不掛地躺到甦醒。而現在的她，擁在懷裡，頓覺異樣：這可是我倆過去無數次祈盼過的身材啊。但真正擁有了，心裡卻全不是滋味，甚至會感到有股涼風從背後吹來。生活已面目全非，我都不知該如何安慰伽琳。我想說，什麼都無所謂，人平安回來就好；也想說，有我倆的愛就足矣之類的，但這時候，似乎一切都顯得無用，只有讓她哭，痛痛快快地哭上一場，或許能輕鬆點兒。

伽琳抖動著身子大哭了半天，才抽噎著癱在了我的懷裡。我蹲下身，將她輕輕抱起，放在臥室的床上，然後依偎在她的身邊，想撫慰著讓她睡會兒。沒想到伽琳側過身，將我推平，然後朝我靠靠，一副依偎的樣子。我頓覺吃驚。這之前，仰睡是她習慣了的姿勢，而側身靠著她則是我的姿勢。我覺得，這次事件，伽琳不僅瘦了，也變弱了。我用右手圍起她的頭，側過身，將她攬在懷中，狂熱地親吻起來。伽琳的厚嘴唇翕動著，伈伈睍睍道：「給我，給我……」

疫情三年積存起來的激情，全部在床上蕩漾開來。往日的苦痛，似乎連同肉體上的釋放，一併化為烏有……喘息中，伽琳問：「想我不？」我說：「想。非常想，從來沒有過的想。」伽琳說，「我瘦了好看不？」「好看，不過我更愛看你過去的樣子。或許還需要習慣一段時間吧？」

「我現在身無分文，你說今後我們怎麼辦？」

「一點事兒都沒有。咱們還年輕，從頭再來完全可以。」

「我想換一種活法，不想再在這裡從頭再來。」

「你想去哪裡都行。我跟著你走。國內國外，天涯海角。」

「沒有那麼複雜，我在審查期間就想好了，回老家去。我想在老家租個廢棄了的學校，白手起家，一點一滴，按照自己的意願，打造一個莊園。」

「支持你。我把房子賣了，做為咱們田園夢的啟動資金，如何？」

「你捨得？」伽琳撫摩著我的胸膛問。

「沒有什麼捨不得的，我的這一切，不都是你給的嗎？」

「那就說定了。」伽琳在我的臉上胸上，不停地吻著，問我，「還行不？」我說，「當然啊。」伽琳一翻身騎在了我身上。

我說：「回鄉下後，莊園打造好，我們生個孩子吧？」伽琳說：「可以啊。生上一窩。你不是屬豬嗎？像養一窩豬娃一樣地養著。」

「哈哈。想想都高興。小時候在爺爺奶奶家，我還趕著豬下河游泳呢。我們的農場將來也養豬，養牛養羊養馬，養雞鴨，甚至可以挖一個魚塘，連魚蝦都養起來。」

房子掛在了網上，靜候買主；伽琳回家尋覓廢棄的學校，我則去古卵找秘書長。上次到鷲島賣伽琳的別墅，順便想看望一下市長，結果吃了閉門羹。我納悶，市長和瞿姐去哪兒了？打電話打不通，發微信消息又發不出去。因為急著要去營救伽琳，也無心謀探二位仙蹤。現在伽琳出來了，也綢繆好了下一步的計較，我便可以騰出手來，將市長的採訪進行到底。

見面後，秘書長給我展示了老孟留給他的條子。大致內容為：一，他要和瞿姐做一次環球旅行，行程四十多天。二，委託秘書長將鷲島的別墅鑰匙交給我，由我轉給宋薇。市長說，介一一直想見宋薇，這次給他一個機會。宋薇是個佛性女人，挺好接觸的，勿須客套，想問什麼徑直問即可。

飯前，秘書長耳語我說：「市長是在疫情前走的，他找了個關係，辦了個普通護照，旅遊單位集體簽發，故比較順利地通過了。這之前，他其實已經做好了功課。他有一個屬下在瑞士工作，過去曾受過他的恩澤，願意在他滯留瑞士時予以幫助。這件事說穿了，就是變相往出潤。旅遊公司肯定會有點兒麻煩，不過，此類事情已成常態，頂多寫份檢查，罰點兒款而已。一趟環球旅行，坐豪華遊輪，每人四十萬，利潤相當可觀，旅遊公司也不會在乎。」

我驚詫不已。市長曾詳細說過瑞士的安樂死，我朝秘書長靠靠，「看來他和瞿姐都想通了，下決心了。」

「是的，他這個人，有些事情稀里糊塗，譬如在女人問題上，有些事情則果敢剛決，不拖泥帶水。」

用完餐，在去半島老孟舊居的路上，秘書長詳細說了老孟最後一次回古卵的情形。他說，市長回來，我肯定是要陪同的。從接機送機到食宿，都由我一個人承擔。食宿仍然定在他喜歡的喜來登大酒店，豪華大床帶會客室。市長現在什麼都不在意了。過去可是個非常講究的人。住什麼樣的房間，窗子大小，朝南還是朝北，有沒有待客的地方，燈光設置是否有利睡眠，床的軟硬等。秘書長說，這些癖好，只有與市長多年共事的人才知道。

我把他從機場接回來，安頓好之後，問了他回來的行程安排，譬如想見什麼人，想去什麼地方，想吃什麼飯等。他說，沒有別的太大的事情，就是想整理市委家屬院房子裡的東西。該上繳的上繳，該送人的送人。騰清後把房子交給市政府房管處。這件事也就算了結了。如果有精力，再約幾個朋友見見。一切隨緣，究竟見誰，看情況。

我的車牌是可以進出市委家屬院的。一句話，市長回來，我從頭至尾陪著他。你不要看他在古卵待了將近三十年，對城市規劃瞭若指掌，但那都是紙上談兵，具體到小巷子，偏僻的郊區，就一無所知了。不過，對市委家屬院，他還是比較熟悉的。當初市政府北遷時，他是跑過許多次的。四大班子，一家一個院子，加上公檢法，整個虎跑原就滿滿當當了。為了美化周邊環境，還特意在蚌河上攔了個壩，將水聚起來。河堤上栽滿了垂柳，河堤路也修的隱秘曲宛，以便政府人員飯後信步休閒。河西是市委的辦公之地，河東是市委政府家屬院。為了領導上下班方便，又專門在河上建了一座廊橋。

如此，虎跑原便成了一個小城市。登高望遠，三面環山；下臨蚌河，碧波蕩漾。當然，占地規模也相當可觀。我現在還不能告訴你具體數字。總之，你可以想像得來。每個院子六百套辦公室，六個院子會是多少？政府北遷時，也有人反對，認為老院子仍能辦公，且交通發達，原地不動，既節約了土地，又方便了市民辦事。但市長說，我們有我們的國情。政府北遷，打造一個新城市出來，相應地也就帶動了房地產和第三產業的發展。政府大並不是壞事，每年都有不少大學生來政府上崗。紓解失業壓力，政府也是一個管道啊。

按政策規定，省級領導住房面積為二百平方左右，但當時形勢比較寬鬆，市委領導集體商酌，定為五百平方的小別墅，一家一個院子。然而對外宣稱是兩百平方。為什麼？頂層露天陽臺一百平方沒算，地下室一百平方沒算，車庫一百平方沒算。如果細摳，院子還有幾百平方呢。

總之，不管多少，兩百平方米打住。馬克思主義哲學就是一切以時間、地點、條件為轉移，靈活性與具體性結合。如果真要細算，掏騰大著呢。一樓是待客廳，外加書房、客房、廚房、傭人間、衣帽間、衛生間等，二樓是雙臥室，外加浴室、衛生間、衣帽間。這麼多房間，肯定擠了點兒，其實不然。一樓二樓設計總面積為二百平方，而蓋起來卻成了三百平方。這多出來的部分怎麼辦？按規定須參照市場價格加錢。原價每平方九百元，為福利房價，市場價再翻一翻。且不說這些領導的其他收入，僅工資獎金，這點兒房錢也不在話下。

這就是我們的領導。他們有的是辦法。你說我住哪裡？噢，我沒住這兒。我是市上的正局幹部，住東院。你從機場過來，可以看到東西兩簇樓房，矗立在六大班子辦公院落兩邊，像兩個屏風似的。每座樓三十層高，桔紅色，南北通透。共四十座。蓋起時空一半，現在全住滿了。看樣子還得蓋，每年都會進來許多新人。政府的工作人員嘛，住處不會受熬煎。

你看，我這一喝酒，話就多起來，說著就跑題了。對不起。還是說市長吧。市長這次回來，主要是清理他市委家屬院房子裡的東西。其實也沒有什麼可清理的。他出事後，有關單位已經抄過一次家了。把地下室的人民幣、金條、手錶、好酒，統統都拿走了，剩下的就是十幾個書櫃和懸掛在牆上的字畫。噢，還有一套精美的紅木傢俱。他說，這房子原來就沒辦房產證，現在你幫我把它上繳市政府房管局即可。房子裡的東西就歸你了。你愛讀書，懂字畫，也算明珠沒有暗投。當初進傢俱時，都是你幫我選的，想必你也喜歡。我記得你南山還有一套別墅，放那裡吧。不能暴殄天物。

市長說到這兒，朝四周看了看，狡黠地一笑說：「不知怎麼回事？你說奇怪不？他們竟然把牆上的這些字畫給留下了？其實這些都是真的。他們當初抱走的地下室的成捆字畫，大多是假的。因為太多，我也沒時間揀選。牆上這些，你知道我的性格，掛的時候都經過了甄別，掛假的我心裡不舒服。」

「那是的，」我笑笑說。「當時我也幫著鑒定了的。都是反復斟酌過的。有些是人家當著咱的面畫的，自然不會假了。但這些多是應酬之作，畫幅小，構圖簡單，值不了多少錢。真正好的，是那些要辦大事的人送的名家的畫。這些畫，一是幅大，二是畫家來頭大。如齊白石的這棵白菜。寥寥幾筆，神彩飛揚，一定是在心情極好之時所作。還有客廳裡的這幅傅抱石的山水，屬壯年之作，情緒飽滿，氣勢恢弘，抱石皴已初露端倪。深識書者，唯觀神采。畫亦這樣，除了筆墨，神采也相當重要。」

市長顯然被我感染，也接過話頭說，「當初選它掛在客廳，就是因為它神完氣足，光彩照人。這幅畫，望一眼，就會令人精神振奮。二樓書房那幅石魯的陝北老農，也好。你看他握钁把的大手，就像拴馬樁上的獅雕一樣結實。再看那顴骨，堅硬如鐵，峰稜鮮明。這幅畫的顏色亦好，赭色如血，用深殷透視堅韌，表現倔強，是石魯的一大特色。我以為即使將它懸掛在羅浮宮，也不會遜色。

「陝北老農我有三幅。一幅是劉文西的，現在價格冒得老高，但我不喜歡。我覺得他的畫將來不會值錢。俗在骨頭不說，也太具象，近似攝影。畢卡索後，畫已進入變形誇張的時代，而劉文西還停在達芬奇的造型階段。另一幅就是王子武的。王的人物肖像也好。不過，他畫這幅畫時還年輕，意蘊淺直，筆墨淡薄，不大受看。」

「這麼多寶貝都給我，您捨得？」

「咋捨不得？上次海邊吃飯，大夥兒談到蘇軾，認為子瞻活得通透豁達，凡事不委曲自己，隨遇而安，在既有的條件下，以最好的方式活著。我現在只剩下這一個選擇了。有人說，四十歲以後就要做減法，何況我已到了這把年齡，還有什麼看不透、捨不得的呢？」

從市長舊居出來，我們漫步在蚌河邊的林蔭小道。野鳥鳴叫，熏風拂面，心中驀然空曠了許多。我對秘書長說：「心中一直盤桓著一個問題。市長本是個自律謹慎之人，似乎也沒有死敵，那他最後又是怎麼犯事兒的呢？」

「萬里行車，疏忽一瞬間。說起這件事兒，我就心生愧疚。我們所受的傷害，往往都是來自最親近的人啊。」秘書長瞭望長天，頓生感歎。

「市長那些年交了一個女友，是電視臺的主持。人微胖，皮膚潔淨白皙。南方人，說話柔和純淨。眼睛尤其迷人。不說話時，清澈沉靜。一說話，眼角上挑，眯縫著，滿是喜氣。屬於那種非常會來事的女人。市長因此對她很迷戀，出國有時都帶著她。她有個癖好，喜歡過生日，而且特講究。國內過膩了，就去國外。什麼愛琴海呀，加勒比海呀，杜拜呀，等等。」

「噢。市長好像對我講過，但只是提了一下。記憶中似乎做過電視臺的台長。」

「對。就是這個女的。做了台長那年，她突然提出要過個燈光生日。市長就答應了，並將這個事情交給了我。」
「燈光生日？怎麼搞？」
「就是城市所有的地方都亮著燈。然後在醒目的樓房上將她的名字亮起。」
「瘋狂啊。」
「當時沒覺得。那晚上市長和她，還有我們幾個少數親近的人，都在電視塔的對面一家豪華的賓館吃飯飲酒。激動人心的時候到了：電視塔上亮起女主的名字，冒號下面是『今夜為你無眠』。」
「欸？」我驚呆了，不知該如何發問。
「那晚上，我們都喝醉了，都住在了賓館。第二天，市長剛上班，就接到了值班室電話，說不少人反映城市異常。市長也沒在意。大約過了一個多月吧，市長就被北京叫去了。」
「市長有政敵？」
「沒有。是電視臺嫉妒女台長的人，拍了錄影實名舉報。」
「哎，權力啊。」
「過去常說利令智昏。自己真正置身其中，就不察覺了，就糊塗了。這件事，自始至終都是我在操作。」秘書長朝遠處望去，眼睛盯著市政府大樓，不言語了。我一看，也不敢再刨根問底。事情雖然過去了多年，但秘書長似乎還不能完全釋懷。

64 造訪宋薇

離開市委家屬院的時候，秘書長打電話叫來自己的專車。他是市政府規劃院的終身顧問，規劃院為他保留了辦公室和用車的權力。他說，我正要去蕞嶺的別墅，順路帶你一截。

路上，秘書長為我講了宋薇創建兒童村的艱難歷程。他說，宋薇如果不是市長夫人，兒童村是建不起來的，因為全國沒有這個先例。為了能立項，市政府將兒童村委託給一個房地產公司代建。那個房地產公司叫「柿子紅了」。你大概知道，蕞嶺一到深秋，柿子熟了，滿山遍野的紅色。「柿子紅了」房地產公司顧名思義，在山根底蓋了大量的高檔別墅，同時還建設了比較好的學校、醫院和商業區。兒童村依託這樣一個地產項目，看病、上學、生活方便了許多。

前面講過，兒童村的主管單位原屬公安局，後移交給了民政局，收養範圍也擴大至各類孤兒，即社會上無人撫養的孩子，都會被兒童村收養。這就有了後來的「兒童二村」「兒童三村」。由此市政府收養孤兒的政策便漸趨完善。

其次就是撫養制度。一個孩子撫養到什麼時候可以放送社會?兒童村的標準不是法定的十八歲為標準，而是以「就業」為標準。就業了，自食其力了，不會危害社會了，兒童村便不再負有養育之責任。為此，兒童村還建立了自己的初中和高中。想想宋薇這個女人，真是不簡單。她在建立自己的初高中時，便提出一個大膽的觀點，要向社會開放招聘學生。她認為，如果僅僅讓這些孤兒互相為伴，肯定會影響他們的性格發展，但如果讓他們融入社會，去考社會上的學校，這些孩子的食宿又不好管理，接送也十分困難，因為當時社會上還沒有初高中住宿學校。

當然，大膽的設想未必都能付諸實踐。依普通人的心態，誰又願意讓自己的正常家庭長大的孩子，與這些失怙小孩在一起讀書呢?除非你的學校有別的學校不具備的優勢。宋薇之所以敢這樣想，自然早有綢繆。她想依託著政府這棵大樹，還能辦不好一所學校?辦學三要素:校舍、師資、生源。校舍自然不缺，兒童村前身即是一所中專。首要的是師資。師資有了，教學品質穩步上升，生源也就會源源不斷。

宋薇在大學工作過，知道其中的管道。國立中學師資豐厚，但待遇平平。她決定向社會招聘老師。釋放出的資訊是工資翻番，住房補貼翻番。如果教學成果優異，還可獲得相當可觀的年終獎。所謂教學成果優異，就是每年有一定數量的學生考入清華北大或其他名牌學校。與此同時，開出的招生條件也十分大膽:不管哪個城市的孩子，只要學習成績優異，都可以免入學費、住宿費，考入名牌大學的，還可得到一筆可觀的獎學金等。

這可是在改革開放不到十年的八十年代初啊。條件已經異乎尋常的優惠。不少公立學校的優秀老師奔著翻番的工資來了，沒有房子的老師奔著房補來了。師資雄厚，校舍齊備，只待生源，然而這生源還是發生了一些周折。古卯本市的孩子家長知道實情，擔心自己的孩子在這種學校，會在心理上受到不良影響，儘管市長在市政府工作會議做過動員，鼓勵市政府工作人員把自己的孩子送到這裡讀書，然而回應者卻寥寥無幾。好在一些遙遠山區的孩子還是願意來，湊夠一個班後，學校開學了。

萬事開頭難。用錢的地方太多了。政府那會兒也沒有錢。無奈，宋薇只能通過貸款來維持學校的費用。銀行自然擔心貸款打水漂，因為兒童村初建時，也是靠貸款，以貸款資產抵押貸款，本身就不合理，但行長也知道非貸不可。誰讓宋薇是市長夫人呢？

一年過去了，學校運行平穩，市人大市政協來代表委員視察，報紙電臺也不時披露學校的各種活動。兩年過去了，市教育局通考成績排名單，兒童村的初高中的成績竄升前十。令人刮目的是，三年後的全國高考，兒童村的本科升學率居全市第一。北大清華考生數字破全市歷年紀錄。

兒童村的初高中進入良性循環，生源已不存在任何問題，優中選優，良裡挑良，學費已超其他學校的五至八倍。儘管這樣，通過各種關係說情的，想入學的仍然蜂湧而至。市教育局建議兒童村初高中擴大學校規模，增加招生數額，然而卻遭到了宋薇的拒絕：我的本意是想讓兒童村的孩子能在一個正常的學校讀書，亦無意靠此賺錢發財。教育局可以參考此種辦學模式，在其他學校推廣。

廣泛向社會募集資金，成立孤兒養育基金會，號召動員企業家領養孤兒；與民政局聯手，成立孤兒重大疾病社會救助機構；與監獄聯手，建立孤兒探視聯誼制度，與在獄改造親人互動；與遺棄了孩子而再婚的父母互動，社會領養父母與監獄改造的父母互動。盡一切可能使孩子得到親情眷顧，從而使其身心得以健康成長。「遺棄而不遺情，孤兒絕不孤獨」，這是宋薇喊出的口號，也是她心心念念的宗旨。

秘書長把我送到兒童村門口，下車為我細指宋薇家的路徑後，才把市長鷺島別墅鑰匙鄭重交給我。我握住秘書長的手，再三感謝。秘書長彎腰回禮，連說了幾句不客氣，遂上車告別。

沿著秘書長所指方向，我毫不費力地找到了宋薇的別墅。她住A區，秘書長住F區，相隔並不遙遠。宋薇家院子朝東，庭院中有石榴樹，正在開花，火一樣地紅，連院子都被渲染成了粉紅色。木柵欄門虛掩著，我沒有冒昧闖入，站在院子外面吶喊：「屋裡有人嗎？」

一會兒，從門裡徐徐走出一位長者，身材頎長而優雅，花白的頭髮，清瑩的眼瞳，寬大的絲綢裙子裡的身體又透出一種硬朗，如融融春日撲面而來。她邊走邊向我招手說：「門開著，進來吧。」

宋薇已退居二線，僅兼兒童村董事會名譽理事長。平時在家養養花看看書。我進去後，她把我讓在沙發上。客廳以清爽俐落的黑白灰為主色調，素雅簡潔。沙發前擺著茶几、飲水機，正面牆上是一幅山水，出自古卯畫家苗永安之手，與主人的氣質相同，茂密厚重中涵有一種溫和。畫的兩邊與對面全是書櫥。

正在宋薇沏茶之際，門外進來一個女人。個子不高，敦敦實實。穿著十分簡約樸素。左右手提著剛從菜市場買回來的東西，隱隱約約可見有豬肉、帶魚和西蘭花。宋薇介紹說：「這是我的妹妹王嬙。你來得正好，晚飯就在這裡吃。」

我仔細打量了一下王嬙。頭髮茂密，眉宇間有顆黑痣，左腮上受過傷，可以清晰地看到淺紅色的傷疤。上嘴唇有點厚，鼻孔微微翹起，與嘴唇之距離很近。樣子稍顯粗糲。

「喝茶，」宋薇見我盯著王嬙看，似乎想把我的失態糾正過來，及時提醒我說。

我端起茶杯，輕啜一口，然後從口袋裡掏出鑰匙遞給宋薇：「是市長讓我交給您的。」宋薇顯然有些吃驚，沒有馬上接我手中的鑰匙，只是急切地問：「老孟不住鷺島了？」

「是的。他去瑞士定居了。」

「哦。」宋薇一臉迷惑。

我就把市長如何精心策劃，辦普通人護照，如何利用旅遊去瑞士的經過詳細告訴了宋薇。

「看來他是死心踏地要走那條路了。也好，不像我，總是撂不下這群孩子。」宋薇正說著，一隻灰貓從廚房出來，跳進了她的懷裡。

「各人有各人的追求，尊重內心就好。」我瞥了一眼貓說。

「那倒也是。您是怎麼認識市長的？」宋薇顯然對我這個使者感到蹊蹺：這麼重要的事情委託了一個素未謀面的青年？

我把在鷺島認識瞿姐，繼而成為市長的棋客，乃至成為掏心窩子話的酒友等，都一股腦倒給了宋薇。宋薇一邊摩挲著貓的脊梁與尾巴，一邊靜靜地聽著敘說。她家的貓讓我想起了伽琳，肥肥的，特別地溫順。最好玩的是它鼻子下有一塊黑色的毛，銅錢般大，酷似抗日神劇裡的日本鬼子。

我把手裡的鑰匙放在了茶几上，眼睛仍然盯著灰貓看。宋薇站起來，把貓遞給我說：「跟哥哥玩會兒，我上樓去換身衣服。」

我抱著「日本鬼子」在客廳轉悠，眼睛停留在一面牆上，大小不等的照片密密麻麻掛了一牆。有宋薇與兒童村教職工的合影，也有她與來訪者的合影，更多的則是與結了婚、有了孩子、在兒童村長大的「孤兒」一家四口合影。照片說明上寫著，×××，三歲入兒童村，七歲上小學，十八歲考入清華大學，讀電器工程自動化專業，二十二歲考入香港大學，讀研究生，二十五歲去美國留學，獲史丹佛大學博士學位，三十歲結婚，三十一歲妻子生龍鳳胎。

宋薇從二樓下來，穿了一件豆綠色薄毛西裙，挺括平展，料子質地非同一般，配白色上衣與米色長筒襪，顯得修長勁拔。如果我事先不知道她的年齡，那麼，我是無論如何也不會把她看成年近古稀的老人。

宋薇從我懷裡接過「日本人」，放地下說，找姐姐去。貓便跑進廚房去了。宋薇望著「日本人」跑進廚房後，才轉身對我說：「我領你去學校轉轉，既然來了，就全面瞭解一下。兒童村初建時，老孟可是給了很大幫助噢。」

宋薇所謂的市長幫助，主要是指當初讓一所中專技工學校搬離，而將學校改建成兒童村的舉措。擴大中等技術學校，重新選址建設，在政策上可以尋找到依據，在情理上容易被人接受，而將公安系統管轄下的一所類似幼稚園式的「兒童村」擴大規模，由單純收養死刑犯的孤兒擴大到收養全市所有的孤兒，卻是走人所未走之路。我想，如果不是宋薇心血來潮，非做這種悲天憫人之事，市長未必會大動干戈，將一所培養中等技術人才的學校，改造成撫養孤兒的村莊。

技校是一九五〇年代蘇聯援建的項目，樓房一般不超過五層或六層，而且樓間距與房間都十分寬敞。建築語言質樸謙遜，不浮誇張揚。所有可見之物的關係，都融洽得當，毫無促狹壓迫。宋薇說，這種建築正符合她的性格，她不喜歡過分突兀與誇張的建築，也不喜歡太多的稜形與尖角。

不過，顏色得變動一下。樓頂可以增加水泥框架，然後搭建出一個藍色的頂棚來。頂棚下是空中花園，因為它的背後就是蕞嶺，以綠色呼應綠色；另外，馬路和操場可以塗染成桔紅色，以呼應秋天的柿子紅了，也可與旁邊的紅色別墅群混搭；最後，再將灰色的牆體塗成淺黃色。如此，低沉發悶的純灰色，便變成了鮮活透明的紅黃藍。

那個年代，凡圈地為公的地方，都十分地闊裕，宋薇她們所佔用的中等技術學校亦如此。秘書長已作過介紹，初高中不僅辦起來了，而且十分的成功。宋薇領著我一處一處參觀，所到之處，師生都會對她投以敬佩和熱愛的目光。多麼好的一個女人啊，善良、周正、堅定、精細，做事恪守規則，又果毅有恆，然而卻與市長難以白頭。我思忖著：婚姻真是個迷宮啊。入時興高采烈，出時卻不知所終。

參觀完兒童村，宋薇留我吃飯，我不好意思，但又想與她多聊會兒，便假意客套了一番。宋薇說，「妹妹已將晚飯做好，您的飯亦在其中；市長的朋友，也是我的朋友，不必客氣。一生二熟嘛。吃完飯就住這兒，我們還可以多聊一會兒。」

我沒有再做謙讓，跟著宋薇緩緩歸去。院落裡的梧桐樹櫛比鱗次，粗的一人抱不過來；每棵樹都有四五根枒杈，二三十米高，風吹過來，大葉子忽喇忽喇作響，傳達出一種爽涼的資訊。夏初的古卵，是一年中最好的季節。

行至半路，我禁不住問：「您妹妹王嬙與您判若兩人，是親妹妹嗎？」

「不是。」宋薇朝暮嶺望了一眼，轉而又平視前方說，「她是我們兒童村一個孩子的母親。因為丈夫長期家暴，忍受不住，在一天夜裡，奮起用菜刀砍死了丈夫，結果被判死緩。她的兩個孩子被一個企業家認領，都已上了大學。我們的聯親制度，多年來一直讓她與孩子保持著聯繫，節假日、過年都會見面，或聯歡，或請假出來一起吃頓飯。我們的這些孩子，大多都有三個媽媽，親媽媽一個，領養媽媽一個，我也算一個。」

我頷頷首，想起了剛才在她家牆上看到的照片。

「由於外面有孩子牽掛，她服刑改造特別努力，最後減刑至十年。出獄時，要有人交六千元保釋，但她的親人都不願意交那六千元，我就出面將她保釋出來。」

「哦？」

「她在監獄服刑時，在廚房工作了一段時間，做飯還行。我那時剛退休，正好缺個打理家務的。便對她說，你能不能先在我家裡幫幫我，然後學個一技之長，待有合適的地方上班了，再去可以不？她聽後十分高興，說留在我家更好。孩子回來看我，連她也一塊看了。」

宋薇講這件事，心氣平和，輕言軟語像嘮家常似的，然我心裡卻為之一震。秘書長之前講了她很多，市長也講過，但大多是輪廓，唯獨這件事情落到了實處。這是一種多麼善良博大的胸懷啊。由孤兒到孤兒的母親，由此延展到社會各個階層，她牽動了多少個人的悲憫和良善？織出了一個多麼大的緣的網啊？

那天，因為參觀兒童村，走了將近一下午的路，吃過晚飯我便早早睡了。宋薇住二樓，我住一樓客房，王嬙住保姆間。我躺下後，忽然了無睡意。難道我冥冥覺得，同層的另一個房間裡，睡著個兇狠的殺人犯？儘管她的紅燒肉做得極香，我攪拌在米飯中美美地吃了兩碗，儘管她待人和和氣氣，但她畢竟是個舉起菜刀，將自己的丈夫砍得血肉模糊的女人啊。宋薇啊宋薇，我真不能理解，您每天與這樣的人住一起，又怎麼能安然入睡呢？

第二天的早餐，仍然可口。有雞蛋牛奶，饅頭麵包，蒸土豆、山藥、紅薯，以及自己打的豆漿和果汁。宋薇好像還喜歡咖啡，那種什麼也不放的純粹的自磨咖啡。王嬙問我喝不？我有些不敢正視，低頭推辭說，「吃得太飽，喝不下了。」

宋薇本是讓學校的車送我回市裡，但被我婉拒了。我說：「社區還有朋友，想順便過去看看。他們有車送我。」宋薇說：「那也好，您自便。」

宋薇把我送出別墅，一直望著我走出社區大門。我一邊下坡，一邊轉身向她揮手。風吹過來，她的花白短髮四散飄開，我頓覺我是那麼地愛她。她不僅對兒童村的孤兒，仿佛對每一個人，都是充滿著濃濃的母愛。

與秘書長回來的路上，我講了對宋薇的感受。秘書長說：「雨果的《悲慘世界》裡，有一段描寫人心靈的話，還記得不？」

「記得。」

「那段話說的就是宋薇這種人啊。」

汽車在田野上奔跑著，馬路兩旁的麥子正在抽穗，一股清香從車窗外撲來。夏天在春天裡生長著，小麥要揚花了。

65 馨園

車行至市裡，秘書長說：「中午一起去大宋南市吃飯？」我說：「不了，那天下飛機因為急著要見您，回家行李扔下就離開了；當時父親沒在家，這兩天也沒見聯繫我，不知是啥情況？」秘書長說，「那我就不留你了。見令尊問候。」

「好的。」別了秘書長，我急匆匆回家，進門後見空無一人，便打電話給父親。父親說他在阿姨家裡，讓我過去一起吃午飯。

我又打車來到阿姨家。進屋後見父親正幫阿姨點眼藥，眼藥點完又將毛巾放在額頭，說是用涼水浸過，可以止血。我走過去看阿姨，阿姨也睜著眼睛看我，其中一隻眼睛血紅血紅。我說：「這是怎麼回事？」父親說：「看過大夫了。大夫說，這病看起來很恐怖，其實無大礙，是眼睛的毛細血管破了。」

我又湊近細看，見阿姨看我的眼神有些茫然，便對父親說：「阿姨好像不認識我似的，不冷不熱。」父親說：「這才是可怕的事情，你去美國的第二年，她就得了阿茲海默症。年輕時的事情還能記得一些，四十歲之後的事一點兒都不記得了。」

我大吃一驚，質問父親：「那為什麼不早點告訴我和弋鳶呢？」

「怕你們著急啊。疫情期間機票那麼難買，回不來不是平添肝火嗎？」

「那倒是。但現在疫情過去了，應該立即通知弋鳶。你倆感情再深，也抵不過人家骨肉親啊。」

我當即撥通了弋鳶的手機，告訴了她母親的病情，但我略有隱瞞。說阿姨彷彿有點失憶，老愛丟三落四的，有時候也會認不得人。弋鳶在電話裡說，「給你們添麻煩了。我和大衛馬上回來。」

放下電話，我見床頭櫃上有本影集，就想起阿姨過去給我看的那本。她從一歲到三十歲時的所有照片，都在其中。每張照片下，畫家都為她繪製了精美的圖案，或蝴蝶，或小鹿等。我拿起來重新翻看，不禁又生出一番感慨。

合上影集，見畫家送她的小鬧鐘，也在床頭櫃上擺放著。我拿起來試著擰擰發條。發條顯然是生銹了，發出哢吧哢吧的響聲。阿姨被吵醒，看見我手裡拿著她的鬧鐘，一撲起來奪了過去，緊緊摁在懷中，生怕我搶去。我站在一旁不知如何是好。她真的不認識我了，我禁不住淚水奪眶而出。

午飯是速凍餃子。父親包的，造型別致，像貓耳朵似的。從鍋裡撈進盤子，又像活蹦亂跳的魚。父親的餃子是從媽媽那裡學來的。媽媽活著的時候，我最愛吃的就是她的餃子。羊肉胡蘿蔔餡，手工切碎。煮熟的時候，淺紅色的蘿蔔隆起在白色的餃子皮裡，隱約可見。媽媽家人口多，吃一次餃子要包幾百個。媽媽說她包餃子就是那時候練下的。速度很快，右手持小勺，左手持餃子皮，舀滿餡的勺子在皮上一閃，五指合攏猛地一捏，一個餃子便從掌中活脫脫蹦出，落在了案板上。

阿姨吃餃子倒不含糊，她在小碟子裡倒上醬油醋，又舀了一勺辣子油，然後剝幾瓣蒜放另一小碟裡。吃的時候，節奏分外明快。她將餃子用筷子夾起，蘸上料汁，放進嘴裡咬碎後，才將蒜咬一半，一同嚼著吃。她斜倚在椅子上，兩隻快要伸到父親腳下的拖鞋不時地拍打著地板，嘴巴還發出嘖嘖的聲音。

阿姨完全變了，這是我特別不能接受的。她過去不僅不吃蒜，還勸戒我說：「吃蒜的人極不禮貌，能把人生生的嗆死。你可不要吃蒜啊。掂著一個大蒜口，哪個姑娘會愛上你？」而且她極反感吃飯吧唧嘴。她說，她曾為糾正夏鷹的吃飯吧唧嘴，差點兒離了婚。現在，她卻又是吃蒜又是吧唧嘴。

午飯後，阿姨小憩，父親收拾碗筷，我在陽臺毫無目的地眺望，蘧然發現角落的舊茶几上有本佈滿了灰塵的影集。我拿起一看，是父親與阿姨遊歷山川的合集照片，其中許多張都留下了父親批註的字跡。阿姨為什麼不將這本影集也一併放置床頭櫃呢？我拿著影集走進廚房問父親。父親扔下手中正在洗的盤子，將手在圍裙上擦了擦，領著我走進了書房。

書房的地上立著一架幻燈放映機，他指著說：「我已將這本影集上的照片全部製成了幻燈片，每天晚上都會放給阿姨看。阿姨指著照片說：『夏鷹的攝影真是好啊。你瞧把我照得多美？每個人都有他最美的一面。只有相愛的人才有這麼大的耐心，不厭其煩地尋找那個最美的角度。』」

「她忘了這些照片的拍攝者？」我眼眶又開始發熱。

「她和畫家分手前的事都記得，之後就有一陣兒沒一陣兒。所有的家務都會做，高興了，還會下廚炒幾個菜，幫著洗洗碗筷，但你讓她臨帖，寫書法作品，她好像從來沒有過這樣的記憶，連毛筆都不知怎麼握了。」

我與父親正聊著，阿姨醒了過來，走進廚房也不理我爺倆，徑直將父親洗了一半的碗筷洗乾淨，然後放進廚櫃，又轉身走進衛生間，拿出拖把，將廚房與客廳拖了一遍。那架勢你完全看不出她是個失憶患者。我想過去與她打招呼，她卻漠然地把臥室的門簾一掀，像躲生人一樣地躲了進去。父親勸我說：「她經常自言自語，也與我搭訕，但說的都是從前的話，她把我當成了夏鷹。有時還主動過來抱抱我，勸我休息一會兒。有時卻說，你過去光想著你的繪畫，是不會做家務的，現在怎麼每天做上個沒完？」

父親領著阿姨到樓下散步去了。我走進書房，打開幻燈片一張一張地看，他倆遊西湖、老街、玉龍雪山……這些都在我劇本寫過，十分的親切熟稔，翻到三生石前阿姨的留影，她的那句話又在耳邊響起。「我寧願忍受千年等待的折磨，也不會喝孟婆湯的。生為你生，死為你死。愛怎麼能夠忘記呢？」照片下是父親的批註：「那我也不喝。生為你生，死為你死。」

我關上幻燈片不想再看了，也想下樓去走走。不料正好碰見阿姨與父親回來。阿姨說她吃得多了，肚子難受。父親說回來取醫療卡，要給阿姨買山楂丸吃。

弋鳶與她的攝影丈夫，很快就從美國飛了回來。一進家門，阿姨就認出她來，撲過來抱住她，一口一聲：「想死我了，」「也不知道你跑到哪兒去了？」「你還在北京上大學？」

弋鳶從她母親懷中掙出，一邊幫母親擦淚一邊說：「我大學早已畢業了，我在拍片，我的片子獲獎了。知道不？美國電影電視金球獎，和奧斯卡齊名。」

「我知道。你從小就乖，學習就好，每學期都獲獎。獎狀我都給你保存著。一會兒媽媽找給你看。這位外國人是誰呀？我怎麼沒見過？」阿姨指著大衛問。

「這是我愛人，您的女婿。疫情前我告訴過您的。」

「你在大學就結婚了？和介一？不是你爸不同意嗎？怎麼就結了呢？怎麼還變成了個外國人？」

弋鳶一看母親的狀況，知道再無法對話，淚水禁不住奪眶而出。她轉身問我父親：「這到底怎麼回事？」父親說，「疫情前就有些蛛絲馬跡，也曾去過幾次醫院，大夫說，暫時還不會失憶，不過也沒有太管用的藥。建議我們好好運動，多旅遊，多讀書，還可以背點兒唐詩宋詞之類的；營養也要均衡，不要怕鹽和碳水化合物，適當地吃些海產品等。我們就照著做了。疫情期間，這些都停了。人封閉在家中，病情似乎也加快了。起初還不知不覺，等到嚴重了，就真的嚴重了。」

弋鳶回來，她讓大衛住我家，她與母親住一起，協助我父親招呼母親。期間弋鳶還有些不甘心，領著母親跑遍了古卯各大醫院，借助專業醫生的幫助，改進了許多護理的方法，阿姨的情況也略有改善，原來的披肩髮剪成了近乎男孩的短髮，衣服也經常換著穿。她曾去商場為母親置辦了幾套新衣服，但母親堅拒不穿。母親喜歡的還是她過去置辦下的衣服，不管多舊，穿在身上照鏡子時，總會樂呵呵地咧著嘴巴；新買的衣服放身上比劃一下，就緊鎖著眉頭扔掉了。

久病床前無孝子。弋鳶開始缺乏耐心。父親就讓我勸弋鳶回美國去。我說，那誰來招呼她母親呢？父親說，我呀。疫情三年，我不一天一天熬過來了？我說，那讓我留下幫幫您吧？至少我可以拖拖地，叫個外賣，去醫院了，也還可以跑跑腿，掛個號，多一個人總比少一個人強。父親說，一個也不留，都走。伽琳那面正需要人手。趕緊去幫她一把，我還等著抱孫子呢。

弋鳶與母親住了些日子，為了不影響母親的情緒，她和大衛住進了賓館。聽了父親的建議，我與弋鳶進行了私下溝通。我談了她拍片與盡孝的矛盾。希望她回美國後，能集中精力，再多拍幾部好片子出來。兒女孝敬父母的辦法很多，做父母希望做的事，比整天待在父母身邊更讓父母高興。當然，父親一個人如果撐不住了，我們可以考慮將阿姨送進療養院。這是沒有辦法的事。不能改變的事情就接受它。

「把母親留給伯伯，實在是過意不去。」

「那倒不要緊。父親就是這麼一個人，不到山窮水盡，他也不會主動放棄。你現在讓他把阿姨送療養院，他和咱們一樣，肯定捨不得。」

「暫時只好這樣了，」弋鳶低沉著嗓音說，「我過美國去，再詢問有關專家，看這個病在美國有什麼辦法沒有？」

「能有延緩病情的藥也行，寄些過來，先讓阿姨用著。」

弋鳶站起來，當著大衛的面抱了抱我說，「難為你們爺倆了。再次謝謝伯父。我明天飛北京，從那裡直飛美國。媽媽那兒我就不去了，我真不知道我與她分手會是一種什麼情景：她完全不知我要去哪兒，而我則會哭得稀里嘩啦。」

「應該是這樣，千里送君，總有一別。今天，我倆也就算告別了。」我對弋鳶說，「明天我飛藍山，去伽琳那裡。」

伽琳經過這次變故，性情更加溫厚沉穩，然而做事的風格一如既往。她回家鄉後，迅速選定一所廢棄的小學租了下來，租期為五十年。小學在半山坡上，下臨褚水，背靠藍山，景色十分怡人。

合同簽定後，伽琳將她原來劇組的美工喊來，白天與她上山丈量校舍，察觀地形，晚上則與她熬油點燈，描描畫畫。經過十數天的計較，雙方的意見趨於一致。原來的校舍保留了三處，一處作放映室，伽琳說，村裡的人整天看電視，極少看電影，尤其是好電影，她要為村上的人義務放電影，算是一種藝術啟蒙吧；另一處作展覽室，把她歷年來拍電影時所拍劇照，放大陳列出來，讓村民與朋友們觀摩；還有一處闢為書畫室，她說，父親陪阿姨，實在是太辛苦，馨園落成後，把他們接過來。父親還可以在這裡辦所書法學校，為當地喜歡書法的孩子創造條件，也應該是一種善舉。學校原來的操場繼續留著，用來做我們這個大家庭的鍛煉場所。學校的另一面靠河臨水，伽琳依據南北通透原則，找朋友設計了三座觀景小別墅。一座供伽琳母親與弟弟居住，一座供父親與阿姨居住，一座則留給我和伽琳。

動工時，伽琳悄悄地叫了當地有名的風水先生。風水先生說，當初蓋學校的時候，村長就讓他看過，他以為十分的好。現在人們不知道怎麼了，一個死心眼往城裡跑，豈不知真正好的地方都在山裡。你沒聽說，天下名山僧占盡嘛。伽琳說，她很贊同風水先生的話，依她不算豐富的閱歷，也能知道，所謂的風水，也就是風景。風景好的地方，也就是風水好的地方。但願我們今後的日子能平平安安。

馨園落成後，伽琳還從村子裡買來碾子、石磨和一大堆拴馬樁，散放在院落的空白處；大門也是從外地買來的，半新不舊。伽琳說，就要這股味道。

這期間，我發現伽琳的腦癱弟弟居然還是位詩人。他在給我們送午飯的閒暇，坐在伽琳為他買的電動椅上寫詩。我無意間瞥了一眼，立刻被震撼了。如果沒有他的經歷，再偉大的詩人也不能寫出如此的感受。我不妨抄兩首給大夥兒看看。

最愛山間獨自遊，
清歌濁酒縱玄牛。
路人相遇無他語，
只道天涼好個秋。

凡人莫笑我瘋癲，
我是雲中造夢仙。
前世性情多放蕩，

今生貶謫在人間。

他所謂的「玄牛」，就是伽琳為他買的電動椅。我把這個發現告訴了伽琳。伽琳也很吃驚，說她平時見弟弟嘟嘟囔囔，沒想到他居然在寫詩。伽琳說，等閒下來了，咱們為他申請個抖音號，再為他拍個視頻，讓他的詩也能面世。我說，這樣更好，他的個例很奇特，對於患有同樣疾病的人，也是個鼓勵。

入住馨園之前，我和伽琳去北京搬家。收拾行李時，我建議伽琳將她堆積如山的衣服全部扔掉，理由是她經過牢獄的驚嚇與修建馨園的勞作，已經瘦下來了。伽琳說，「原則上應該是這樣，不過，我還想留幾身。」

「為什麼？」我不解地問。

「回去再告訴你吧。」

「那也好。」我岔開了這個話題，又說到她的煙具，「你在監獄裡好像把煙戒了，這些玩意兒就都丟了吧？」

「監獄裡不是我想戒了，而是人家不讓抽。現在當然可以戒了。」

「能做到？」

「當然可以。」

「那這些化妝品呢？我認為也完全可以扔掉。因為我覺得你在建馨園時，每天風裡來雨裡去，炎熱的陽光下也不打傘，已經完全素面，並沒有影響美觀呀。」

「這個問題比較簡單，只要你不嫌棄，我就可以永遠保持素顏。」

「那就全扔了吧。」

「好啊，不過還得留點兒樣品，將來放在化妝間，也算個紀念。」伽琳說完，扮了鬼臉說：「你知道人家當初把我叫去時，我有多愚蠢不？」

我搖搖頭，莫名其妙地看著她。

她說：「我在收拾東西時，帶了一大堆化妝品，進去檢查時，人家說，你帶這些幹什麼？我說，化妝用呀。人家說，給我們吧，然後順手就扔進了垃圾桶。我簡直驚呆了。不過，還沒有完全醒悟。分宿舍時，又向人家要個裡外間，說有人採訪了，也有個接待的地方。人家理都沒理我，徑直把我扔進了六人間。上中下鋪。不過還好，沒讓我住上鋪，他們對下鋪的犯人說，你和她換一下，上去住。我當時還說了聲謝謝。人家端直就給我懟了回來：你這架身子，睡上鋪會壓散床架子的。你說多可憎。還有那個衛生間，是不封閉的，大號小號，都得在眾目睽睽下進行。你說你說，我當時真想一頭杵在牆上，撞死算了。」

我扔下手中正在整理的東西，走過去抱了抱伽琳：「沒事兒的，一切都過去了。離開北京不是壞事。我對這個城市沒有太多留戀。我也有一件事想告訴你，認識你之前，我差不多要痛苦死了。留下，北京對我來說，機會應該是更多一些，但你沒有好本子，或者說有好本子，沒有人投拍，你就要有個工作。可像我這樣的人，又能幹什麼呢？只能送送外賣，打打臨工。說起來你都不會相信，在最困難的時候，我還去太平間背過死人。」

「啊？」伽琳直咂舌頭。

「是呀。太平間的死人火化前，先要裝在運屍車上送到殯儀館，這就得有人把屍體背著裝到車上。」

「嗨，」伽琳像我剛才抱她那樣，走過來抱了抱我說，「過去，我們總喜歡罵美國一半是天堂一半是地獄。今天，我把這句話送給北京。再見了西雅圖，再見了北京。」

入住的那天晚上，馨園張燈結綵，燈火通明。電影是開場白。放映之前，伽琳不知從哪裡買了一堆鞭炮，足足響了半個時辰，園子裡滿是炮屑與硝煙味兒。經過我和伽琳飛回古卵反復動員，父親和阿姨終於同意過來。阿姨一進園子，就抱住了伽琳的媽媽，說這是她插隊的地方。父親自然喜歡馨園了，這是他久違的夢，平時與我閒聊時，常常會說到回歸自然，說到想打造一個莊園之類的，但他永遠都是說說而已。早年為了我，中年為了他的書法班，晚年又被阿姨拖累，現在好了，他的莊園夢，伽琳幫他實現了。

伽琳的媽媽和弟弟，把阿姨和父親送進他們的別墅，便回自己的別墅了。我和伽琳關好所有門戶，也回到了自己的房間。伽琳還是老習慣，為我倆各倒了一杯紅酒，舉起後說：「感謝你，能果敢賣掉房子，送我一個馨園。」我說：「應該感謝你自己。」伽琳小呷一口紅酒說：「今是昨非。經過這些年的風風雨雨，我才知道什麼是最寶貴的東西。」

「什麼？」我乾了一大杯紅酒問。

伽琳把她杯中的紅酒全倒給了我說：「人間真情。」

「哲學家了。」我拿起紅酒瓶，想給伽琳再斟個滿杯，「今天是高興的日子，不妨喝個酩酊大醉。」

伽琳用手指輕輕地抬起紅酒瓶口，臉上飛起一團紅暈，喃喃地說：「我不能喝了。」

「胡說。你是海量啊。」

「真的不能喝了。」伽琳從我手中拿過酒瓶，放在桌子上，將瓶塞蓋上。過來擁著我說：「真的不能喝了。」那樣子仿佛她平時喝醉了的樣子。酒不醉人人自醉，我感覺到了伽琳似乎有了什麼狀況？禁不住說：

「你……？」伽琳用手摁住了我的嘴。

我把伽琳猛地攔腰抱起，平放在床上，然後躺在她的身旁，狂吻著她的額頭、眼睛和嘴巴。

「知道我為什麼不願意把過去的衣服全扔了吧？很快就會用上的。」

「我們還可以重新買啊。」

「那是過去的生活。將來我們穿粗布衣服，吃雜糧，過百姓的日子，能省則省，好不？」

「好的。」我把頭埋在伽琳臂彎裡，喁聲說。

「你看，我好不容易瘦下來，卻又要變胖。人，真是個奇怪的動物。」

「凡事不能都可心。父親經常這樣說。」

「常識勝過真理。你父親是個智者。不可心就不可心吧。生完孩子，我好好鍛煉。瘦了才知道體型的美好。」

「沒事的。如果讓我說實話，我還是喜歡你胖的樣子。你健身時的那個樣子，笨而認真，滿身的肉滿頭的汗……」

「我給你講個笑話吧。」伽琳說。

「好啊。我洗耳恭聽。」

「過去有個女子，只長了一隻眼睛，還跑去賣春院賣春。老鴇說，兩隻眼的女子都不一定有人愛，你一隻眼不是自討人嫌嗎？女子說，天下之大，無奇不有。一切皆有可能。」

「後來怎麼樣了？」

「後來果然有一富家子弟喜歡上了這個女子。喜歡到癲狂狀態時，居然對那女子說，我現在怎麼覺得，我的那只眼睛實在多餘。」

「你真壞。」我想用拳頭擂伽琳，「你這是挖苦我找不到女人啊。」

「輕點兒，」伽琳用她的手把我的手擋在了空中，「我以後可是碰不得的人了。」

我輕攬伽琳，伸手撳下床頭的開關。

從來沒有過的安靜，我沉浸其中，仿佛能聽到遠處緖水流過河床的聲音。建馨園時，我曾與伽琳去河灘撿石子，一筐一筐，抬回來後，倒在院子裡，鋪成了彎曲的小路。

生活重新開始了，但與過去完全不一樣了。

代後記

我有本書要賣給你

我一共撰寫了十二部著作，其中長篇三部，散文三部，隨筆一部，雜文五部。但這些書的出版，基本上都是自費，賣一小部分，送一大部分。其中緣由就是名氣不夠大。

某年我出版《非馬散文》，送朋友一本。朋友看了一下定價說：「你把價格定這麼高，誰買？」我說：「老婆買。」朋友笑了。當然書賣的好壞，與作品題材也有關。散文這些年基本上是「拖掛」，你是名家，你的散文還能賣點，如果純粹是個寫散文的，那就夠嗆。

還有一個問題就是只寫作，不炒作。過去有諺語，叫「酒好不怕巷子深」。現在則完全不同了。書店的書堆積如山，讀者焉知誰好誰壞？因之，廣告至關重要。不要說你區區一本小書，就是拍一部電影，也要想方設法炒作，有的甚至會拿主角來製造緋聞。中國人多，多到了不能辨別好壞的地步；中國人多，多到了誰的廣告猛就去買誰的產品。因此有人說要想石破天驚，賣身賣肉賣靈魂。

出書這麼難，賣書這麼難，為什麼還要寫書？精神需求嘛！馬斯洛將人的需求分為五個層次，其中關於知識份子的需求層次，專門多說了幾句：在吃穿問題解決之後，知識份子更多關注是精神領域的滿足，出書即是滿足精神需求的一個重要方面。

當然還有傳播觀念，實現理想的一面。歷史上為理想而堅忍不拔，忍饑受凍，忍辱負重的比比皆是。司馬遷、玄奘、鑑真、武訓……都是為理想而玩命的人。司馬遷在《報任安書》中說：「古之富貴而名摩滅者，不可勝記，唯倜儻非常之人稱焉。」鳥的存在就是鳴叫，知識份子的存在就是發聲，你可以不同意我的觀點，但你要鼓勵我發聲。

發聲的辦法就是著書立說。話不太多，就寫個短篇；話如江河，滔滔不絕，那就寫個長篇。這次的《另一種活法：明白與不明白的對岸紀事》便如此——心裡有故事，如鯁在喉，不吐不快。有人說，現在是微信時代，你還在寫長篇，誰讀呀？我說，這正是我這篇文章所要闡述的。

事物發展，總如波浪，有時前進，有時上升。這些年，我們的文章愈讀愈短，幾乎到了讀格言的地步。這自然符合速食文化和快節奏的生活。但它太雞零狗碎了。人生是漫長的，曲折的，變幻的，有深度的，她的背後蘊藏著什麼真諦？是需要我們認真仔細地去思考和探尋。而長篇正是這樣的書籍，有人生，命運，思考；有起伏，動盪，詭異；波瀾壯闊，驚濤駭浪；情緒飽滿，一泄千里。

看長篇，可以從中窺出人生的蛛絲馬跡，可以由此豐富我們的人生。古人云：「學問深時，氣質變化。」英國作家培根也說：「讀史使人明智，讀詩使人靈秀，數學使人周密，科學使人深刻，倫理學使人莊重，邏輯修辭使人善辯，凡有所學，皆成性格。」

你看，幾百年前的智者大師仍然在他們的著作中釋放著哲思和灼見，人類的進步不啻源于財富，更源于思想和智慧。

一度時期，我曾經對死亡充滿恐懼，恐懼生命只有一次，恐懼人死燈滅，恐懼從此不能再見親人、朋友……，總之，一想到死，就有萬念成灰之感覺。但自從我看了《西藏生死書》後，長時間的糾結，無數次的惆悵，終於釋然了。那是一位西藏流亡美國的高僧寫的大書，四十萬字，通篇論述死亡。材料浩瀚，語言精美，不激不勵，文章雖長，讀起來卻是一種享受；雖論生死，卻無猙獰之悸懼。如此重大的問題，千字文自然難以承擔，開悟當然也就無從談起。因此，深邃的必然與長度成正比，精闢的必然與深思相勾連。

另外，讀大書要長時間沉浸，你因之也便有了深沉的氣質，耐看的臉孔。「腹有詩書」是指大書，絕不是浮淺的短文小品，或者那些粉飾太平的「雞湯」。思想的長跑也像馬拉松賽一樣，由無數人參與才使其變得深邃，寬廣，做一塊長城上的磚或石頭，做長河中的一滴水，做恆河中的一粒沙，雖然緲小，但絕不自怨自哀，位卑未敢忘憂國，我思故我在嘛。

語重心長，推心置腹，都是長篇，都是智者長久思考的結晶，所以諸葛亮說：「學須靜也，才須學也。非學無以廣才，非靜無以成學。」靜水流深，方顯境界；深入淺出，才是大家。放下手機吧。從書架上取下一部長篇，讀進去了，說明你心存靜氣，還有救；讀不進去，那你就徹底無救了。去過歐洲的人，都會有記憶——隨處可見手捧厚書的人，或在公園或在列車上，既有白髮老者，也有俏麗女子。

「人是靠思想站立的。」一個民族也是這樣，有思想的人多了，崇尚哲學的人多了，這個民族就會興旺發達，反之則頹廢迷茫。猶太格言說：「如女兒嫁學者，變賣全部家當也值得；如娶學者女兒為妻，付出所有財產在所不惜。」猶太人愛書，以色列十四歲以上的人平均每月讀一本書，圖書館一千所，平均四千五百人就有一個圖書館。在人均擁有圖書、出版社及讀書量上，居世界第一。當孩子稍稍懂事時，幾乎每一個母親都會嚴肅地告訴孩子，書裡藏著智慧，比寶石貴重得多。與猶太人相比，我們的讀書量，是人家的百分之一。

說了這麼多，讀長篇好吧？當然理由不完全是因為是我寫的書，但從我的書讀起不更好嗎？大家每天都看手機，字型那麼小，看煩了拿本書換著看看，也不妨是一種休息。前面講了，事物發展不是直線，像波浪。前進是一種潮流，回歸也是一種潮流。現在大家都在看手機，慢慢地可能又會回到紙媒時代。讀紙質書比電子書要健康，尤其是在保護眼睛方面。

心動不如行動。從今天開始，朋友間出書，力爭都去買一本，既是鼓勵也是雅舉。買書是世界上門檻最低的高貴舉止，只要付出一個漢堡的錢，便可以得到一個作者在那段歲月的思考。我寫了幾年書，你用幾天的閱讀便能擁有，何樂而不為呢！或許你覺得讀我的書會一無所獲，浪費時間，那其實也無妨，至少可以使你遠離手機，能靜靜地坐在板凳上，從而達到另外一種境界：老子云：「靜為躁君」嘛！

哈哈，一派胡言，大家就當我喝高了，看完陪我一笑。

二〇二五年一月三十一日

Story122

另一種活法：明白與不明白的對岸紀事

作　者—非　馬
主　編—謝翠鈺
企　劃—鄭家謙
封面設計—朱　疋
美術編輯—趙小芳

董事長—趙政岷
出版者—時報文化出版企業股份有限公司
一〇八〇一九台北市和平西路三段二四〇號七樓
發行專線—（〇二）二三〇六六八四二
讀者服務專線—〇八〇〇二三一七〇五
（〇二）二三〇四七一〇三
讀者服務傳真—（〇二）二三〇四六八五八
郵撥—一九三四四七二四時報文化出版公司
信箱—一〇八九九臺北華江橋郵局第九九信箱
時報悅讀網—http://www.readingtimes.com.tw
法律顧問—理律法律事務所　陳長文律師、李念祖律師
印　刷—勁達印刷有限公司
一版一刷—二〇二五年八月二十二日
定　價—新台幣四八〇元

時報文化出版公司成立於一九七五年，
並於一九九九年股票上櫃公開發行，二〇〇八年脫離中時集團非屬旺中，
以「尊重智慧與創意的文化事業」為信念。

另一種活法：明白與不明白的對岸紀事/非馬作；-- 一版.
-- 臺北市：時報文化出版企業股份有限公司, 2025.08
面；　公分. -- (Story；122)
ISBN 978-626-419-631-4 (平裝)

857.7　　114008289

ISBN 978-626-419-631-4
Printed in Taiwan